河北师范大学学术著作出版基金（SK2014C23）、
河北师范大学国际文化交流学院学术著作出版基金
资助成果

王俊杰 著

《史记》
战争文学研究

中国社会科学出版社

图书在版编目（CIP）数据

《史记》战争文学研究/王俊杰著 . —北京：中国社会科学出版社，2016. 7
ISBN 978 - 7 - 5161 - 8550 - 6

Ⅰ. ①史… Ⅱ. ①王… Ⅲ. ①《史记》—文学研究 Ⅳ. ①I207. 62
②K204. 2

中国版本图书馆 CIP 数据核字（2016）第 157851 号

出 版 人	赵剑英
责任编辑	宋燕鹏
特约编辑	侯 杰
责任校对	闫 萃
责任印制	李寡寡

出 版	中国社会科学出版社
社 址	北京鼓楼西大街甲 158 号
邮 编	100720
网 址	http://www.csspw.cn
发 行 部	010 - 84083685
门 市 部	010 - 84029450
经 销	新华书店及其他书店

印 刷	北京明恒达印务有限公司
装 订	廊坊市广阳区广增装订厂
版 次	2016 年 7 月第 1 版
印 次	2016 年 7 月第 1 次印刷

开 本	710 × 1000 1/16
印 张	15. 75
插 页	2
字 数	243 千字
定 价	59. 00 元

凡购买中国社会科学出版社图书，如有质量问题请与本社营销中心联系调换
电话：010 - 84083683

序

熊礼汇

在廿五史中,《史记》是同被古代史学家、文学家奉为不祧之祖的经典。两千多年来,《史记》研究绵延不断,学者们用力最多、开掘最深、所得成果最为丰富的,似乎也还是在史学和文学两个领域。

从文体分类的角度看,原名《太史公书》或《太史公记》的《史记》,属于通史类著作。故其"究天人之际,通古今之变,成一家之言"的写作目的,以记述人物为中心,以本纪、表、书、世家、列传"五体"相互为用的撰写体例,"辨而不华,质而不俚"的语言风格,"其文直,其事核,不虚美,不隐恶"的"实录"特性,"善序事理",尤其是叙事如画、写人如生、寓论断于叙事中、借"太史公曰"以作史论等修史的书写手法,以及行文用单行散句,叙事不离记人,多用对话方式、注重细节(或称"小动作")描写、常用"互见法"等具体表现形式,当然会成为史学家研究史学和史乘"书法"的重要内容。总之,《史记》的生存形态和它的种种特征,都是由其史学性质所决定的。说通俗点,它是一种历史读物,史学家奉其为经典、奉太史公为"史界太祖"(梁启超语),实乃天经地义、名副其实之举。

和史学家奉《史记》为经典不同,历代文学家奉《史记》为多种文体创作的不祧之祖。他们敏锐地看出了《史记》的文化精神、写作原则、美学意味、表现手段与多种文体创作相通的一面,并视其为文学著作。于是偏于理性思维的人说《史记》具有某种文学性。如鲁迅说《史记》乃"史家之绝唱,无韵之《离骚》",就首先从文体角度肯定它是最优秀的历史著作,然后才赞美它具有诗性品质,恰如屈原胸怀"忧愁幽思"、因"怨"而作的《离骚》。或者说,《史记》乃某种文学体裁之滥觞。如韩兆琦就说"《史记》是我国古代传记文学的开端"。感性意识很强的人，则从《史记》的艺术风貌出发，看到某些特征，就以为它是某类文学样式的雏形，或干脆认定《史记》就是某一体裁的文学作品。显然，后一种判断不一定靠得住，可能有对的一面，也可能有不对的一面。

对《史记》文体属性的误判，还在于人们只看到某种文学作品在创作艺术方面取法《史记》，因而书写策略、表现手段及艺术风貌都与《史记》相似的特点，却未顾及两者文体属性的本质区别。比如有人看到《水浒传》、《金瓶梅》、《三国演义》、《儒林外史》等小说，与《史记》在艺术魅力、审美效应和创作方法上有相似处，于是便说"《史记》这部书绝像是现在的历史小说"，以为"全书中有许多都可当作小说看"，或"把《史记》中的优秀传记看成是传记体的历史小说"。更有甚者，"认为可以把《史记》'视为中国小说的始祖'"。（以上引文均取自张新科等主编之《史记研究资料萃编》）其实，这些学者出于对后世小说艺术美的迷恋，只是看到了它们因作者有意学习、借鉴《史记》的表现手段，所表现出的种种相似点，却忽略了小说出于虚构、史传必须实录的基本要求。须知，即使司马迁在构思和叙说史实时，可能会"遥体人情，悬想事势"，以致出现所谓合理的想象，但目的仍是为了"追叙真人实事"（钱钟书语）。如果仅因构思路径相似、写作手法相同、审美效应相近，就说两种文体如一或此即为彼，自然不妥。这就像"杜陵五七古叙事，节次波澜，离合断续，从《史记》得来。而苍莽雄直之气，亦逼近之"（刘熙载语），我们却不能说《史记》就是五七言古体诗；又像《西厢记》和《史记》，虽然都用到一种写法，即"目注此处，却不便写，却去远远处发来。迤逦写到将至时，便且住，欲重去远远处更端再发来"（金圣叹语），我们也不能说《史记》就是古代戏曲之祖。

回顾《史记》研究史，从文学体裁类别角度研究《史记》，只有一个文类最为合理、因而研究成果最为突出，而对其自身的发展促进作用最大，这就是古代散文。古代散文，实际上是一个文体类别名称，此一文类的基本特征只有两点：一是使用单行散句，二是言必真实。论篇幅大小，则可分为著作之文（全书各篇互有关系、共同说明一种学说或记载某类事实）和自具首尾的短篇之文两种。拿这个要求衡量《史记》，它自可称为记事类的著作之文（所谓历史散文），而且是由若干自具首尾、独立成篇的短篇散文集合而成的著作之文。这样，在文体类别范围内，《史记》实有两种身份，既是史乘，又是散文。当然，它作为史乘的许多特点（从实录原则到叙事写人、从谋篇布局到造句用字等），也会成为（不是全部）它作为散文的文学特征。到了唐、宋时期，韩、欧等复兴古文（"古文"乃艺术精神必以儒学为理论基础的短篇散文。古文亦为文类名称，隶属于古代散文文类），更是将《史记》视为古代散文之父，如钱基博所说："《史记》积健为雄，疏纵而奇，以为唐宋八家散行之祢。"（《古籍举要》）

事实上，韩、柳以下，直到曾国藩等，历代优秀的古文家，皆以"三传《国语》《国策》《史记》为古文家正宗"（方苞《古文约选序例》）。几乎人人都曾通过学习《史记》的艺术经验，来提高古文写作水平。吴德旋就说："《史记》如海，无所不包，亦无所不有，古文大家，未有不得力于此者。"（《初月楼古文绪论》）比如韩愈即称司马迁为西汉"能为文"者之"最"，敬仰他的发愤著书，欣赏他的爱奇尚义；艳羡《史记》的"雄深雅健"，叙事适如其事，写人巧用细节传神。即如《史记》的单行散句，语言浅易朴质，行文或运以浩瀚之气，或跌宕以求事外远致，以至章法、句法、字法，都是韩愈效法、追求的对象。柳宗元为文，除学得《史记》的"雄深雅健"外，特别向往《史记》的"甚峻洁"，故谓作文当"参之太史公以著其洁"（《答韦中立论师道书》）。欧阳修学《史记》，在将其修史"书法"用到《新唐书》《五代史》撰写中的同时，还将《史记》写人专注大节、巧用细节点缀指次以凸显传主风神，用到传状、墓志的写作中；将《史记》论赞俯仰揖让、反复咏叹以见作者风神，用到书序、杂记等议论文字中。苏洵"退居山野""得以大肆力于文章"，亦取径于"迁、固之雄刚"（《上田疏密书》）。苏轼则称赞欧阳修"记事似司马迁"（《六一居士集叙》）。苏辙赏爱《史记》"其文疏荡，颇有奇气"（《上疏密韩太尉书》）。归有光自谓"性独好《史记》，勉而为文，不《史记》若也"（《花史馆记》），实则"熙甫为文，原本六经，而好太史公书，能得其风神、脉理"（钱谦益《列朝诗集小传·震川先生归有光》）。其叙事写人，往往能以寻常无奇之琐细事、本色朴淡之家常语创造情韵美、风神美。方苞则从《左》《史》悟得古文"叙事义法",说:"退之、永叔、介甫俱以志铭擅长。但叙事之文,义法备于《左》《史》,退之变《左》《史》之格调,而阴用其义法;永叔摹《史记》之格调,而曲得其风神;介甫变退之之壁垒,而阴用其步伐。学者果能探《左》《史》之精蕴,则于三家志铭,无事规模而自与之并矣。"(《古文约选序例》)。他如刘大櫆、姚范、姚鼐、曾国藩等,一则努力总结《史记》作为散文的创作艺术,充分肯定前辈古文家学习、借鉴《史记》写作经验创造古文艺术美的做法,同时自己也将《史记》作为研习古文的经典教材,涵而泳之,揣而摩之,以得其妙,用以指导古文写作。

可以说,把《史记》作为古代散文研究,是于史乘之外从文体角度切入唯一可行的途径。可能有人会问:学界不是有人从传记文学的角度、从史论的角度、从抒愤寄慨之文的角度、从所谓"杂文"角度,写出了研究《史记》的专著和专论吗?的确,这是事实,但不要忘了,传记、史论、抒愤之文,甚至包括所谓"杂文",其文体类别,无一不属于古代散文。

诚如吴德旋所说,《史记》如海,无所不包,无所不有,值得研究的东西实在太多了,仅从史乘、散文角度切入,岂能尽显其价值?因而千百年来,不少《史记》研究者先是独具慧眼,觑定《史记》中颇有价值、自己很感兴趣的内容,然后自辟蹊径,深入加以研究。纵然研究对象有大有小,却都是选题新,研究路数亦新,专著专论,不乏自得之见。这一《史记》研究的历史现象,引起了后来者的注意,今天仍有学者踵武其途,以探究《史记》之妙。王君俊杰博士致力于从战争文学的视角对《史记》进行研究,即为一例。

《〈史记〉战争文学研究》,显然是以《史记》某一特定题材即战争内容为研究对象。纵然今日所谓"战争文学"的审美要求、写作原则及其"文学性",未必跟"《史记》战争文学"完全一样,但论文既以《史记》冠于题前,却也能解除读者以二者为一的疑惑。更何况作者和有些学风严谨的学者一样,清醒地认识道:"《史记》当中确实具有文学创作的成分……承认《史记》的百科全书性质,并不否认《史记》首先是历史著作,主要是历史著作,因为《史记》主要写的是历史,原本是作为历史著作来写,是以历史著作的面貌出现的,这是从文学角度以及从任何角度研究《史记》时，所时刻不应忘记的。"（可永雪《〈史记〉文学成就论说》）唯其既着眼于"《史记》战争文学"之特色，又不忘其史乘之本色，立论当切实可信。

《〈史记〉战争文学研究》分为四章，依次论述司马迁的战争观、《史记》的"战争叙事"特点、"战争人物"群像及其"刻画艺术"，"战争文学的艺术风范"。内容完备，以至于缺一不可。比如司马迁的战争观，可谓《史记》战争文学的灵魂，岂能不谈。叙事写人本是战争文学的基本内容，《史记》记述战争更以叙事写人胜，自然忽略不得。至于艺术风范，既以"文学研究"入题，亦为文中应有之义。不过，内容完备、全面并非《研究》一书的最大长处。其最大长处或突出特点，是作者研究《史记》战争文学，注意到《史记》作为史乘的本质特征，能结合司马迁修史的"书法"特色来思考其"战争文学"的表现艺术。如其论述"战争叙事"特点，既说"以言叙战""以文存史"、以"吏牍""叙载战功"的具体方法，又细说"春秋笔法"在"战争叙事"中的运用情形。无不顾及《春秋》以来史乘的"书法"传统，和《史记》所作的创造性发展。论述"战争人物"群像特征及其"刻画艺术"，则特意指明出自"史家笔法"。而讨论"《史记》战争文学的艺术风范"，亦不忘前辈学者"子长之文博而肆，方之武事如老将用兵，纵横荡恣，若不可羁而自中于律"（王畿语）的点示，得以悟出司马迁叙战之文"以兵驭文"的修辞策略和诸多写作技巧。除论《史记》"文学"特色顾及其史乘本色外，《研究》一书还有立论稳妥、论述细密、分析文章说得生动的特点，这只要读读"战争叙事中的'春秋笔法'"一节，即能感知。《研究》也有不足之处。像"《史记》战争文学"的文体属性、"《史记》战争文学"的文学性和《史记》史乘性质的关系，在书中应该有明确的交代。又分析"《史记》战争文学"叙事、写人的艺术特色，如果选择几个重大战例和典型"战争人物"，集中笔墨，说深说透，似乎也是必要的。

虽然本书尚未达到尽善尽美的境地，却是近年来《史记》研究的新收获。20世纪80年代虽已有人将《史记》叙战之文纳入"军事文学"领域，却少有学术水准很高的论文，更无系统论述的专著。可以说，本书较之以往讨论《史记》战争题材的论文，无论在选取研究对象的广度方面，还是在立论的深度方面都有大的突破，大不同于有些论文归纳和概述、概论式的"理论分析"的现象。俊杰博士能有此收获，完全是靠他平日的学养和不懈努力。俊杰是在山东大学中文系念的本科，毕业后分配到军事院校任教。在军校，他接触到大量当代军旅文学作品和相关论著；后来又到武汉大学攻读硕士、博士学位，比较系统地研习表现战争题材的史乘、散文、小说、戏剧，涉猎中外兵法及各种军事理论著作，故博士论文开题报告通过以后，很快就写出了论文初稿。后经几次修改，论文益臻完善，所以在答辩时能得到与会专家的好评，并有学者希望俊杰一鼓作气，再对论文作一次全面的"深加工"，以便早日出版。今年六月，我在桂林参加研究生论文答辩，俊杰在电话中告诉我此书即将出版，并请我写一篇序。闻讯，我实在替他高兴。一则庆贺俊杰研究《史记》的成果终将问世，一则庆幸我们师生六年相处即将出现一份人间难得的纪念品。想到作序，于是回家重将论文籀读一过，有感即言，说了上面一些可有可无的话。

2015 年 7 月 10 日
武昌南湖山庄梅荷苑

摘　要

　　司马迁是一位通晓兵略的历史家，非后代书生所能及。《史记》对战争描写的广度与深度是空前的，是先秦战争文学的集大成之作，是中国古代战争文学高度成熟的标志。

　　司马迁的战争观，以儒家仁义为体，以兵家谋略为用，以道家无为为归，是兵儒合流、以儒统兵为内核的杂家。司马迁的战争观是其"一家之言"的重要组成部分，无论从表达形式还是内在的思想理路，都表现出史学家所特有的理论化与系统化，实现了从感性经验到历史理性的升华。

　　司马迁从天时、地利、人和三个角度对战争进行全方位的立体式叙写。司马迁用天象灾异影射天下形势，天命（天道）观与"三五之变"观是他天时观的两只翅膀。司马迁不仅叙写地形，而且更注重地势在战争中的作用，他甚至是地势决定论者。"遗烈"或"余烈"体现出优秀民族精神具有持久而强大的历史穿透力，是人和的一种特殊形态。《史记》是形象生动的战争谋略教科书，兵书是"空言"，《史记》则是"验之于事"，二者互相印证、相得益彰。《史记》战争场面描写在一定程度上呈现出小说化倾向。以言叙战、以文存史、载录军功简牍是《史记》战争叙事的史家做派。

　　司马迁对孔子的学习，最根本的是学习孔子以布衣之身敢为万世立法的宏伟气概，以及与之相应的"春秋笔法"。"寓论断于序事之中"在继承"春秋笔法"精神本质的同时，在技术层面上全方位多层次地拓展了"春秋笔法"的具体实现形式，如体制破例寓褒贬，编排次序蕴微义，互见法里辨人事，委婉曲笔明是非，只言片字别战绩。司马迁坚持运用"春秋笔法"对战争人物与战争事件作出客观评价，并为此付出了沉重的代价。"春秋笔法"除了起到劝善惩恶的道德功利目的，还能使文章达到含蓄蕴藉、回味悠长的美学效果。

　　战争人物以"系列化"的面貌出现于书中。圣君与暴君是就其道德水准而言，雄主与庸主划分的依据则是其军事才能，对帝王而言，政治道德的重要性要优先于军事才能。《史记》中的军师，集儒家的政治抱负、兵家的军事谋略、道家的生存智慧、道教的仙风道骨于一体，兼军师与帝师于一身。司马迁叙写武将时以"智、信、仁、勇、严"等"五德"为标准来品评其优劣。司马迁对古之名将的一往情深，与其传兵论剑的家学渊源不无关联。"战争边缘人物"因为种种机缘而卷入战争并对战争进程产生了独特的影响。

　　司马迁善于在战争环境中揭示人性。《史记》在战争视野中的死亡叙事丰富多彩，蕴含着司马迁对历史和人性的体悟与感慨。司马迁写死亡临界时的心灵自白使生命定格，其中饱含着巨大的情感容量。太史公不仅"好奇"，而且"好哭"，司马迁用泪水"浸泡"人性。司马迁在战争间隙演绎了几出儿女风情的好戏，开辟了以此揭示人性的新天地。

　　司马迁有时以今人为古人之模特，以今度古是他著史的一种方法。他注意从战争视角观照战争人物，因人运文，文因人生。《史记》不仅做到了"文如其人"，更达到了"文如其所写之人"的艺术境界。司马迁对民族性格作了全面深入细致的解剖，他写得极为成功的"历史原型"，已经成为精神象征与文化符号。《史记》中的"历史原型"在很大程度上发挥着"神话原型"的效力。

　　司马迁深受兵家熏染，其为文如同老将用兵，用兵学法则驾驭文章的写作。史迁之为文，意为主将，法为号令，字句为部曲兵卒。《史记》结构充分体现了司马迁驾驭"常山蛇阵"的高超本领。他用伏笔如用伏兵，欲擒故纵，预作铺垫，设置悬念，最后真相大白，方显出伏笔之神妙。战争文学与兵家有种天然的联系，兵家的"奇正相生"注定了传奇性是战争文学必然的美学属性。英雄传奇是《史记》浪漫精神的重要表现形式，是形成整部《史记》奇气四溢的重要因素。阳刚悲壮作为《史记》的美学特征，在以中和之美占主流的传统文化中显得格外抢眼，司马迁为阳刚悲壮的美学风范在中国文化土壤中扎根做出了突出贡献。

目 录

导　论

第一节　战争及战争文学的审美品格

什么是战争？什么是战争文学？战争与战争文学的关系如何？战争与战争文学又分别具有什么样的审美品格？这是任何研究战争文学的人不能不探讨和不能不解决的问题。

战争，是人类文明具有的先天弊病，这个幽灵，在我们这颗蔚蓝色的星球上到处游荡。据统计，从公元前 3200 年到公元 1964 年的 5164 年里，世界上共发生战争 14513 次，在此期间，只有 329 年是和平的。这些战争使 36.4 亿人丧生。战争对中华大地更是格外"青睐"，从公元前 26 世纪到 1911 年，即从传说中的五帝时代到清王朝覆亡的 4500 年间，这块古老的土地上共发生战争 3791 次，平均 1.2 年就有 1 次。①

什么是战争？德国著名军事学家克劳塞维茨给战争下的定义是："战争是迫使敌人服从我们意志的一种暴力行为。""战争无非是政治通过另一种手段的继续。"② 毛泽东在克氏的基础上进一步指出："战争——从有私有财产和有阶级以来就开始了的、用以解决阶级和阶级、民族和民族、国家和国家、政治集团和政治集团之间在一定发展阶段上的矛盾的一种最高的斗争形式。"③ 毛泽东在《论持久战》一文中又说："战争是政治特殊手段的继续。政治发展到一定的阶段，再也不能照旧

---

① 参见傅仲侠等《中国军事史·历代战争年表》，解放军出版社 1985 年版。
② ［德］克劳塞维茨：《战争论》第 1 卷，解放军出版社 1985 年版，第 22、50 页。
③ 《毛泽东选集》第 1 卷，人民出版社 1991 年版，第 171 页。

前进，于是爆发了战争，用以扫除政治道路上的障碍。"① 中外两位先贤从政治学与军事学角度对战争本质的认识，已成经典之论。

战争美不美？答曰：战争是极丑与极美的统一，在大丑中孕育大美。战争确实如人们所熟知的那样，是死亡的代名词，是灾难的同义语，是毁灭的孪生兄弟。从人道主义角度来看，战争是应该永远被诅咒的对象，应该从人类世界永久地清除出去。从人道主义角度对战争的诅咒没有错，但要认清战争在文学中的意义，首先就要修正"唯人道主义"或"泛人道主义"的既有观念。人道主义是人类社会文明程度的一种体现，是与宗教情怀相通的价值观念，但是人道主义并不是万能的，更不是我们认识事物的唯一视角，更不能把人道主义奉为不容置疑的"观念性的偶像"。美是客观与主观相统一的产物，它既是事物本身的客观属性，又是审美主体的一种心理体验。世界上不存在一种抽象的纯客观的美或纯主观的美，同样世界上也不存在绝对的丑与绝对的美，美与丑是矛盾的对立统一体。"真的、善的、美的东西总是同假的、恶的、丑的东西相比较而存在，相斗争而发展的。"② 美与丑又是个历史性的概念，过去认为美的，后来可能被认为丑，过去认为丑的，后来也可能被认作美，如"随着自然界异己的力量不断为人所征服和掌握，荒凉险恶的自然环境，凶禽猛兽等自然物也就逐步由威胁人的生活、实践的丑的对象转化成了供人欣赏的美的对象了"③。战争作为人类社会的一种特殊现象，同样也是美与丑的对立统一体。在战争中，人的本质力量得到最大限度的发挥。"战争是人类本质力量最高表现形式，人类通过战争这一特殊的对象化表现形式，达到全面而深刻的自我观照，在苦难、悲伤、毁灭、死亡的高昂代价里，凝聚着人类力量和智慧的总和。由于战争把人置于幸福与痛苦、希望与绝望、创造与毁灭、正义与邪恶、死亡与再生交织在一起的炼狱，在求生本能和死亡本能的双重推动下，人类本质力量的全部内涵必然被发挥得淋漓尽致。又因为尸横遍野、血流成河构成了对象化过程的惨烈背景，使人们对被战争所激发的

① 《毛泽东选集》第 1 卷，人民出版社 1991 年版，第 479 页。
② 《毛泽东选集》第 5 卷，人民出版社 1977 年版，第 390 页。
③ 王朝闻：《美学概论》，人民出版社 1981 年版，第 37 页。

自身巨大能量感到震颤、惊奇、崇仰和敬畏。"① 这是战争对于人类的一种美学意义。

如果有些战争是美的，那么又美在哪里？"美以善为前提，并且归根到底应符合和服从于善。"② 也就是说，并不是所有的战争都是美的，只有正义的战争才可能是美的，并且只有正义战争中的正义的一方才有战争美可言。正因为战争中有相当多的丑的成分，所以我们对战争美要有更为严格的限定。美学教科书一般把美的形态分为自然美、社会美、艺术美和形式美，按照这样通行的分类，战争美应属社会美。"社会美作为生活形象，包括人物、事件、场景等等。"③ 我们把战争美在社会美中对号入座后再谈战争的美，就少了一些空中楼阁的嫌疑。"那种从理论上把社会生活的美限定于某些特定领域的见解，既不符合实际情况，又十分有害于把社会美作为反映对象的艺术题材的多样化"④。战争美就是社会美的一种特殊形态，我们不能把战争美从社会美中扫地出门。战争的美，美在铁血豪情、视死如归的英雄人物⑤，美在奇正相生、神鬼莫测的智慧谋略，美在旌旗猎猎、征尘滚滚的沙场景观。

战争美与一般美的形态相比有什么特别属性呢？其一，战争美是冲突造成的暴力美。战争的美与一般形态的美有显著的区别，一般的美是由"和谐"生成的，而战争美的根源却是"冲突"，战争给人的最直观的感官刺激就是暴力场面。暴力一般被认为是丑的，但暴力中也有美的因素。战争是敌对双方的暴力冲突，不仅是肉体的对抗，还是智力的角逐，在此消彼长的对决中充满了生命的张力。其二，战争美是极丑与极美的对立统一。在战争中有卑鄙猥琐的小人之丑，也有豪气干云的烈丈

---

① 倪乐雄：《战争与文化——对历史的另一种观察》，上海书店 2000 年版，第 83 页。

② 王朝闻：《美学概论》，人民出版社 1981 年版，第 34 页。

③ 杨辛、甘霖：《美学原理》，北京大学出版社 1993 年版，第 113 页。

④ 王朝闻：《美学概论》，人民出版社 1981 年版，第 42 页。

⑤ 人们对军人"牺牲"的极力赞颂，这中间其实有着不可告人的"灰暗心理"。余戈说："对于军人的牺牲，没有比赋予其'美'更好的补偿方式了。对于军人职业刻意的美化，潜藏着人类的某种集体无意识。因为在社会分工中，由军人代替公众而死，因此唯有将其美化到极致，才能稍稍弥补公众的歉疚和感念心理，同时，又可借此将烈士推向近似'神格'的地位，成为一种可以效仿的价值偶像，引领人们超越人性中的懦弱和平庸，成为追随这一英雄群体的后续力量。这是人类基于自身发展的一种集体功利。"（余戈：《〈集结号〉军事文化解码》，《解放军艺术学院学报》2008 年第 1 期）

夫之美，有断壁残垣、尸横遍野之丑，也有血染残阳、大漠孤烟之美，有饿殍遍野、满目疮痍之丑，也有重振乾坤、再造天地之美。赫拉克利特说："战争是万物之父，也是万物之王。它使一些人成为神，使一些人成为人，使一些人成为奴隶，使一些人成为自由人。"[①] 极丑与极美，大丑与大美就这样不可思议地同时附着在了战争身上。其三，战争美是崇高之美，又是悲剧之美。战争往往对人的感官造成强烈的刺激，给人带来的是恐惧，而这通常也是"崇高"使人产生的心理反应，"具有崇高特性的对象，一般地总具有艰巨斗争的烙印，显示出真与假、善与恶、美与丑相对抗、相斗争的深刻过程。崇高以这种美丑斗争的景象剧烈地激发人们的战斗热情和伦理态度"[②]。战争与死亡、灾难、绝望、毁灭相伴，它无疑应属"悲剧"范畴。悲剧"唤起悲悯与畏惧之情并使这类情感得以净化"[③]，战争悲剧与其他悲剧一样都能引起如亚里士多德所说的"悲悯与畏惧"的心理活动，给人的心灵以冲击和震撼。战争也能起到对心灵的"净化作用"，战争中的生存与毁灭、辉煌与残酷、希望与绝望、幸福与哀伤对人都是强烈的震撼，使人更加渴望和平，更加珍爱和平，并促使全世界的人们为地球上的永久和平的崇高目标而不懈奋斗！

什么是战争文学？战争文学是以战争和战争中的人为主要反映对象的文学。与"战争文学"经常相提并论的还有"军事文学"和"军旅文学"，这三个概念基本上是一回事，但还是略有区别，朱向前对之作了辨析，他说："一般看来，这只是个题材范畴，它指的是以战争（和军旅生活）为主要反映对象的一类文学，世界上较通行的说法叫'战争文学'。但是，在当代中国，'战争文学'的说法反倒较少采用。原因在于当代中国尤其是近 20 年来的军旅文学，其描写对象更多的是相关的军旅生活而非直接的战争内容，套用'战争文学'一说，显然既不全面也不准确。因此，较长时期以来，在指称这一领域的文学时，常常是'军事文学'和'军旅文学'乃至'战争文学'（多是针对纯粹

---

① 北京大学哲学系：《古希腊罗马哲学》，商务印书馆 1962 年版，第 23 页。
② 王朝闻：《美学概论》，人民出版社 1981 年版，第 52 页。
③ ［古希腊］亚里士多德：《诗学》，人民文学出版社 1962 年版，第 19 页。

战争题材作品而言）三种提法交叉并用。"① 本文采用"战争文学"是基于以下考虑：首先，战争文学是国际上通行的称谓，采用"战争文学"也算与国际接轨，以寻求与国际学术界的"共同语言"。其次，战争文学才是这类题材作品的正宗与大宗，几乎可以说文学领域里的这种经典大作都是以战争为主要描写对象的，写军旅和平生活或战争边缘生活的作品取得的成就终究难与前者比肩。再次，用战争文学一词更符合《史记》的实际，本文所要讨论的主要对象就是司马迁笔下的战争与战争中的人。

战争文学与战争之间是怎样的关系？其一，战争文学是以战争为题材的文学样式，没有战争也便没有了"战争文学"。写战争是战争文学的题中应有之义，和平生活不是不可以写，但它从宏观上只能当作这类题材的"补白"。其二，战争文学应该是写出超越某个具体战争的文学，它不只是对战争的简单"模仿"，还应该有更广泛更深厚的意蕴，对战争及战争中的人应该有一种"形而上"的反思。其三，战争造成仇恨，战争文学却要播撒爱的阳光。"战争是建立在民族与民族、党派与党派、政治集团与政治集团之间的矛盾和仇恨之上，但战争文学却不应当是上述矛盾的产物。战争文学产生于战争，由战争激发而来。战争文学里面有着战争的回忆，但并不是战争的本身；战争文学是由仇恨造成的，但它本身却不应当是仇恨；战争文学是由分歧、矛盾，由人与人之间的相互残杀、民族与民族之间的相互践踏所诱发和引起的，但它本身绝不应该是所有的这一切，而应当是这一切所激发出来的人类向美、向善、向和平、向世界大同的那样一种感觉的升华。"②

战争文学具备怎样的审美品格？换个问法就是人们为什么需要战争文学？第一，英雄主义。战争是英雄的竞技场，英雄自然是战争文学中最耀眼的主人公。"战争是培育英雄的土壤，也是军事文学依存和发展的原点。这就注定了军事文学在某种意义上是英雄文学、战斗文学。"③这样战争文学就出现在了人们渴望铁血豪情，抵制平庸琐屑的期待视野

---

① 朱向前：《"军事文学"与"军旅文学"辨——兼论当代军旅文学的三个阶段》，《解放军艺术学院学报》1999 年第 3 期。

② 王富仁：《战争记忆与战争文学》，《河北学刊》2005 年第 5 期。

③ 焦凡洪：《军事文学的期许与张扬》，《人民日报》2005 年 4 月 7 日。

之中。英雄主义是战争文学的魂魄，那种消解英雄的做法终究会使战争文学失去其最本质的特性。第二，理想主义。如前文所说，只有正义的战争才是美的，只有正义战争中的正义一方才是美的，正义体现着"善"，善中闪现着理想的光泽，为正义而战在某种意义上就是为理想而战，战争文学的天空被理想主义的火炬所照亮。爱国主义在某种情况下又是理想主义的具体体现，理想主义与爱国主义使战争文学具备了强大的精神穿透力。第三，阳刚之美。战争主要是英雄们的事业，战争中充溢的是气吞万里如虎的豪情，战争的阳刚之美浸渍着战争文学。"其得于阳与刚之美者，则其文如霆，如电，如长风之出谷，如崇山峻崖，如决大川，如奔骐骥；其光也，如杲日，如火，如金镠铁；其于人也，如凭高视远，如君而朝万众，如鼓万勇士而战之。"① 战争文学的阳刚之美鼓荡着人们的魂魄。第四，悲壮之美。战争文学中反复出现的是英雄的悲剧，战争文学往往将有价值的东西毁灭给人看，给人的心灵以震撼，进而使心灵得以"净化"。需要补充说明的是战争文学虽然充满"悲情"，但它却不是祈求读者的"可怜"以骗取廉价的泪水，而是唤起人们沉寂的血性，在悲凉中催生出振作奋进的力量。第五，传奇性。战争的瞬息万变，英雄们的传奇经历，谋略智慧的变幻无穷，所有这些都注定以此为反映对象的战争文学具有"传奇性"的审美特征，这也满足了读者"好奇"的心理需求。总之，正因为战争文学具有这些特殊的审美品格，才能满足人们特定的审美需求，人们也才需要战争文学，战争文学也才有了存在的价值与空间。

第二节 《史记》中的战争史与战争文学

司马迁是一位通晓兵略的历史家，如顾炎武所说："太史公胸中固有一天下大势，非后代书生之所能及也。"② 汉以前三千年的战争史波

---

① 姚鼐：《答复絷非书》，载郭绍虞《中国历代文论选》第 3 册，上海古籍出版社 2001 年版，第 510 页。

② 顾炎武：《日知录》卷二十六《史记通鉴兵事》，文渊阁《四库全书》本。

澜壮阔，这使司马迁有可能对战争及其规律进行历史总结；汉武帝对外频频用兵，国家长期处于战争状态，司马迁对战争有着相当丰富的感性体验；司马迁的家学渊源不仅有史学还有兵学，他在《太史公自序》中以先世曾出现司马错、司马靳这样的名将而自豪；司马迁还利用"石室金匮"，博览兵书；这些都使司马迁积累了深厚的兵学知识。《十二诸侯年表》《六国年表》《秦楚之际月表》三表之序《律书》序《太史公自序》，以及各兵家传记篇末之论赞，构成了司马迁系统的战争论。

在一定意义上，《史记》是一部系统完备的上古战争史。春秋战国及秦楚之际，历时长达五六百年，是一个发生历史巨变的战争时代。只有约 18 万字的《左传》，就记载了春秋 242 年中的动乱及战争 550 余次。战国时代更是无岁不征。接着又是秦楚之际的大战乱。刘邦得天下后，又有汉匈战争和七国之乱。战争次数越来越多，规模也越来越大，司马迁对交兵始末、兵略战术，了如指掌，并对这些战争作了绘声绘色的叙写。

《史记》继承了《左传》的优良传统，系统地叙写了古代的战争，使《史记》具有了战争史的规模体制。《史记》五体都载有战争的内容，有史有论，自成体系。单从篇目字数来看，战争内容就是《史记》重要的组成部分。《史记》130 篇，五十二万六千五百字①，载有战争内容的篇目达 82 篇，重要的有 54 篇。本纪有：五帝、周、秦、秦始皇、项羽、高祖 6 篇。表有：十二诸侯、六国、秦楚之际 3 篇。书 1 篇，即律书。世家有：吴太伯、齐太公、燕召公、晋、楚、越王勾践、赵、魏、韩、田齐、陈涉、曹相国、留侯、周勃 14 篇。列传有：司马穰苴、孙子吴起、伍子胥、苏秦、张仪、樗里子甘茂、穰侯、白起王翦、魏公子、乐毅、廉颇蔺相如、田单、蒙恬、张耳陈余、魏豹彭越、黥布、淮阴侯、田儋、樊郦滕灌、傅靳蒯成、吴王濞、韩长孺、李将军、匈奴、卫将军骠骑、南越、东越、朝鲜、西南夷、大宛等 30 篇。《史记》有关战争内容的字数有 10 余万言，约占 1/4 的篇幅。凡重大战争年表载

① 《太史公自序》说定稿后的"太史公书"有五十二万六千五百字，但今本《史记》历经增删，字数与其已不甚合。

其目，本纪、世家、列传叙其事。这些篇目记载擅长兵略战阵的帝王将相60余人，记述古代战争500余次，其中重大战争从黄帝涿鹿之战到汉武帝兵征大宛共70余次，春秋战国及秦楚之际为58次。①《史记》所记战争按时代可分为五个系列：五帝传说时代及三代的上古战争，春秋争霸战争，战国秦并六国战争，秦楚之际战争，汉匈战争。其中从文学角度而言写得精彩的战役有：黄帝与炎帝的阪泉之战（上古），黄帝与蚩尤的涿鹿之战（上古），夏启与有扈氏的甘之战（夏初），商汤伐夏桀的鸣条之战（夏末），武王伐纣的牧野之战（商末），西周末的国人暴动（前841），犬戎灭西周（前771），郑伯克段于鄢（前722），晋国假途灭虢（前655），秦晋韩原之战（前647），楚宋泓之战（前638），晋楚城濮之战（前632），秦晋崤之战（前627），楚庄王伐陈（前598），齐晋鞌之战（前593），吴越争霸战（春秋晚期），孙膑围魏救赵（前354），齐魏马陵之战（前341），秦韩宜阳之战（前308），田单火牛阵（前279），秦赵阏与之战（前269），秦赵长平之战（前260），信陵君窃符救赵（前257），李牧却匈奴（前244），王翦灭楚（前224），陈胜吴广大泽乡起义（前209），项羽巨鹿之战（前207），韩信井陉之战（前205）、潍水之战（前203），彭城之战（前204），垓下之战（前202），白登之围（前201），诛诸吕（前180），吴楚七国之乱（前154），马邑之伏（前134），汉匈漠北决战（前119），李广利征大宛（前104—101）。其中又以秦汉以来的"近代"百年战争写作更富"原创性"，因而其文学成就也更为辉煌。这些战争又可分为：神话历史化的战争，"革命"战争，民族战争，争霸战争，统一战争，争夺最高统治权的战争，"叛乱"战争，农民战争，等等。这里边有正义战争，也有非正义战争。

司马迁不只是对战争史实作简单记录，他的"发愤著书"还成就了中国古代战争文学的一个神话。司马迁不仅为中华民族留下了一份宝贵的战争集体记忆，还在中国战争文学的画卷中涂上了浓墨重彩的一笔。司马迁对战争描写的广度与深度都是空前的，不仅是对前人的超越，更为后人浇铸了一座丰碑。他写天下形势（天时、地利、人和）、

---

① 参见张大可《司马迁评传》，华文出版社2005年版，第266—267页。

写兵略、写战阵、写胜负、写得失，对战争作了全景式的深层把握。司马迁开创了中国纪传体史书的先河，他花了很大心血为战争人物立传，在他笔下有问苍茫大地、谁主沉浮的帝王，有运筹帷幄、发踪指示的谋臣，有沙场点兵、谁与争锋的战将，还有因种种机缘而卷入战争并对战争产生影响的"战争边缘人物"。这些战争人物的传记在《史记》中占有很大比重，在艺术上实现了从典型化到"原型化"的飞跃。这些"历史原型"具有巨大的历史涵盖性，体现着丰厚深沉的民族文化精神，具有极强的时空穿透力，并对后世文学形象具有规范作用。司马迁以纪传体写战争，不仅写出了无数战争英雄，还为后人留下了许多为人津津乐道的战争经典故事，如炎黄大战、孙武的"三令五申"、孙膑的围魏救赵、苏秦张仪的合纵连横、赵括的纸上谈兵、田单的火牛阵、信陵君的窃符救赵、项羽的破釜沉舟、韩信的背水一战、周勃的细柳营、李广的神射、卫青霍去病的长驱大漠，等等。司马迁"以兵驭文"，《史记》写战争达到了很高的美学境界，有关战争的篇目弥漫着英雄传奇气息，鼓荡着阳刚悲壮之气，《史记》奠定了中国古代战争文学最基本的美学品格。《史记》与古今中外任何战争文学作品相比都不逊色，它取得的艺术成就值得我们深入研究。

另外需要说明的是，我们在讨论《史记》战争文学的时候，其实已经默认以"实录"著称的《史记》具有"文学性"[1]。可永雪从正反两方面给我们提出了忠告："《史记》当中确实具有文学创作的成分，并非纯粹的历史，纯然的'事实真相'，这是一个客观存在，不容抹杀的事实。如果不认清这一点，把书中所写每一点都作信史看待，一些抵牾矛盾之处便永远解释不清。""承认《史记》的百科全书性质，并不否认《史记》首先是历史著作，主要是历史著作，因为《史记》主要

---

[1] 不同时代的人们对《史记》"文学性"的内涵有不同的认识，"对《史记》文学性的认识与抉发，从历史过程来看，是逐步深化的，至少有四个层次。最广义的文学性，只着眼于《史记》文章简洁，辞采华美，这是第一层次，魏晋以前最普遍的认识。着眼于《史记》散文的成就和艺术风格美，这是第二层次，唐人深化的认识。《史记》文章结构，转折波澜，人物刻画具有小说因素，这是第三层次，明清评点家多所抉发。全面地系统地抉发司马迁塑造历史传记人物典型形象的艺术表现手法，这是第四层次，可以说是近年来才深入的。"（安平秋等：《史记通论》，华文出版社2005年版，第184页）

写的是历史，原本是作为历史著作来写，是以历史著作的面貌出现的。
这一点是从文学角度以及从任何角度研究《史记》时所时刻不应忘记
的。"① 可先生的意见可谓中肯。

第三节　《史记》战争文学的研究现状与选题意义

　　《史记》问世两千多年来，阅读和研究它的人不计其数。各种校
勘、注释、考证、评论的著作汗牛充栋，成为一门学问：《史记》学②。
经过两千多年的耕耘，《史记》这块学术热土上枝繁叶茂、硕果累累，
《史记》学取得了骄人的成绩，得到充分发展，几乎达到"烂熟"的程
度。③ 这对于学术研究固然是好事，但对于后来的研究者来说自然也是
一种巨大的压力，茫然四顾，几乎所有的空间都已有人"划地而治"，
可供人开垦的"荒地"还有几何？这种被美国学者哈德·布鲁姆所称
的"影响的焦虑"，不仅在《史记》学界蔓延，而且在整个中国古代文
学研究界也都存在着。许多人都在思索怎样突破前人寻找新的学术增长
点。我觉得只要扑下身子，深入把握本领域及相关学科的研究状况，在
热闹拥挤的表象下面总会发现少有人眷顾的清冷角落。我认为"《史
记》战争文学研究"就是"热中之冷"，当然，这个"冷"也只是相对
的，并非说无人涉足此领域，而是说此方面的研究成果还比较的少，特
别是有分量的成果更少，这就为我们留下了可以施展手脚的学术空间。
　　《史记》研究前辈学者可永雪先生指出："（20 世纪）80 年代，一

---

　　①　可永雪：《〈史记〉文学成就论说》，内蒙古大学出版社 2001 年版，第 418、420 页。
　　②　"史记学"之名由宋人王应麟在《玉海》卷四十六《唐十七家正史》提出："司马氏
《史记》有裴骃、徐广、邹诞生、许子儒、刘伯庄之音解。……《史记》之学，则有王元感、
徐坚、李镇、陈伯宣、韩琬、司马贞、刘伯庄、张守节、窦群、裴安时。"今人张新科著《史
记学概论》（商务印书馆 2003 年版），致力于"史记学"的构建，其学科意识更加自觉。
　　③　《史记》研究状况可参看：张新科、俞樟华等：《史记研究史及史记研究家》，华文出
版社 2005 年版；俞樟华、邓瑞全：《史记论著提要与论文索引》，华文出版社 2005 年版；张大
可《三十年来〈史记〉研究述评》，《人文杂志》1983 年第 6 期；肖黎：《建国以来〈史记〉
研究情况述评》，《社会科学研究》1983 年第 6 期；朴宰雨：《韩国史记文学研究的回顾与前
瞻》，《文学遗产》1998 年第 1 期；曹晋：《〈史记〉百年文学研究述评》，《文学评论》2000
年第 2 期；陈桐生：《百年〈史记〉研究的回顾与前瞻》，《文学遗产》2001 年第 1 期。

些学者接触到《史记》描写战争的艺术成就及其特点，有人还把它提高到军事文学的角度加以论述，这可以说是《史记》研究中的一项创辟。"① 请注意可先生在这里用了"创辟"一词，他把从军事（战争）文学角度研究《史记》的学术意义看得很重。

施丁《〈史记〉写战争》② 分六部分论述：一写形势，顾炎武说"太史公胸中固有一天下大势"，司马迁胸中的天下大势不仅是"兵所出入之途"，还主要是勾勒出军事形势。二写战略，《史记》写较大规模的战争，着重写战略方针的制定与贯彻，《史记》写战略得失决定战争成败，这是司马迁的独运匠心。三写谋计，《史记》写将领的用计用谋，能见用兵之妙。四写细节，或浓墨或淡笔，都能生动地再现战争情景。五写胜负，《史记》写战争胜负，根本原因是实力，而关键却是道义，还与士气有关。六写得失，《史记》放开眼界，写出了得失的复杂性，得中有失，失中有得。陈辽《论〈史记〉对我国古典军事文学的杰出贡献》③ 分析说，在《史记》出现以前，我国军事文学作品一般局限于战役层面，缺少对某一时期战争的整体性描写，广度不够，对造成战争的根源和胜负的因素，开掘的深度不够，而《史记》却突破了以往军事文学的写作水平，把战争描写的艺术往前推进了一大步。《史记》对古典军事文学的杰出贡献，还在于创造了传记文学的艺术新品种，专门为统帅、参谋长、将领立传，以人物为中心比较具体地描写了某一战役某一战斗，这是编年体的军事文学所不及的。徐传武《〈史记〉军事描写篇章的几个特点》④ 将《史记》军事描写的特点概括为：其一，司马迁不是表面地写战争的一般情况，而是多方面的向深处开掘，尽量地触及到战争胜负的本质原因；其二，对于历史上发生过的战争，司马迁不是不分大小轻重一一记述，而是作了精心选择和剪裁；其三，《史记》军事描写篇章不但是历史的朴素记述，而且是生动的彩色艺术画卷；其四，以塑造栩栩如生的人物形象为中心，使真人真事的艺

①　可永雪：《史记文学研究》，华文出版社 2005 年版，第 193 页。
②　施丁：《〈史记〉写战争》，载《中国历史文献研究集刊》第四集，岳麓书社 1983 年版　。
③　陈辽：《论〈史记〉对我国古典军事文学的杰出贡献》，《艺谭》1982 年第 3 期。
④　徐传武：《〈史记〉军事描写篇章的几个特点》，《人文杂志》1986 年第 1 期。

术处理具有一定的典型意义。另外，本人所见与《史记》战争文学相关且有一定学术价值的文章还有以下数篇：张高评的《〈史记〉叙战之义法——兼谈与〈左传〉叙战之关系》①，俞樟华的《论〈史记〉对〈水浒传〉的影响》②及《简说〈史记〉对〈三国演义〉的影响》③，陈曦的《游走于"崇儒"与"爱奇"之间——〈史记〉战争叙述探索》④。

这些论文充分肯定了《史记》在战争文学中的地位，对《史记》对我国古代战争文学做出的杰出贡献作了高度评价，对《史记》与先秦战争文学特别是与《左传》的关系作了梳理，对《史记》作为战争文学所取得的艺术成就从不同角度作了探讨，对《史记》对其后的战争文学的积极影响也有恰当的分析。这些文章为从战争文学角度研究《史记》指明了方向，树立了榜样，其筚路蓝缕之功甚大，同时这也与其他领域的起始研究一样，都存在一个由表面到深入，由粗糙到精致，由零碎到系统的亟待提升的研究需求。就本人所见，目前尚无对《史记》战争文学进行全面系统深入研究的专著，真正有创见的单篇文章也为数不多。可以说，从事此方面的研究还有"开疆辟土"的空间。

从战争文学角度研究《史记》在当下具有现实的意义。它可以为《史记》研究拓展学术空间，有望成为新的学术增长点；中国古代战争文学源远流长、灿烂辉煌，把《史记》战争文学研究作为"试验田"，可以为以后对整个中国古代战争文学进行全面深入系统的研究积累经验；通过对《史记》战争文学进行研究，当代作家可以从中吸纳宝贵的人文精神，发现战争文学创作的一般规律，这对当代战争文学的创作会有宝贵的启示；《史记》战争文学中蕴含的博大精深的战争文化精神，对当代战争思想的形成及当代民族精神的塑造也会以润物细无声的方式产生影响。

---

① 张高评：《〈史记〉叙战之义法——兼谈与〈左传〉叙战之关系》，《纪实与浪漫——史记国际学术研讨会论文集》，台湾，2001 年。

② 俞樟华：《论〈史记〉对〈水浒传〉的影响》，《浙江师范大学学报》1992 年第 1 期。

③ 俞樟华：《简说〈史记〉对〈三国演义〉的影响》，《语文学刊》1994 年第 2 期。

④ 陈曦：《游走于"崇儒"与"爱奇"之间——〈史记〉战争叙述探索》，《解放军艺术学院学报》2006 年第 1 期。

第四节 研究的对象、方法及理路

本书是从战争文学的视角对《史记》进行研究，换言之，研究对象就是《史记》中的战争文学（本文一般简称为《史记》战争文学），在论述前有必要对研究对象作几点说明：其一，《史记》战争文学是一个"虚体"，《史记》是一个血肉联系的整体，并不存在一个叫作"《史记》战争文学"的独立的文本"实体"。虽然战争只是《史记》中的一种题材，但是它在整部书中所占的比重及取得的成就又是非常突出的，因此有必要单独对它进行全面而深入的研究。同时必须要强调的是，《史记》战争文学与《史记》中的其他内容是你中有我，我中有你，水乳交融，难以分清的关系。《史记》整部书具有的艺术特征①，《史记》战争文学也都具备，但是不能反过来说，《史记》战争文学具有的特征，可以推而广之认定为就是《史记》的整体特征。《史记》战争文学在战争人物塑造、战争叙事、审美风范上又有其相对独立而鲜明的风格，有其独特的审美价值。其二，应以"杂文学"标准审视《史记》战争文学，并不是凡写及战争和战争人物的篇目或文字就是《史记》战争文学。《史记》五种体例中真正具有文学性质的是本纪、世家、列传，即使这三种体例中的篇目也不都是文学佳作。我们无论从何角度研究《史记》，都要把《史记》首先当作一部史书，我们不能完全用诗歌、小说等文学作品的标准来衡量《史记》的文学性，应该以更为宽泛的更近乎中国文学批评传统的"杂文学"的观念审视《史记》战争文学。其三，以司马迁的"原创"内容为主要研究对象，兼顾司马谈

---

① 熊礼汇老师将《史记》的艺术美概括为：叙事如画，写人如生；疏纵跌宕，一任气势；激情顿挫，妙有风神；意出言外，寄托遥深；语词峻洁，法因意生。（参见熊礼汇《先唐散文艺术论》上册，学苑出版社 1999 年版，第 272—311 页）

所作①，对后人的续补增窜内容细加甄别②。同时对司马迁所叙战争也要区别对待，绝大部分先秦战争是司马迁在已有史料基础上的"改编"，真正倾注他大量心血的还是秦汉以来的百年"近代战争"。《史记》中最能体现司马迁本人风格的还是秦汉史，以前的历史皆有所本而难以看出其自家风范。这一方面体现了司马迁厚今薄古的作史原则，另一方面也确实是因为这百年战争的可依史料较少，因此司马迁对近代战争的叙写更具"原创性"，秦汉以来的百年战争写得也最为精彩，也更能体现《史记》战争文学的艺术水准，因此本文把研究的重点放在秦汉百年战争上。

综上所述，本书的研究对象主要是《史记》中司马迁（含司马谈）撰写的以战争和战争人物为主要内容并具有较强文学色彩的篇目和文字，换句话说就是从战争文学角度研究《史记》。

本书的研究方法是：细读文本，文学和历史相结合，战争与文学相交叉，以知人论世的传统批评方法为根本，适当借鉴新历史主义、叙事

---

① 《太史公自序》云："迁俯首流涕曰：'小子不敏，请悉论先人所次旧闻，弗敢阙。'"据此可知司马谈当时已经编写了部分书稿，或者至少编排了许多材料，司马迁是在其父司马谈已有基础上撰写《史记》的。王国维、顾颉刚、赵生群认为《刺客列传》《樊郦滕灌列传》《郦生陆贾列传》《张释之冯唐列传》《太史公自序》的一部分为司马谈所作。诸学者的立论根据主要是相应篇目中载写的作者交游情况，与"余"交游的人中有的年辈很高，从年龄上与之不可能相交接的"余"就判定为司马谈，则该篇著作权归诸司马谈名下。其说基本可信，但也不能完全排除有的人与司马迁是年龄相差悬殊的忘年之交，如此相应篇目的作者应仍可能是司马迁。再则《史记》中已不存在司马谈的"整篇原作"，所有篇目都经过司马迁的最后修订，即使疑为司马谈所撰的篇目也渗透进了司马迁的人生体验。

② 《史记》的残缺亡佚及续补增窜是两千年来的重大课题。班固谓有十篇亡书，魏人张晏开列了十篇亡书目录，即《景纪》《武纪》《礼书》《乐书》《律书》《汉兴以来将相年表》《日者列传》《三王世家》《龟策列传》《傅靳蒯成列传》。宋以后纷论歧出，概括起来有五种观点：十篇全亡说，十篇草创未成说，十篇佚而复出仅亡《武纪》说，亡书为七篇说，十篇未亡说。今人张大可《史记断限与残缺补窜考辨》（原载《兰州大学学报》1982 年第 2 期，后收入其论文集《史记研究》，甘肃人民出版社 1985 年版），立足于《史记》本证，解剖《史记》总篇数、总字数、断限三者的联系，参照前人成果得出了令人信服的结论。据张大可研究结果可知，其一，褚少孙等续史 12 篇：《三代世表》《建元以来侯者年表》《陈涉世家》《外戚世家》《梁孝王世家》《三王世家》《田叔列传》《滑稽列传》《日者列传》《龟策列传》《张丞相列传》《汉兴以来将相名臣年表》，共 25055 字；其二，好事者补亡 4 篇：《孝武本纪》《礼书》《乐书》《律书》，共 16878 字；其三，读史者增窜 10 篇：《秦始皇本纪》《乐书》《历书》《孔子世家》《楚元王世家》《齐悼惠王世家》《屈原贾生列传》《郦生陆贾列传》《平津侯主父列传》《司马相如列传》，共 4839 字。

学、原型批评等西方理论。

　　本书试图对《史记》战争文学进行系统而深入的探究。导论部分回答的是进行《史记》战争文学研究之前必须要解决的基本问题，包括战争及战争文学的审美品格，《史记》中的战争史及战争文学，本课题研究现状和选题意义，本书研究对象的界定、研究方法的选择、研究框架，通过对这些问题的解决为下一步研究清除障碍。第一章论述司马迁作为史家的战争观的具体内容及其特质，以期人们对贯穿于《史记》战争文学的"灵魂"有深入认识。第二章讨论《史记》战争叙事的问题，分析司马迁如何对战争作全景式叙写，对《史记》战争叙写中的几种史家手法，特别是"春秋笔法"作深入论述。第三章考察《史记》战争人物塑造艺术的问题，剖析司马迁倾心塑造的几类系列化的战争人物，分析他在战争语境中揭橥人性的手段，并指出《史记》战争人物塑造艺术在"原型化"上所取得的成就。第四章探讨《史记》战争文学"以兵驭文"的文章风采，以及所达到的审美风范，希望能对《史记》战争文学的艺术风格有总体性把握。结语部分对以下问题作出总结：《史记》在战争文学中的地位，《史记》对先秦战争文学的继承与超越，《史记》战争文学的独特性以及《史记》对后世战争文学的影响，并指出《史记》战争文学的美中不足。

　　司马迁是"史界太祖"（梁启超语），《史记》以其宏阔深邃诱惑着古今学人前去"探宝寻胜"。当我选择了《史记》战争文学这个课题的时候，就常怀诚惶诚恐之心，唯恐因为自己学力的粗陋而厚诬了先贤！现在既然开始了，就让我义无反顾地勇往前行，期望以自己全部的生命体验能与司马迁进行穿越历史隧洞的心灵对话。

第一章　司马迁的战争观

所谓战争观（军事思想），就是"关于战争和军队问题的理性认识"①。司马迁是位通晓兵略的历史家，非一般书生可比。英国哲学家柯林武德说"一切历史都是思想史"②，梁启超也指出："其著书最大目的，乃在发表司马氏'一家之言'，与荀卿著《荀子》，董生著《春秋繁露》，性质正同。不过其'一家之言'，乃借史的形式以发表耳。"③司马迁的战争观是其"一家之言"的重要组成部分，也是《史记》战争文学之"精神统帅"。因而理解司马迁的战争观，是深入研究《史记》战争文学的前提条件。

第一节　司马迁战争观的内涵

程金造首次论述了司马迁的兵学④，张大可吸收程氏成果，系统地论述了司马迁的战争观⑤，宋嗣廉对司马迁的兵学思想也有全面论述⑥，

---

① 军事科学院：《中国人民解放军军语》，军事科学出版社 1997 年版。
② ［英］柯林武德：《历史的观念》，何兆武等译，商务印书馆 1997 年版，第 303 页。
③ 梁启超：《要籍解题及其读法》，清华周刊丛书本 1925 年版，第 36 页。
④ 程金造：《司马迁的兵学》，载程金造《史记管窥》，陕西人民出版社 1985 年版。
⑤ 张大可：《司马迁的战争观》，原载刘乃和编《司马迁和史记》，北京出版社 1987 年版；张大可《司马迁评传》，华文出版社 2005 年版；王明信、俞樟华《司马迁思想研究》，华文出版社 2005 年版。
⑥ 宋嗣廉：《司马迁兵学纵横》，陕西人民教育出版社 2006 年版。

其中张大可论述得最为深入①。在吸收前辈学者成果基础上，本章试图把对这个问题的认识再向前推进一步。《十二诸侯年表》、《六国年表》、《秦楚之际月表》三表之序、《律书·序》②与《太史公自序》③，以及各兵家传记篇末之论赞，构成司马迁系统的战争论，是我们研究司马迁战争观的主要文献依据。

一　战争起源："怒则毒螫加，情性之理也"

战争是"人类互相残杀的怪物"④，它就像一个幽魂在我们这个地球上到处游荡。一般而言，人们视之如瘟疫，避之若寇仇。自诩为"天地之精华，万物之灵长"的人类，从古到今不知做了多少同类相残的事情，让人类区别于动物的"理性"也并没有阻止战争的一次又一次的爆发，这里原因何在？战争究竟因为什么而起源？司马迁在《律书·序》中给出了自己的答案：

──────────

① 张大可的主要观点：司马迁是位精通兵略的历史家，《史记》堪称古代最完备的一部战争史，这是因为：其一，《史记》具有战争史的规模体制。其二，《史记》记载战争具有鲜明的系统性，以反映历史之变。其三，《史记》记载战争旨在揭示历史的演变轨迹，颂扬秦汉大一统。张大可把司马迁的战争观概括为以下几点：第一，认为战争是诛暴救危的自强工具，它既可以兴邦，也可以丧邦，应当慎重使用。"非兵不强，非德不昌"是司马迁战争观的理论核心。第二，认为战争"行之有逆顺"，颂扬顺天而行的正义战争，反对逆理而动的非正义战争。第三，认为战争"用之有巧拙"，要兴建功业，必须详参彼己，慎择将相，认真研究用兵作战的方略。张文最后分析了司马迁战争观形成的历史条件：其一，春秋战国以来兵学的发展，已经形成了系统的理论；其二，深厚家学渊源的影响；其三，时势的推动，使司马迁注重兵学。

② 《律书·序》应正名为《兵书·序》。有关《律书》真伪及与《兵书》的关系问题自张晏以来争论颇多，《太史公自序》索隐与《汉书·司马迁传》颜注引张晏语均作"《兵书》亡"，司马贞更明言"《兵书》亡，不补，略述律而言兵，遂分历述以次"。可见，《史记》中只有《兵书》、《律历书》，而无《律书》。《兵书》亡，好事者遂把《律历书》一分为二作《律书》与《历书》，而以《律书》补《兵书》之缺。今本《律书》前面的小序为司马迁原作，是司马迁对军事问题的总体看法。

③ 顾颉刚从《太史公自序》中存在的"麟止"和"讫太初"两个不同的断限而得出结论："《太史公自序》一篇本亦谈作，迁修改之而未尽，故犹存此抵牾之迹耳。"（《史林杂识》）赵生群对之补充两条证据：一是《太史公自序》前半部分文章中的太史公指司马谈，后半截文章中的太史公才是司马迁；二是名为自序而全录司马谈《论六家要旨》，亦可证《太史公自序》实从司马谈开始创作。（参见韩兆琦编著《史记笺证》第9册，江西人民出版社2004年版，第6367页）按：《太史公自序》是交代《史记》"发凡起例"之作，里边显然蕴含着司马谈对未来著作的"设想"，但《太史公自序》经过司马迁的修改与续写后，它体现的主要还是司马迁的思想。

④ 《毛泽东选集》第1卷，人民出版社1991年版，第174页。

自含齿戴角之兽见犯则校，而况于人怀好恶喜怒之气？喜则爱心生，怒则毒螫加，情性之理也。①

司马迁将战争的起源与人的"情性"联系起来，认为人类社会的战争与动物界的争斗一样，都是因"喜""怒"之气而生，连口含利齿、头戴犄角的野兽受到侵犯时都会反扑，人在愤怒时也会施加恶毒手段。司马迁从人性的角度来揭示战争的起因，应该说是了不起的见识，这与当时还很有市场的战争神秘主义划清了界限。

司马迁的"人性战争起源说"也是渊源有自，我们从《大戴礼记·用兵》中可以清楚地看到他的"思想资源"：

公曰："古之戎兵，何世安起？"子曰："伤害之生久矣，与民皆生。"……子曰："……蜂虿挟螫而生见害，而校以卫厥身者也。人生有喜怒，故兵之作，与民皆生。圣人利用而弭之，乱人兴之丧厥身。"②

孔子认为战争与人类相伴而生，它们的关系是如影随形，蜂虿挟螫而生，人生有喜怒，人性中的动物性的一面导致了战争的产生。司马迁论述用的语言，包括所用的比喻，都与《大戴礼记》如出一辙。我们指出司马迁的思想源头，并不意味着贬低它的价值，相反，更进一步证明司马迁是对先秦文化作了系统整理的历史家，《史记》是先秦文化的集大成之作。司马迁的思想还能从《吕氏春秋》卷七《荡兵》中找到影子：

兵之所自来者上矣，与始有民俱。凡兵也者，威也；威也者，力也。民之有威力，性也。性者所受于天也，非人之所能为也，武

---

① 司马迁：《史记》第 4 册，中华书局 1982 年版，第 1240 页。
② 王聘珍：《大戴礼记解诂》，中华书局 1983 年版，第 209—210 页。

者不能革，而工者不能移。①

　　《吕氏春秋》说得更为直截透彻，战争是与民俱来的，这是由人的"性"所决定的，而"性"又是"受于天"的。人的本性决定了战争的必然发生，并不是谁想阻止其发生就能阻止得了的。

　　司马迁吸纳前人理论成果，提出了自己的战争起源观点。他把战争的发生与人的"情性"放在一起讨论，是有卓识的。这里的人之情性是指人性中的动物性，战争源自一种人类本能的报复冲动，是被激怒被触犯后的一种暴力反应。司马迁认为这种暴力反应是人与动物所共有，是合乎"情性之理"的，"这不能不说是个升华，从而揭示了战争的必然性，不可避免性。这也是《孙子兵法》所未论及的问题。"② 虽然司马迁对于战争起源的认识，还未达到从私有制、阶级等更为本质的角度进行分析的高度，也还停留在"朴素唯物主义"阶段，但是两千多年前他就提出的"人性战争起源说"直到今天仍有其闪光之处，值得我们认真对待。

　　二　战争定义："圣人所以讨强暴，平乱世，夷险阻，救危殆"

　　《孙子兵法》开宗明义说："兵者，国之大事，死生之地，存亡之道，不可不察也。"③ 孙子的这段话，貌似给战争下定义，其实只是对战争重要性的强调，战争究竟为何物，孙子并没有直接告诉我们。司马迁倒是没有绕弯子，在《律书·序》中给战争下了一个很明确的定义：

　　　　兵者，圣人所以讨强暴，平乱世，夷险阻，救危殆。④

　　在司马迁看来，战争只是圣人手中的一个棋子，是讨暴救危的工具。司马迁的"战争工具论"与克劳塞维茨、毛泽东等人所论战争是政治的继续，是政治的最高斗争形式已是相当接近。我们不得不叹服两

　　① 吕不韦等：《吕氏春秋》，高诱注，上海书店1986年版，第66—67页。
　　② 宋嗣廉：《司马迁兵学纵横》，陕西人民教育出版社2006年版，第51页。
　　③ 曹操等注：《十一家注孙子》，孙武撰，郭化若译，上海古籍出版社1978年版，第357页。
　　④ 司马迁：《史记》第4册，中华书局1982年版，第1240页。

千多年前司马迁就达到的思想高度。

司马迁的战争定义在历史上同样有其先声。《尉缭子·武议》曰："故兵者，所以诛暴乱、禁不义也。"① 《荀子·议兵》云："彼兵者，所以禁暴除害也，非争夺也。"② 《淮南子·本经》道："故兵者，所以讨暴，非所以为暴也。……用兵有术矣，而义为本。"③ 《淮南子·兵略》："夫兵者，所以禁暴讨乱也。"④ 通过比较可以看出司马迁熔铸前人观点，对战争下的定义更为简练明晰。

司马迁的战争定义的核心是军事与政治的关系问题，这在《太史公自序》说得更为深刻：

> 非兵不强，非德不昌，黄帝、汤、武以兴，桀、纣、二世以崩，可不慎欤？司马法所从来尚矣，太公、孙、吴、王子能绍而明之，切近世，极人变。作律书第三。⑤

司马迁说明了写《律书》（《兵书》）的意图，"非兵不强，非德不昌"是其纲领性的观点。"兵"指战争，"德"指政治，没有军事手段就不会强大，没有政治德化也不会昌盛，二者相辅相成，不可偏废。黄帝、商汤、周武这方面做得好所以兴旺，夏桀、商纣、秦二世做得差所以灭亡，这样的历史经验教训要铭记，处理二者关系不慎重能行吗？关于战争与政治的关系，毛泽东有过精辟论述，他说："政治是不流血的战争，战争是流血的政治。"⑥ 在这里，我们不能苛求司马迁怎么没有说出像毛泽东那样更为透彻的话，看历史人物在历史中的贡献，不是看他比之后人未做什么，而是看他比之前人超越了什么。司马迁的"备战、慎战、义战"思想，比之先秦诸子已经有了明显的进步。

道家对战争基本上持反对和否定的态度。老子说："夫兵者，不祥

---

① 李解民：《尉缭子译注》，河北人民出版社 1992 年版，第 57 页。
② 荀况：《荀子》，上海古籍出版社 1989 年版，第 87 页。
③ 刘文典：《淮南鸿烈集解》上册，中华书局 1989 年版，第 268 页。
④ 刘文典：《淮南鸿烈集解》下册，中华书局 1989 年版，第 490 页。
⑤ 司马迁：《史记》第 10 册，中华书局 1982 年版，第 3305 页。
⑥ 《毛泽东选集》第 2 卷，人民出版社 1991 年版，第 480 页。

之器也。"还说："战胜，以丧礼处之。"（《道德经》第三十一章）庄子宣扬："兵，恃之则亡。"（《庄子·列御寇》）儒家总体上则是空谈仁义，排斥战争。孟子说："争地以战，杀人盈野；争城以战，杀人盈城，此所谓率土地而食人肉，罪不容于死。故善战者服上刑，连诸侯者次之，辟草莱、任土地者次之。"①"非攻"思想是墨家学派战争观的核心内容，墨子曰："若使天下兼相爱，国与国不相攻，家与家不相乱，盗贼无有，君臣父子皆能孝慈。若此，则天下治。"（《墨子·兼爱（上）》）儒家和墨家都反对穷兵黩武的兼并战争，对"吊民伐罪"的"义战"或弱小国家为图存而进行的防御战才做了有限的肯定。与此相反，法家则极力鼓吹战争，肯定战争存在的必然性，提倡"战胜强立"，反对儒、墨两家的"非战"与"羞战"。韩非子曰："上古竞于道德，中世逐于智谋，当今争于气力。"（《韩非子·五蠹》）又说："战而胜，则国安而身安，兵强而威立，虽有后复，莫大于此，万世之利，奚患不至？"（《韩非子·难农战》）

　　司马迁的"备战、慎战、义战"思想，一方面既肯定了战争的不可避免性及其一定程度的合理性，又将战争置于政治德治的统领之下，束缚战争桀骜不驯的狂野本性，限制它的破坏功能，实现其扫暴除恶的积极作用。司马迁的战争观比之儒、道、墨三家的"羞战"、"反战"、"非战"的思想，显然更有其现实的合理性，更符合人类历史的实际，同时又有别于法家的一味鼓吹战争。法家思想究其实质是要人们遵循"丛林法则"，即以实力为后盾弱肉强食。法家冷眼看世界看得很透，但人类社会毕竟已不同于动物界，人类还有基本的道德与正义原则要遵守。司马迁既反对"好战"，又反对"忘战"，他在《太史公自序》里之所以推崇《司马法》②，是因为他与其中的思想心有戚戚焉，请看《司马法·仁本》：

---

① 杨伯峻译注：《孟子译注》，中华书局 2005 年版，第 175 页。
② 司马是古代主兵之官，《司马法》是古代一部兵法，作者不详，也有说即指《司马穰苴兵法》，如《司马穰苴列传》云："齐威王使大夫追论古者司马兵法而附穰苴于其中，因号曰司马穰苴兵法。"（司马迁：《史记》第 7 册，中华书局 1982 年版，第 2160 页）依《史记》的说法，今本《司马穰苴兵法》是古《司马法》与司马穰苴本人所著兵法的合本。

战道不违时，不历民病，所以爱吾民也；不加丧，不因凶，所以爱夫其民也：冬夏不兴师，所以兼爱民也。故国虽大，好战必亡；天下虽安，忘战必危。天下既平，天子大恺，春蒐秋獮春；诸侯春振旅，秋治兵，所以不忘战也。①

"国虽大，好战必亡；天下虽安，忘战必危"，这就是《司马法》战争观的精髓。在《平津侯主父列传》中司马迁转录了主父偃谏伐匈奴书，主父偃的谏书劈头就是《司马法》中的这两句，从司马迁对史实叙录的字里行间我们分明可以感到他对此观点的高度认可。在《律书序》中司马迁还批评了不通时务妄谈德化的观点：

岂与世儒闇于大较，不权轻重，猥云德化，不当用兵，大至君辱失守，小乃侵犯削弱，遂执不移等哉！故教笞不可废于家，刑罚不可捐于国，诛伐不可偃于天下。②

司马迁不仅提醒人们不要"忘战"，而且强调要把战争置于"道"的引领之下，《史记·礼书》曰：

故坚革利兵不足以为胜，高城深池不足以为固，严令繁刑不足以为威。由其道则行，不由其道则废。③

单纯的强大的军事手段是没有意义的，合乎其道了，才能够成功，不合乎其道了，就会失败。在司马迁的战争观里，战争与政治二者的地位并不是半斤八两的关系，而是有主有次，有轻有重，有体用之别。政治是目的，战争是手段，战争要为政治服务，政治要为战争指明方向。正如毛泽东所说："'战争是政治的继续'，在这点上说，战争就是政治，战争本身就是政治性质的行动，从古以来没有不带政治性战争。"④

---

① 李零：《司马法译注》，河北人民出版社1992年版，第2—4页。
② 司马迁：《史记》第4册，中华书局1982年版，第1241页。
③ 同上书，第1164页。
④ 《毛泽东选集》第2卷，人民出版社1991年版，第479页。

司马迁对此问题的认识与毛泽东已十分接近。

三　战争性质："行之有逆顺"

司马迁的战争定义，其实已经涉及战争的性质问题，同是在《律书·序》中，司马迁又指出战争"行之有逆顺"[①]，更是把战争性质问题明确地提了出来。所谓逆，是指违背历史潮流，违背民心民意；所谓"顺"，是指顺应历史潮流，顺应民心民意。这句话就是说战争有"违背"与"顺应"之分，即有正义与非正义之区别。[②] 毛泽东说："历史上的战争，只有正义和非正义的两类。我们是拥护正义战争反对非正义战争的。"[③] "历史上的战争分为两类，一类是正义的，一类是非正义的。一切进步的战争都是正义的，一切阻碍进步的战争都是非正义的。"[④] 毛泽东对战争性质作了区分，界定了衡量战争性质的标准，提出了对两类战争应持的态度。应该说司马迁还没有如毛泽东那样清醒而深刻的认识，还没有自觉的理论分析，他是通过对史实的列举来表达他对这一问题的看法。

司马迁所认可的正义战争有："昔黄帝有涿鹿之战，以定火灾；颛顼有共工之陈，以平水害；成汤有南巢之伐，以殄夏乱。递兴递废，胜者用事，所受于天也。"[⑤] 这些都是"圣人"用来讨暴、平乱、夷险、救危的战争，是推动历史进步的正义战争。司马迁所列的非正义战争则有："夏桀、殷纣手搏豺狼，足追四马，勇非微也；百战克胜，诸侯慑服，权非轻也。秦二世宿军无用之地，连兵于边陲，力非弱也；结怨匈奴，绔祸于越，势非寡也。及其威尽势极，闾巷之人为敌国，咎生穷武之不知足，甘得之心不息也。"[⑥] 这些因为是非正义战争，失道寡助，貌似强大最终都是归于失败。

张大可对《史记》褒贬抑扬的两类战争，又细分为三种类型，"一是颂扬平乱世的统一战争，反对分裂割据的战争；二是颂扬有道伐无道

---

① 司马迁：《史记》第 4 册，中华书局 1982 年版，第 1241 页。
② 参见宋嗣廉《司马迁兵学纵横》，陕西人民教育出版社 2006 年版，第 56 页。
③ 《毛泽东选集》第 1 卷，人民出版社 1991 年版，第 174 页。
④ 《毛泽东选集》第 2 卷，人民出版社 1991 年版，第 475—476 页。
⑤ 司马迁：《史记》第 4 册，中华书局 1982 年版，第 1241 页。
⑥ 同上书，第 1241—1242 页。

的革命战争，反对暴虐人民的昏乱之君；三是颂扬诛暴战争，反对穷兵
黩武的战争。"① 本文赞同张大可的说法，同时再补充一类战争，即复
仇性质的战争。《史记》写了许多以复仇为主题的战争，如《秦本纪》
写世父为其大父秦仲被戎所杀而兴兵复仇，《齐世家》述齐襄公复九世
之仇，《吴太伯世家》和《越王勾践世家》写吴越之间相互复仇而发动
的连绵战争，《燕召公世家》写燕召王为报齐仇而战，《伍子胥列传》
中伍子胥为报父兄之仇而伐楚，《淮南衡山列传》写淮南王刘安为报父
仇而欲"谋反"。《匈奴列传》载汉武帝欲学齐襄公复九世之仇，以雪
高祖、吕后之耻而下诏曰："高皇帝遗朕平城之忧，高后时单于书绝悖
逆。昔齐襄公复九世之雠，春秋大之。"② 对这些以复血亲之仇而引发
的战争，司马迁总体上是认可的，对复仇性质的战争基本上是持肯定的
态度。虽然以现在的眼光来看，这种冤冤相报的战争很难说清孰是孰
非，但是在司马迁那里，他通过写这些战争似乎是在肯定一种精神：有
冤必报，有仇不饶，有耻必雪，这种立大志复大仇的精神流贯于中华民
族的血脉之中。

在众多叙写复仇性质战争的篇目中，《伍子胥列传》是值得注意的
一篇，里边的复仇人物最多，复仇行为最多。钟惺曰："以伍子胥报父
仇为主，而郧公于平父一父仇也，夫差于越王勾践一父仇也，白公于
郑、于子西，一父仇也，不期而会，不谋而合，穿插凑泊，若相应，若
不相应，觉一篇中冤对债主杀机鬼气头头相值，读之毛竖，人生真不愿
见此境也。"③ 另外，其中的申包胥，要复君仇；即使伯嚭，也是要复
祖仇。此篇中最引起世人争议的是伍子胥复仇中所蕴含的宗亲血缘与君
臣伦理孰先孰后的问题，对此有两种针锋相对的观点。《公羊传·定公
四年》云："父受诛，子复仇，推刃之道也。"《孟子·梁惠王下》曰：
"贼仁者谓之'贼'，贼义者谓之'残'。残贼之人谓之'一夫'。闻诛
一夫纣矣，未闻弑君也。"《孟子·离娄下》曰："君之视臣如手足，则
臣视君如腹心；君之视臣如犬马，则臣视君如国人；君之视臣如土芥，

① 王明信、俞樟华：《史记思想研究》，华文出版社2005年版，第470页。
② 司马迁：《史记》第9册，中华书局1982年版，第2917页。
③ 杨燕起、陈可青、赖长扬汇辑：《史记集评》，华文出版社2005年版，第477页。

则臣视君如寇仇。"①《礼记》《周礼》《吕氏春秋》《新书》《淮南子》《白虎通义》也都认为血缘亲情高于君臣之义。《左传·隐公四年》则持相反观点，认为："君讨臣，谁敢仇之？吾命天也。"司马迁显然接受前者观点，认为复仇雪恨胜过隐忍苟且，血缘亲情先于君臣伦理。梁启超则较为公允，他说："伍子胥引外族以自覆其祖国，律以爱国之义，盖有罪焉。虽然，复仇亦天下之大义也。其智深勇沉，则真一世之雄也。"②

司马迁之所以肯定以血洗血的复仇战争，一方面源于中华民族报仇雪恨的"集体无意识"，另一方面也源于司马迁"发愤著书"理论中蕴含的文化复仇观。司马迁身受宫刑这样的奇耻大辱，他内心涌动着强烈的复仇冲动，然而，生活在专制时代，司马迁又是不可能采取以牙还牙的复仇方式的。这种不可发泄的复仇情绪郁结心中，越积越深，司马迁总要通过某种途径让这种情绪加以释放，而写作《史记》就是他进行复仇的一种方式。这既能履行复仇大义，又不见诸流血行为，又能使自己在心理上超越专制暴君。这种文化复仇是把复仇情绪转化为文化学术著述活动的内在动力，依靠文化学术成就来对此前的耻辱实行补偿的一种复仇方式。③于是，司马迁对历史上的复仇人物、复仇事件（含战争）就特别留意，写到复仇的时候就特别容易动情，写到大仇得报时太史公总有一种扬眉吐气之感。正因为如此，对复仇性质的战争，司马迁总体上是把它们当作正义战争来看待的，他对复仇战争的叙写不遗余力，对含辱忍诟终报大仇的人物给以礼赞。

四　民族战争理念：天下一统，慎动干戈

"大一统"一词，最早见于《春秋公羊传·隐公元年》。孔子作《春秋》，在记载历代周天子即位时总是冠以"王正月"，《公羊传》对此解释说："何言乎王正月，大一统也。"《辞海》对"大一统"的解释是："大，犹言重视、尊重；一统，指天下诸侯统一于周天子。后世因称封建王朝能统治全国为大一统。"④司马迁的老师董仲舒是第一位系

① 杨伯峻译注：《孟子译注》，中华书局2005年版，第42、186页。
② 韩兆琦编著：《史记笺证》第7册，江西人民出版社2004年版，第3855页。
③ 参见陈桐生《论司马迁的文化复仇观》，《陕西师范大学学报》1992年第1期。
④ 《辞海》上册，上海辞书出版社1979年版，第1435页。

统阐述孔子"大一统"思想的学者，他说："《春秋》大一统者，天地之常经，古今之通谊也。"①

司马迁通过业师董仲舒继承了孔子"大一统"的思想资料，《史记》充分体现了他四海一家、天下一统的历史观和民族观。司马迁叙述中华民族的历史以黄帝为发端，把黄帝正式确立为中华民族的人文始祖。在司马迁笔下，不仅五帝中的后四帝是黄帝的子孙，而且夏、商、周三代之王、列国诸侯及秦汉帝王，皆为黄帝子孙。需要注意的是，他还把匈奴纳入黄帝这个庞大谱系之中，在《匈奴列传》开篇就说："匈奴，其先祖夏后氏之苗裔也，曰淳维。"② 司马迁在《东越列传》、《南越列传》、《朝鲜列传》、《西南夷列传》中，也暗示各民族同根同源。这种历史书写虽然不尽符合历史实际，但是这种同根同源、四海一家、天下一统的观念，却具有重大而深远的历史意义。黄帝成为中华民族团结的一面旗帜，是人们认祖归宗的精神偶像，成为民族向心力凝聚力的象征，中华民族都以是"黄帝子孙"而自豪，它鼓舞着一代又一代的人们为中华民族的生存进步而奋斗不息。

司马迁在《夏本纪》还用很大的篇幅照录《尚书·禹贡》全文（文字稍有出入）。司马迁引录《禹贡》，这就使他的"大一统"有了"地理空间"，这就是"东渐于海，西被于流沙，朔、南暨：声教讫于四海"。③ 这样司马迁的"大一统"便不再是空中楼阁，而在现实的大地上找到了存在的"空间范围"。中国人之所以能形成祖国自来统一、疆域自来广大的信念，《史记》发挥的历史作用是不容低估的。伟大的民族孕育了伟大的经典，而伟大的经典又塑造了伟大的民族精神。

司马迁在正史中第一次为少数民族创设史传，他写了匈奴、南越、东越、朝鲜、西南夷五个少数民族史传。班固仿效司马迁在《汉书》中也为少数民族立传，但二人对少数民族史传的处理不尽相同，司马迁把少数民族史传与名臣列传交错等列，而班固则将其集中放在列传之末，从中可见二人民族观念的差异：司马迁主张内外不分，天下一统；

---

① 班固：《汉书》第8册，中华书局1962年版，第2523页。
② 司马迁：《史记》第9册，中华书局1982年版，第2879页。
③ 司马迁：《史记》第1册，中华书局1982年版，第77页。按：疑文字有脱讹，应作"北至朔方，南暨某某"。暨：及。

而班固则严守"夷夏之辨",内外有别。我们再对比《诗经》所鼓吹的"戎狄是膺,荆蛮是惩",《左传》所坚持的"尊王攘夷",《公羊传》所宣扬的"内诸夏而外夷狄",司马迁所表现的这种有利于多民族国家统一的进步民族观,是值得称颂的。司马迁笔下《南越列传》中的尉佗,《朝鲜列传》中的卫满,《西南夷列传》中的庄蹻,他们都是入乡随俗地把自己变成了少数民族的一员,而不是以救世主的姿态去改造当地的传统风习。

司马迁主张民族友好,赞成相安无事,反对彼此之间的战争。司马迁认为汉武帝对少数民族的战争,主观上是出于扩张欲望,客观上劳民伤财。汉武帝一改汉初奉行了数十年无为而治的国策而频频对外用兵,击匈奴、平南越、伐大宛、灭朝鲜,就是汉武帝创建的赫赫武功,其中尤以汉匈战争最具代表性,汉武帝征大宛、平两越、开通西南夷等战争也都是围绕征讨匈奴进行的。元光二年(前133),设谋马邑,拉开了反击匈奴的序幕。以后有三次决定性的战役,第一次,元朔二年(前127),卫青击胡之楼烦、白羊王于河南,汉取河南地,筑朔方郡;第二次,元狩二年(前121),霍去病两次出陇西,匈奴被迫退出河西走廊;第三次,元狩四年(前119),卫青出定襄(今内蒙古和林格尔),霍去病出代(今河北省蔚县),各率5万骑,与匈奴战于漠北,匈奴主力被歼,单于远遁,从此"幕南无王庭"。《史记》记载汉匈战争的篇目主要有:《韩长孺列传》《李将军列传》《匈奴列传》《卫将军骠骑列传》与《平准书》,在这些篇目中,司马迁对汉匈战争都流露出了很深的反感。《匈奴列传》写出了汉征匈奴所付出的沉重代价:"初,汉两将军大出围单于,所杀虏八九万,而汉士卒物故亦数万,汉马死者十余万。匈奴虽病,远去,而汉亦马少,无以复往。"① 汉武帝之好大喜功,开边衅而不恤军,见于言外。《建元以来侯者表》反映了因对外战争有功而封侯的情况,其中伐匈奴侯者25人,征两越、朝鲜侯者9人,从这些众多因功封侯者可知当年汉武帝对外用兵之勤。"表序引《诗》《书》征伐之义,汉武帝开边以抚辑四夷为正义事业,但齐桓伐山戎、赵武灵王报单于、秦缪公霸西戎、吴楚役百越,皆用力小而收功大,而汉武帝

---

① 司马迁:《史记》第9册,中华书局1982年版,第2911页。

以承平统一之天下内辑亿万之众，南征北伐，只不过换得功臣受封'侔于祖考'，其用力大而收功小，讥其好大喜功，专用武力。"① 司马迁对武帝对外用兵的不满之情溢于言表。

"大一统"思想发轫于孔子，后经董仲舒等人阐释，在《史记》中进一步确立，从此这种思想便深深地植根于中华民族的文化土壤之中。"'大一统'思想的主要意义并非是作为一种实际状态存在，而是作为一种理念长期影响着中华民族的国家建设思维。作为一种'状态'或'制度'，'大一统'是断断续续的；而作为一种'理念'，'大一统'却从来未中断或破碎过，尤其是从西汉武帝（前156—前87年）时期儒教被确立为中国官方意识形态起，孔子首创的'大一统'思想便越来越渗入到中华民族的文化血脉中，成为中国国民性中难以割舍的重要组成部分。在此之后，经历过太多分分合合的中国人反而更加珍视'大一统'的理想，而把实现中国的政治统一当作推动国家兴旺发达的首要途径。"② 我们只有充分理解了司马迁的"大一统"的思想，才能把握他对发生在不同民族之间的战争的态度。在司马迁看来，四海之内皆兄弟，天下本是一统，各民族应和平共处，共存共荣，反对彼此间的以掠夺或扩张为目的的战争。把握了司马迁的民族战争思想，就等于找到了一把金钥匙，用它可以打开《史记》不少篇目的大门，使人一窥其中的洞天府地。

五 战争人才思想："唯在择任将相"

军队是高度集中统一的武装集团，军队的指挥者即将帅的地位与作用显而易见。"相"作为国家的总管，处在一人之下万人之上的位置，"相"的贤愚在一定程度上也决定着一个国家的兴衰。外有良将，内有贤相，共同辅佐贤明的君王，才能够承续圣统，无战而不胜。用什么样的人为将为相，是关系国运的大事，更是直接关系战争的胜负。

司马迁在《匈奴列传》的论赞中说：

---

① 韩兆琦编著：《史记笺证》第3册，江西人民出版社2004年版，第1541页。

② 计秋枫：《"大一统"：概念、范围及其历史影响》，《光明日报》2008年4月27日，《新华文摘》2008年第12期转载。

尧虽贤，兴事业不成，得禹而九州宁。且欲兴圣统，唯在择任
将相哉！唯在择任将相哉！①

张守节《正义》对此注解说："言尧虽贤圣，不能独理，得禹而九
州安宁。以刺武帝不能择贤将相，而务谄纳小人浮说，多伐匈奴，故坏
齐民。故太史公引禹圣成其太平，以攻当代之罪。"② 张守节认为司马
迁在讥讽汉武帝不能择任将相，偏听小人诐言，最终导致对匈奴战争劳
大而功小。《匈奴列传》的论赞表明司马迁非常重视战争中的用人问
题，特别是对将相的任用。

司马迁通览古今，对几千年战争史中的将帅作了全景式扫描。他在
《廉颇蔺相如列传》中展现了一个良将方阵，廉颇、赵奢、李牧三位名
将支撑起了赵国的数十年"蓝天"。廉颇老当益壮，顾大局，识大体；
赵奢公而忘私；李牧外柔内刚；有此三将在，使虎狼之秦不敢小觑赵
国，使匈奴不敢来南山而牧马。《白起王翦列传》中的白起、王翦率雄
师百万，横扫六合，其用兵惊天动地，终于完成秦国数百年来梦寐以求
的统一大业。《淮阴侯列传》中刘邦拜韩信为大将，韩信用兵神出鬼
没，击败喑噁叱咤的西楚霸王，打下汉家江山。《绛侯周勃世家》写汉
文帝因"细柳营"而感叹周亚夫"此真将军矣！"③ 后来周亚夫在平定
七国之乱中果然起了举足轻重的作用。另外，司马迁也写了一些因国君
用人不当，将非其人，而导致的军败国危。赵括纸上谈兵，在长平之战
中断送赵国四十万条鲜活的生命，从根本上伤了赵国的元气。汉武帝因
裙带关系重用庸碌卑琐的李广利，才有后来的李陵兵败，最后李广利竟
然投降了匈奴，成了可耻的叛徒。

司马迁还"实录"了一些古之名相。齐桓公以管仲为相，在管仲
的辅佐下齐桓公才成为春秋首霸。蔺相如不仅有口舌之辩，更有"以先
国家之急而后私仇"的宰相肚量，与廉颇演出了一场"将相和"的历
史名剧。萧何、曹参在汉初倡行无为而治，萧规曹随，不计个人恩怨，

---

① 司马迁：《史记》第9册，中华书局1982年版，第2919页。
② 同上书，第2920页。
③ 司马迁：《史记》第6册，中华书局1982年版，第2074页。

有名相之风。对李斯为秦相的功过，司马迁在《李斯列传》论赞里主要从反面评价了李斯为秦相的过错，李斯因为相不当导致秦国的速亡，这样的历史教训值得吸取。在《张丞相列传》①里，司马迁叙写了文帝、景帝、武帝时期一群挂名充数的宰相，这些人没有什么军功与谋略，持法守成，无所作为，甚至一味曲学阿世，近乎佞幸一流。

司马迁从正反两面叙写了择任将相的重要，任用良将贤相则国昌兵胜，反之则可能导致国衰兵败。司马迁警告最高统治者，对战争用人问题要高度重视，要慎之又慎。

六 作战指导原则："兵以正合，以奇胜"

有了训练有素的军队，有了指挥三军的将帅，并不意味着就能打胜仗，还要有正确的战略战术，才能在战争的大海中自由驰骋。"指挥员在战争的大海中游泳，他们要不使自己沉没，而要使自己决定地有步骤地到达彼岸。作为战争指导规律的战略战术，就是战争大海中的游泳术。"②战争中的战略战术是非常丰富的，司马迁特别强调奇正相生，并把它作为作战的根本原则。

司马迁在《田单列传》论赞评论田单用兵时说：

> 兵以正合，以奇胜。善之者，出奇无穷。奇正还相生，如环之无端。夫始如处女，适人开户；后如脱兔，适不及距：其田单之谓邪！③

司马迁对田单的用兵赞不绝口，那么田单到底是怎么用兵的呢？田单本是齐国一个无名的临淄市掾，在安平溃退中让族人们把车轴两端突出的部分锯断而后裹上铁皮，因此在混乱中田单族人们才得以逃脱，这初步表现了他的聪明才智。在齐国只剩下莒和即墨两个城池的危局下，田单被推举为即墨守军的头领。田单首先用反间计，使燕惠王撤换了燕

---

① 《张丞相列传》从"孝武时丞相多甚"起的文字连同后边的"太史公曰"，皆为后人所续补，补撰者是否为褚少孙，不得而知。这段文字主要写了武帝后期与武帝之后的几个丞相的事迹，其中流露的感情态度与司马迁相近。

② 《毛泽东选集》第2卷，人民出版社1991年版，第478页。

③ 司马迁：《史记》第8册，中华书局1982年版，第2456页。

军统帅乐毅，接着又装神弄鬼，激励齐军士气。田单挑动燕军割掉齐军俘虏鼻子，挖掘即墨人坟墓，激起即墨军民同仇敌忾，誓死而战的决心。田单还派人假装与齐军约降，最后出其不意使用"火牛阵"大败齐军，并一举收复齐国全部失地。可以说田单是一位深谙战争"奇正律"的优秀统帅，因此才赢得太史公的如此赞誉。

司马迁的"兵以正合，以奇胜"的思想源自《孙子兵法·势篇》：

> 凡战者，以正合，以奇胜。故善出奇者，无穷如天地，不竭如江河。终而复始，日月是也。死而复生，四时是也。声不过五，五声之变，不可胜听也。色不过五，五色之变，不可胜观也。味不过五，五味之变，不可胜尝也。战势不过奇正，奇正之变，不可胜穷也。奇正相生，如循环之无端，孰能穷之？①

奇正的含义非常广泛，一般而言，以常法为正，以变法为奇；以仁义为正，以谋诈为奇。司马迁主张要尊重战争规律，当正则正，当奇则奇，奇正变换使用都是为了战争追求的终极目标：胜利。

司马迁对那些不知变通固守成法的战争人物则作了含蓄的批评，且看《宋微子世家》中对宋襄公泓之战的叙写：

> 冬，十一月，襄公与楚成王战于泓。楚人未济，目夷曰："彼众我寡，及其未济击之。"公不听。已济未陈，又曰："可击。"公曰："待其已陈。"陈成，宋人击之。宋师大败，襄公伤股。国人皆怨公。公曰："君子不困人于阨，不鼓不成列。"子鱼曰："兵以胜为功，何常言与！必如公言，即奴事之耳，又何战为？"②

宋襄公被许多人认为迂腐，几千年来为人所笑，毛泽东甚至以此告诫他的部队："我们不是宋襄公，不要那种蠢猪式的仁义道德。"③ 然而

---

① 曹操等注：《十一家注孙子》，孙武撰，郭化若译，上海古籍出版社1978年版，第388—389页。

② 司马迁：《史记》第5册，中华书局1982年版，第1626页。

③ 《毛泽东选集》第2卷，人民出版社1991年版，第492页。

事情似乎并没有那么简单，司马迁在《宋微子世家》的论赞里却又发了另外一番感慨：

> 襄公之时，修行仁义，欲为盟主。其大夫正考夫美之，故追道契、汤、高宗，殷所以兴，作商颂。襄公既败于泓，而君子或以为多，伤中国缺礼义，褒之也，宋襄公之有礼让也。①

司马迁在《太史公自序》里自述写作《宋世家》的主旨时也说："襄公伤于泓，君子孰称。"② 意思是说宋襄公在泓之战中受了伤，却得到了君子的盛赞。在这两处，司马迁却又对宋襄公在泓之战的"礼让"大加褒奖，这与他在泓之战的史实叙述中对宋襄公的态度不免自相矛盾，这里边的蹊跷何在？首先，这是由史料来源不同造成的。宋楚泓之战最早见于《春秋·僖公二十二年》，《春秋》的各"传"对宋襄公有着截然不同的态度。古文《左传》讥讽宋襄公"不重伤，不禽二毛"，"不鼓不成列"，视之为迂腐。今文《公羊传》则对宋襄公赞赏有加："君子大其不鼓不成列，临大事而不忘大礼，有君而无臣，以为虽文王之战亦不过此也。"《史记·宋微子世家》记载泓之战采用的是古文《左传》之说，而论赞采用的则是今文《公羊传》。正文和论赞分别采用古文经和今文经说，这样就造成了对宋襄公评价的前后矛盾。其次，司马迁有感于"当代"礼义之缺失，故而褒赞宋襄公，对他在战争中犯的错误就无意间"视而少见"了。在一定意义上，汉朝是由刘邦——一个"无赖"凭借圆滑与"天运"建立起来的，从汉朝开国皇帝身上是看不出任何道德色彩的，有了这样的基因传承，后来汉家皇帝虽口口声声以"孝"治天下，那终究是骗人的把戏。司马迁看到的是屠戮功臣，父子相残，手足相害，一些酷吏奸佞大行其道，孔夫子所推崇的仁义道德几无立锥之地。正因为天下礼义丧失，故而司马迁对奉行礼义的历史人物才会更加赞叹，即使是宋襄公这样并不是特别"高大"

---

① 司马迁：《史记》第 5 册，中华书局 1982 年版，第 1633 页。
② 司马迁：《史记》第 10 册，中华书局 1982 年版，第 3308 页。

的人物也得了司马迁的表彰。① 再次，是上古"军礼"传统②与当世"兵以诈立"两种战争观念的对立造成的。春秋中期以后，在战争观念上，逐渐突破西周以来的"军礼"传统，"即由'以礼为固'向'兵以诈立'的过渡，由重'偏战'（各占一面相对）的'堂堂之阵'演变为'出奇设伏'"③。而泓之战就发生于战争观念转变的时期。④ 宋襄公仍然坚守"军礼"，坚持战场交锋的"正而不奇"原则，要进行"信而不诈"的战争。"这不能简单地断定为是《司马法》、《穀梁传》或宋襄公'迂远而阔于事情'，而恰恰应视为其对古军礼的申明和执着。"⑤ 明晓了这样的历史背景，司马迁对宋襄公就有了更多的"了解之同情"，这样在太史公笔下，在对泓之战的史实叙述时，参以"兵者诈道"的战争基本原则，宋襄公就不免显得迂腐可笑而可怜，但若以上古的"军礼"来衡量，司马迁又忍不住在论赞中对宋襄公对"礼义"的坚守进行褒奖，难怪《淮南子·氾论》也说："古之伐国，不杀黄口，不获二毛。于古为义，于今为笑。古之所以为荣者，今之所以为辱也。"评价标准的不一致，这样也就产生了对宋襄公前后评价的不一致。

综上所述，司马迁虽然在个别战例的叙写中在"礼义"与"谋诈"之间徘徊不定，在战争"正"与"奇"之间似乎显得有点无所适从，但是，在总体上，他还是受了春秋中期以来兵家"奇正"理论的熏染，主张战争中还是要奇正并用，这在他对众多战争人物出神入化的用兵谋略的描写及赞赏中可以看得一清二楚。

七 战争理想："偃武—休息"

司马迁在《律书序》中对汉高祖、汉文帝停止武力征伐而专心休

---

① 因为宋襄公有"礼让"之举，所以司马迁才会褒奖他。司马贞说："襄公临大事不忘大礼，而君子或以为多，且伤中国之乱，缺礼义之举，遂不嘉宋襄之盛德，故太史公褒而述之，故云褒之也。"（司马迁：《史记》第5册，中华书局1982年版，第1633页）

② "军礼"传统要求战争双方必须遵守崇礼尚仁的基本准则。

③ 黄朴民：《中国军事史·春秋军事史》，军事科学出版社1998年版，第122页。

④ 黄朴民说："楚、宋泓水之战的规模虽不很大，但是在中国古代战争发展史上却有一定的意义。在政治上，它使得宋国从此一蹶不振，楚国势力进一步向中原扩展，春秋争霸战争进入了新的阶段。在军事上，它标志着西周以来以'成列而鼓'为主要特色的'礼义之兵'行将寿终正寝，新型的以'诡诈奇谋'为主导的作战方式正在崛起。"（黄朴民：《中国军事史·春秋军事史》，军事科学出版社1998年版，第194页）

⑤ 同上书，第126页。

养生息的政策给予高度评价，从中我们可以看出司马迁军事思想的又一个方面，即"偃武一休息"的战争理想。且看《律书·序》：

> 高祖有天下，三边外畔；大国之王虽称蕃辅，臣节未尽。会高祖厌苦军事，亦有萧、张之谋，故偃武一休息，羁縻不备。①

《律书·序》还用了相当的篇幅转录汉文帝的一道诏书，当有人劝汉文帝对周边进行征讨时，汉文帝曰：

> 且兵凶器，虽克所原，动亦耗病，谓百姓远方何？又先帝知劳民不可烦，故不以为意。朕岂自谓能？今匈奴内侵，军吏无功，边民父子荷兵日久，朕常为动心伤痛，无日忘之。今未能销距，原且坚边设候，结和通使，休宁北陲，为功多矣。且无议军。②

这道诏书反映了汉文帝对战争的态度，文帝认为战争是"凶器"，即使能达到愿望，战争发动起来也会有耗费和弊病。他主张不能为了建功再去骚扰老百姓，最后的结论是"且无议军"。

汉文帝继承了高祖"偃武一休息"的政策，其结果是"故百姓无内外之繇，得息肩于田亩，天下殷富，粟至十余钱，鸣鸡吠狗，烟火万里，可谓和乐者乎！"③ 对汉文帝的偃兵息民的战争政策，司马迁又在该篇"太史公曰"里不遗余力地赞赏道："文帝时，会天下新去汤火，人民乐业，因其欲然，能不扰乱，故百姓遂安。自年六七十翁亦未尝至市井，游敖嬉戏如小儿状。孔子所称有德君子者邪！"④ 因为汉文帝继续实行休养生息的政策，人民才得以安居乐业，无论老少都能分享"和平红利"。

司马迁对汉高祖和汉文帝"偃武一休息"的战争政策的推崇，是基于以下原因：其一，对战争残酷性、破坏性、灾难性的深刻认识。战

---

① 司马迁：《史记》第 4 册，中华书局 1982 年版，第 1242 页。
② 同上。
③ 同上。
④ 同上书，第 1243 页。

争带来的最直接的后果就是无数鲜活生命的毁灭。在司马迁笔下，前293年秦白起在丹阳之战中斩杀韩魏兵卒24万；前273年华阳之战秦军斩魏卒13万，沉赵卒2万于河，共计15万；前260年秦赵长平一役秦军坑杀赵国降卒45万；前234年平阳之战秦杀赵卒10万；前207年项羽坑秦卒20余万……以上只是《史记》中有据可查的杀戮在10万人以上的战争。司马迁在写下一个个冰冷的数字的时候，他的心肯定也在滴血。除了参战的士卒的死亡，又有多少无辜百姓在战火中成了牺牲品，对生产力对文化的破坏也都是难以估量的。其二，对道家"清静无为"思想的认同。汉初六十年，在治国上都是以黄老思想为指导，主张清静无为，休养生息。正因为如此，汉朝才在战争的废墟上逐步恢复过来。老子反对战争，认为它是"凶器"，"虽有甲兵，无所陈之"（《老子》八十章），这些思想既被汉初最高统治者所遵循，也被像司马迁这样的知识分子所接受。其三，对汉武帝发动无休止的战争的厌倦与否定，这也是第二个原因的一体两面。汉武帝一改汉初实行了数十年的休养生息国策，对外大举用兵，几十年来对东越、南越、朝鲜、西南夷、匈奴、大宛的战争连绵不断，百姓苦不堪言，本来繁荣的经济也快到了崩溃的边缘，汉朝几乎又要重蹈秦朝的覆辙。司马迁本人又因为李陵兵败辩护而受宫刑，他对汉武帝发动的战争更是反感。司马迁在《律书序》中对汉文帝的歌颂，其实就是把文帝作为武帝的一面镜子，他对汉武帝"多欲"战争的否定态度不言而自明。

　　司马迁《律书·序》是他战争观的纲领，在这篇文字中除了指出战争的起因、定义、性质外，用得最多的篇幅就是大谈如何停止战争使人民休养生息，而对如何用兵消灭敌人却几乎只字未提，正如黄履翁所云："其著《律书》也，不言律而言兵，不言兵之用，而言兵之偃。观其论文帝事，浩漫宏博，若不相类。徐而考之，则知文帝之时，偃兵息民，结和通使，民气欢洽，阴阳协和，天地之气亦随以正，其知造律之本矣。"① 杨慎也说："太史公之为《律书》，其始不言律而言兵，不言兵之用，而言兵之偃，而于汉文帝尤加详写，可谓知制律之时而达制律

---

① 杨燕起、陈可青、赖长扬汇辑：《史记集评》，华文出版社2005年版，第124页。

之意也。"①

战争同任何事物一样，都有一个发生、发展直至消亡的过程。"人类社会进步到消灭了阶级，消灭了国家，到了那时，什么战争也没有了，反革命战争没有了，革命战争也没有了，非正义战争没有了，正义战争也没有了，这就是人类的永久和平的时代。"② 司马迁对战争前途还没有这样明确而深刻的认识，他是从一个历史家的视角以人道主义的立场，通过表彰汉文帝，希望后来的当政者也能效法汉文帝，使人民休养生息，少遭兵火之灾。这是司马迁对战争前景问题进行思考所达到的理论高度。

第二节　司马迁战争观的特性

司马迁作为一代史家，他对战争的思考方式，显然不同于思想家、政治家与军事家。他有较为系统的战争观，并有其独特的表达战争观的方式。那么，司马迁的战争观又有什么特别之处呢？

一　从感性经验到历史理性的升华

司马迁之所以能形成"别是一家"的战争观，与他对战争有着丰富的感性体验密不可分，历史上发生的难以数计的战争更为他提供了丰富的历史经验。同时司马迁对战争的理解没有停留在经验的层面，而是实现了从感性经验到历史理性的飞跃。

（一）司马迁对战争的感性体验

1. 对古战场的实地考察与凭吊

司马迁在《太史公自序》里说，他从二十岁起就壮游天下，行踪所及，几半中国。司马迁到古战场实地考察，进行凭吊。司马迁所写战争之所以让人有身临其境之感，与他自己对"历史时空"有亲身感受息息相关。

司马迁曾到黄帝战蚩尤的涿鹿实地考察，见《五帝本纪》之论赞：

---

① 杨燕起、陈可青、赖长扬汇辑：《史记集评》，华文出版社 2005 年版，第 355 页。
② 《毛泽东选集》第 1 卷，人民出版社 1991 年版，第 174 页。

余尝西至空桐，北过涿鹿，东渐于海，南浮江淮矣，至长老皆各往往称黄帝、尧、舜之处，风教固殊焉。①

在涿鹿司马迁感受到了黄帝以德修兵的历史气息。司马迁到过被秦军水淹过的大梁故城，见《魏世家》之论赞：

吾适故大梁之墟，墟中人曰："秦之破梁，引河沟而灌大梁，三月城坏，王请降，遂灭魏。"说者皆曰魏以不用信陵君故，国削弱至于亡，余以为不然。天方令秦平海内，其业未成，魏虽得阿衡之佐，曷益乎？②

司马迁在古城废墟上发出感慨，战争胜负非一人所能左右，最终决定战争命运的是天下大势与历史潮流。司马迁还向当地人打听何谓夷门，事见《魏公子列传》之论赞：

吾过大梁之墟，求问其所谓夷门。夷门者，城之东门也。天下诸公子亦有喜士者矣，然信陵君之接岩穴隐者，不耻下交，有以也。名冠诸侯，不虚耳。高祖每过之而令民奉祠不绝也。③

司马迁对信陵君礼贤下士的行为倍加赞赏，正因为有侯嬴、朱亥等隐于民间的英雄的帮助，信陵君才会有窃符救赵的壮举。战争要胜利，需要得民心，得人才。蒙恬率秦军抗击匈奴的塞北前线，司马迁也留下过足迹，见《蒙恬列传》之论赞：

吾适北边，自直道归，行观蒙恬所为秦筑长城亭障，堑山堙谷，通直道，固轻百姓力矣。夫秦之初灭诸侯，天下之心未定，痍

---

① 司马迁：《史记》第 1 册，中华书局 1982 年版，第 46 页。
② 司马迁：《史记》第 6 册，中华书局 1982 年版，第 1844 页。
③ 司马迁：《史记》第 7 册，中华书局 1982 年版，第 2385 页。

　　伤者未瘳，而恬为名将，不以此时强谏，振百姓之急，养老存孤，务修众庶之和，而阿意兴功，此其兄弟遇诛，不亦宜乎？何乃罪地脉哉？①

　　司马迁目睹了秦朝不惜民力而修筑的庞大军事工程，对蒙恬不能顺应百姓求稳求安的民心而阿意兴功提出了批评，在此司马迁表达了偃兵息民的思想。

　　古战场上，断垣残壁，芳草萋萋，往事如烟，斯人独在。历史上的杀伐在眼前似隐似现，曾经金戈铁马的战争人物似乎也要跨越时间隧道来到眼前。司马迁亲临古战场，使他写战争时有了浓重的历史现场感。司马迁在对古战场的亲密接触中，战争观也逐渐形成并得以升华。

　　2. 扈从汉武帝巡幸天下，观瞻盛大阅兵

　　司马迁的游历天下，分为前后两个阶段，两个阶段的游历又属不同的性质。大约在汉武帝元狩五年（前118），以司马迁28岁仕为郎中为标志②，之前的游历为宦学之游，之后的游历为扈驾之游，前者类似个人自助旅游，后者则是借"公差"以旅游。这两种游历都使司马迁开阔了视野，吸纳了江山之气而豪气大增。

　　据《史记·封禅书》及《汉书·武帝纪》记载，汉武帝在位五十四年，巡幸三十四次，其中半年以上的巡幸就有六次。汉武帝出巡，随行官员及军队往往达数万人，出行队伍长达数百里，浩浩荡荡，旌旗蔽日。汉武帝一生好大喜功，企求神仙，故其出巡，以封禅和求仙为主要内容，以宣示大汉声威为主要目的。从元狩五年（前118）司马迁28岁仕为郎中至征和四年（前89）汉武帝最后一次封禅泰山，司马迁在扈从汉武帝的三十六年中，共随从武帝出巡二十六次。③

　　汉武帝的巡幸通常带有浓厚的军事色彩，有的甚至就是大规模的军事演练，这一方面是训练部队，再一方面是壮汉军声威以震慑敌胆。如元封元年（前110），汉武帝首次要到泰山封禅之前就率十八万大军出

---

　　① 司马迁：《史记》第8册，中华书局1982年版，第2570页。
　　② 元狩五年（前118），汉武帝大选郎官，任安、田仁为郎，司马迁也最有可能是在这一年始为郎中。
　　③ 参见张大可《司马迁传评传》，华文出版社2005年版，第44—47页。

塞来威震匈奴，事见《史记·封禅书》：

> 其来年冬，上议曰："古者先振兵泽旅，然后封禅。"乃遂北巡朔方，勒兵十余万，还祭黄帝冢桥山，释兵须如。①

又见于《史记·匈奴列传》：

> 是时天子巡边，至朔方，勒兵十八万骑以见武节，而使郭吉风告单于。郭吉既至匈奴，匈奴主客问所使，郭吉礼卑言好，曰："吾见单于而口言。"单于见吉，吉曰："南越王头已悬于汉北阙。今单于即前与汉战，天子自将兵待边；单于即不能，即南面而臣于汉。何徒远走，亡匿于幕北寒苦无水草之地，毋为也。"语卒而单于大怒，立斩主客见者，而留郭吉不归，迁之北海上。而单于终不肯为寇于汉边，休养息士马，习射猎，数使使于汉，好辞甘言求请和亲。②

《史记·封禅书》中的"振兵泽旅"在《汉书·郊祀志》中作"振兵释旅"。"振兵"，即治军，管理军队，进行军事动员，做好战争准备；"释旅"，是指解除战备状态。"振兵释旅"就是一场从动员到结束的全过程的军事演习。汉武帝封禅前，率领十八万铁骑开赴塞北，统兵列阵，向匈奴炫耀武力，其阵势盛大至极。司马迁扈驾武帝，亲临军阵，亲睹军容，增加了他对军队和战争的感性认识。③ 司马迁擅长激烈

① 司马迁：《史记》第4册，中华书局1982年版，第1396页。
② 司马迁：《史记》第9册，中华书局1982年版，第2912页。《汉书·武帝记》也有记载：勒兵十八万骑，旌旗径千余里，威震匈奴。遣使者告单于曰："南越王头已悬于汉北阙矣，单于能战，天子自将待边；不能，亟来臣服，何但亡匿幕北寒苦之地为？"（班固：《汉书》第1册，中华书局1962年版，第189页）
③ 元鼎元年（前111），司马迁征略西南夷，元封元年（前110），司马迁归来时，汉武帝此次北地巡边已经结束。司马迁虽然没能参加此次军事盛典，但由这次盛大巡边中透出的军事气息，窥一斑而见全豹，可以揣测其他那么多巡游活动中肯定也会有类似的军事阵容。司马迁定会身临其境，感受军阵军容。如元鼎五年（前112），汉武帝西登山崆峒，北出萧关，率数万骑打猎于新秦中，就是具有军事性质的田猎，司马迁就亲眼目睹了当时雄伟壮观的场面。

盛大的战争场面描写，与他扈从武帝的豪放巡游密切相关。

司马迁青年时期并不只是想子承父业当一个史学家，而是在儒家"修齐治平"的熏陶下曾经涌动过建立军政功业的豪情壮志。在《报任安书》里，司马迁深以为憾的四种情况是："上之，不能纳忠效信，有奇策才力之誉，自结明主；次之，又不能拾遗补阙，招贤进能，显岩穴之士；外之，又不能备行伍，攻城野战，有斩将搴旗之功；下之，不能积日累劳，取尊官厚禄，以为宗族交游光宠。"① 司马迁以他没有做到这些而抱恨。其中第三种遗憾就是军功抱负落了空，反过来讲，司马迁曾希望能驰骋沙场，攻城略地，斩将夺旗。司马迁扈从武帝，渡越关山，虽然不能实现他的将帅抱负，但却使他有幸熟悉山川，亲睹军阵，为他写战争积累了感性经验。

3. 李陵兵败，祸及史迁

司马迁实地考察古战场，对战争发思古之幽情；扈驾巡游，观瞻盛大阅兵，体会的是战争的刚劲与宏阔；征略西南，胸中涌动的是渡越关山建功立业的豪情。以上司马迁对战争的体验都是"诗意"的，充满了激情与憧憬，带给他的是昂扬向上奋发有为的豪情，而使司马迁对战争重新打量，使他的战争观发生重大转变的是"李陵之祸"②。"李陵之祸"使司马迁对战争有了一种"切身之痛"，这种痛痛在身上，更是痛在心里。

司马迁不做墙头草，不见风使舵，更不像那些落井下石的朝臣，敢于说出真心话，为败军之将李陵说几句"公道话"，这充分表明了司马迁作为一个正直的知识分子的耿介品性，对此我们要做充分肯定，对他受辱衔冤深表愤慨。但同时我们也要指出，在此事件中司马迁并非完全正确而无可挑剔。首先，司马迁在"李陵之祸"前，他在精神上对汉武帝还是有所依附的，还没有真正在皇权面前昂首挺胸，他此时还不完全具备一个文化巨人应该有的独立的人格风范。司马迁"见主上惨怆怛悼，诚欲效其款款之愚"（《报任安书》，下同），他"推言陵之功"的

---

① 韩兆琦编著：《史记笺证》第 9 册，江西人民出版社 2004 年版，第 6438 页。
② 《史记》之《太史公自序》，《汉书》卷五十四《李广传》所附李陵传，与《汉书》卷六十二《司马迁传》所录《报任安书》，对"李陵之祸"均有交代。

主观动机就是"欲以广主上之意，塞睚眦之辞"。本来司马迁就是要做一个忠臣的，他起初对汉武帝也是心存感激的，"主上幸以先人之故，使得奏薄技，出入周卫之中"。皇帝给了个好差事，他也一心想报答皇帝的"知遇之恩"，他"务一心营职，以求亲媚于主上"，可是结果怎么样呢？"而事乃有大谬不然者。"司马迁一片"拳拳之忠"的好心却遭到的是冰雪严霜，给他带来的是杀身之祸与腐刑之耻。看到皇帝吃不好睡不香，给皇帝说一些宽心话，这并非什么不光彩的事，我们也并不苛求司马迁要做汲黯那样的诤臣与畏臣，我们之所以指出这一点，是想说明司马迁受祸之前对汉武帝的感恩心态与"忠臣心态"，"以求亲媚于主上"还是他的主导思想。受祸之后，司马迁才痛定思痛，他的文化人格才完全独立，才有了像孔孟那样为帝王师为万世师的雄心。他不再依附与迎合任何世俗权贵，而有了蔑视帝王笑傲王侯的气概，才进一步强化了秉笔直书刺贪刺虐的史家良知。经过在精神炼狱的苦苦挣扎，司马迁才真正具备了一个文化巨人在人格上所应有的气度。其次，李陵投降变节的史实证明司马迁当时的"识力"还欠火候。司马迁定罪受刑并不是在他为李陵辩解之后就马上发生的，而是在一年多之后。事件的时间线索是这样的：天汉二年（前99）秋，李陵兵败而降，司马迁在朝廷为其辩解说他"身虽陷败，彼观其意，且欲得其当而报于汉"。这时，汉武帝采纳了司马迁的意见，"遣使劳陵余军得脱者"，还派公孙敖深入匈奴迎李陵归汉，但公孙敖在边境候望李陵一年多也没等到李陵。从捕获的匈奴俘虏口中得知"李陵教单于兵以备汉"，汉武帝大怒，族灭李陵一家（实际教练匈奴的是李绪，而非李陵）。紧接着司马迁被定罪受腐刑，这时是天汉三年（前98），距司马迁为李陵廷辩已有一年有余。李陵真的投降变节了，司马迁百口莫辩，内心异常郁闷，"李陵既生降，隤其家声；而仆又佴之蚕室，重为天下观笑。悲夫！悲夫！"司马迁在朝堂上对李陵的品格曾作过高度评价，认为他有"国士之风"，可是事实却无情地嘲弄了司马迁。李陵到底是一个什么样的人，我们结合《汉书·李广传（附李陵传）》才能看得清楚。李陵既不是十足的"忠臣"，又不是彻头彻尾的"汉奸"，他始终处于犹疑彷徨苦闷之中，李陵悲剧的产生既有客观条件，是形势所迫使他一步步被逼上不归之路；同时也有主观条件，即他的犹豫摇摆的性格。司马迁在李陵事件上，是缺乏足够的识人之相的，对事件的发展走向也缺乏足够的洞察力。本质上讲，司马迁还只是一介书生，他虽然混迹朝廷多年，但对官场的"游戏规则"还缺乏足够的体悟，他虽然长于明史，却是拙于保身。他的满腔真情，换来的却是皇权的冷酷挞伐。我们不禁要问，司马迁在《史记》里所表现出的超凡见识与对世态人情的洞察力都跑哪里去了？我认为答案可能有两个，其一，司马迁像中国古代许多知识分子一样，可以指点江山激扬文字，对沉眠于发黄的古籍中的历史不乏真知灼见；但在现实生活中，却往往是书生意气，不通世故，对杀机四伏的人际关系更是缺乏足够的敏感与洞察。其二，正是李陵之祸才使司马迁的"见识"突飞猛进。太初元年（前104）司马迁四十二岁时开始动笔著《史记》，天汉三年（前98）司马迁四十八岁受宫刑诋，他受刑前撰写《史记》只有七年。①《史记》最后完成于征和三年（前90）②，是年司马迁五十六岁。也就是说，司马迁著《史记》共历十五载，以受宫刑为界，前期七年，后期八年，《史记》大部分篇幅都是在受宫刑后写就或改定的，《史记》所表现出的卓越的历史胆识是李陵之祸后的精神产品。正因为经历如此变故，才使司马迁对历史对世情有了深刻体悟，才在精神上来了个飞跃，识见能力才有了迅猛提高。

　　司马迁受宫刑在天汉三年（前98）十二月，受刑后在蚕室静养百天，天汉四年（前97），出狱后被委以中书令之职。③ 司马迁何以受刑后反倒"升官"，史无明文，最合理的解释就是汉武帝爱其才，也为自己对司马迁的"伤害"做些"补偿"。在这件事上，从主观上来讲，汉武帝是"不怀好意"的，但在客观上却在无意间成就了司马迁。如果

---

　　① 《集解》引李奇曰："迁为太史后五年，适当于武帝太初元年，此时述《史记》。"（司马迁：《史记》第10册，中华书局1982年版，第3296页）《太史公自序》云："于是论次其文，七年而太史公遭李陵之祸，幽于缧绁。"《集解》引徐广曰："天汉三年。"《正义》曰："从太初元年至天汉三年，乃七年也。"（司马迁：《史记》第10册，中华书局1982年版，第3300页）

　　② 王国维《太史公行年考》云："今观《史记》中最晚之记事，得信为出自史公手者，唯《匈奴列传》之李广利降匈奴事。余皆出后人续补者也。"按：李广利降匈奴事在征和三年，如王国维观点能够成立，则可推知征和三年是司马迁对《史记》最后定稿的时间。

　　③ 中书令，是皇帝身边的机要秘书长官，侍从皇帝左右，出纳章奏，被朝野视为尊崇任职。中书令"宿为人主，出入宫殿，由得受俸禄，受太官享赐，身以尊荣，妻子获其饶，故或载卿相之列。"（桓宽：《盐铁论·周秦篇》）

没有宫刑之耻的"催化"，《史记》是不可能成为现在这个样子的，"司马迁的受刑，在他个人当然是一个太大的不幸，然而因此他的文章里仿佛由之而加上浓烈的苦酒，那味道却特别叫人容易沉醉了！又像音乐中由之而加上破折、急骤、悠扬的调子，那节奏便特别酣畅淋漓，而沁人心脾了！"① 当然，我们不能因为宫刑的这种"客观效果"就得出汉武帝做对了的结论，不然这要为多少暴君残害忠良提供借口，那势必会陷入历史相对主义的泥潭，没了是非标准，失去了评价历史的尺度。

李陵兵败而降，这个战争事件极大地改变了司马迁的命运，也极大地改变了他的思想。李陵事件对《史记》写作影响是全面而深刻的，在这里我着重分析一下它对司马迁战争观的影响。发生在遥远边塞的战争，却殃及身处庙堂的司马迁，这使司马迁对战争特别是对汉武帝所发动的战争有了新的认识。《史记》对汉武帝之前的战争叙写可谓多矣，多少战争英雄的龙腾虎跳，多少战争的奇谋良策，又有多少惊天动地的战争功业，对此司马迁总体上是以一种欣赏的眼光进行观照的，在战争叙写中司马迁歌颂力，赞赏智，传达出来的是美。汉武帝发动的对匈奴、朝鲜、东越、南越的战争，单从军事角度讲不可谓不波澜壮阔，卫青、霍去病等人的战功不可谓不奇壮宏伟，然而司马迁对之却没有太大的兴趣，我们从文字里感受到的是一种正视淋漓鲜血的冷峻。这固然与司马迁的民族一统慎动干戈的民族战争思想有关，又何尝不是因李陵事件而使他对战争特别是对当代战争本能地保持一定距离呢？李陵兵败而降这一战争事件，使司马迁有了"切身之痛"，更是对他灵魂的戕害，作为史学家司马迁虽不断用理性来节制自我，但他也是一个有思想有情感的活生生的人，情感因素对他历史观乃至战争观的影响也是不能视而不见的。司马迁因李陵兵败而受祸，因汉武帝的专横无情而罹难，这就使他对汉武帝发动的战争有种本能的厌恶与排斥，在一定程度上，他会把自己的受辱"迁怒"于当时进行的战争。这样司马迁在对当代战争的叙写中就不可能不打上个人强烈的感情色彩，换句话说，个人对战争的好恶会在一定程度上影响一个历史家对战争的客观理性的叙述，司马迁对当时的汉匈战争是有偏见的，对汉匈战争及战争人物的评价也是有

① 李长之：《司马迁之人格与风格》，生活·读书·新知三联书店1984年版，第119页。

失公允的。①

（二）司马迁战争观表达方式的理论化、系统化

司马迁之前的史书，不能说其中没有战争观，就以写战争最多的《左传》而言，它也有对战争问题的基本看法。然而《左传》与《史记》相比，它还局限于对战例的罗列，上升为纯粹理论性的东西很少，即使有理论也很零碎，缺乏系统性。司马迁的战争观在理论性与系统性上有了长足的进步，这首先体现在内容上的丰富性与逻辑上的层次性，它涵盖了战争观的基本方面，司马迁对战争起源、战争定义、战争性质、民族战争、战争人才、作战指导原则、战争归宿都有系统而独到的见解。其次也表现在表达形式的理论化与系统化，《史记》五种体例中都有战争观的内容。前面对司马迁战争观在内容上的探讨已经不少了，下面就对其表达形式的理论化与系统化加以考察。

《史记》论赞，是指《史记》中的"太史公曰"。《史记》论赞内容丰富，写法神出鬼没。《史记》论赞是司马迁从幕后走向前台直接现身表明自家观点的一种方式，也是他"一家之言"的重要表现形式，自然也是他战争观的一种载体。从《项羽本纪》的论赞可以看出，司马迁主张不能靠匹夫之勇，而要吸取古人成功的经验教训，要靠智取胜，而不能指望以力经营天下。《曹相国世家》论赞借赞赏曹参执行清静无为的政策，表达了司马迁偃兵休息的战争理想。《陈丞相世家》论赞体现了太史公以奇计良谋兴国的愿望。《绛侯周勃世家》论赞表达了国家要有良将辅佐的思想。《张仪列传》论赞感叹苏秦、张仪"真倾危之士哉"，对战争中实行合纵连横的军事外交策略作了肯定。《白起王翦列传》《蒙恬列传》《李斯列传》与《匈奴列传》的论赞都表明一个

---

① 林干对汉武帝发动的汉匈战争作了比较客观的评价，他说："如果没有这五六十年的反侵扰战争及其最后胜利，汉朝北方的安全，人民生产、生活的安定，民族、国家的命运，封建社会经济文化的发展，都是不堪设想的。故西汉时期汉匈之间的战争，是一场维护先进的封建制、反对落后的奴隶制的战争，实质上也就是封建制与奴隶制之间的斗争。武帝及其以后对匈奴战争的正义性质和进步作用，于此可见。武帝及其以后对匈奴战争的进步作用，不仅表现在解除了匈奴奴隶主对汉族的侵扰，而且还表现在解除了乌桓、丁零、西嗕、乌孙和西域各族人民所受匈奴奴隶主的奴役和剥削（虽然这不是武帝用兵的目的），使他们脱离了匈奴落后的奴隶制的束缚，加强与汉族先进封建经济文化的接触和影响，这在当时的历史条件下是有积极意义的。"（林干：《匈奴史》，内蒙古人民出版社 1979 年版，第 58—59 页）

主题：欲兴圣统，要善择将相，将相要恪尽操守并敢于批龙麟去直谏。《田单列传》论赞指出"兵以正合，以奇胜"是作战的根本原则。《吴王濞列传》及《淮南衡山列传》论赞表达了天下一统反对分裂的愿望。《李将军列传》论赞以李广为例提出了良将应具备的素质。这些论赞不仅文字活泼不拘一格，像一篇篇短小精悍的杂文，又像玲珑剔透的小品文，而且从不同角度展现了司马迁的战争观。这些论赞不是画蛇添足，而是画龙点睛，甚至是神来之笔，令人叹惋。

《史记》十表是司马迁匠心独运之作，它与纪传相表里，以经纬纵横的表格形式使天下大势纳于尺幅之中，天下兴亡、理乱大略尽现眼前。刘知几曰："虽燕、越万里，而于径寸之内犬牙可接；虽昭穆九代而于方尺之中雁行有叙，使读者阅文便睹，举目可详，此其所以为快也。"① 钟惺也对之赞赏有加："《史记》诸表，一图谱也，而文章间架，一经一纬，一纵一横，亦自可得之，是无言之文也。序最古，感慨往往在微言之内。"② 十表除了《汉兴以来将相名臣年表》都有一篇简短的序文，这些表序都是精彩的史论，其中三篇涉及司马迁对战争的看法。《十二诸侯年表序》指出春秋时期，周天子沦为傀儡，政由五伯，晋、齐、楚、秦依江山之险成为霸主，司马迁对当时军事政治形势洞若观火。《六国年表序》纵论秦国何以由一个偏远小国一步步兼并诸国统一天下，指出战国时代军事斗争的特点是："务在强兵并敌，谋诈用而从衡短长之说起。"③《秦楚之际月表序》慨叹了秦楚之际短短八年时间形势变幻之快，把前代或"以德"或"以力"统一天下之艰难长久与刘邦得天下之轻而易举作了对比，并试图回答其中的原委。这三篇表序表明司马迁胸中固有一天下大势，对不同历史时期的发展脉络都有准确的把握，对不同时代的战争特点都有精辟的概括。

八书是汇集典章制度的文化专门史。司马贞说："书者，五经六籍总名也。此之八书，记国家大体。"④ 今本《律书·序》是司马迁战争观最为集中的表述。在此序里，司马迁将战争的发生与人性相联系，认

---

① 浦起龙释：《史通通释》下册，刘知几撰，上海古籍出版社 1978 年版，第 466 页。
② 杨燕起、陈可青、赖长扬汇辑：《史记集评》，华文出版社 2005 年版，第 116 页。
③ 司马迁：《史记》第 2 册，中华书局 1982 年版，第 685 页。
④ 司马迁：《史记》第 4 册，中华书局 1982 年版，第 1157 页。

为战争的产生是合乎"情性之理"的。他给战争下了一个明确的定义："兵者，圣人所以讨强暴，平乱世，夷险阻，救危殆。"司马迁认为战争"行之有逆顺"，把战争区分为正义的和非正义的两大类。他还强调战争"用之有巧拙"，要选贤任能，制定正确的战略战术。司马迁还主张清静无为，希望能达到"偃武一休息"的理想境界。完整的《兵书》到底是个什么样子，我们现在已无从知晓了，但仅从现存的可认定为司马迁原作的这篇序文，我们就可以窥见司马迁战争观的丰富与深刻。我们也有理由相信，如果司马迁的那篇《兵书》不亡佚而能完整地保存至今，他的战争观将以更加博大深邃的面目展现于世人面前，它所蕴含的战争思想将极大地丰富我们对司马迁战争观的认识，我们说司马迁的战争观具有理论性系统性的特征，将会有更多的底气。

《太史公自序》（以下简称《自序》）是司马迁的自传，也是《史记》一书的纲领，李景星评之曰："史迁以此篇为教人读《史记》之法也，凡全部《史记》之大纲细目，莫不于是粲然明白。未读《史记》之前，须先将此篇熟读之；既读《史记》以后，尤须以此篇精参之。文辞高古庄重，精理微旨，更奥衍宏深，是史迁一生出格大文字。"[1]《自序》就像一个出色的导游，带人走进博大深邃的历史迷宫。《自序》中有一部分专门交代一百三十篇的写作主旨，其实也是在交代每一篇的"选题意义"，这里边就蕴含着司马迁的一些战争思想。如在交代《孙子吴起列传》写作缘起时，司马迁说："非信廉仁勇不能传兵论剑，与道同符，内可以治身，外可以应变，君子比德焉，作《孙子吴起列传》第五。"[2] 这里谈到军事家应具备的武德：诚信、廉洁、仁慈、勇敢，具备了这些品格才能传兵论剑。在论及《汉兴以来将相名臣年表》时，司马迁提出："国有贤相良将，民之师表也。"[3] 在提到《李将军列传》写作时更是以李广为良将典型，李广为良将确立了标准："勇于当敌，仁爱士卒，号令不烦，师徒乡之。"[4]《自序》对陈涉首难之功作了高度肯定，把他与商汤、周武王相提并论，这也表明了司马迁对中国第一次

---

① 李景星：《四史评议》，岳麓书社 1986 年版，第 123 页。
② 司马迁：《史记》第 10 册，中华书局 1982 年版，第 3313 页。
③ 同上书，第 3304 页。
④ 同上书，第 3316 页。

农民大起义的态度，这种态度显然与后世视农民起义为盗寇的观念迥然有别，也更能显示出司马迁战争观的进步性。特别是论及《律书》写作宗旨时，他提出"非兵不强，非德不昌"的著名论断，这也是司马迁战争观的精髓。《太史公自序》不仅是绝代大文章，而且其中蕴含的战争思想同样也闪耀着耀眼的理论光芒。

与同为史书的《左传》等相比，司马迁的战争观呈现出理论化、系统化的特点，但与《孙子兵法》等纯粹兵学著作相比，这种理论化与系统化就要相形见绌了。《孙子兵法》十三篇，环环相扣，层层推进，对战争规律作了高屋建瓴的理性把握。《孙子兵法》的言理方式迥异于先秦其他诸子之书，它"舍事言理"（稍有"以理系事"），与诸子（《老子》除外）动辄就用寓言典故来助说理的方式大相径庭。就这个意义上讲，《孙子兵法》才是先秦为数不多的一部纯粹"理论"著作。它说理不以寓言故事取胜，而几乎全靠逻辑与理论的力量，因此《孙子兵法》中的战争思想的理论化与系统化是其他任何著作无法比拟的，它所具有的兵学理论色彩也是古今独步。当然，《史记》作为史书自有其表达"一家之言"的独特方式，我们不能以《孙子兵法》为唯一标准让司马迁去削足适履。司马迁战争观的表达方式有其自身的史家特征，年表序、律书序、《太史公自序》、"太史公曰"，是司马迁战争观的主要载体，这是司马迁自己明言的，也是最为可靠的。同时，《史记》还有一个重要的说理方法，即"以事衍理"，就是司马迁通过对历史事实的客观叙述使读者从中悟出他想表达的观念。针对战争观也是如此，我们从《史记》大量战争人物的篇目，从大量战争实例中可以体悟出司马迁丰富多彩的战争思想。这就是司马迁在《太史公自序》里借用孔子的话表明的说理方法，"我欲载之空言，不如见之于行事之深切著名也"①。

总之，无论从内在的思想理路还是外在的表达形式，司马迁的战争观都表现出史家所特有的理论化与系统化，实现了从感性经验到历史理性的升华。

———————

① 司马迁：《史记》第10册，中华书局1982年版，第3297页。

二 对先秦诸子战争思想的融会贯通

中华民族是一个在心理上早熟的民族，在民族的童年时期——先秦，就产生了灿若群星的伟大思想家。司马迁作为有汉一代的文化巨人，不仅是伟大的史学家、文学家，还是自成一家的思想家，先秦诸子思想就是他取之不竭的思想源泉。司马迁与先秦诸子的关系，历来众说纷纭，有司马迁崇道说（东汉班固、明杨慎，今人李长之、程金造等），尊儒说（南宋朱熹、陈傅良，明焦竑，清冯班、王鸣盛、赵翼、曾国藩，今人魏元旷等），兼儒及道说（今人陈柱、陈直等），杂家说（西汉扬雄，今人白寿彝、陈可青、陆永品、郭双成等），融百家为一家说（今人常乃德），向墨说（今人蔡尚思）等。总的来看，唐以前崇道说非常盛行，唐以降尊儒说渐占上风。郭双成指出："在研究司马迁的思想时，不应该拘泥于司马迁的思想究竟是以道家为主、还是以儒家为主的说法，而应该看到司马迁同时受到了这两个政治哲学派别的影响，否则硬性将其思想归入上述两个学派中的哪一个学派，就将犯片面性的错误，所谓司马氏'一家之言'也就将因此而消失了，应该说司马迁的思想包含得是比较广博的。在这个意义上，我们把司马迁称作对诸子百家学说博采兼容而不专注一家的'杂家'，应该说是恰当的……以'杂家'名迁，他是完全当之无愧的。"① 我认为，司马迁所追求的"成一家之言"，就是以儒道两家思想为核心，儒道互补，并兼采百家的杂家。司马迁的杂家不是各家思想简单的机械相加，而是融会贯通后的凝练与升华，他的杂又并非群龙无首的一盘散沙，其中居于核心地位的是儒道两家，这两家就像两驾马车引领着其他诸家，而在此两家中，儒家像夫，道家似妇，夫唱妇随，儒道互补，相得益彰，与其他诸家共同奏响了司马迁"一家之言"的大型交响乐。

司马迁战争观作为他"一家之言"的重要部分，它的思想资源与司马迁整个的学术思想资源总体上是一致的，同时又有其相对的独特性。我认为，司马迁的战争观，不宗一家，兼采诸家，是兵儒合流、以儒统兵为内核的杂家。

司马迁战争观的核心是"非兵不强，非德不昌"，认为"兵者，圣

---

① 郭双成：《史记人物传记论稿》，中州古籍出版社 1985 年版。

人所以讨强暴，平乱世，夷险阻，救危殆"。这就使儒家与兵家牵起了手，司马迁以儒家仁义为体，以兵家谋略为用，也就是以儒家为政治指导，而以兵家为军事手段。司马迁的这种战争观吸收了儒家相关思想，然而又明显区别于儒家的战争观。孔子"爱仁"，是很厌恶战争的，"灵公问兵陈，孔子曰：'俎豆之事则尝闻之，军旅之事未之学也。'"①孔子一生所慎在"齐（斋）、战、疾"，"子不语怪力乱神"（《论语·述而》）。儒家第二号人物孟子更是迂远而阔于事情，"当是之时，秦用商君，富国强兵；楚、魏用吴起，战胜弱敌；齐威王、宣王用孙子、田忌之徒，而诸侯东面朝齐。天下方务于合从连衡，以攻伐为贤，而孟轲乃述唐、虞、三代之德，是以所如者不合"②。在战国乱局中孟夫子还在奢谈"仁人无敌于天下"③，先秦时期的原始儒家，是厌言战争的。虽然孔子也曾提出要"足食，足兵"，要"教民而战"，要"文武兼备"，他教学生的六艺中的"射"和"御"也带有军事性质，但并不能说孔子就喜欢战争。孔孟总体上是反战的，即使要战，他们也要求"礼乐征伐自天子出"。司马迁不是好战分子，也不是一味的反战人士，比之孔孟，他更具现实理性。他既看重仁义，也谈军事实力，他既坚持了早期儒家提倡仁义之师反对残酷战争的原则立场，又清醒地界定了政治与军事既联系又有区别的关系，可以说司马迁是肇始于两汉的兵儒合流、以儒统兵战争观的先驱。汉武帝"罢黜百家，独尊儒术"，使儒家成为统治思想，从此"子学时代"结束，"经学时代"开始。司马迁得风气之先，他的战争观已经具备了鲜明的兵儒合流、以儒统兵的特征，可以说司马迁开启了中国军事思想史的一个新时代，意义重大。

　　司马迁战争观中居于主导地位的是儒家与兵家，同时也有法家、墨家、纵横家、道家的思想基因。法家军事思想主要集中在《商君书》《管子》《韩非子》等法家著作中。其一，法家提倡"战胜强立"，反对儒、墨的"羞兵"与"非战"，鼓吹战争存在的必然性与合理性。"以战去战，虽战可也；以杀去杀，虽杀可也。"（《商君书·画策》）"君子

---

① 司马迁：《史记》第 6 册，中华书局 1982 年版，第 1926 页。
② 司马迁：《史记》第 7 册，中华书局 1982 年版，第 2343 页。
③ 杨伯峻译注：《孟子译注》，中华书局 2005 年版，第 325 页。

所以尊卑，国之所以安危者，莫要于兵。故诛暴国必以兵，禁辟民必以刑。然则兵者外以诛暴，内以禁邪。故兵者尊主安国之经也。"（《管子·参患》）管子还说："寝兵之说胜，则险阻不守。兼爱之说胜，则士卒不战。"（《管子·立政》）其二，法家主张耕战，富国强兵。"民之欲利者，非耕不得；避害者，非战不免。境内之民，莫不先务耕战……能行二者于境内，则霸王之道毕矣。"（《商君书·慎法》）其三，以法治军，严明赏罚。"赏厚而信，夫人轻敌矣；刑重而必，夫人不北矣。"（《韩非子·难二》）对法家学说，司马迁总体上是非常反感的，这一则有学理方面的原因；再则也因他遭酷吏们的凌辱恐吓，而对严刑酷法为能事的法家有种本能的排斥。但具体到法家学说中的军事思想，司马迁还是大部分予以吸纳的。司马迁虽然不赞成法家的一味斗强使狠并夸大战争的作用，但他吸收了其中许多有益成分，如认为战争有存在的必然性；主张耕战，富国强兵；严明赏罚，以法治军。司马迁对法家战争观的吸纳充分体现了他不因个人好恶博采众长、有容乃大的学术胸襟。

墨家是军事色彩较为浓厚的先秦思想流派，也是卓越的兵巧技家。《墨子》中专讲防守的篇目有：《公输般》《备城门》《备高临》《备梯》《备水》《备突》《备穴》等，这些篇目对守城防御作战的器械装备和具体战术作了详细交代。墨子是先秦诸子中最懂军事的学者，《墨子》在军事学史中具有重要地位。"非攻"是墨家战争观最为核心的内容，墨家认为："兼爱可以去乱，可以止战。兼爱是非攻的道德伦理基础，非攻是兼爱的必然结果。"① 俞樾曰："墨子惟兼爱，是以尚同；惟尚同，是以非攻；惟非攻，是以讲求备御之法。"（《墨子间诂·序》）从非攻的原则立场出发，墨家提倡救守，即对被攻击的弱小国家进行援救，弱小国家自身要加强防守。墨子及其弟子都曾不遗余力地帮助弱小国家进行抗击强暴的防御作战，表现出了高尚的情操。我们从《鲁仲连邹阳列传》中的鲁仲连身上看到了先秦墨家的风采与神韵，鲁仲连为人排难解纷而功成不取，可以说是战国时期墨家的代表人物。司马迁对鲁仲连赞赏有加，倾慕不已，从司马迁对鲁仲连的态度也可以看出他对墨家战争观的一种认同感，同情弱者反对恃强凌弱的战争也向来是司马迁的一贯

① 吴如嵩等：《中国军事通史·战国军事史》，军事科学出版社 1998 年版，第 384 页。

态度。

　　对鲁仲连这样的墨家高义之士，司马迁为之心折，对苏秦、张仪为代表的纵横家思想，司马迁也是批判地去继承。纵横家的战争观最鲜明的特征就是力主"伐交"，也就是借力打力。司马迁虽然不赞同纵横家们赤裸裸的追求利禄的功利主义价值观，但对他们纵横捭阖、合纵连横的外交谋略还是叹服的，说张仪、苏秦"此两人真倾危之士哉"①。司马迁吸纳了纵横家"伐交"的思想，进一步充实了自己的战争观。

　　道家与战争更是有着不解之缘。《老子》一书向来被许多人视作兵书，唐代王真说："五千之言……未尝有一章不属意于兵也。"（《道德真经论兵要义述·叙表》）苏辙也说："……此几于用智也，与管仲、孙武何异。"（《老子解》卷二）《隋书·经籍志》的子部兵家类则收录有"《老子》兵书一卷"，南宋郑樵《通志略》亦将《老子》著录于兵家。老子的战争思想主要有以下几点：其一，对战争基本持反对和否定的态度。"兵者不祥之器，非君子之器，不得已而用之，恬淡为上。胜而不美，而美之者，是乐杀人。夫乐杀人者，则不可以得志于天下矣。"（《老子》三十一章）其二，柔弱胜刚强。"将欲歙之，必固张之；将欲弱之，必固强之；将欲废之，必固兴之；将欲夺之，必固与之。是谓微明。柔弱胜刚强。"（《老子》三十六章）其三，主张"以正治国，以奇用兵"。（《老子》五十七章）司马迁战争观里有许多道家的成分，他虽然不像老子那样一味地否定战争，但他慎战备战的思想却是很明显的。迫不得已面对战争了，就要用战争自身的规律来指导战争，在这方面老子提出的"柔弱胜刚强"、"以奇用兵"为太史公所首肯。道家对司马迁战争观影响最大的还是清静无为的思想。老子主张"虽有甲兵，无所陈之"（《老子》八十章），司马迁在《律书·序》里对贯彻修养生息无为而治的汉文帝不吝笔墨大加颂扬，其实就是在表明他希望消弭战争的愿望。偃兵息民，人民安居乐业，不再有战乱兵灾，这虽然很难实现，但却是司马迁对战争归宿的一种美好期待！

　　司马迁虽然不是纯粹的军事理论家，但他在对先秦诸子军事思想充分吸纳的基础上，再加上自己的独立思考，形成了自具风貌的战争观。

①　司马迁：《史记》第7册，中华书局1982年版，第2304页。

这种战争观通达、现实、富有智慧，具有鲜明的历史理性色彩。

三 《史记》战争文学的灵魂

我们研究司马迁的战争观，是为研究《史记》战争文学服务的。从一定意义上讲，有什么样的战争观，就会有什么样的战争文学，战争观与战争文学二者虽然不能画等号，但战争观对战争文学的支配作用以及战争文学对战争观的能动反映，这样的关系还是显而易见的。司马迁才高识更高，他卓越的史识使一部《史记》独步千古。"司马迁之难能可贵，并不只在他的博学，而尤在他的鉴定、抉择、判断、烛照到大处的眼光和能力。这就是所谓识。就是凭这种识，使他统驭了上下古今，使他展开了'究天人之际，通古今之变，成一家之言'的事业，使我们后人俯首帖耳在他的气魄和胸襟之下。"① 针对《史记》战争文学而言，司马迁的战争观就是在其中起统领作用的"史识"，司马迁的战争观就是《史记》战争文学的灵魂。

战争观支配对战争人物的立传。第一，人在战争中的主体地位得以稳固确立，大量战争人物传记应运而生。司马迁对中国史学的重大贡献是把历史著作从以事件为中心转到了以人物为中心而创立纪传体。② 司马迁所生活的时代，神的观念逐渐淡化，人的地位日益凸显，在军事领域亦是如此。人在战争中的主体地位已经稳固，打仗已不再问卜于鬼神。"故明君贤将，所以动而胜人，成功出于众者，先知也。先知者不可取于鬼神，不可象于事，不可验于度，必取于人，知敌之情者也。"③

---

① 李长之：《司马迁之识与学》，《东方杂志》1943 年第 42 卷第 9 号。

② 最先对此加以揭示并进行强调的是梁启超，他在《中国历史研究法》中指出，《史记》"最异于前史者一事，曰以人物为本位"，在《要籍解题及其读法》中进一步说："《史记》创造之要点，以余所见者如下：一以人物为中心。历史由环境构成耶？由人物构成耶？此为史界累世聚讼之问题。以吾侪所见，虽两方势力俱不可蔑，而人类心力发展之功能，固当畸重。中国史家，最注意于此，而实自太史公发之。"（梁启超：《要籍解题及其读法》，1925 清华周刊丛书本，第 37 页）虽然有学者曾对此观点持反对态度，如刘咸炘、綦铭认为"史记列传是以事为主非以人为主"，（刘咸炘：《太史公书知意》，成都尚友书社 1931 年刻本；綦铭：《史记之根本认识——认识史记列传之"本质"》，《文艺与生活》1946 年第 3 卷第 2 期）但越来越多的学者赞成《史记》是以人为中心的观点，现在这一观点几乎已成为学界之共识。

③ 曹操等注：《十一家注孙子》，孙武撰，郭化若译，上海古籍出版社 1978 年版，第 464 页。

这里虽然具体说的是收集情报要靠人，其实也可推而广之地说，战争的主体是人，战争的胜负要依靠人而不能依靠鬼神。司马迁对此观点是认同的。在这种战争观的指导下，司马迁专门为战争风云人物立传，《史记》中堪称"战争人物"的篇目有 30 余篇。这里边有帝王、将相、谋士，还有五彩缤纷的"战争边缘人物"，人在战争中的地位得以彰扬。第二，司马迁不以成败论英雄。这在陈涉、项羽身上体现得最明显，"陈涉举事不效，身死族灭，亦为《世家》；项羽图王不成，亦为《本纪》；盖二人以匹夫起义，为民取残，为六王报怨，无论成败，皆足以不朽。英雄利钝有时，作史者扬励，慰人心一快耳。子长绝无世情，故可喜。倘尺尺寸寸，则失子长矣。"（郝敬《史汉愚按》卷三）① 而《汉书》对陈涉、项羽二人的"待遇"又怎么样呢？"班固名陈胜而降为列传第一，名项籍而降为列传第二，是以成败论，而失史迁功过不相揜之笔多矣。"② 从中可以看出班、马二人战争观之异同，以及由此导致陈、项二人在《史记》《汉书》中的不同的"级别待遇"。司马迁不以李广屡吃败仗而轻视飞将军，也不以卫青、霍去病功成名就而吹捧二将军，恰恰相反，在史迁笔下，李广虽败而不辱，卫、霍虽胜而无荣。第三，司马迁肯定义战，反对不顾百姓死活的穷兵黩武。这一战争观在一些篇目里也有明显反映，如汤谐所云："作《秦皇纪》，便高古卓劲，笔力纯是先秦，其叙事虽极综核而作意森然，于兴作、征戍两端，最为详悉，盖尤恶其残民以逞自取灭亡也。……许多罪过本只一个病根，然就事论之，则民为邦本，而残民尤速亡之道，此史公所以特加详写而得深切著明此理，为千秋炯戒也。"（《史记半解·秦始皇本纪》）③ 另外有关"当代"战争的篇目中也都流露着司马迁对汉武帝好大喜功、劳民伤财的讽刺。第四，战争观还影响司马迁对战争人物的评价以及对他们的具体刻画，这将在第三章中进行详细论述，兹从略。

战争观影响战争叙事。司马迁对战争有着非凡的洞察力，这就是他作为史学家所形成的独特的战争观，在战争观的统领之下，司马迁笔下

① 杨燕起、陈可青、赖长扬汇辑：《史记集评》，华文出版社 2005 年版，第 420—421 页。

② 魏了翁：《鹤山集》卷一百八《师友雅言》，文渊阁《四库全书》本。

③ 杨燕起、陈可青、赖长扬汇辑：《史记集评》，华文出版社 2005 年版，第 289 页。

的战争叙事也都有了魂魄。文章唯叙事最难，而《史记》向来以"善序事理"著称。第一，司马迁笔下三千年的战争共分为五个系统：五帝传说时代及三代战争，春秋争霸战争，战国秦并六国战争，秦楚之际战争，汉代"当代"战争。这些战争头绪纷繁，但在《史记》中各得其所，历史脉络清晰。司马迁对五帝传说时代及三代战争的叙述贯穿一个"德"字，以有德得天下，以失德失天下。春秋时期的战争叙述突出一个"霸"字，争霸战争是春秋军事发展史的主线。对战国时期的战争述录，司马迁强调一个"力"字，秦国蚕食鲸吞，横扫六合，最终以武力兼并六国而统一天下。"亟"① 则是司马迁对秦楚之际八年之间，号令三嬗，战争形势瞬息万变的高度概括。对以武帝时期汉匈奴战争为代表的"当代战争"，司马迁的总体态度可用一个字来概括："厌"，厌恶汉武帝劳民伤财的多欲战争。《史记》中每一阶段战争叙事特色如此鲜明，与司马迁清醒而深刻的战争观密不可分。第二，司马迁总是善于把握天下大势，在天下大势中把握战争。战争是人类社会的一种特别现象，与人类社会的其他领域一起构成有机的整体，因此战争从来就不是孤立而存在的。司马迁清楚地认识到了这一点，他写战争总是将它们置于社会的大系统之中，在政治、经济、外交、地理、文化等广阔的舞台上展现战争，从来不只是就战争而写战争。天时、地利、人和诸要素共同制约着战争的发生、发展及结局。第三，对战争中"力"与"智"的问题，司马迁显然更注重"智"。他认为战争"用之有巧拙"，要"以正合，以奇胜"，因为有这样的战争观，所以《史记》非常注意叙写战争中的各种谋略，如合纵连横，远交近攻，战略性的迂回包抄，其他诸如围魏救赵、假途灭虢、置之死地而后生、火攻、水攻、用间等谋略应有尽有，以至于有人把《史记》视作兵书。第四，择任将相、严明赏罚也是司马迁战争观的重要内容，这在《樊郦滕灌列传》《绛侯周勃世家》《曹相国世家》《傅靳蒯成列传》等篇对战将军功的叙写中得以体现。司马迁依据军功档案，如实叙写战将的军功，而不写谋略，又换了一套叙写战争的笔仗，文章也因此显得"峻洁"，战争叙事呈现出另外一种气象。

---

① 亟：急促、快速之意。

　　良史通常要具备才、学、识、德几个基本的素质，而识在四者中居于核心地位，史识是一部史书的灵魂，司马迁的战争观是他整个卓越史识的一个重要组成部分。司马迁有了"会当凌绝顶"的战争观，才有了"一览众山小"的《史记》战争文学。战争观无时不在，无处不在，它像春风化雨般地浸润着《史记》战争文学的每一个细胞，它起的作用有时看得见摸得着，而更多的时候是如盐入水般了无痕迹。

第二章　宏阔深邃的战争叙事

《史记》是叙事文体中的巨石重镇，是中国叙事文学的典范之作。司马迁以如椽巨笔，在中国历史的宏伟画卷中挥毫泼墨，绘就了中国上古三千年全景式的战争画卷。刘知几对《左传》战争叙事艺术曾有如此评论："左氏之叙事也，述行师则簿领盈视，叱咤沸腾；论备火则区分在目，修饰峻整；言胜捷则收获都尽，记奔败则披靡横前；申盟誓则慷慨有余，称谲诈则欺诬可见；谈恩泽则煦如春日，纪严切则凛若秋霜；叙兴邦则滋味无量，陈亡国则凄凉可悯。或腴辞润简牍，或美句入咏歌，跌宕而不群，纵横而自得。若斯才者，殆将工侔造化，思涉鬼神，著述罕闻，古今卓绝。"①《史记》吸纳《左传》之长，其战争叙事艺术比之《左传》有过之而无不及，刘知几这段话用来评《左传》有"溢美"之嫌，而借用来论《史记》则恰如其分。

第一节　全景式的战争画卷

司马迁对战争的叙写是全方位的立体式再现，战争产生的广阔背景，战争的发生、发展、高潮、结局及影响，战争中智慧与力量的比拼，波澜壮阔的战争场景，这些均构成了《史记》战争画卷的不同内容。司马迁绘就的战争画卷大气磅礴，宏阔深邃。

一　形势："太史公胸中固有一天下大势"

作为良史，面对纷纭复杂的历史表象，绝不能一叶障目，不见森林，必须要有登高望远的气魄，要能抓住历史叙事的"牛鼻子"，思接

---

① 浦起龙释：《史通通释》下册，刘知几撰，上海古籍出版社 1978 年版，第 451 页。

千载，胸中有万里江山，对历史发展脉络和时代潮流要了如指掌。

所谓形势，就是天时、地利与人和共同作用而形成的历史态势及其发展潮流。司马迁对历史具有深刻的洞察力，几千年的历史大势尽在胸中。如《秦本纪》和《秦始皇本纪》论列秦襄公"始为诸侯"，秦穆公"遂霸西戎"，秦始皇"初并天下"，秦王子婴"秦竟灭矣"，秦从弱到强至亡的大势一目了然。秦楚之际，群雄纷起，风云变幻，令人眼花缭乱，司马迁却能高屋建瓴，紧紧把握历史发展态势，如《秦楚之际月表序》曰："初作难，发于陈涉；虐戾灭秦，自项氏；拨乱诛暴，平定海内，卒践帝祚，成于汉家。五年之间，号令三嬗。自生民以来，未始有受命若斯之亟也。"① 正因为有对秦楚之际天下形势的准确把握，司马迁对这个时代战争的叙事才能有条不紊、丝丝相扣，如吴见思评《项羽本纪》战争叙事曰："当时四海鼎沸，时事纷纭，乃操三寸之管，以一手独运，岂非难事！他于分封以前，如召平、如陈婴、如秦嘉、如范增、如田荣、如章邯诸事，逐段另起一头，合到项氏，百川之归海也。分封以后，如田荣反齐、如陈余反赵、如周吕侯居下邑、如周苛杀魏豹、如彭越下梁、如淮阴侯举河北，逐段追序前事，合到本文，千山之起伏也。"② 正因为司马迁对天下大势成竹在胸，所以他对错综复杂的历史事迹叙写起来就如在大江上拉纤，千船万船互不妨碍。司马迁对天下形势的洞察力是惊人的，他的资质里似乎有着政治家、军事家的禀赋，至少在精神层面，他绝不只是个纸上谈兵仅以文字为能事的书生。

（一）天时

天时，就是历史时机及历史发展趋势。包括战争在内的任何历史事件都是在特定的时代条件下进行的，任何历史人物都不可能踏空于其所处的时代。司马迁写战争，首先要写的就是这个天时。

在司马迁那里，天时与天命或天道几乎是同义语，又与天象灾异形影不离。试看《周本记》写周武王盟津观兵欲伐商纣时的灾异：

---

① 司马迁：《史记》第 3 册，中华书局 1982 年版，第 759 页。
② 吴见思、李景星：《史记论文·史记评议》，陆永品点校，上海古籍出版社 2008 年版，第 14 页。

　　武王渡河，中流，白鱼跃入王舟中，武王俯取以祭。既渡，有火自上复于下，至于王屋，流为乌，其色赤，其声魄云。是时，诸侯不期而会盟津者八百诸侯。诸侯皆曰："纣可伐矣。"武王曰："女未知天命，未可也。"乃还师归。①

　　司马迁为了突出武王伐纣将得天时，采录了《周书》及今文《泰誓》的"白鱼赤乌"之说。《孝景本纪》中七国之乱爆发前的天象异常预示着那时的"天时"：

　　　　彗星出东北。秋，衡山雨雹，大者五寸，深者二尺。荧惑逆行，守北辰。月出北辰间。岁星逆行天廷中。……长星出西方，天火燔雒阳东宫大殿城室。吴王濞、楚王戊、赵王遂、胶西王卬、济南王辟光、菑川王贤、胶东王雄渠反，发兵西乡。②

　　天象屡屡异常，预示着人间将有不祥之兆，这种叙事贯穿于《孝景本纪》全篇。另外，《秦始皇本纪》前半篇也有不少灾异叙写，凡有灾异出现，人间紧接着就有相应的战争或其他灾祸发生。这些篇目里天时与天象灾异搅和在一起，司马迁在用天象灾异影射天下形势及发展趋势。

　　司马迁自言其作史要"究天人之际"，天人之间的风云际会是他探究的重点对象。董仲舒的"天人感应"说在当时已大行其道，天人感应说认为，天有意志，天与人互相影响，互相感应，天象与人间的吉凶祸福相对应，王朝的兴废更替由天命所决定。董仲舒是司马迁的老师，司马迁不可能不受天人感应说的影响。司马迁又出身于史官世家，他慨叹自己是"文史星历，近乎卜祝之间"（《报任安书》），从事这种职业，要想完全摆脱天命观念也是不可能的。在理论上，司马迁承认天命的存在，肯定天人之间有感应，这在《天官书》中看得很清楚：

---

① 司马迁：《史记》第1册，中华书局1982年版，第120页。
② 司马迁：《史记》第2册，中华书局1982年版，第439—440页。

　　秦始皇之时，十五年彗星四见，久者八十日，长或竟天。其后秦遂以兵灭六王，并中国，外攘四夷，死人如乱麻，因以张楚并起，三十年之间兵相骀藉，不可胜数。自蚩尤以来，未尝若斯也。

　　项羽救钜鹿，枉矢西流，山东遂合从诸侯，西坑秦人，诛屠咸阳。

　　汉之兴，五星聚于东井。平城之围，月晕参、毕七重。诸吕作乱，日蚀，昼晦。吴楚七国叛逆，彗星数丈，天狗过梁野；及兵起，遂伏尸流血其下。元光、元狩，蚩尤之旗再见，长则半天。其后京师师四出，诛夷狄者数十年，而伐胡尤甚。越之亡，荧惑守斗；朝鲜之拔，星茀于河戍；兵征大宛，星茀招摇：此其荦荦大者。若至委曲小变，不可胜道。由是观之，未有不先形见而应随之者也。①

　　世间如此多的战乱与天上的星象有着如此紧密的神秘联系，在冥冥之中，有一种模糊却又是巨大的力量在支配着凡间的人事，这就是天命。

　　《天官书》是司马迁对天人关系在理论上的集中阐释，在其他篇目中司马迁对此也有所阐发。如《六国年表序》曰："论秦之德义不如鲁卫之暴戾者，量秦之兵不如三晋之强也，然卒并天下，非必险固便形势利也，盖若天所助焉。"②《秦楚之际月表序》说到前朝得天下之难而刘邦得天下之易时，司马迁慨叹道："此乃传之所谓大圣乎？岂非天哉，岂非天哉！非大圣孰能当此受命而帝者乎？"③《魏世家》论赞感叹魏国即使重用信陵君也无济于事："天方令秦平海内，其业未成，魏虽得阿衡之佐，曷益乎？"④此外，《留侯世家》论赞，《傅靳蒯成列传》论赞，《外戚世家》、《律书》序也都有关于天命的叹惋。司马迁不仅把天人感应、天命观当作抽象的理论，还把它作为一个思想尺度来衡量历史、观照战争。

---

① 司马迁：《史记》第4册，中华书局1982年版，第1348—1349页。
② 司马迁：《史记》第2册，中华书局1982年版，第685页。
③ 司马迁：《史记》第3册，中华书局1982年版，第760页。
④ 司马迁：《史记》第6册，中华书局1982年版，第1864页。

司马迁的天时观还具有浓厚的循环论色彩。《历书》云："夏正以正月，殷正以十二月，周正以十一月，盖三王之正若循环，穷则反本。"①《高祖本纪》太史公曰："夏之政忠。忠之敝，小人以野，故殷人承之以敬。敬之敝，小人以鬼，故周人承之以文。文之敝，小人以僿，故救僿莫若以忠。三王之道若循环，终而复始。"② 司马迁的这种历史循环论的直接源头是董仲舒的《天人三策》，还有阴阳家邹衍鼓吹的"终始五德"说③。在《天官书》里司马迁还提出了"三五之变"的历史观：

　　夫天运，三十岁一小变，百年中变，五百载大变；三大变一纪，三纪而大备：此其大数也。为国者必贵三五。上下各千岁，然后天人之际续备。④

"三"指三十年，是两代人的间隔，"五"即五百年，是一个更大的周期。"三五之变"是司马迁对历史循环论的扬弃，把循环论的历史观发展为进化论的历史观，在司马迁看来，"三五之变"是历史发展的规律，也是历史发展的趋势，不是人力所能阻挡的。

天命（天道）观与"三五之变"是司马迁天时观的两只翅膀，它们体现了司马迁对社会历史发展大势在哲学层面的基本认识。朝代更迭、战争兴废都是在这样的历史洪流中浮沉，在史迁看来，如果讲天时，这就是最大的天时。这种天时汹涌澎湃，浩浩荡荡，逆天时者，事倍功半，甚至头破血流，粉身碎骨；顺天时者，事半功倍，乃至封土辟疆，功彪千古。

说到这里，不要以为司马迁就是个宿命论者，不要以为这里所说的

---

① 司马迁：《史记》第4册，中华书局1982年版，第1258页。
② 司马迁：《史记》第2册，中华书局1982年版，第393—394页。
③ 阴阳家邹衍以水、火、木、金、土五行相生相克的理论阐述朝代的更替和循环不已，金克木，火克金，每一个王朝各具王行的一德，夏商周的兴亡，就是金（商）克木（夏），火（周）克金（商）。"代火者必将水"，"数备将相徙于土"（《吕氏春秋·应同》），所以后人又附会秦为水德，汉为土德。
④ 司马迁：《史记》第4册，中华书局1982年版，第1344页。

"天时"成了"宿命"的代名词。"天有无意志，它能不能主宰人间事物，司马迁的回答是抽象肯定，具体否定，带有浓厚的二元论色彩，但基本倾向是朴素唯物主义的。"① 司马迁在理论上虽然服膺天人感应之说，肯定天道的作用，然而作为一个历史家，他更相信历史事实本身所蕴含的人事之道。在理性思维与神秘思维的交战中，理性思维终究占了上风。② 司马迁通过对历史的深刻体察，他对天道提出了质疑。《伯夷列传》曰："'天道无亲，常与善人'。……余甚惑焉，倘所谓天道，是耶非耶？"③《项羽本纪》批评项羽至死不悟，"乃引'天亡我，非用兵之罪也'，岂不谬哉！"④ 司马迁对庄严神圣的天道表示了怀疑，对天道的公正性进行拷问。在《楚元王世家》的论赞里，司马迁把当时流行的"国之将兴，必有祯祥，国之将亡，必有妖孽"这个具有迷信色彩的天人感应观的民谚，改为"国之将兴，必有祯祥，君子用而小人退。国之将亡，贤人隐，乱臣贵"⑤。在这里司马迁就完全撇开天人感应，而大谈人事了。在《史记》很多篇章里，虽然司马迁有时也讲天命，但这只是表面现象，强调人事才是他真正用心所在。

司马迁对天时的认识，是复杂的甚至是自相矛盾的。对他天时观的评价很难简单地用是与非下结论，这是因为他的思想本身就不是"非此即彼"的单向维度，而是具有相当的模糊性。司马迁在天时问题上，时而糊涂，时而清醒，这也再一次证明即使伟大人物也难免有其时代的局限性。

（二）地利

所谓地利，是地理因素在军事活动中趋利避害的运用，它包括地形与地势。地形指地理形状、山川形势，我称之为战役地理；地势指地理势能，我称之为战略地理。《孙子兵法》非常重视地理因素在战争中的重要作用，《行军篇》《地形篇》与《九地篇》构成了孙子军事地理学

---

① 张大可：《司马迁评传》，华文出版社 2005 年版，第 231 页。
② 参见霍松林、尚永亮《天人感应与神秘思维——司马迁天人观与思维方式论略》，《陕西师范大学学报》1988 年增刊。
③ 司马迁：《史记》第 7 册，中华书局 1982 年版，第 2124—2125 页。
④ 司马迁：《史记》第 1 册，中华书局 1982 年版，第 338 页。
⑤ 司马迁：《史记》第 6 册，中华书局 1982 年版，第 1990 页。

理论体系，其中《地形篇》主要讲的是"地形"，《九地篇》主要论的则是地势。

最早深入论及司马迁深谙地利的是清代学者顾炎武，他指出：

> 秦楚之际，兵所出入之途，曲折变化，唯太史公序之如指掌。以山川郡国不易明，故曰东、曰西、曰南、曰北，一言之下，而形势了然。以关、塞、江、河为一方界限，故于项羽则曰"梁乃以八千人渡江而西"，曰"羽乃悉引兵渡河"，曰"羽将诸侯兵三十余万，行略地至河南"，曰"羽渡淮"，曰"羽遂引东，欲渡乌江"。于高帝则曰"出成皋、玉门，北渡河"，曰"引兵渡河，复取成皋"。盖自古史书兵事地形之详未有过此者。太史公胸中固有一天下大势，非后代书生之所能及也。①

司马迁胸中似乎张挂着一幅巨大的军事地图，不仅对山川走势纯地理的信息了如指掌，更为精妙的是对军队在地理空间的活动也了然于胸，在他笔下就如同沙盘推演，精确逼真，令人叫绝。后人按照他的文字，完全可以复原当时的军队运动的情况。司马迁是一个熟谙军事地理的历史家，以后众多的正史史家在这方面没有一个可望其项背。

司马迁对战争的叙写是很注意地形因素的，他深知"夫地形者，兵之助也"②的道理。项羽破釜沉舟，韩信井陉口背水一战，都是运用特定地形对军士心理所起作用而取胜的经典战例。值得注意的是，司马迁不仅叙写地形即战役地理，而且更加注重地势即战略地理在战争中的作用，甚至在某种意义上他是"地势决定论"者。《六国年表·序》曰：

> 或曰"东方物所始生，西方物之成孰"。夫作事者必于东南，收功实者常于西北。故禹兴于西羌，汤起于亳，周之王也以丰镐伐殷，秦之帝用雍州兴，汉之兴自蜀汉。③

---

① 顾炎武：《日知录》卷二六《史记通鉴兵事》，文渊阁《四库全书》本。
② 曹操等注：《十一家注孙子》，孙武撰，郭化若译，上海古籍出版社1978年版，第439页。
③ 司马迁：《史记》第6册，中华书局1982年版，第686页。

古人把春夏秋冬四季与东西南北相配，说东方之神为青帝，主春；西方之神为白帝，主秋。因为东方与春相配，故曰"物之始生"，西方与秋相配，故曰"物之成孰"。由自然界的春华秋实类推到人类社会，司马迁发现一个重要规律：兴起事业的人肯定出现于东南方，而最终收获实际功利的人常常出现在西北方，夏禹、周王、秦帝、汉高莫不如是。后世还有几个典型例证，如隋、唐均崛起发迹于关中，毛泽东所领导的革命兴起于东南方的闽赣，而真正收功却是在西北方的秦晋高原。当然司马迁无法看到后世的情况，但这却进一步印证了他的惊人大发现，历史似乎都已经由历史人物所在的地势决定了。司马迁只是提出了这种应验不爽的神秘现象，并没有分析其中深刻的"科学"原因。

司马迁生活在两千多年前的西汉，他不可能不受神秘主义思维方式的影响，然而作为一个清醒的历史家，司马迁除了神秘思维，更有理性思维，而最终理性思维还是压倒了神秘思维。他在《高祖本纪》借田肯之口写到秦之地势时，就已经抛开了神秘主义的衣钵：

> 秦，形胜之国，带河山之险，县隔千里，持戟百万，秦得百二焉。地势便利，其以下兵于诸侯，譬犹居高屋之上建瓴水也。①

秦国，北有沙漠为屏障，西依陇山之雄，南接秦岭为城，东有黄河之险、崤山之固，中则是千里沃野的关中平原。中国地势西北高东南低，秦国正处于居高临下的地理位置，秦兵东出击六国，顺风顺水有不可阻挡之势。诚如顾祖禹所言："陕西据天下之上游，制天下之命者也，是故以陕西而发难，虽微必大，虽弱必强。"（《读史方舆纪要·陕西方舆纪要序》）这或许就是常收功于西北的原因吧。

司马迁不仅认识到秦国地势之胜，还指出晋、齐、楚三国也以其优越的战略地理位置而称霸一时，《十二诸侯年表序》曰：

> 晋阻三河，齐负东海，楚介江淮，秦因雍州之固，四海迭兴，

---

① 司马迁：《史记》第2册，中华书局1982年版，第382页。

更为伯主。①

这几个国家叱咤风云，竞相争霸，其中的原因是多方面的，但其中战略地理所起的作用是不容忽视的。齐、楚、秦、晋四个国家分别占据中国东、南、西、北之一角，据有山河之险，地势的便利极大地催动着它们的勃兴。其一，这些国家（以及春秋后期的吴、越）和争霸中心地区——黄河中下游保持着相对的距离，在战略上处于外线作战的有利地位，本土较少遭受战争灾祸；其二，它们大多和文化相对落后的蛮夷戎狄等少数民族为邻，背临空旷地带，有较大的战略拓展空间；其三，因远离中原腹地而较少受传统保守思想影响，容易更新观念，锐意进取。② 我们不是地理条件决定论者，但是我们并不否认地理条件对历史进程所起的重大作用。从春秋列国兴亡盛衰的历史中，可以清楚地看到地势所起的巨大作用。

司马迁是位深晓军事地理的历史家，也是一位具有卓越地理学识与眼光的地理专家。《河渠书》③ 与《货殖列传》蕴含着丰富的地理学信息，是《史记》中具有重要地理学价值的两个篇目，《史记》中虽然没有《地理志》的名目，而它们实际上是正史设《地理志》的先驱，后来班固《汉书·地理志》多取材、取法于此。特别是《货殖列传》更甚于《河渠书》，从体裁上看，它很难说是一篇地理著作，但从实际内容来看，却具有十分重要的地理学意义。其中从经济角度把中国划分为山西、山东、江南、西北四大区域，四大经济区又分为十几个次区域，这种划分不受当时政治区划束缚，亦不为过去地理书所局囿，独创一格，堪称卓识。《货殖列传》按区域叙写了全国各地的地形、物产、交通、城市、风俗人情，它不仅是经济地理，还是自然地理、人文地理、历史地理。朱鹤龄曰："太史公《货殖列传》，将天时、地理、人事、物情，历历如指诸掌，其文章瑰伟奇变不必言，以之殿全书之末，必有

---

① 司马迁：《史记》第 2 册，中华书局 1982 年版，第 509 页。

② 参见黄朴民《中国军事通史·春秋军事史》，军事科学出版社 1998 年版，第 146—148 页。

③ 《河渠书》是中国第一部水利通史，也是一篇重要的地理文献。

深指。"(《愚庵小集》卷十三)① 除了《河渠书》、《货殖列传》外,其他蕴含较多地理信息的篇目还有《夏本纪》采录《尚书·禹贡》对九州的划分,《周本纪》载周初的分封与区划,《秦本纪》和《秦始皇本纪》叙郡县的变迁,《项羽本纪》记项羽分封诸王及地理位置,《汉兴以来诸侯王年表》载汉代的郡国,各民族列传中有边疆地理知识。大一统的时代不仅呼唤对上下数千年历史的大总结,还在召唤对纵横数万里的地理大扫描,司马迁责无旁贷地担负起了这个历史责任。

司马迁对军事地理的了如指掌,是渊于他广博的地理知识,而司马迁对地理知识的学习主要通过三种途径。其一,书本。《禹贡》、《周礼·职方》、《尔雅·释地》、《山海经》都是先秦地理学著作,司马迁对之多有涉猎。《夏本纪》采录《禹贡》全文,可见他对此先秦第一地理名著的重视程度。《禹本纪》和《山海经》是具有浓厚神话色彩的地理学著作,司马迁对其中不合实际的地理描述作了指正,如《大宛列传》云:"《禹本纪》言'河出昆仑。昆仑其高二千五百余里,日月所相避隐为光明也,其上有醴泉瑶池。'今自张骞使大夏之后也,穷河源,恶睹本纪所谓昆仑者乎? 故言九州山川,《尚书》近之矣。至《禹本纪》《山海经》所有怪物,余不敢言之也。"② 萧何所收秦朝的图书资料中应有诸侯列国的地图,作为遍览"石室金匮"之书的太史公,他应是仔细看过这些地图的。这些来自书本的地理知识,对于司马迁写"地利"显然帮了大忙。其二,游踪天下的阅历。二十岁时司马迁壮游大半个中国,入仕后扈从汉武帝又到过许多地方,实地的考察极大地丰富了他的地理知识,这对于他在《史记》中叙写各地地理形势帮助极大。如西南夷各部族异常复杂,云贵川一带的地理更是复杂,而司马迁《西南夷列传》却能够抓住各部族特征按地理方位进行有条不紊的叙述,使人对西南夷形势一目了然。其三,探险家们的地理见闻。张骞通西域,足迹遍及大宛、康居、大月氏等中亚诸国,以张骞为代表的探险家掌握了西域第一手的地理资料,这些极大地开阔了汉朝人的视野。另外,汉

① 杨燕起、陈可青、赖长扬汇辑:《史记集评》,华文出版社 2005 年版,第 604 页。
② 司马迁:《史记》第 10 册,中华书局 1982 年版,第 3179 页。

朝与匈奴的长期战争，也使汉人对匈奴统治的地区有了深入了解。① 正因为司马迁有广博的地理知识，才使他写天下形势厄塞时得心应手，从容不迫；更因为他对地利有卓越见识，才使历代兵家能从中吸取丰富的军事地理经验。

（三）人和

孟子说："天时不如地利，地利不如人和。"② 所谓人和，是指民心向背以及促使军政集团产生凝聚力、战斗力的各种人文条件（环境、氛围）。作为一个理性的历史家，司马迁的战争叙事既重天时与地利，更重人和。在中国史学领域，是司马迁第一次真正地发现了人在历史中的价值，创立纪传体以人为本位叙述历史就是对人的历史主体地位的最好确认。如果说司马迁在天时与地利问题上还有较为浓厚的神秘主义色彩的话，他在人和问题上则是清醒的现实主义者，无数历史经验使司马迁相信，战争兴废国家兴亡最终起决定作用的还是民心向背，这也是儒家所极力宣扬的。如孟子云："桀纣之失天下也，失其民也；失其民者，失其心也。得天下有道：得其民，斯得天下矣；得其民有道：得其心，斯得民矣。"③ 司马迁在政治观上是基本认同儒家的，他接过了民为邦本的思想大旗，并以此为理论武器，用以分析评价历代兴亡成败。

司马迁通过对历史的实录，向世人反复强调这样一个社会规律：得民心者得天下，失民心者失天下。《太史公自序》对禹、汤、文、武等往圣称颂有加，说夏禹"德流苗裔"，周文王"德盛西伯"，这些君王得道多助，终得天下。与之相反，"夏桀淫骄，乃放鸣条""帝辛（殷纣王）湛湎，诸侯不享""幽、厉昏乱，既丧酆、镐"，诸如夏桀、商纣、周幽王、周厉王以及秦始皇、秦二世等昏庸暴戾之君，失道寡助、国破身亡应为后世所戒。楚汉相争，楚强汉弱，但最终还是楚亡汉胜，其中原因司马迁归之为"子羽暴虐，汉行功德"，项羽暴虐，所以失民心失天下，刘邦行功德，所以得民心得天下。司马迁在《淮阴侯列传》借韩信之口说："项王所过无不残灭者，天下多怨，百姓不亲附，特劫

① 参见谭其骧《中国地理学家评传》，山东教育出版社1990年版。
② 杨伯峻译注：《孟子译注》，中华书局2005年版，第86页。
③ 同上书，第171页。

于威强耳。名虽为霸，实失天下心，故曰其强易弱。"① 在《高祖本纪》中司马迁只用三个"喜"字，便写出了刘邦入关中就因措施得力而很快赢得了秦人之心：

> 又与秦军战于蓝田南，益张疑兵旗帜，诸所过毋得掠卤，秦人憙（引者注：通喜），秦军解，因大破之。……召诸县父老豪杰曰：父老苦秦苛法久矣，诽谤者族，偶语者弃市。……与父老约，法三章耳：杀人者死，伤人及盗抵罪。余悉除去秦法。诸吏人皆案堵如故。凡吾所以来，为父老除害，非有所侵暴，无恐！……秦人大喜，争持牛羊酒食献飨军士。沛公又让不受，曰："仓粟多，非乏，不欲费人。"人又益喜，唯恐沛公不为秦王。②

凌稚隆引张之象曰："先言'秦人喜'，后言'秦人大喜'，又言'秦人益喜'，连用'喜'字，斯可以观人心矣。"③ 而与之相对的是项羽的暴虐而失人心，项羽初屠襄城，又屠城阳，又坑秦降卒二十余万，又屠咸阳烧阿房宫，最后又诛杀义帝。民心的天平就在这一件件的血腥事件中而悄无声息地发生着倾斜，公道自在人心，民心不可欺。项羽失败的原因是多方面的，而其生性残暴而不体恤人心向背则是其中最重要的原因。项羽因其残暴而失却人心，他东拼西杀、忙忙碌碌，终究都是在替刘邦做"嫁衣裳"，成了帮助汉朝平荡天下的工具。

在司马迁的人和观念中还有一点值得特别注意，这就是他不仅讲本代人以仁政德行得民心以兴旺发达，还大谈后代人因前代人的"遗烈"或"余烈"而得人和以兴功业。如《越世家》赞曰：

> 禹之功大矣，渐九川，定九州，至于今诸夏艾安。及苗裔勾践，苦身焦思，终灭强吴，北观兵中国，以尊周室，号称霸王。勾践可不谓贤哉！盖有禹之遗烈焉。④

---

① 司马迁：《史记》第 8 册，中华书局 1982 年版，第 2612 页。
② 司马迁：《史记》第 2 册，中华书局 1982 年版，第 362 页。
③ 韩兆琦编著：《史记笺证》第 2 册，江西人民出版社 2004 年版，第 679 页。
④ 司马迁：《史记》第 5 册，中华书局 1982 年版，第 1756 页。

《东越列传》赞亦云:

> 越虽蛮夷,其先岂尝有大功德于民哉,何其久也!历数代常为
> 君王,勾践一称伯。然余善至大逆,灭国迁众,其先苗裔繇王居股
> 等犹尚封为万户侯,由此知越世世为公侯矣。盖禹之余烈也?①

在《史记》大一统的历史谱系中,越王勾践是禹的子孙②,而闽越
王及东越王又是越王勾践的子孙③,总而言之,他们都是禹的后裔。勾
践因禹之"遗烈"而终灭强吴,成为春秋一霸,东越王因禹之"余烈"
而世世为公侯。由于受时代所限,司马迁思想里不免仍残留着前人栽树
后人纳凉的因果隔代相报的"阴德"观念,但他的"遗烈""余烈"思
想里确实蕴藏着深刻的积极意义:"所谓的遗烈、余烈,是通过对客观
现实连续性的观察判断,实际上是看到了一种强劲的社会文化、社会心
理所形成的力量,在发挥着潜移默化的影响和作用,这也就是对一种积
极的民族传统、民族气质所给予历史变化以渗透的赞扬与肯定。"④"遗
烈""余烈"体现出优秀民族精神持久而强大的历史穿透力,后人以先
人为楷模,讲德行施仁政而得民心建功业,基于这一点,我们有理由
说,"遗烈"、"余烈"是《史记》中人和思想的一种特殊形态,它值得
我们进一步揣摩体会。

二 谋略:《史记》与兵法互为表里

战争的目标是保存自己,消灭敌人,最终取得胜利。"战争的胜负,
固然决定于双方军事、政治、经济、地理、战争性质、国际援助诸条
件,然而不仅仅决定于这些;仅有这些,还只是有了胜负的可能性,它
本身没有分胜负。要分胜负,还须加上主观的努力,这就是指导战争和

---

① 司马迁:《史记》第9册,中华书局1982年版,第2984页。
② 《越王勾践世家》载:"越王勾践,其先禹之苗裔,而夏后帝少康之庶子也。封于会
稽,以奉守禹之祀。"(司马迁:《史记》第5册,中华书局1982年版,第1739页)
③ 《东越列传》载:"闽越王无诸及越东海王摇者,其先皆越王勾践之后也,姓驺氏。"
(司马迁:《史记》第9册,中华书局1982年版,第2979页)
④ 杨燕起、阎崇东:《〈史记〉精华导读》,中国旅游出版社1993年版,第147页。

实行战争，这就是战争中的自觉的能动性。"① 在战争中运用谋略就是
这种自觉能动性的突出表现。在战争活动中，打胜仗才是硬道理，为了
这一目标，几乎可以采取任何手段（当然，每个时代的人们还是要遵守
成文或不成文的基本的"战争法则"）。孙子曰："兵者，诡道也。故能
而示之不能，用而示之不用，近而示之远，远而示之近。利而诱之，乱
而取之，实而备之，强而避之，怒而挠之，卑而骄之，佚而劳之，亲而
离之。攻其无备，出其不意。此兵家之胜，不可先传也。"又曰："故
兵以诈立，以利动，以分合为变者也。"② 从春秋晚期中国人的战争观
念发生了重大变化，过去那种"鸣鼓而战"、堂堂之阵的战法遭到全面
否定，"军礼"传统被抛弃，代之而兴的是"诡诈"原则的普遍运用，
班固对之感叹曰："自春秋至于战国，出奇设伏，变诈之兵并作。"③ 应
该说，这种"诡诈"原则更符合战争活动的本质，从此以后"诡诈"
便在战争领域大行其道，而以宋襄公那样的固守"军礼"传统为羞。
战争中实行"诡诈"实际上就是运用谋略以智取胜。

　　战争是敌我双方智慧与勇力的大比拼，是生命博弈的角斗场，在对
待"智"与"力"的问题上，司马迁是作过考量的，请看《项羽本纪》
一段文字：

　　　　楚汉久相持未决，丁壮苦军旅，老弱罢转漕。项王谓汉王曰：
　　"天下匈匈数岁者，徒以吾两人耳，愿与汉王挑战决雌雄，毋徒苦
　　天下之民父子为也。"汉王笑谢曰："吾宁斗智，不能斗力。"④

　　项羽指望通过楚汉两军最高统帅的肉体"决斗"，来定双方之输
赢，颇像儿童之语，显得幼稚可笑，虽然打了那么多仗，但对战争的基
本原则项羽似乎还是不甚了了，他这样"简单"的要求，自然遭到了
老谋深算、以斗智为能事的刘邦的一口回绝。在楚汉相争中，要"斗

---

　　① 《毛泽东选集》第 2 卷，人民出版社 1991 年版，第 478 页。
　　② 曹操等注：《十一家注孙子》，孙武撰，郭化若译，上海古籍出版社 1978 年版，第
362、411 页。
　　③ 班固：《汉书》第 6 册，中华书局 1962 年版，第 1762 页。
　　④ 司马迁：《史记》第 1 册，中华书局 1982 年版，第 328 页。

力"的项羽最终输给了主张"斗智"的刘邦,司马迁在《项羽本纪》的论赞里对项羽"欲以力征经营天下"提出了尖锐批评。在战争的竞技场上,是以力为主还是斗智为主,司马迁的观点不言而自明。

正因为谋略在战争胜负中发挥着关键性作用,所以自来兵家都强调战前要精心谋划。"多算胜,少算不胜,而况于无算乎!"① 孙子还说:"故上兵伐谋,其次伐交,其次伐兵,其下攻城。……故善用兵者,屈人之兵而非战也,拔人之城而非攻也,毁人之国而非久也,必以全争于天下,故兵不顿,而利可全,此谋攻之法也。"② 在孙子看来,"伐兵"与"攻城"都是死打硬拼,属"力"的范畴,代价沉重,"伐谋"与"伐交"属"智"的范畴,才是高明之策。我以为伐交其实质亦是运用智谋的一种表现形式,故本节所论述的《史记》中的谋略既包括战略、战役层面的谋划,也包括外交层面的谋划。

战略谋划是指导战争全局的计谋和方略。提到战略谋划,人们很自然地会想到陈寿《三国志》中的"隆中对",诸葛亮未出茅庐已定三分,提出据蜀、联吴、抗曹的"大三角"方略。其实司马迁在《淮阴侯列传》中早就叙写了一个"汉中版"的隆中对:

> 信拜礼毕,上坐。王曰:"丞相数言将军,将军何以教寡人计策?"信谢,因问王曰:"今东乡争权天下,岂非项王邪?"汉王曰:"然。"曰:"大王自料勇悍仁强孰与项王?"汉王默然良久,曰:"不如也。"信再拜贺曰:"惟信亦为大王不如也。然臣尝事之,请言项王之为人也。项王喑噁叱咤,千人皆废,然不能任属贤将,此特匹夫之勇耳。项王见人恭敬慈爱,言语呕呕,人有疾病,涕泣分食饮,至使人有功当封爵者,印刓敝,忍不能予,此所谓妇人之仁也。项王虽霸天下而臣诸侯,不居关中而都彭城。有背义帝之约,而以亲爱王,诸侯不平。诸侯之见项王迁逐义帝置江南,亦皆归逐其主而自王善地。项王所过无不残灭者,天下多怨,百姓不

---

① 曹操等注:《十一家注孙子》,孙武撰,郭化若译,上海古籍出版社 1978 年版,第 364 页。
② 同上书,第 374 页。

亲附，特劫于威强耳。名虽为霸，实失天下心。故曰其强易弱。今
大王诚能反其道：任天下武勇，何所不诛！以天下城邑封功臣，何
所不服！以义兵从思东归之士，何所不散！且三秦王为秦将，将秦
子弟数岁矣，所杀亡不可胜计，又欺其众降诸侯，至新安，项王诈
阬秦降卒二十余万，唯独邯、欣、翳得脱，秦父兄怨此三人，痛入
骨髓。今楚强以威王此三人，秦民莫爱也。大王之入武关，秋豪无
所害，除秦苛法，与秦民约，法三章耳，秦民无不欲得大王王秦
者。于诸侯之约，大王当王关中，关中民咸知之。大王失职入汉
中，秦民无不恨者。今大王举而东，三秦可传檄而定也。"于是汉
王大喜，自以为得信晚。遂听信计，部署诸将所击。①

　　韩信在汉中登台拜将，向刘邦纵论天下大势及刘项二人性格之得
失，提出据汉中、定三秦、东向争天下的"三步走"战略。唐顺之曰：
"孔明之初见昭烈论三国，亦不能过。予故曰淮阴者非特将略也。"王
世贞亦云："淮阴之初说高帝也，高密（邓禹）之初说光武也，武乡
（诸葛亮）之初说昭烈也，若悬券而责之，又若合券焉！噫，可谓才也
已矣！"② 司马迁用他扶摇磅礴之笔，叙写了揭示楚汉战争命运的战略
对话。他写战争从来都是大处着眼，小处着手，善于写战前的战略谋
划，这也印合了兵家所讲的"不谋万世者不足谋一世，不谋全局者不足
谋一地"，对于战争的参与者是这样，对于战争的叙写者亦是如此。司
马迁在《张仪列传》中还写了一场关乎秦国战略拓展方向的大辩论，
张仪主张先攻韩，司马错主张先伐蜀。司马错是一位高瞻远瞩的战略
家，他将秦国当时的战略方向从西面的中原转向南面的巴蜀，以巴蜀迂
回包围楚国，再以楚国迂回包围中原。这一战略反映了司马错对当时列
国的兵要地理及其对战略格局嬗变影响的深刻认识，它是一个目标明
确，步骤分明，谋略高超的战略迂回计划。历史已经证明司马错的南进
迂回计划要比张仪的"挟天子以令于天下"的东出计划高明，对于这
样的关乎秦国乃至天下格局走向的战略制定过程，司马迁不吝笔墨不厌

① 　司马迁：《史记》第 8 册，中华书局 1982 年版，第 2612 页。
② 　韩兆琦编著：《史记笺证》第 8 册，江西人民出版社 2004 年版，第 4824 页。

其烦地进行叙录。把战略写清楚了，再写具体的战役战斗，便会目无全牛游刃有余，否则便会一叶障目而不见了泰山。

　　司马迁还写了许多战役层面的计谋，如《晋世家》中的"假途灭虢"，给人留下"唇亡齿寒"的教训。《孙子吴起列传》中的"围魏救赵"，《田单列传》中田单用"火牛阵"大败燕军，《项羽本纪》中的"破釜沉舟"及《淮阴侯列传》中的"背水一战"，都是孙子"投之亡地然后存，陷之死地然后生"[1] 计谋的生动实践。《淮阴侯列传》写韩信"明修栈道，暗度陈仓"，还写了韩信在潍水之战中用水攻大破齐楚联军。"离间计"是司马迁写得很多的一条计谋，如《乐毅列传》写田单离间燕惠王与乐毅[2]，燕国中了齐人离间之计，功败垂成。《魏公子列传》写秦王离间魏王与信陵君，在列国中享有崇高威望而使秦军却步的信陵君，被一条离间计搞得郁郁而终。李斯亦善用离间计，《李斯列传》写道："秦王乃拜斯为长史，听其计，阴遣谋士赍持金玉以游说诸侯。诸侯名士可下以财者，厚遗结之；不肯者，利剑刺之。离其君臣之计，秦王乃使其良将随其后。"[3] 秦国兼并六国的战争中，离间计功不可没。最著名的离间计恐怕要算《项羽本纪》中刘邦用陈平计离间项羽与范增[4]，《史记》众多的离间计中，这个写得最生动，项羽有一范增而不能用，他的失败是不可避免的了。离间项羽君臣的计谋皆源自陈平，陈平曾向刘邦进言道："'大王诚能出捐数万斤金，行反间，间其君臣，以疑其心，项王为人意忌信谗，必内相诛。汉因举兵而攻之，破楚必矣。'汉王以为然，乃出黄金四万斤，与陈平，恣所为，不问其出入。"[5] 陈平之离间计果然屡试不爽。堡垒最容易从内部攻破，这便是离间计的精妙之所在，通过运用这个计谋往往能达到战场上几十万大军也难取得的效果，这就是人们常说的"四两拨千斤"。

---

　　① 曹操等注：《十一家注孙子》，孙武撰，郭化若译，上海古籍出版社 1978 年版，第456 页。

　　② 《田单列传》亦载此事，文字略有不同。

　　③ 司马迁：《史记》第 8 册，中华书局 1982 年版，第 2540—2541 页。

　　④ 陈平离间项羽与范增之计颇有些"小儿科"，未必可信。乾隆："陈平此计，乃欺三尺童未可保其必信者，史乃以为奇，而世传之，可发一笑。"（韩兆琦编著：《史记笺证》第 2册，江西人民出版社 2004 年版，第 621 页）

　　⑤ 司马迁：《史记》第 6 册，中华书局 1982 年版，第 2055 页。

上面说的是"伐谋",下面说"伐交"。战争活动中的外交斗争即为伐交,也就是现在通常所说的军事外交斗争。军事外交斗争的精义是以力制力、借力打力。春秋战国时期,诸侯纷争,各国间的军事外交活动非常活跃,出现了一批杰出的军事外交家,他们所推行的军事外交策略出神入化,为中华民族的军事外交艺术添光增彩。作为深谙伐交之道的历史家,司马迁对当时列国的军事外交策略作了如实记载。在司马迁笔下,各国间的军事外交关系一目了然。春秋时期,齐、晋、楚、秦为四强,四强为争霸又分化组合,晋楚长期争霸,齐常助晋,秦常助楚,晋楚力量仍大体相当。吴、越两国兴起后,为借力以制强敌,晋联吴以攻楚,楚借越以攻吴。越国为吞吴,又亲齐、结晋、联楚。大国关系是如此,夹在大国夹缝中的小国要想生存更要学会踩军事外交这根钢丝绳。郑庄公远交齐、鲁,近攻宋、卫,曾傲视中原一时。郑国的子产也是个高明的外交家,郑国虽然地域狭小,处于中原四战之地,却能得到列国的尊重,是与子产高超的军事外交艺术分不开的。到了战国中期,秦、齐、楚形成"大三角",合纵连横、远交近攻的军事外交斗争愈演愈烈。《苏秦列传》、《张仪列传》、《范雎蔡泽列传》对此都有精彩叙写。苏秦主合纵,张仪主连横,最终连横压倒了合纵。诚如杨宽《战国史》所言:"纵横家的缺点是他们重视依靠外力,不是像法家那样从事改革政治、经济和谋求富国强兵入手,还过分夸大计谋策略的作用,把它看作国家强盛的主要关键。张仪在秦国推行连横策略是获得成功的,达到了对外兼并土地的目的,使得秦惠王能够'东拔三川之地,西并巴蜀,北收上郡,南取汉中''散六国之纵,使之西面事秦'(李斯语),这是因为他用'外连衡而斗诸侯'的策略配合了当时秦国耕战政策的推行。"① 范雎在张仪连横外交策略基础上又向秦昭王提出了"远交近攻"之策,见《范雎蔡泽列传》:

> 王不如远交而近攻,得寸则王之寸也,得尺亦王之尺也。今释此而远攻,不亦缪乎!且昔者中山之国地方五百里,赵独吞之,功成名立而利附焉,天下莫之能害也。今夫韩、魏,中国之处而天下

---

① 杨宽:《战国史》,上海人民出版社 1955 年版,第 322 页。

之枢也，王其欲霸，必亲中国以为天下枢，以威楚、赵。楚强则附赵，赵强则附楚，楚、赵皆附，齐必惧矣。齐惧，必卑辞重币以事秦。齐附而韩、魏因可虏也。①

范雎的"远交近攻"是对"连横"战略的深化与具体化，成为秦国吞并天下的军事外交的基石，此后数十年秦国横扫六合，都是对此军事外交政策的践行，《史记》相关篇章对战国末期秦并六国战争的叙写也都为此策所笼罩。远交近攻之策以其卓越的见识，被载于中国军事外交的史册，它所蕴含的智慧得到了后人的高度评价。②"远交近攻"在汉匈战争中也派上了用场，最有名的就是张骞出使西域。司马迁对张骞并无好感，认为他进一步激发了汉武帝的扩张野心，张骞的通西域直接导致了汉武帝派李广利两次远征大宛，劳民伤财，得不偿失，故在《大宛列传》中将张骞与李广利放在一起作了批判。然而作为一个谨严的历史家，司马迁也如实地载写了张骞的不畏艰险，不辱使命。张骞通西域最重要的目的就是要联合月氏国，以断匈奴右翼，对匈奴造成东西夹击的战略势态。梁启超曰："其时汉欲制匈奴，则伐谋伐交之策，远交近攻之形，不可不注意西域。张博望首倡通月氏、结乌孙之议，卒以断匈奴右臂，隔绝南羌，斩其羽翼，及孝武末世，遂至匈奴远遁，幕南无王庭。元成以后，卒俯首帖耳，称藩属于我大国。而发之成之者，实自张博望。"③ 张骞不仅是位百折不回的探险家，是开辟丝绸之路的大功臣，

---

① 司马迁：《史记》第 7 册，中华书局 1982 年版，第 2409—2410 页。按：《史记》该段文字本于《战国策·秦策三》。

② 吴如嵩说："范雎的'远交近攻'之策是对秦国'连横'战略的具体化和系统化。首先，他是从地缘关系出发考虑战略问题的，因为列强的争夺最终目标还是土地，所以地缘问题对于军事、外交策略的确定具有极为重要的意义……其次，'远交近攻'是一个系统的战略方案，它有明确的步骤和达到某一步骤的方法。其原则是先弱后强，由近及远，先占据中枢之地，再向四周扩展，最后完成统一。最后，'远交近攻'是一个军事与外交手段有机配合的综合战略，强大的军事实力是外交的后盾，有效的外交活动又是军事进攻的准备和先导，目的在于拆散合纵联盟，各个击灭关东诸侯该一天下。'远交近攻'战略是秦统一天下条件已初步具备，其军事与外交策略逐步成熟的产物，它的提出也标志着秦统一天下在战略思想上的准备已基本完成。"（吴如嵩等：《中国军事通史·战国军事史》，军事科学出版社 1998 年版，第 270 页）

③ 韩兆琦编著：《史记笺证》第 9 册，江西人民出版社 2004 年版，第 6095 页。

还是位高瞻远瞩的军事外交家，堪与战国纵横之士相比肩。

宴筵盟会是军事外交斗争的重要场合，在觥筹交错间闪现着刀光剑影，在唇枪舌剑中杀机四伏，司马迁就是位擅长写宴筵盟会的行家里手。《廉颇蔺相如列传》中的"渑池会"，《平原君列传》中的毛遂逼楚王歃血为盟，《齐太公世家》与《刺客列传》中柯之盟曹刿劫齐桓公以归鲁地，《孔子世家》里孔子在夹谷之会中俨然也成了曹刿一流人物，最精彩的当然还要数《项羽本纪》中的"鸿门宴"①。"鸿门宴"是刘项联合反秦变为楚汉相争的历史转折点，是决定项羽、刘邦两大军事集团前途命运的一次重大的军事外交斗争。宴会上双方最高统帅及重量级人物都登台亮相，席间有和风细雨，更有电闪雷鸣，有虚意应酬，更有剑拔弩张，一波三折。司马迁把双方在宴会上的军事外交斗争渲染得如临其境，展现出他擅写"伐交"的杰出才能。

司马迁之所以能对军事谋略的叙写得心应手，是源自他博览兵书而拥有的深厚兵学知识。西汉政府曾对兵书做过大规模的收集整理工作，《汉书·艺文志》设兵书略，分兵家为四：权谋、形势、阴阳、技巧。②《史记》点名提到的兵书有：《司马兵法》③《孙子十三篇》④《吴起兵

---

① 鸿门宴描写破绽很多，自古以来不少学者认为它可作故事看，难当信史读。

② 《汉书·艺文志》载："自春秋至于战国，出奇设伏，变诈之兵并作。汉兴，张良、韩信序次兵法，凡百八十二家，删取要用，定著三十五家。诸吕用事而盗取之。武帝时，军政杨朴捃摭遗逸，纪奏兵录，犹未能备。至于孝成，命任宏论次兵书为四种。"（班固：《汉书》第 6 册，中华书局 1962 年版，第 1762—1763 页）

③ 《司马穰苴列传》载："太史公曰：余读司马兵法，闳廓深远，虽三代征伐，未能竟其义，如其文也，亦少褒矣。若夫穰苴，区区为小国行师，何暇及司马兵法之揖让乎？世既多司马兵法，以故不论，著穰苴之列传焉。"（司马迁：《史记》第 7 册，中华书局 1982 年版，第 2160 页）

④ 《孙子吴起列传》载："世俗所称师旅，皆道《孙子十三篇》。"（司马迁：《史记》第 7 册，中华书局 1982 年版，第 2168 页）

法》①《孙膑兵法》②《魏公子兵法》③《太公兵法》（佚）④《计然七策》
（佚）⑤《王子》⑥，司马迁见过或读过的兵书应该不止这几种，他的博
览兵书，为他写战争特别是写战争中的谋略提供了足够的知识准备。

　　《史记》写了大量的战争谋略，是军事斗争智慧的形象大展现。从
某种意义上讲，《史记》就是一部形象生动的战争谋略教科书。《史记》
与《孙子兵法》等兵书互为表里，兵书是理论，《史记》则是具体战
例；兵书是"空言"，《史记》则是"验之于事"，二者互相印证、互相
生发、相得益彰。《史记》产生不久，就有人将它视作"纵横权谲之
谋"之书，见班固《汉书》卷八十《宣元六王传》：

　　　　后年来朝，上疏求诸子及《太史公书》，上以问大将军王凤，
　　对曰："臣闻诸侯朝聘，考文章，正法度，非礼不言。今东平王幸
　　得来朝，不思制节谨度，以防危失，而求诸书，非朝聘之义也。诸
　　子书或反经术，非圣人；或明鬼神，信物怪；《太史公书》有战国
　　纵横权谲之谋，汉兴之初谋臣奇策，天官灾异，地形厄塞：皆不宜
　　在诸侯王。不可予。……"对奏，天子如凤言，遂不与。⑦

　　当政者认为《史记》里边充斥着纵横权谲之谋，天下地形厄塞一
目了然，此书如若落到诸侯手中，他们可能以此为教材兴兵谋反，所以

---

　　①　《孙子吴起列传》载："《吴起兵法》，世多有，故弗论，论其行事所施没者，论其行
事所施设者。"（司马迁：《史记》第 7 册，中华书局 1982 年版，第 2168 页）
　　②　《孙子吴起列传》载："孙膑以此名显天下，世传其兵法。"（司马迁：《史记》第 7
册，中华书局 1982 年版，第 2164—2165 页）按：《孙膑兵法》六朝以来不见于世，1972 年山
东银雀山汉墓出土《孙膑兵法》残卷，1975 年整理出版，共 16 篇，11000 多字。
　　③　《魏公子列传》载："当是时，公子威振天下，诸侯之客进兵法，公子皆名之，故世
俗称《魏公子兵法》。"（司马迁：《史记》第 7 册，中华书局 1982 年版，第 2384 页）
　　④　《留侯世家》载："且日视其书，乃《太公兵法》也。良因异之，常习诵读之。"（司
马迁：《史记》第 6 册，中华书局 1982 年版，第 2035 页）
　　⑤　《货殖列传》载："范蠡既雪会稽之耻，乃喟然而叹曰：'计然之策七，越用其五而得
意。既已施于国，吾欲用之家。'"（司马迁：《史记》第 10 册，中华书局 1982 年版，第 3257
页）《计然七策》有马国翰辑本。
　　⑥　《太史公自序》载："《司马法》所从来尚矣，太公、孙、吴、王子，能绍而明之，切
近世，极人变。"（司马迁：《史记》第 10 册，中华书局 1982 年版，第 3305 页）
　　⑦　班固：《汉书》第 10 册，中华书局 1962 年版，第 3324 页。

东平王求《史记》朝廷却不予。这在当时在一定程度上限制了《史记》的流传，然而，青山遮不住，毕竟东流去，《史记》虽非兵书胜似兵书，在后世拥有最广大的读者，它滋育了一代又一代的军事人才，对中华民族兵学文化产生了重大影响。

三　战阵：小说化倾向的战争场景描写

本节所说的战阵，是指敌对双方面对面进行拼杀的战场阵势。形势讲的是战争发生的宏大时空背景，谋略讲的是战前或战中的伐谋与伐交，但最终敌我双方孰胜孰败还要在战场上见分晓。《史记》与《左传》等先秦典籍相比一个重大突破就是描写出了许多精彩的战争场面，如观师孟津与牧野誓师（《周本纪》）、马陵道（《孙子吴起列传》）、火牛阵（《田单列传》）、大泽乡起义（《陈涉世家》）、巨鹿之战、彭城之战与东城快战（《项羽本纪》）、井陉之战与潍水之战（《淮阴侯列传》）、白登之围（《匈奴列传》《韩信卢绾列传》）、李广数次战匈奴（《李广列传》）、马邑之伏（《韩长孺列传》《匈奴列传》）、漠北决战（《卫将军骠骑列传》《匈奴列传》）。这些战争场面中有战前誓师动员大会，有凭山高路险以伏兵毙敌之大将，有千牛竞奔烈焰滚滚的火牛大阵，有振臂一呼揭竿而起的农民大起义，有杀声振天威震敌胆的破釜沉舟，有四面楚歌的生死之战，有置之死地而后生的背水一战，有天寒地冻贸然轻进的身陷重围，有百发百中箭退敌兵的浪漫传奇，有张开口袋请君入瓮的战略大埋伏，有风沙滚滚刀枪蔽日的塞外决战。司马迁笔下的战争场面五彩斑斓，雄浑大气，每一个战争场面就是一幅铁血奔腾气势磅礴的战争画轴。

《史记》中的战争场面描写五彩缤纷，波澜壮阔。与《左传》《汉书》等正统史传相比，其战场描写既有数量更有质量，呈现出"小说化"倾向，若与《三国演义》等战争小说相比，它的史家特色又凸显出来。以史传与战争小说为参照，《史记》战争场面描写呈现出以下几个特征：

第一，峻洁简净，不枝不蔓。柳宗元以"洁"来称许《史记》，他说："《穀梁子》《太史公》甚峻洁，可以出入。"（《报袁君陈秀才避师名书》）又说："参之《太史》以著其洁"。（《答韦中立论师道书》）柳宗元没有进一步解释"洁"的含义，桐城派主将方苞对此有阐发，他说："子厚以'洁'称太史公，非独辞无芜累也，明于义法，而所载之事不杂，故其气体为最洁也。"（《归方评点史记·绛侯周勃世家录》）桐城派的余脉曾国藩对此也有解释："事绪繁多，叙次明晰，柳子厚所称太史之'洁'也。"（《求阙斋读书录》卷三）综合前贤的评述，柳宗元所谓的洁，是指司马迁见识高超，叙事能抓住要害，能用最少的文字把纷繁的历史写得井井有条，语言不枝不蔓，干净利落。

《高祖本纪》所叙垓下战阵就很能体现司马迁写战"峻洁"之妙：

> 五年，高祖与诸侯兵共击楚军，与项羽决胜垓下。淮阴侯将三十万自当之，孔将军居左，费将军居右，皇帝在后，绛侯、柴将军在皇帝后。项羽之卒可十万。淮阴先合，不利，却。孔将军、费将军纵，楚兵不利，淮阴侯复乘之，大败垓下。①

凌稚隆引杨慎曰："叙高祖与项羽决胜垓下，仅六十字，而阵法、战法之奇皆具。"陈仁锡亦云："淮阴侯极得意之阵，太史公极用意之文。曰：'孔将军居左，费将军居右'，张左右翼也；淮阴侯小却，诱敌也；'复乘之'，合战也。所谓'以正合，以奇胜，奇正还相生'也。"② 司马迁所叙垓下战阵，言简而事丰，虎虎有生气，使人感觉铁流滚滚的几十万大军如排山倒海般压将过来，如潮水般的大阵中又潜伏着不可捉摸的玄机。班固写这段历史时，对《史记》的这段文字却弃而不用，使神韵顿失。

针对《史记》的峻洁简净，吴敏树也曾大发感慨道："史家原只依事实录，非可任意措置，然至事大绪繁，得失是非之变，纷起其间，非洞观要最，扫除一切旁枝余蔓，未得恣意详写，使其人其事终始本末，真实发露，读者警动悲慨，千载下如昨日事也。……故下笔万言，滔滔滚滚，如长江大河，激石滩高，回山潭曲，鱼龙出没，舟楫横飞，要是顺流东下，瞬息千里，终无有滞碍处耳。从来良史记事，第一论识，而柳子之评史公曰'洁'，真是高眼看透。学者但能从有会无，即详知

---

① 司马迁：《史记》第 2 册，中华书局 1982 年版，第 378—379 页。
② 韩兆琦编著：《史记笺证》第 2 册，江西人民出版社 2004 年版，第 718 页。

略，则于序事文，立占胜步矣。"（《史记别钞》下卷）① 与《三国演义》等古典战争小说相比较，《史记》战争场面峻洁简净的特点就更加明显了，小说可以不为史家笔法所限调度大量文字去摹写战场景象，而史家却不能这样随性而为，纷繁庞杂的内容与有限的篇幅之间的矛盾，迫使史家必须用笔简净。司马迁要在五十二万字的篇幅内叙写三千多年的历史，就必须要在"洁"上下功夫，战争场面描写的峻洁简净也就是其中的应有之义了。

第二，战斗描写，泄郁抒愤。史家写战重在战略方针的制定与实施，对于具体的战术战斗层面的东西涉及很少，而司马迁对此却有超越，这在东城快战及李广与匈奴的几次战斗的描写中表现得尤为明显。先看《项羽本纪》中的东城快战：

> 项王乃复引兵而东，至东城，乃有二十八骑。汉骑追者数千人。项王自度不得脱。谓其骑曰："吾起兵至今八岁矣，身七十余战，所当者破，所击者服，未尝败北，遂霸有天下。然今卒困于此，此天之亡我，非战之罪也。今日固决死，原为诸君快战，必三胜之，为诸君溃围，斩将，刈旗，令诸君知天亡我，非战之罪也。"乃分其骑以为四队，四乡。汉军围之数重。项王谓其骑曰："吾为公取彼一将。"令四面骑驰下，期山东为三处。于是项王大呼驰下，汉军皆披靡，遂斩汉一将。是时，赤泉侯为骑将，追项王，项王瞋目而叱之，赤泉侯人马俱惊，辟易数里与其骑会为三处。汉军不知项王所在，乃分军为三，复围之。项王乃驰，复斩汉一都尉，杀数十百人，复聚其骑，亡其两骑耳。②

再看《李将军列传》写李广与匈奴的一次战斗：

> 匈奴大入上郡，天子使中贵人从广勒习兵击匈奴。中贵人将骑

---

① 杨燕起、陈可青、赖长扬汇辑：《史记集评》，华文出版社 2005 年版，第 297—298 页。

② 司马迁：《史记》第 1 册，中华书局 1982 年版，第 334—335 页。

数十纵,见匈奴三人,与战。三人还射,伤中贵人,杀其骑且尽。中贵人走广。广曰:"是必射雕者也。"广乃遂从百骑往驰三人。三人亡马步行,行数十里。广令其骑张左右翼,而广身自射彼三人者,杀其二人,生得一人,果匈奴射雕者也。已缚之上马,望匈奴有数千骑,见广,以为诱骑,皆惊,上山陈。广之百骑皆大恐,欲驰还走。广曰:"吾去大军数十里,今如此以百骑走,匈奴追射我立尽。今我留,匈奴必以我为大军诱,必不敢击我。"广令诸骑曰:"前!"前未到匈奴陈二里所,止,令曰:"皆下马解鞍!"其骑曰:"虏多且近,即有急,奈何?"广曰:"彼虏以我为走,今皆解鞍以示不走,用坚其意。"于是胡骑遂不敢击。有白马将出护其兵,李广上马与十余骑犇射杀胡白马将,而复还至其骑中,解鞍,令士皆纵马卧。是时会暮,胡兵终怪之,不敢击。夜半时,胡兵亦以为汉有伏军于旁欲夜取之,胡皆引兵而去。平旦,李广乃归其大军。大军不知广所之,故弗从。①

李广追击匈奴射雕者遇围,他令士卒下马解鞍吓退敌军。《李将军列传》还写了李广被匈奴所俘后而夺马得脱,写李广身陷重围而射杀匈奴神将。这几次战斗描写凛凛生风,如在目前,它们不涉方略,着力突出的是英雄在战场上采取何种战术而斩将刈旗、使敌披靡。一般而言史家写战略谋划才能使后人从中汲取治军安邦的智慧,活灵活现的战术战斗描写却于此不大相关,但司马迁为什么还会热衷于战场描写呢?答案就在于他要通过这些描写来写人物,来抒情怀。项羽、李广两位战神般的人物之所以那样深入人心,是与司马迁对他们在战场上的骁勇剽悍的叙写分不开的,如果剥离了这些战场描写,人物形象的丰满度就会大打折扣。司马迁还有满腔的郁愤要倾泻,而英雄们酣畅淋漓的战场搏杀就成了他宣泄情感的一个突破口,他以酣畅淋漓之笔叙写酣畅淋漓之战,抒发了对悲剧英雄人生命运的深沉感慨之情。

司马迁对战争的残酷性有清醒的认识,在他笔下没有血淋淋的令人发指的"战场原生态"的描写,有时实在无法回避战争的残酷性叙写,

---

① 司马迁:《史记》第9册,中华书局1982年版,第2868—2869页。

他就沿袭《左传》等已惯用的笔法，就是一笔带过不作详录。如《宋微子世家》写宋城被围，城中"析骨而炊，易子而食"；《晋世家》写晋军失败，掉入水中的士兵争相逃命的惨景是"船中人指甚众"；《项羽本纪》写汉军大败后，汉军尸体使"睢水为之不流"。在司马迁笔下没有尸骨横飞的血腥恐怖镜头，他虽然也写了英雄在战场上冲锋陷阵杀人无数，但我们却不认为他们残忍，读者感受到的却是英雄的神勇威猛，体会到的是战争中的铁血豪情，胸中涌动的是和英雄一样的澎湃激情。这也是中国古代战争文学与西方战争文学的重要区别。古希腊史诗《伊利亚特》、印度史诗《玛哈帕拉达》等作品用大量笔墨极力铺陈格斗厮杀的场景，对战场作一种"自然主义"式的复原。而中国古人则是用写意的笔调，极力渲染的是战场的氛围与声势。司马迁虽然写具体的战斗，其笔法却不是"照相式的再现"，而仍是"写意式的表现"。它形式上似乎是"技"的层面，实际上仍属"道"的范畴。

第三，自然描写，点到为止。中国古代的史传里几乎没有自然环境描写的位置，这不是说史官们不会描写自然环境，而是限于史传体例的"潜规则"不能去写。"传、记的重心是社会生活，尤其是影响深远、意义重大的社会生活，景物描写在正史中几乎未留下任何痕迹。稍稍留意中国山水文学的发展，不难注意到一个事实：人对山水的追求，往往带有逃避社会的意味；山水作为一种审美对象，常常与超越世俗的精神联系在一起。……中国的正史不关注自然景物，不是因为技术上的原因，而是因为：一种以社会生活为关注对象的体裁，它在文化品格上必须与'泉石傲啸'划清界限。"[1] 司马迁在无形中也受了此"潜规则"的制约，然而司马迁终究是司马迁，他有时就有些不太"守规矩"，在写战争场面时兴之所至会捎带上几笔自然环境描写，虽然这样的文字很少，但却是出手不凡，其文学史意义不可小觑。请看《项羽本纪》对彭城之战战场自然环境的描写：

---

① 陈文新、王炜：《传、记辞章化：从中国叙事传统看唐人传奇的文体特征》，《武汉大学学报》（人文科学版）2005 年第 2 期。

　　项王乃西从萧,晨击汉军而东,至彭城,日中,大破汉军。汉
军皆走,相随入榖、泗水,杀汉卒十余万人。汉卒皆南走山,楚又
追击至灵璧东睢水上。汉军却,为楚所挤,多杀,汉卒十余万人皆
入睢水,睢水为之不流。围汉王三匝。于是大风从西北而起,折木
发屋,扬沙石,窈冥昼晦,逢迎楚军。楚军大乱,坏散,而汉王乃
得与数十骑遁去。①

　　彭城之战是以弱胜强以少胜多的典型战例,项羽以三万精兵大败刘
邦五十六万大军,刘邦也差点当了俘虏。我们在这里关心的不是其军事
意义,而是司马迁对战场上突然而起的大风的描写,这场大风折断树
木,掀开房室,扬起沙石,一时间天昏地暗,司马迁用寥寥数语就将风
沙狂啸天昏地暗的战场景象展现眼前。再看《卫将军骠骑列传》对汉
匈漠北决战的描写:

　　适值大将军军出塞千余里,见单于兵陈而待,于是大将军令武
刚车自环为营,而纵五千骑往当匈奴。匈奴亦纵可万骑。会日且
入,大风起,沙砾击面,两军不相见,汉益纵左右翼绕单于。单于
视汉兵多,而士马尚强,战而匈奴不利,薄莫,单于遂乘六羸,壮
骑可数百,直冒汉围西北驰去。时已昏,汉匈奴相纷挐,杀伤大
当。汉军左校捕虏言单于未昏而去,汉军因发轻骑夜追之,大将军
军因随其后。匈奴兵亦散走。迟明,行二百余里,不得单于,颇捕
斩首虏万余级,遂至寞颜山赵信城,得匈奴积粟食军。军留一日而
还,悉烧其城余粟以归。②

　　漠北战役是汉武帝与伊稚邪单于决一雌雄的战略大决战,是卫青军
功的巅峰。凌稚隆评曰:“千年以来所无之战,亦千年以来所无之文,
而骚人墨客共得本之以歌出塞、赋从戎,未尝不令神驰而目眩也。太史

————————
①　司马迁:《史记》第1册,中华书局1982年版,第321—322页。
②　司马迁:《史记》第9册,中华书局1982年版,第2935页。按:《匈奴列传》对漠北
决战亦有叙写,文字略逊于《卫将军骠骑列传》。

公绝世之姿，故《汉书》不为增损一字。"杨慎亦云："自'日且入'至'二百余里'，写得如画。唐诗'胡沙猎猎吹人面，汉虏相逢不相见'；'月黑雁飞高，单于夜遁逃。欲将轻骑逐，大雪满弓刀'，皆用此事。"① 漠北之战的叙写之所以能成为千古绝调，与其中精彩的大漠风沙的描写不无关系，这些描写虽然字数并不多，但对于营造战场残阳如血风沙滚滚的气氛却起到了关键性的作用，千载而下仍能撼魂动魄。

司马迁写战场自然景象不仅是因为要写出战争发生的自然背景，还是因为这些自然景象是影响战争进程的一种客观力量，要真实全面地写战争对此就不能视若无睹，换句话说，司马迁不是为写自然景物而写自然景物，他还没有像文学家那样以自然景物为描写对象的自觉意识，而是有其史家用意。即使是这样，我们对《史记》描写战场自然景物的意义也不能低估。一则它为后来正史树立了样板，以后正史写战场景物皆不能出《史记》之牢笼；再则对深受史传影响的古代战争小说也多有熏染，它们写战争自然景色绝少铺陈文字，大多也是点到为止。中国古代小说之所以缺少环境描写特别是自然环境的描写，《史记》的影响不能说不是其中的一个原因。无论是史传还是战争小说，文字简洁洗练成为战场自然景物描写的风格。

第四，小说倾向，实中有虚。明清评点家开始将《史记》与小说相提并论，其实也就是看出了《史记》的一个重要特征：小说化倾向。《史记》战争场面描写，也具有小说化倾向的特征。如毛宗岗就拿《史记》中的"垓下之围"与《三国演义》第41回"长坂坡"一段作了比较，他说：

　　凡叙事之难，不难在聚处，而难在散处。如当阳长坂一篇，玄德与众将及二夫人并阿斗，东三西四，七断八续，详则不能加详，略则不可偏略，庸笔至此，几于束手。今作者将糜芳中箭在玄德眼中叙出；简雍著枪、糜竺被缚在赵云眼中叙出，甘夫人下落则借军士口中详之，糜夫人及阿斗下落则借百姓口中详之，历落参差，一笔不忙，一笔不漏。又有旁笔，写秋风，写秋夜，写旷野哭声，将

① 韩兆琦编著：《史记笺证》第 8 册，江西人民出版社 2004 年版，第 5514、5596 页。

数千兵及数万百姓无不点缀描画。予尝读《史记》，至项羽垓下一战，写项羽，写虞姬，写楚歌，写九里山，写八千子弟，写韩信调兵，写众将十面埋伏，写乌江自刎，以为文章纪事之妙莫有奇于此者；及见《三国》当阳长坂之文，不觉叹龙门之复生也。①

《史记》对《三国演义》的影响是多方面的，其中战争场面就是值得一提的一个方面。二者虽然体裁不同，写作宗旨不同，但在写作手法上确有许多相通之处。《三国演义》是小说中之"正史"，《史记》则是正史中之"小说"。古人常让小说攀附《史记》，以抬高小说的"社会价值"，我们也不妨颠倒一下，让《史记》与后世经典小说相比附，以看清《史记》的"文学价值"。《史记》的小说化倾向，至少有两层含义，一是指《史记》在艺术效果上达到了后世第一流战争小说的水准，使人回味无穷；二是指《史记》像小说一样有"虚构"。试看《田单列传》对"火牛阵"的描写：

> 田单乃收城中得千余牛，为绛缯衣，画以五彩龙文，束兵刃于其角，而灌脂束苇于尾，烧其端。凿城数十穴，夜纵牛，壮士五千人随其后。牛尾热，怒而奔燕军，燕军夜大惊。牛尾炬火光明炫耀，燕军视之皆龙文，所触尽死伤。五千人因衔枚击之，而城中鼓噪从之，老弱皆击铜器为声，声动天地。燕军大骇，败走。②

火牛阵不可谓不精彩，但其历史真实性是颇值得怀疑的。袁俊德指出其中的破绽："蕞尔小邑，被围已三年，其不至'析骸易子'者盖已几希，何得城中之牛尚有千余耶？火牛之事，当日谅或有之，史家过为文饰，反启后人之疑窦矣。"（《增评历史纲鉴补》）③田单事迹在《战国策》中有零量记载，但最精彩的火牛阵的具体情节，今本《战国策》不载。今本《太平御览》中载有火牛阵故事，说是引自《战国策》。究

---

① 罗贯中：《三国演义》，毛宗岗批，齐鲁书社 1991 年版。
② 司马迁：《史记》第 8 册，中华书局 1982 年版，第 2455 页。
③ 韩兆琦编著：《史记笺证》第 7 册，江西人民出版社 2004 年版，第 4469 页。

竟是古本《战国策》与今本不同，还是《太平御览》的编者将司马迁的《田单传》误以为《战国策》而误收入《太平御览》，现在也都成了疑案。再看《孙子吴起列传》对马陵道的描写：

> 孙子度其行，暮当至马陵。马陵道陕，而旁多阻隘，可伏兵，乃斫大树白而书之曰"庞涓死于此树之下"。于是令齐军善射者万弩，夹道而伏，期曰"暮见火举而俱发"。庞涓果夜至斫木下，见白书，乃钻火烛之。读其书未毕，齐军万弩俱发，魏军大乱相失。庞涓自知智穷兵败，乃自刭，曰："遂成竖子之名！"①

邓以瓒曰："减灶已奇，斫大树自书益奇，期举火更复奇，摹写处甚工。至'读未毕''遂成竖子之名'，情境跃如，可惊可叹。"② 孙膑破庞涓于马陵道事，《战国策》无详载，只在《魏策》中连带提及。马陵道的战场描写更非"实录"，充满了巧合，孙膑颇像《三国演义》中的诸葛亮，神机妙算，百计百中，这可以明显看出司马迁已经有意用了后世小说家惯用的巧合笔法。《史记》具有小说因素，它不仅运用了小说笔法，还有明显的"虚构"，但并不能因此就说《史记》"是"小说，《史记》相关篇目具有"小说化倾向"是对这一现象的更为准确的概括，《史记》中的战争场面描写也是如此。

这些战争场景之所以有这么大的艺术感染力，与司马迁突破一般的史家观念密切相关。"以史为鉴"是人们对历史的一种功利主义态度，总结兴衰成败给时人及后人以智慧，就成为史家责无旁贷的责任。这就要求史家把每件史实的来龙去脉前因后果交代清楚，史家或是寓论断于叙事之中，或是直接出场表明态度，目的就是要从历史表象中总结出人世的规律，让人们从中吸取经验教训。有了这样的目的与动机，概述性的叙述再辅之以夹叙夹议就成为史家运用最多的表达方式。司马迁著书除了以史为鉴，还是为了"发愤"，他不仅要把历史脉络经验教训写出来，还有要把曾经发生过的事情活灵活现地再现于笔端的自觉意识。为

---

① 司马迁：《史记》第 7 册，中华书局 1982 年版，第 2164 页。
② 韩兆琦编著：《史记笺证》第 7 册，江西人民出版社 2004 年版，第 3808 页。

了达到这种目的,他不仅要用概括性的叙述语言,还用了大量的描写手法。从某种意义上说描写手法就是文学手法,大量描写手法的运用就是《史记》区别于其他众多史书的重要特征,这也是造成《史记》人物何以栩栩如生,场景何以生动逼真的重要原因。

《史记》战场描写的成功也源自司马迁对前代艺术经验的广泛汲取。《尚书·牧誓》写周武王在牧野之战前的誓师大会,场面宏大,气氛肃穆,开了写战争大场面的先河。楚辞中的《国殇》声调铿锵,刚健悲凉,把战斗的惨烈战场的肃杀表现得酣畅淋漓,堪称战场描写的千古绝唱。司马相如《天子游猎赋》为代表的汉大赋,对天子及诸侯王田猎盛大景象的铺陈,也是气派十足,田猎场面与战争场面只是一纸之隔,一捅即破。汉乐府中的《战城南》对战后沙场的描写,悲壮凄凉,艺术上已近乎化境。积极汲取前代艺术经验,再加上自己的天才创造,司马迁终于摘得了那枝迎风傲霜的战地黄花。

第二节 《史记》战争叙事的特殊形态

司马迁虽是文学家、思想家,但他第一位的还是历史家;《史记》是文学巨著、思想巨著,但它第一位的还是历史巨著。史家惯用的叙战手法被司马迁所承继,以言叙战、以文存史、载录军功简牍是《史记》战争叙事的几种特殊形态。司马迁的战争叙事,具有鲜明的史家做派。

一 以言叙战:滔滔说辞代作喉舌

《史记》中的语言,按其功能可分为:叙事语言、人物语言、抒情语言、议论语言,而人物语言在四者之中所占比例是惊人的。据可永雪以王伯祥选注的《史记选》(人民文学出版社 1957 年版)为样本进行的统计分析:人物语言在全篇所占比例最高的竟达 71.4%,低的也占 10.8%,平均起来也有 42.7%,如果除掉论赞,只以对话与叙事之比算,则几乎接近一比一。① 人物语言又可分为:独白(一人自语)、问

① 参见可永雪《〈史记〉文学成就论说》,内蒙古教育出版社 2001 年版,第 366—367 页。

答（二人对话）、会话（众人交谈），在三者中问答所占的比重最大。而在"问答"中，所问较短，所答则较长，有的甚至滔滔滚滚数百言，乃至上千言。长篇说辞在《史记》中所占分量是很惊人的，涉及战争的篇目中的长篇说辞有：《仲尼弟子列传》中子贡受孔子之命为救鲁先后游说齐、赵、吴、晋诸国，《苏秦列传》苏秦分别游说六国合纵，《张仪列传》张仪分别游说六国连横以及司马错与张仪廷辩伐蜀抑或伐韩，《范雎蔡泽列传》范雎向秦昭王献远交近攻之策以及蔡泽说范雎以代其相位，《平原君虞卿列传》毛遂说楚王与赵合纵以及虞卿说赵王不事秦，《鲁仲连邹阳列传》鲁仲连说赵义不帝秦，《张耳陈余列传》蒯通说范阳令和武信君不战而下三十余城，《淮阴侯列传》韩信登台拜将时发表的"汉中对"，广武君向韩信献策以定燕赵，以及武涉、蒯通分别说韩信叛汉以自立，《黥布列传》随何劝黥布弃楚而投汉，《郦生陆贾列传》郦生说齐王降汉以及陆贾使南越说赵佗归汉，《张释之冯唐列传》[①] 冯唐为汉文帝言用将，《匈奴列传》中行说与汉使言匈奴风俗。这些长篇说辞的主体有些是谋臣良将，而绝大部分则是纵横策士，这些策士有的生于合纵连横的战国时代，有的则是驰骋于纵横遗风依然很盛的秦汉之际。这些长篇说辞或高屋建瓴纵论天下大势，或合纵或连横掌控"国际"关系于股掌之间，或兵不血刃而占城陷地，或动之以情晓之以理使人归附。这些说辞，气势凌人，纵横捭阖，充分显示了策士们的才智，这真是：三寸之舌，强于百万雄兵；一人之辩，重于九鼎之宝。

司马迁这么津津有味地铺排大量长篇说辞，有其深刻的原因。其一，以言叙史的史学传统的影响。中国史学早有记言的传统，"动则左史书之，言则右史书之"（《礼记·玉藻》），"左史记言，右史记事"（《汉书·艺文志》），虽然二者说法不一，其说也未必完全可信，但可以肯定的是言与行确实是古代史家记录的主要对象。《左传》记录了许多大夫向国君的谏说之辞以及外交辞令，它们简洁精练，婉而有致。

---

① 《张释之冯唐列传》载："武帝立，求贤良，举冯唐。唐时年九十余，不能复为官，乃以唐子冯遂为郎。遂字王孙，亦奇士，与余善。"（司马迁：《史记》第9册，中华书局1982年版，第2761页）按：顾颉刚、赵生群以为"与余善"之"余"乃司马谈，因为司马迁的生年比冯遂至少要晚五十年。故《张释之冯唐列传》的作者可能是司马谈，而非司马迁。

《国语》以"语"名书，以记言为主记事为辅，所记多为朝聘、飨宴、讽谏、辩诘、应对之辞，语言生动活泼，文采斐然。《战国策》以纵横策士为表现对象，纵横家们的游说之辞，铺张扬厉，辩丽横肆。先秦史书确立了以言叙史的传统，这种传统浸染着司马迁。另外先秦诸子散文，大多是语录体，以滔滔雄辩互相辩难为能事，它们积累的记言的艺术经验对司马迁也不无影响。

其二，所取史料使然。其实这与第一个原因就像硬币的两面，上面讲的是记言的史学传统及艺术经验对《史记》的规范作用，这里说的则是《史记》以先秦记言的典籍为史料，转录其中的长篇说辞也就在所难免了。《苏秦列传》《张仪列传》《范雎蔡泽列传》三篇表现纵横家的篇目，资料主要来源于《战国策》，其中许多大段的说辞几乎完全袭用该书。[①] 这三篇基本由大段长篇说辞串联而成，这些说辞几乎完全袭用《战国策》，司马迁只是在连缀时增加了中间的过渡转换，因而它们仍然保持了《战国策》纵横恣肆犀利明快的特色。对司马迁贯穿长篇说辞的本领，可永雪啧啧赞道："我们可以看到，司马迁是如何从一篇篇分散的、各自独立的说辞里，发现和找到它们的内在联系，经过揣度推详，把说辞背后的一些东西给想象补充起来，把产生说辞的前因后果给贯穿起来，把当日进说的情境场面、主客双方的心理以至动态表情都栩栩如生地描绘出来。一句话，从几篇说辞'复原'出了人，'复原'出了真实的人物和场面，使千载之下的读者都有幸领略到策士进说是个什么情景，这是一种多么了不起的创作天才！"[②] 司马迁正因为有了这样的本领，对有些看似"犯重"的篇章的处理才能做到游刃有余，如吴见思曰："苏、张是一时人、一流人，俱游说六国，便有六篇文章，接连写此两传，岂不费力！乃苏传滔滔滚滚，数千言，张仪传滔滔滚

---

① 苏秦说燕文侯采自《战国策·燕策一》，苏秦说赵肃侯采自《战国策·赵策二》，苏秦说韩宣王采自《战国策·韩策一》，苏秦说魏襄王采自《战国策·魏策一》，苏秦说齐宣王采自《战国策·齐策一》，苏秦说楚威王采自《战国策·楚策一》；张仪与司马错廷辩采自《战国策·秦策一》，张仪说魏襄王采自《战国策·魏策一》，张仪说楚怀王采自《战国策·楚策一》，张仪说韩襄王采自《战国策·韩策一》，张仪说齐湣王采自《战国策·齐策一》，张仪说赵武灵王采自《战国策·赵策二》，张仪说燕昭王采自《战国策·燕策一》；范雎说秦昭王采自《战国策·秦策三》，蔡泽说范雎采自《战国策·秦策三》。

② 可永雪：《〈史记〉文学成就论说》，内蒙古教育出版社2001年版，第406—407页。

滚,又数千言,各尽其致。游说一纵一横,文法亦一纵一横,吾何以测之哉!"① 苏秦、张仪两传都以长篇说辞为骨架,经司马迁生花妙笔的点化,两篇文章一纵一横,"重"又"不重",各具风姿。

其三,代作喉舌,借人物之口叙写形势、兵略。通过剧中人物的语言(独白、对话),以交代剧情并推动情节向前发展,这是戏剧惯用的叙事手法,这种方法推而广之对整个叙事文学也是适用的。《史记》是史传,自然也属叙事文学之列,让人物代作喉舌以叙写天下形势及克敌制胜的谋略,就成为司马迁叙写战争的一种特殊方式。如司马迁借苏秦、张仪、范雎之口,纵论合纵连横、远交近攻的军事外交战略,各诸侯国在此战略格局中分别占据的位置,以及各国或合纵或连横的利弊得失。《淮阴侯列传》中韩信的"汉中对",纵论刘、项之得失,预见两大军事集团力量的此消彼长,对楚汉相争的发展大势史迁不言而自明。同是此传,借武涉与蒯通之口,指出当时形势:楚汉相争的最终结局,悬于韩信之手,韩信向汉则汉胜,向楚则楚胜,当时确实存在楚、汉、齐三分天下的可能。对这些天下大势,司马迁自己不说一句话,却句句都是他说的话,让历史人物做自己的"传声筒"代己说话,这就是司马迁的高明之处。对史传代言、拟言的特点,钱钟书先生早有高论:

> 史家追叙真人实事,每须遥体人情,悬想事势,设身局中,潜心腔内,忖之度之,以揣以摩,庶几入情合理。盖与小说、院本之臆造人物、虚构境地,不尽同而可相通;记言特其一端。……《左传》记言而实乃拟言、代言,谓是后世小说、院本中对话、宾白之椎轮草创,未遽过也。②

钱钟书隔岸观火,如酷吏断狱,字字见血,句句要命。在这一点上,钱钟书要比章学诚高明。章学诚在《文史通义·古文十弊》中说:"叙事之文,作者之言也,为文为质,唯其所欲,期如其事而已矣;记

---

① 吴见思、李景星:《史记论文·史记评议》,陆永品点校,上海古籍出版社2008年版,第43页。

② 钱钟书:《管锥编》第1册,中华书局1986年版,第166页。

言之文，则非作者之言也，为文为质，期于适如其人之言，非作者所能自主也。"① 章氏不知，不仅叙事之文作者能够做主，就是记言之文，作者在很大程度上还是能做得了主。钱钟书的那段话是针对《左传》而言，其实同样也适用于《史记》、《战国策》、《国语》等史书。《史记》中的长篇说辞有的是司马迁直接捉刀去"拟言"，有的则是采录《战国策》等先秦典籍，《战国策》等史书的作者何尝不也"拟言"了呢？另外，司马迁拟录说辞还有一层用意，就是假历史人物喉舌，表明自家对历史人物的态度。如《淮阴侯列传》用武涉、蒯通说韩信叛汉自立来表明韩信以谋反罪被诛实为千古奇冤，姚永概说得好："《淮阴侯列传》武涉、蒯通二段，反复曲尽，不厌其详，所以见信不反于此时，则后之反乃妄致之辞耳。"（《慎宜轩笔记》卷四)② 从某种意义上讲，司马迁在让武涉、蒯通二人大声替韩信喊冤，这也是司马迁用的一种"曲笔"。

其四，让策士自言心声，展现其价值追求及性格命运。言为心声，让人物自己开口自我表现，这是揭示人物性格的一个重要手段。这些策士特别是纵横家有其共同的性格特征，他们纵横捭阖，时而连横，时而合纵，没有固定的政治信仰。他们审时度势，崇尚谋略，追求个人的富贵利禄与功名显达是他们从事政治活动的内在驱动力。他们能说会道，善于揣情摩态，具有高超的语言艺术。对形势的分析既有合乎实际的一面，又有夸大其词虚张声势的一面。讲寓言、打比方，是他们惯用的技巧，如苏厉以养由基善射而不知止劝说白起勿伐梁（《周本纪》)，陈轸以"画蛇添足"说楚将昭阳勿伐齐（《楚世家》)，陈轸以"两虎相斗"说秦惠王不要参与韩魏相攻而要坐收渔利（《张仪列传》)。一般而言，策士们的长篇说辞本身就具有很强的文学色彩，晓之以理，动之以情，声情并茂，即使同一个人在不同场合的说辞，也是一篇一个模样，各尽其妙。如《苏秦列传》中苏秦分别说六国合纵，"说燕简，而说赵详，燕非纵主，赵为纵主也。说韩、魏虽同，言割地事秦之弊，而辞旨则一主器械，一主地势也。说齐，则羞其以大国而事秦；说楚，则言其纵利

---

① 章学诚：《文史通义》，上海古籍出版社 2008 年版，第 167 页。
② 杨燕起、陈可青、赖长扬汇辑：《史记集评》，华文出版社 2005 年版，第 535 页。

而横害。国有大小，地有远近，故不能不异其主张也。有排山倒海之势，并不是一泻无余；有风雨离合之致，并不是散漫无归。"① 司马迁用这些说辞不仅展现了策士的共性，还在一定程度上展现了每个策士的个性，这也是《史记》超出其他正史的重要方面。"正史的人物语言以理性化见长，而个性化程度较低。历史著作的这一特征表达了史家的一种人文立场：历史著作的职能是经由对事实的记叙揭示历史发展的规律和相关的政治、军事、经济、文化等方面的智慧。对人物语言的记叙也必须服务于这一职能，那些个性化的生活语言在这一取舍原则的支配下往往被忽略和省略。"② 然而，司马迁却不为这种"约定俗成"所牢笼，在人物语言性格化个性化方面，他作出了可贵的探索。在他笔下，苏秦的个性是发愤图强，张仪是机巧诡诈，范雎是幽险倾危，蔡泽是坦明雍容，鲁仲连是识远义高，毛遂是胆壮辞犀，郦食其是倨傲放狂，此外子贡、甘茂、甘罗、蒯通、随何等人，也是各有各的声口，各有各的风采。

二　以文存史：转录军用文书以叙战

采录军用文书以叙战，是《史记》战争叙事的又一特殊形态。如《夏本纪》采《尚书·甘誓》叙启伐有扈氏的"甘之战"，《殷本纪》采《尚书·汤誓》叙商汤伐夏桀的"鸣条之战"，《周本纪》采《尚书·太誓》叙周武王"盟津观兵"，《周本纪》采《尚书·牧誓》叙武王伐纣的牧野之战，《秦本纪》采《尚书·秦誓》叙秦穆公封尸崤中，《秦始皇本纪》采贾谊《过秦论》全篇作为论赞③，《陈涉世家》采贾谊《过秦论》上篇作为论赞，《乐毅列传》录乐毅报燕惠王书，《鲁仲

---

① 吴见思、李景星：《史记论文史记评议》，陆永品点校，上海古籍出版社 2008 年版，第 160 页。

② 陈文新、王炜：《传、记辞章化：从中国叙事传统看唐人传奇的文体特征》，《武汉大学学报》（人文科学版）2005 年第 2 期。

③ 今本《秦始皇本纪》录《过秦论》下、上、中三篇为论赞，而有学者认为司马迁只用了下篇，上篇与中篇为后人所妄加。梁云绳曰："史公取上篇为《陈胜世家》论，取下篇为《始皇纪》论。后人妄以上篇增入此纪。"泷川曰："史公以下篇赞《始皇纪》，以上篇赞《陈涉世家》，明矣，下文所引班固奏事，所引贾生之言，亦止于《过秦》下篇，不及中篇。"（［日］泷川资言：《史记会注考证》第 2 册，新世界出版社 2009 年影印日本 1934 年本，第 513 页）

连邹阳列传》录鲁仲连遗燕将书,《吴王濞列传》录七国之乱时刘濞起兵檄文,《平津侯主父列传》录主父偃谏伐匈奴疏,并录徐乐、严安二人之上书,《卫将军骠骑列传》录汉武帝封赏霍去病的诏书。《史记》中所录文书远不止这些,那些不与战争相关的文书就不列举了。司马迁所录的与战争(军事)相关的文书,体裁不一,有盟誓、书信、檄文、表疏、诏书,有的甚至还是单篇而行的文章(如《过秦论》)。司马迁录用这些文书时,往往对文字有所改动。

司马迁之所以大量采录已有的军用文书以叙写战事,也是事出有因:其一,"以文存史"的史学传统的影响。《尚书》作为上古史书,它的记史就是通过汇辑历史文献的方式来完成的,《尚书》最先确立了中国史学"以文存史"的传统。《尚书》所收文献,共分为典、谟、训、诰、誓、命六类,其中与战争联系最为紧密的是誓。所谓誓,是君王诸侯在征伐交战前率领军队的誓师之词,《尚书》中的《甘誓》《汤誓》《泰誓》《牧誓》等誓词都被《史记》所采录。《史记》所录之文是在特定历史时期产生的,它们本身就蕴含着大量宝贵的历史信息,并且以文来存史简单易行,这也是后代正史采录文书不绝如缕的重要原因。司马迁的高明还在于,他能够根据叙述历史的实际需要,恰如其分地安排历史文献的位置,使它们与前后文水乳交融,与所叙述的历史浑然一体。

其二,司马迁作为"文章家"对奇文的偏爱。古人早就以"文章家"视史迁,如班固在《公孙弘卜式倪宽列传》盛赞武帝时代人才之盛时就说:"文章则司马迁、相如",西汉文章两司马因此而得名。韩愈也说:"汉朝人莫不能为文,独司马相如、太史公、刘向、扬雄为之最。"(《昌黎先生集》卷一八《答刘正夫书》)风行文坛千年的"古文",更是以《史记》为范本,司马迁作为文章宗师是有着"文统"的意味。① 司马迁作为横空出世的一代"文章家",惺惺惜惺惺,对于他

---

① 李长之说:"司马迁是被后来的古文家所认为宗师的。其中几乎有着'文统'的意味。因为,第一次的古文运动领袖是韩愈,他推崇司马迁。第二次的古文运动领袖是欧阳修,他推崇韩愈。后来的桐城派的先驱归有光,以司马迁为研究目标,后来者则追踪韩欧,而曾国藩一派又探索于《史记》。这样一来,前前后后,司马迁便成了古文运动的一个中心人物。"(李长之:《司马迁之人格与风格》,生活·读书·新知三联书店1984年版,第296页)

认可的好文章，更是不厌其烦地加以收录。《司马相如列传》实开正史文苑传先河，为司马相如立传也表明司马迁对文章家历史地位的重视。司马相如以辞赋见称于世，本传所收司马相如辞赋达八篇之多，分别是《子虚赋》《上林赋》《喻巴蜀檄》《难蜀父老》《上书谏猎》《哀二世赋》《大人赋》《封禅文》，该篇也因此成为《史记》收录文章最多的篇目。邹阳不论从历史地位还是从其性格上，都是不足以立传的，然而就因为史迁对邹阳那篇《狱中上梁王书》情有独钟，故把他与鲁仲连合传。吴见思亦云："鲁仲连、邹阳二传，绝无连贯，止为鲁仲连有聊城一书，邹阳有狱中一书，词气瑰奇，足以相比，遂合为一传耳。观赞语可知。"[1] 司马迁由于喜欢汉武帝册封其三个儿子的诏令，便为他们专设一世家，并全文照录这三篇诏令，这一点司马迁在《太史公自序》里说得很明白："三子之王，文辞可观，作《三王世家》。"[2] 这种说法未免偏激，但也表明对好文章格外关注是司马迁写《史记》的一个重要特点，这也是太史公好奇的一个重要表现方面，即好奇文。司马迁所录的军用文书中，确有一些是难得的好文章，如《乐毅列传》所录乐毅报燕惠王书，感人至深，为世人传诵，实为诸葛亮《出师表》之蓝本。又如《吴王濞列传》所录刘濞起兵时的檄文，打着清君侧的旗号，先说汉有贼臣离间刘氏骨肉，次说自己被迫起兵以诛奸佞，极言己方之声势，大有大兵一出天下可定的架势，最后说有功必赏，号召人人奋勇个个当先。这篇文字作为檄文是很合乎文体规范的，它文辞犀利，语意倾人，富有煽动性，堪称好文章。作为大汉朝的史官，修本朝历史时居然将反叛者的檄文照单全录，这要放在后代正史中是不可思议的，在朝廷看来，这不是在替造反者张目吗？司马迁对刘濞并没有多大好感，之所以全文录用其檄文，最重要的原因恐怕还是因为他认为这是一篇好文章。

其三，以文代叙，借他人文章明自家观点。司马迁引录贾谊《过秦论》作为《秦始皇本纪》和《陈涉世家》的论赞，最能说明这一点。

---

[1]　吴见思、李景星：《史记论文·史记评议》，陆永品点校，上海古籍出版社2008年版，第50—51页。

[2]　司马迁：《史记》第10册，中华书局1982年版，第3312页。

论赞本是司马迁直接站出来用自己的语言来表明对历史的看法，而《秦始皇本纪》和《陈涉世家》偏用贾谊滔滔数千言的文章代作论赞，也确是太史公的一大发明。贾谊《过秦论》论述透彻，见识高超，文辞华美，实乃千古大文章，也是汉初总结"秦何以亡、汉何以兴"的第一文字，司马迁把《过秦论》拆开来分别作为二传之论赞，实在是知文而善用，量体而裁衣。《秦始皇本纪》录《过秦论》下篇，以说明前事不忘，后事之师，"是以君子为国，观之上古，验之当世，参以人事，察盛衰之理，审权势之宜，去就有序，变化有时，故旷日长久而社稷安矣。"①《陈涉世家》论赞用《过秦论》上篇以说明"一夫作难而七庙堕，身死人手为天下笑者，何也？仁义不施，而攻守之势异也。"② 司马迁"偷梁换柱"，借贾谊之文表明自己的看法，这种功夫算是练到了家。再有《平津侯主父列传》录主父偃《谏伐匈奴书》以及徐乐、严安二人上书，也是此意。主父偃是狡猾奸险之人，司马迁却不以人废文，这是因为《谏伐匈奴书》与司马迁反对对匈奴动武的原则立场相一致。让主父偃为己代言反对汉匈开战，这就是史公转录该文字之最用意处。还有《卫将军骠骑列传》引汉武帝嘉奖霍去病军功的四道诏书，也是典型的以文代叙。对霍去病的军功，司马迁不用正笔实写，而是借诏书去虚写，目的是表明霍去病在汉武帝眼中是怎样的大红大紫，正像姚苎田指出的那样："于去病之功，悉削之不书，而唯以诏书代叙事，则炙手之势，偏引重于王言。"③ 司马迁引录诏书来写卫青、霍去病二人之遭际，一个幽清冷落，一个炙手可热，史迁对此情形不著一字，但此中用意尽现纸背。

三　军功简牍："撮叙功状，不载方略"

《史记》战争叙事还有一套笔仗，这就是熔铸军功档案，而不载录方略谋划，它在形式上很像公牍文字，这在《曹相国世家》《绛侯周勃

---

① 司马迁：《史记》第 1 册，中华书局 1982 年版，第 278 页。
② 司马迁：《史记》第 6 册，中华书局 1982 年版，第 1965 页。
③ 姚苎田节评：《史记菁华录》，上海古籍出版社 1988 年版，第 247 页。

世家》《樊郦滕灌列传》①《傅靳蒯成列传》中表现得最为明显。《曹相
国世家》将曹参分做两截写，后半部分写他为相清静无为，前半截则写
他为将时的攻城野战之功，下面是《曹相国世家》所叙曹参早期军功：

> 高祖为沛公而初起也，参以中涓从。将击胡陵、方与，攻秦监
> 公军，大破之。东下薛，击泗水军薛郭西。复攻胡陵，取之。徒守
> 方与。方与反为魏，击之。丰反为魏，攻之，赐爵七大夫。击秦司
> 马展军砀东，破之，取砀、狐父、祁善置。又攻下邑以西，至虞，
> 击章邯车骑。攻爰戚及亢父，先登，迁为五大夫。北救阿，击章邯
> 军，陷陈，追至濮阳。攻定陶，取临济。南救雍丘。击李由军，破
> 之，杀李由，虏秦侯一人。②

杨慎曰："此与《绛侯世家》及《樊郦滕灌列传》叙战功处同一凡
例，纪律严整，盖当时吏牍功载之文如此，可为叙载战功之法。"（《史
记题评》卷五四）③ 再看《绛侯周勃世家》所叙周勃一部分战功：

> 燕王卢绾反，勃以相国代樊哙将，击下蓟，得绾大将抵、丞相
> 偃、守陉、太尉弱、御史大夫施，屠浑都。破绾军上兰，复击破绾
> 军沮阳。追至长城，定上谷十二县，右北平十六县，辽西、辽东二
> 十九县，渔阳二十二县。最从高帝得相国一人，丞相二人，将军、
> 二千石各三人；别破军二，下城三，定郡五，县七十九，得丞相、
> 大将各一人。④

《樊郦滕灌列传》《傅靳蒯成列传》文法也莫不如是，诚如吴汝纶

---

①　《樊郦滕灌列传》该篇"太史公曰"："余与他广通，为言高祖功臣之兴时若此云。"
（司马迁：《史记》第 8 册，中华书局 1982 年版，第 2673 页）按：樊他广是樊哙之孙，年岁
与司马谈相仿，司马谈与樊他广交好的可能性更大些，顾颉刚、赵生群、杨燕起等据此皆主
该篇为司马谈所作。但笔者认为司马迁与樊他广也很可能是忘年之交，如此该篇的著作权仍
可能为史迁。

②　司马迁：《史记》第 6 册，中华书局 1982 年版，第 2021 页。

③　杨燕起、陈可青、赖长扬汇辑：《史记集评》，华文出版社 2005 年版，第 432 页。

④　司马迁：《史记》第 6 册，中华书局 1982 年版，第 2070—2071 页。

所云:"此篇(《樊郦滕灌列传》)以四人战功为主,与叙曹参、周勃战事略同,皆撮叙功状,不载方略,此太史公所以为峻洁也。"(《桐城先生点勘史记》卷九五)① 以上四篇的传主都是以攻城野战而著称的将军,他们披坚执锐,冲锋陷阵,大都是以勇猛闻名,却不长于谋略,所以司马迁写这类战争人物时,就用另一套笔法,撮叙功状,不载方略。这种战争叙事别具一格自成一体,也为后世正史叙战功树立了榜样。它形似文牍简册,却是条贯缕析、不枝不蔓,甚得"峻洁"之妙,是叙战又一变体。

司马迁作史充分利用了汉代的官府档案,上述四篇典型地体现出取材于军功档案的特色。太史公既是史官,又是"档案管理员",善于利用档案材料是杰出的历史家应具备的基本素质,可以说司马迁之所以能成为伟大的历史家,与他是一位杰出的档案工作者密切相关。"司马迁虽然大量地运用档案材料写历史,但并不是简单地搞成档案材料汇编,而是化档案材料为历史,把档案材料用活,写成信史。"② 刘邦打天下时,有严格的记录军功的制度,正因为如此,将士们才会奋不顾身浴血沙场。司马迁作为太史令,读过这些军功簿,在《高祖功臣侯者年表》序中他说"余读高祖侯功臣"③,就说明他作年表时依据了当年的军功档案。司马迁据军功档案作史,自然准确严密,其叙战则别开生面自成气象,呈现出一种朴拙之美。

司马迁撮叙功状,看似简单,实则仍有关窍,他写功状能够紧贴各人身份,文法同中有异。《樊郦滕灌列传》写了四个出身卑微因跟随刘邦立军功而拜将封侯的人物,在司马迁看来,他们之所以成功是跟对了人,所谓"方其鼓刀屠狗卖缯之时,岂自知附骥之尾,垂名汉廷,德流子孙哉?"④ 因为附着于良马的尾巴上,所以能随之一日而致千里。这四人都是因人成事,故此篇多用"从"字,樊哙十九,郦商七,夏侯婴十四,灌婴十四,从字凡五十四见,这是四传之同。司马迁连写四传,其笔法同中又有异,这就是紧贴各人身份,一篇一个模样。因为夏

---

① 杨燕起、陈可青、赖长扬汇辑:《史记集评》,华文出版社 2005 年版,第 538 页。
② 施丁:《谈司马迁运用档案撰写历史》,《学习与探索》1982 年第 1 期。
③ 司马迁:《史记》第 3 册,中华书局 1982 年版,第 877 页。
④ 司马迁:《史记》第 8 册,中华书局 1982 年版,第 2673 页。

侯婴是太仆（为王者赶车的官），所以司马迁写夏侯婴时就紧紧围绕"太仆"和"车"做文章。试看其中一段文字：

> 高祖之初与徒属欲攻沛也，婴时以县令史为高祖使。上降沛一日，高祖为沛公，赐婴爵七大夫，以为太仆。从攻胡陵，婴与萧何降泗水监平，平以胡陵降，赐婴爵五大夫。从击秦军砀东，攻济阳，下户牖，破李由军雍丘下，以兵车趣攻战疾，赐爵执帛。常以太仆奉车从击章邯军东阿、濮阳下，以兵车趣攻战疾，破之，赐爵执珪。复常奉车从击赵贲军开封，杨熊军曲遇。婴从捕虏六十八人，降卒八百五十人，得印一匮。因复常奉车从击秦军雒阳东，以兵车趣攻战疾，赐爵封转为滕公。因复奉车从攻南阳，战于蓝田、芷阳，以兵车趣攻战疾，至霸上。项羽至，灭秦，立沛公为汉王。汉王赐婴爵列侯，号昭平侯，复为太仆，从入蜀、汉。①

班固依据《史记》再为夏侯婴树传时，裁剪掉不少"太仆""车"这些字样，传记简则简矣，文章却顿失神采。李景星有高论："樊、郦、滕、灌以身份相同合传。樊以屠狗为事，郦聚少年而东西略人，滕为沛厩司御，灌在睢阳贩缯，其出身微贱同。樊传曰'复常从'，郦传曰'以将军为太上皇卫'，滕传屡书'为太仆'，灌传曰'从中涓从'，其被亲幸亦同，是以太史公合而传之。传之妙处在以一样笔法连写四篇，而每篇又各自一样。樊哙是亲臣，故叙其战功以'从'字冠首，附战级、赐爵而不再编年月；郦商传虽以年月纪事，而却以官名提纲、属战功于其下；滕公夏侯婴本是车将，故节节提'奉车'字样；灌婴是骑将，故曰'长于用骑'，曰'破其骑'，曰'斩骑将'，曰'击破楚将'，曰'虏骑将'，曰'破胡骑'，曰'受诏并将燕、赵、梁、楚车骑'，处处以'骑'字关合，较上三传尤有色泽。"②李景星的评语鞭辟入里，深得史公文法之三昧。

司马迁叙写战将功状，多用短句，给人造成一种短兵相接紧张激烈

① 司马迁：《史记》第8册，中华书局1982年版，第2664—2665页。
② 李景星：《四史评议》，岳麓书社1986年版，第87页。

的感觉。司马迁既善于构造长句，又长于运用短句，短句多用于战争、行刺（如荆轲刺秦王）、劫盟（如曹刿劫齐桓公）等篇章。短句就句子成分而言，它们突出主干，剩掉枝叶，显得简净利落，短句与短句相接，如热锅爆豆，又似爆竹投火，噼噼啪啪，声声响脆。司马迁用短句写趣攻战疾，营造出一种令人心惊的近身肉搏的战场氛围，语言形式与所写内容达到了完美的统一。司马迁对每人战功的叙写，还用特定的字眼加以区分，深得"春秋笔法"之妙。①

第三节　战争叙事中的"春秋笔法"

美国学者浦安迪从叙事学角度研究中国叙事文学有个新奇的发现："我们翻开某一篇叙事文学时，常常会感觉到至少有两种不同的声音同时存在，一种是事件本身的声音，另一种是讲述者的声音，也叫'叙述人的口吻'。叙述人的'口吻'有时要比事件本身更为重要……史书里也不无类似的现象，读者也能在读史的时候感觉到'叙述人的口吻'的分量。看《史记》中的列传，我们会觉得许多地方隐隐约约有司马迁的声音，这种联系到他自身的悲剧而发出的发愤的声音，反映了司马迁特殊的口吻，从字里行间透露出他对历史事件的独特而深刻评价。后代的中国正史明显地继承了这一传统，并使之成为一种体例。"② 那种从字里行间透露出史家对历史事件的独特而深刻评价的"传统"与"体例"，浦安迪称之为"叙述人的口吻"，而中国古人对此也早有称谓，曰"春秋笔法"、"春秋书法"或"春秋义法"。中华民族是一个道德伦理型的民族，中国史学也是道德伦理型的史学。评断历史的是非曲直以抑恶而扬善，是史家的责任也是他们的义务，而"春秋笔法"则是史家实现此目的的一种途径。"春秋笔法"是孔子所开创，而由司马迁发扬光大，司马迁在进行战争叙事时，自觉地运用了大量的"春秋笔法"。《史记》战争文学也因为有了"春秋笔法"，而呈现出一种含蓄蕴

---

① 这一点将在本章第三节"只言片字别战绩"加以论述，兹略。
② ［美］浦安迪：《中国叙事学》，北京大学出版社 1996 年版，第 14 页。

藉、韵味悠长的美学境界。

一　"春秋笔法"与"寓论断于叙事之中"

司马迁对孔子有种特别的崇拜。① 孔子本是一介布衣，落魄不得志
的"教书匠"，司马迁却将他列于世家。许多列国世家本与孔子毫不相
涉，司马迁在写这些世家时却常书"是岁孔子相鲁""孔子卒"，这是
因为司马迁认为孔子一人系天下之轻重。《史记》对孔门后学设有三
传：《仲尼弟子列传》、《孟子·荀卿列传》和《儒林列传》，使其学统脉
络清晰，绵延不绝，先秦诸子中没有哪一家能享受如此待遇。司马迁取
材的标准是："考信于六艺，折中于夫子"，孔子整理六经是其一生成
就的大事业，是对中华民族文化做出的伟大贡献，司马迁以六经作为评
判历史的尺度，他还征引孔子言论臧否史事与人物，这些都寄托着司马
迁对孔子的深情。在《孔子世家》的论赞中，司马迁对孔子的崇敬之
情溢于言表，一唱而三叹，他尊孔子为"至圣"，肯定了孔子穿越历史
时空的影响力，在史迁心目中孔子就是教化之主。

司马迁把自己撰《史记》作为孔子著《春秋》事业的继续来看待，
《春秋》在司马迁心目中具有无与伦比的崇高地位。李长之说：

> 在司马迁觉得，《春秋》原来代表一种政变。你看他在《自
> 序》里说："桀纣失其道而汤武作，周失其道而《春秋》作，秦失
> 其政而陈涉发迹，诸侯作难。"原来这部《春秋》是和打倒桀纣的
> 汤武，打倒秦始皇的陈涉同类的，那么，它已不止是一部空洞的书
> 册了，却是一种行动，孔子也不止是一个文化领袖了，而且是一个
> 政治领袖——开国的帝王了！必须在这个意义上，才能了解《春
> 秋》在孔子整个人格中的关系，也必须在这个意义下，才能了解司
> 马迁寄托于《史记》中者之深远。②

---

① 从班固《汉书·司马迁传》提出"史公三失"后，关于司马迁崇儒还是尊道的问题
就争论不休。笔者认为司马谈主要是尊道，司马迁则主要是崇儒，不能把司马谈的思想误当
作司马迁的思想。本书对司马迁的学术思想渊源在第一章第二节中已有论述，兹不赘言。

② 李长之：《司马迁之人格与风格》，生活·读书·新知三联书店1984年版，第56—
57页。

　　《论语》没有记载孔子作《春秋》，是《左传》最先透露出孔子作《春秋》的信息。第一次明确说孔子作《春秋》的是孟子，《孟子·滕文公下》曰："世衰道微，邪说暴行有作，臣弑其君者有之，子弑其父者有之。孔子惧，作《春秋》。《春秋》，天子之事也。是故孔子曰：'知我者其惟《春秋》乎！罪我者其惟《春秋》乎！'""昔者禹抑洪水而天下平，周公兼夷狄、驱猛兽而百姓宁，孔子成《春秋》而乱臣贼子惧。"① 孔子著《春秋》说，司马迁在《孔子世家》《十二诸侯年表序》《儒林列传》《太史公自序》诸篇中都有载录。司马迁对孔子著《春秋》是深信不疑的——虽然后世疑古过勇的宋儒开始怀疑孔子拥有对《春秋》的著作权。

　　司马迁受业于春秋公羊学大师董仲舒，公羊学派思想对他浸润很深。公羊学派认为，《春秋》足以当一王之法，是"素王"事业，不仅是个体立身处世的教科书，还是君王治国平天下的宪纲，它不只是编年体史书，还是渗透着孔子深沉思考的政治书、哲学书，是映照丑陋现实的一面镜子，是可以用来打鬼的"钟馗"。司马迁撰《史记》自比孔子著《春秋》，就是要追摹孔子的这种文化气概，司马迁想做孔子第二，《史记》要成为《春秋》续篇。当然，孔子是孔子，司马迁是司马迁，从二人在中国文化史的地位来看，司马迁没有成为孔子第二，孔子是"大成至圣先师"，司马迁则是"史界太祖"。《史记》也不同于《春秋》，《春秋》被奉为经，《史记》则是历代正史之开山。这样说是不是意味着司马迁在《太史公自序》里表述的抱负落空了呢？非也。司马迁的话有它的真实性，不是在事实上，而是在文化心理上。司马迁与孔子在命运上有某种相似性，孔子周游列国到处碰壁后，退而著《春秋》整六艺，司马迁遭宫刑之辱后发愤著《史记》，"发愤著书"② 是两位文化巨人悲剧人生的重合点。

　　司马迁对孔子的学习，最根本的是学习孔子以布衣之身敢为万世立法的宏伟气概，以及与之相匹应的"春秋笔法"。最早对"春秋笔法"

---

　　① 杨伯峻译注：《孟子译注》，中华书局 2005 年版，第 155 页。
　　② "发愤著书"说见《太史公自序》和《报任安书》，《平原君虞卿列传》《屈原贾生列传》也有所阐发。

加以概括的是《左传》，《左传·成公十四年》曰："君子曰：《春秋》
之称，微而显，志而晦，婉而成章，尽而不汙，惩恶而劝善。非圣人，
谁能修之？"① 《史记》中关于"春秋笔法"记述的篇目有八篇：《周本
纪》《十二诸侯年表序》《晋世家》《孔子世家》《匈奴列传》《司马相
如列传》《儒林列传》和《太史公自序》。在司马迁眼中，《春秋》是
"礼义之大宗"，以"当王法"，是"拨乱世反之正"的精神武器，"辞
微而指博"是其修辞策略，"别嫌疑，明是非，定犹豫，善善恶恶，贤
贤贱不肖"是"春秋笔法"的精髓。刘勰对春秋笔法也有概括："举得
失以表黜陟，徵存亡以标劝戒；褒见一字，贵逾轩冕；贬在片言，诛深
斧钺。"② 刘知几在《史通·忤时》中也说："《春秋》之义也，以惩恶
劝善为先。"③ 可以说，劝善惩恶才是春秋笔法的本质，它的思想倾向
不是用议论性的文辞直接表达，而是通过史事的记述排比自然显现；它
还以一字寓褒贬，在谨严的措辞中表达爱憎之情，微言大义是"春秋笔
法"的灵魂。

"春秋笔法"历来为史家所推崇，司马迁的《史记》也深得"春秋
笔法"之妙。章学诚在《文史通义·申郑》中说："夫史迁绝学，《春
秋》之后一人而已。其范围千古、牢笼百家者，惟创例发凡，卓见绝
识，有以追古作者之原，自具《春秋》家学耳。"④ 邹方锷说得更明白：
"《史记》书法，《春秋》书法也。"（《大雅堂初稿》卷六）⑤《史记》
中有"春秋笔法"，这早已为古人所指出，现在我们来讨论《史记》战
争文学中的"春秋笔法"就有了前提。

"寓论断于叙事之中"是"春秋笔法"在《史记》中的继承与发
展，它们是一脉相承的史家笔法。顾炎武曰："古人作史，有不待论断
而于序事之中即见其指者，惟太史公能之。《平准书》末载卜式语，
《王翦传》末载客语，《荆轲传》末载鲁勾践语，《晁错传》末载邓公与

① 杨伯峻注：《春秋左传注》，中华书局1990年版，第870页。
② 范文澜注：《文心雕龙注》，刘勰著，人民文学出版社1958年版，第284页。
③ 浦起龙释：《史通通释》下册，刘知几撰，上海古籍出版社1978年版，第591页。
④ 章学诚：《文史通义》，上海世纪出版集团2008年版，第150页。
⑤ 杨燕起、陈可青、赖长扬汇辑：《史记集评》，华文出版社2005年版，第132页。

景帝语,《武安侯田蚡传》末载武帝语,皆史家于序事中寓论断法
也。"① 将史迁的这种笔法概括为"寓论断于叙事之中"的第一人是顾
炎武,而真正对这一命题作深入研究的则是白寿彝。顾炎武所举例证只
有篇末借别人的话来评论一种形式,白寿彝指出:"司马迁'于叙事中
寓论断'的最好例子,不一定是放在篇末,而往往是放在篇中,不只是
借着一个人的话来评论,而有时是借着好几个人来评论,不一定用正面
的话,也用侧面或反面的话;不是光用别人的话,更重要的是联系典型
的事例。"又说"司马迁结合具体的史实,吸收当时人的评论或反映,
不用作者出头露面,就给一个历史人物作了论断。更妙在他吸收的这些
评论或反映都是记述历史事实发展过程中不可分割的部分,它们本身也
反映了历史事实。这样来写,落墨不多,而生动深刻。作者并没有勉强
人家接受他的论点,但他的论点却通过这样的表达形式给人以有力的感
染。"② 我认为,"寓论断于叙事之中"至少包含两层含义,其一,是说
司马迁在《史记》中有论断,有论断就意味着对史事人物要褒贬是非,
劝善惩恶,这在精神层面上与孔子的"春秋笔法"是一致的,其二,
于叙事中寓论断是实现褒贬是非,劝善惩恶的方法与技巧,孔子在《春
秋》中并不抛头露面而是通过对史实的排比就把自己的喜怒好恶表达出
来了,二者在技术层面上又是相通的。本文还要强调的是,司马迁的
"寓论断于叙事之中"在技术层面上是大大超越了孔子的"春秋笔法",
它不仅包括顾炎武、白寿彝等先贤已经指出的那些手段,还包括更为丰
富的形式,如体制破例寓褒贬,编排次序蕴微义,互见法里辨人事,委
婉曲笔明是非,只言片字别战绩。

其实,"春秋笔法"是后人对《春秋》的一种"追封",作为"断
烂朝报"的《春秋》是有些受之有愧的,倒是以效法《春秋》自命的
《史记》受之应当。司马迁青出于蓝而胜于蓝,看到此情此景孔圣人肯
定也会欣慰于九泉的。

二 "春秋笔法"在战争叙事中的五种表现形式

"春秋笔法"在《史记》中的表现形式多姿多彩,已不仅仅停留于

---

① 顾炎武:《日知录》卷二六,文渊阁《四库全书》本。
② 白寿彝:《司马迁寓论断于叙事》,《北京师范大学学报》1961 年第 4 期。

"以一字寓褒贬"。司马迁在继承"春秋笔法"精神本质的同时，全方位多层次地拓展了它的具体实现形式。需要说明的是，"春秋笔法"在《史记》中的存在是全方位的，但由于研究对象的限制，本文着重探讨《史记》战争叙事中的"春秋笔法"。

（一）体制破例寓褒贬

《史记》由本纪、表、书、世家、列传五种体例构成，其中本纪、世家与列传之间是有"尊卑"之别的，本纪叙天子，世家叙诸侯，列传写人臣，等级森严，这也是司马迁运用"春秋笔法"贯彻孔子著《春秋》正名分思想的一种方式。三者之中，本纪是核心，是七星北斗，世家与列传则是环卫北斗运行的二十八宿，起到辅弼拱卫本纪的作用。同时，司马迁并没有严格地按照由后人总结出来的这种"成例"去做，《史记》出现了许多"破例"，这些破例往往蕴藏着司马迁的褒贬，从中更能看出他作史之用心。

破例之一，"越级"放入高一级的体例。秦始皇设为本纪殊无歧意，秦始皇统一中国之前，秦本为诸侯，秦国本应设为世家，但史公却作《秦本纪》。孔子以布衣之身而位世家，陈涉出身垄亩身死无嗣而列世家，项羽并未做成天子而位列本纪，吕后并未如武则天般称帝而列本纪。司马迁对这几位都是给予了"低级高位"的破格待遇，细究史迁何以超越常理这样做，确实是有深意存焉。秦从献公以后就"常雄诸侯"（《六国年表序》），国势自非六国可比，正因为有了数百年的经营才有后来的秦始皇一统天下，所以作《秦本纪》。参照《六国年表序》，寓意更明。该表表名六国，实列八国，周、秦都不在六国数中。第一栏列周，以示尊周天子为天下之共主。第二栏列秦，日食灾异载于秦表而不载于周表，以示秦系天下之存亡，褒美秦之统一事业。孔子无尺土之封而列世家，是司马迁尊学统，视其为万世师。司马迁尊陈涉说到底是为了尊汉、反暴政、赞首难。项羽自命为霸王，曾为共主于一时，况且司马迁对这位悲剧英雄颇为同情，项羽虽败但其人格足以令其对手汗颜，将其放在本纪在一定程度上也有贬抑刘邦之意。把吕后放在本纪，是因为吕后是当时最高统治者，是没有穿皇袍的实际意义上的女皇帝。她虽然毛病很多，并不讨司马迁喜欢，但她在位时对外不轻言用兵，奉行无为而治，继续了汉初休养生息的良好局面。①

破例之二，"降级"放入低一级的体例。周朝与汉朝都有世家，而秦朝却无，世家是要"辅拂股肱之臣配焉，忠信行道，以奉主上"②，按这个标准，李斯、蒙恬都是秦朝的股肱之臣，是有资格享受位列世家的待遇的，而司马迁却把他们放在了列传，原因何在？李斯在秦始皇死后，私心太重，被赵高裹胁而立胡亥，继续实行严刑酷法，使一个强大的秦朝轰然崩溃，司马迁对之很是鄙薄。司马迁对蒙恬也很不满，他在《蒙恬列传》的论赞里严厉批评了蒙恬在辅佐秦始皇统一六国后，一味阿意兴功而未能及时谏劝秦始皇改行仁政，致使国破身亡。③ 正因为如此，司马迁把他们降级放在了列传里。刘濞是刘邦的侄子，封为吴王，本应与齐悼惠王、楚元王同列世家，但由于他倡导发动七国之乱，故司马迁降之于列传。淮南王刘长、刘安，衡山王刘赐，也都是刘氏宗亲并封土建国，本应列于世家，但因"谋反"，也只好屈居列传了。韩信、黥布、彭越也因"谋反"被降在了列传。这些人的谋反，有的是确有实据，有的则在疑似之间而显得扑朔迷离。对确实谋反叛乱者，司马迁把他们放入列传，并对之进行贬抑；对被皇家扣上谋反帽子者，司马迁把他们放入列传在某种程度上也是不得已。讳于时忌，孔子当年作《春秋》也不得不有所讳饰，司马迁作《史记》面临同样的问题时，也不得不效法孔子"春秋笔法"而有所忌讳。张耳立过军功被刘邦封为赵王，也曾是一方诸侯，其子张敖也袭领赵国，张敖又是刘邦所确定的功劳仅次于萧何、曹参的大功臣，按例张耳似也可列于世家，司马迁却将张耳放入列传，一则有便于叙事的考虑，张耳、陈余由生死之交发展到水火不容，二者事迹不可分离，另则更反映了司马迁对这种以势利交的

---

① 司马迁对吕后继续奉行汉初清静无为的国策予以赞赏，《吕后本纪》太史公曰："孝惠皇帝、高后之时，黎民得离战国之苦，君臣俱欲休息乎无为，故惠帝垂拱，高后女主称制，政不出房户，天下晏然。刑罚罕用，罪人是希。民务稼穑，衣食滋殖。"（司马迁：《史记》第2册，中华书局1982年版，第412页）

② 司马迁：《史记》第10册，中华书局1982年版，第3319页。

③ 《蒙恬列传》太史公曰："吾适北边，自直道归，行观蒙恬所为秦筑长城亭障，堑山堙谷，通直道，固轻百姓力矣。夫秦之初灭诸侯，天下之心未定，痍伤者未瘳，而恬为名将，不以此时强谏，振百姓之急，养老存孤，务修众庶之和，而阿意兴功，此兄弟遇诛，不亦宜乎！何乃罪地脉哉？"（司马迁：《史记》第8册，中华书局1982年版，第2570页）

厌恶。刘邦手下大臣所立功劳，萧何第一，曹参第二，周勃第四，此三人放在世家恰如其分。陈平功劳位居第四十七，张良为第六十二，二人功劳如此靠后尚列于世家，与此相比，功劳位居第五的樊哙，第六的郦商被放于列传，则显然是降级了。司马迁之所以这样处理，是因为在他看来，樊、郦诸人都只是"附骥之尾"，善于因人成事而已，沾了刘邦的光，其自身并没有特别称道的地方。陈平、张良功劳等级虽靠后，但他们却是奇才伟士。对人物所列"位置"的一降一升，体现了司马迁的论人标准，"扶义俶傥，不令己失时，立功名于天下"①，只有这样的人，才能得到太史公的赞赏。

破例之三，似应立传而未立传。汉惠帝身为皇帝而不立传，是因为他只是空担个皇帝的虚名，在历史中并未有所建树，不给他立传乃史公高识。秦楚之际的小楚怀王，被尊为义帝，他不仅是当时名义上的天下共主，而且一度是有实权的，他也并非常人所想象的是平庸的傀儡，小楚怀王无传问题还要与范增之未立传一并讨论。范增是项羽手下第一谋士，还被项羽尊为"亚父"，在楚汉战争中是个举足轻重的人物，司马迁对范增之所以不立传，恐怕也是另有微义。范增的事迹主要附在《项羽本纪》，在司马迁笔下，范增并不是个好智囊，并没有提出什么奇谋良策，恰恰相反，他提出的最重要的谋略——立楚王之后以收民心，倒是个"馊主意"。王鸣盛曰："六国亡久矣，起兵诛暴秦不患无名，何必立楚后？制人者变为制于人……范增谬计既误项氏，亦误怀王。"②在史迁眼中，范增并非足与张良相媲美的谋略之人，不屑为之立传也便在情理之中了。由范增而引发了小楚怀王的人生悲剧，牧羊人成了军事斗争的牺牲品，不为小楚怀王立传，也隐隐透出司马迁对他悲剧命运的无奈之情。还有长沙王吴芮，他是刘邦所封八个异姓王中唯一的幸存者，并传了五世，朝廷还特别下令褒奖其"忠"，长沙国最后因无嗣而绝，而后其别系子孙又广被封侯。按吴芮的地位身份，似应放在世家，而实际上司马迁不仅没有把他列入世家，竟然列传中也不给他留个位置。吴芮对汉王朝只会俯首帖耳，没有丝毫奇行壮节，只是个碌碌无为

---

① 司马迁：《史记》第 10 册，中华书局 1982 年版，第 3319 页。
② 王鸣盛：《十七史商榷》，凤凰出版社 2008 年版，第 11 页。

的家奴，故太史公不屑为之单独立传。

司马迁博采众长创立了五体结构，可贵的是司马迁并不为这种体制所限，甚至在一定程度上打破这种体例。那些"破例"往往体现了司马迁对历史的独到理解，正是这些破例使司马迁并没有成为中规中矩维护既有等级秩序的卫道士，恰恰相反司马迁对现有秩序呈现出某种程度的挑战姿态。破例中有褒贬，破例中有深意，破例中见"春秋笔法"。

（二）编排次序蕴微义

《史记》一百三十篇，其编排次序也是暗藏玄机。关于《史记》编排顺序，有"次第皆无意义说"，其代表学者是清人赵翼，他说："《史记》列传次序，盖成一篇即编入一篇，不待撰成全书后，重为排比。……其次第皆无意，可知其随得随编也。"① 绝大多数学者不赞同赵翼的观点，如汪之昌说："据赵说，则编次先后本无义例。吾谓义例所在，诚无明文，而赵氏所举各传，则编次似非无意者。"② 朱东润曰："曲解篇次，诚为不可，然遽谓其随得随编，亦未尽当。"③《史记》编排次序并非无章可循，而是别有用心。

《五帝本纪》《吴太伯世家》《伯夷叔齐列传》分别被列为本纪、世家、列传的首篇，其中重要原因就是司马迁推崇一个"让"字。此三篇之传主都是以"让"得贤名而闻于天下，司马迁特别嘉许他们的让国让天下，这在《太史公自序》里说得直截了当："维昔黄帝，法天则地，四圣遵序，各成法度；唐尧逊位，虞舜不台；厥美帝功，万世载之。作《五帝本纪》第一。""嘉伯之让，作吴世家第一。""末世争利，维彼奔义；让国饿死，天下称之。作《伯夷列传》第一。"④ 歌颂"让"其实是映衬和批判现实政治生活中的"争"，特别是司马迁所处的汉代，为了一个"争"字而发生了多少战争与屠杀：刘邦削除异姓王的战争，吕后执政时的诛"诸刘"，吕后死后"诸吕"又被诛，汉景帝时七国之乱实际上是刘氏宗亲的自相残杀，汉武帝后期因巫蛊之祸而引起的太子集团与武帝集团的火并。为了一己私利，不顾百姓死活，骨

① 赵翼：《廿二史札记校证》，王树民校证，中华书局1984年版，第6—7页。
② 杨燕起、陈可青、赖长扬汇辑：《史记集评》，华文出版社2005年版，第147页。
③ 朱东润：《史记考索》，开明书店1947年版，第19页。
④ 司马迁：《史记》第10册，中华书局1982年版，第3301、3306、3312页。

肉相残，父子相攻，尸横遍野，血流成河，一桩桩一件件都令人触目惊心。我们有理由相信，司马迁对本纪、世家、列传三种体例首篇的处理，是效法孔子编排《诗经》各体开始之篇的处理。《孔子世家》首次提出"《诗经》四始"的概念①，在司马迁看来，风、小雅、大雅、颂之第一篇至关重要，孔子如此编排存有微义。②《五帝》为本纪始，《吴太伯》为世家始，《伯夷》为列传始，我们不妨也可称之为"《史记》三始"。"《史记》三始"表彰"让"德，其手法源自"《诗经》四始"，这又是司马迁受孔子影响的一个表现。

我们再看列传第四十八至第五十七等篇目的编次蕴含的微义，这十篇的顺序依次为：《韩长孺列传》《李将军列传》《匈奴列传》《卫将军骠骑列传》《平津侯主父列传》《南越列传》《东越列传》《朝鲜列传》《西南夷列传》《司马相如列传》，这些篇目集中反映了汉武帝征伐匈奴及对四夷的用兵情况。韩长孺列首篇，除了因为该篇详述了揭开汉朝反击匈奴战争大幕的"马邑之伏"，还因为韩安国总体上也实为反战人物，他和司马迁对匈奴战争的态度基本一致，以一个反战人物开场，这就为后来的战争叙事定了基调。紧接着是李广列传，其传在匈奴传之前，飞将军镇守北边，匈奴不敢南下而牧马，史公将其传列于匈奴传之前，以见北边非将军不可寄管钥。《卫将军骠骑列传》紧承《匈奴列传》以见卫青、霍去病之军功。司马迁对卫、霍二人虽然心存成见，对汉匈战争所付出的沉重代价感到心痛，但还是如实地记述了二人卓绝千古的战功，汉匈战争收官于二将便是史迁如此编次的主要用意。《平津侯主父列传》列于汉匈战争篇目与少数民族列传篇目之间，是司马迁要再一次借他人之言以表明对汉匈战争及征伐四夷的态度，主父偃向汉武

---

① 《孔子世家》曰："古者《诗》三千余篇，及至孔子，去其重，取可施于礼义，上采契、后稷，中述殷、周之盛，至幽、厉之缺，始于衽席，故曰：'《关雎》之乱以为《风》始，《鹿鸣》为《小雅》始，《文王》为《大雅》始，《清庙》为《颂》始'。"（司马迁：《史记》第 6 册，中华书局 1982 年版，第 1936 页）

② 《诗》小序对《诗经》之"四始"的微义有阐发。"《关雎》，后妃之德也，风之始也，所以风天下而正夫妇也。""《鹿鸣》，宴群臣嘉宾也。既饮食之，又实弊帛筐篚以将其厚意，然后忠臣嘉宾得尽其心矣。""《文王》，文王受命作周。""《清庙》，祀文王也。周公既成洛邑，朝诸侯，率以祀文王焉。"（司马迁：《史记》第 6 册，中华书局 1982 年版，第 1937 页）

帝上《谏伐匈奴书》，公孙弘、主父偃都反对伐匈奴、打朝鲜及通西南夷，徐乐、严安的上疏也有这方面的言论。泷川资言亦曰："偃等三人皆以文辞进，皆以伐匈奴、通西南夷为非，其事相涉，此所以与平津同传。观次诸卫霍、两越诸传间，可以知史公之意也。"① 接下来是四个少数民族列传，它们与汉之名臣传等列，反映了司马迁视各民族均为中国版图内的天子臣民的大一统观念。司马相如与唐蒙等人开通西南夷，开启了汉武帝征伐西南的野心而使兵民疲弊，司马迁追根溯源，不能不归罪于相如，故将司马相如传编于《西南夷传》后。通过以上分析，我们可知这十篇有关汉武帝对外用兵的篇目，环环相扣，先后次序大有深意，构成了一个自具首尾、相对独立的"叙事单元"，并且这样的"叙事单元"在《史记》中并不是个别存在。

《史记》编排次序有义例可循，这次序也着实蕴含着司马迁的良苦用心，虽然不能说所有次序都有用意——否则就势必陷于穿凿附会，但说不少篇目的次序有深意，还是符合实际的。

（三）互见法里辨人事

"互见法"是《史记》运用"春秋笔法"的又一特殊表现形式。最早提到《史记》使用互见法的是苏洵，见《苏老泉先生全集》卷九：

> 迁固史虽以事辞胜，然亦间道与法而有之，故时得仲尼遗意焉。迁之传廉颇也，议救阏与之失不载焉，见之赵奢传；传郦食其也，谋挠楚权之缪不载焉，见之留侯传。夫颇、食其皆功十而过一者也，苟列一以疵十，后之庸人必曰："智如廉颇，辩如郦食其，而十功不能赎一过。"则将苦其难而怠矣。是故本传晦之，而他传发之，则其与善也，不亦隐而彰乎！……其能为《春秋》继而使后之史无及焉者，以是夫！②

苏洵虽然还没有明确使用"互见法"这一概念，但已道出了它的

---

① ［日本］泷川资言：《史记会注考证》第 12 册，新世界出版社 2009 年影印日本 1934 年本，第 4608 页。

② 杨燕起、陈可青、赖长扬：《史记集评》，华文出版社 2005 年版，第 8—9 页。

实质，即"本传晦之，而他传发之"。还需要特别指出的是，苏洵是把互见法当作"仲尼遗意"看待的，认为互见法是孔子"春秋笔法"的后继，而苏洵的这种认识往往被许多学者所忽视，他们只强调"本传晦之，而他传发之"，殊不知这只是一种技术手段，其精神本质是效仿"春秋笔法"以寓寄托。

辨人事、寓褒贬，才是互见法的精神本质。项羽是史公心仪的悲剧英雄，司马迁不仅破例把他列于本纪，还以列传法写本纪。在《项羽本纪》里项羽是个喑噁叱咤盖世无双的英雄，但项羽又是个有重大缺陷的历史人物，对他的缺点，司马迁则在《高祖本纪》《陈丞相世家》《淮阴侯列传》等篇中加以叙述。《高祖本纪》中刘邦列项羽十大罪状，怀王诸老将指责项羽之暴虐；《陈丞相世家》借陈平之口点明项羽不能因功封赏，士以此不附；《淮阴侯列传》借韩信之口说项羽是"匹夫之勇，妇人之仁"。《高祖本纪》主要写刘邦的规模宏远与雄才大略，而在《项羽本纪》则写出刘邦的贪财好色及流氓本色，《萧相国世家》、《留侯世家》表现他猜忌功臣，《魏豹彭越列传》揭露他慢而侮人。对刘邦之所以这样写，显然是因为政治原因而有所忌讳。信陵君是司马迁极力颂扬的人物，在本传中极力写他的礼贤下士威震敌国，在《范雎蔡泽列传》则写了他因惧怕秦国威势而不敢收留魏齐的胆小懦弱。对项羽、信陵君采用互见法，显然是司马迁爱之太深而有所回护。

互见法是司马迁匠心独具的创造。一方面避免了同一事件在不同人物传记中反复出现，通过"语在某某事中"以精简篇幅，尽量避免纪传体容易出现的重复冗沓现象；另一方面是为了写出历史人物性格的复杂性、层次性，在本传中着力突出其人的主要性格，而在其他人物的传记中刻画在本传中不宜写出的其人性格的另外的方面。"原来司马迁在一个历史家之外，兼是一个艺术家，他晓得每一篇传记一定有一个中心，为求艺术上的完整起见，便把次要的论点（在艺术上次要）放在别处了。这是前人所发见的'互见法'。我们可以这样说，就他单篇文章看，他所尽的乃是一个艺术家的责任，只有就他整部的《史记》说，他才是尽的历史家的责任。倘就单篇而责备之，他就太冤枉了。"[1] 互见法是《史记》历史性与文学性之间的桥梁，历史性要求全面真实地叙写人物与史实，文学性则要求提炼主题塑造出血肉丰满的典型性格，互见法就很巧妙地解决了历史真实与文学典型之间的矛盾。司马迁一手牵起历史，一手紧拉文学，让历史与文学在互见法这个"鹊桥"上相会结缘。

只有掌握了互见法这把金钥匙，才能真正打开司马迁的历史大门，才能够真正洞悉其中的微言深意。互见法是"寓论断于叙事之中"的又一表现形式，也是"春秋笔法"在《史记》中的活学活用。

（四）委婉曲笔明是非

史家笔法有所谓直笔与曲笔之分。所谓直笔就是依据史实秉笔直书，其特点是文义一致，明白显豁；所谓曲笔是史家用委婉曲折的笔法叙写历史，其特点是若明若暗，含蓄隐约。史家之所以采用曲笔，主要是因为种种"忌讳"，《春秋公羊传·闵公元年》认为《春秋》有"为尊者讳，为亲者讳，为贤者讳"的笔法。司马迁曰："孔子著《春秋》，隐、桓之间则章，至定、哀之际则微，为其切当世之文而罔褒，忌讳之辞也。"① 这种种忌讳，特别是"时忌"，迫使史家不得不特别讲究叙事策略，在冠冕堂皇的官样文字缝隙中变着法把自己的真实思想表达出来。直笔需要的是大义凛然的勇气，曲笔需要的则是迂回幽远的智慧。

曲笔在疑似之间、幽隐之际寓褒贬，实乃"春秋笔法"之变体。要想真正读懂《史记》，我们就要弄懂司马迁所用的曲笔手法，不为他的表面文字所迷惑，要读出隐藏于字缝间的本意。

其一，指桑骂槐。司马迁很会"骂人"，他把在文章中"骂人"变成了一种艺术。司马迁以秦讽汉是他"指桑骂槐"最突出的表现形式②，《秦始皇本纪》就是在含沙射影地指斥汉武帝。秦始皇好大喜功，滥用民力，又迷信神仙妄图长生，致使战争不断，民怨沸腾，并最终导致秦国被农民战争的洪流冲入历史的深沟。汉武帝与秦始皇有太多的相

---

① 司马迁：《史记》第9册，中华书局1982年版，第2919页。
② 其实，司马迁与汉代儒生相比，对秦的态度并不坏，他对当时儒生从"五德终始"说以秦为"闰朝"不以为然，在《六国年表》序中说："学者牵于所闻，见秦在帝位日浅，不察其终始，因举而笑之，不敢道，此与以耳食无异。悲夫！"（司马迁：《史记》第2册，中华书局1982年版，第686页）

似之处，尤其是汉武帝讨匈奴伐四夷，企图建立不世之武功，与秦始皇如出一辙，但在司马迁看来却是用力勤而收效微，结果是士卒死伤惨重，人民不堪重负而民变不断，汉武帝如果不以秦为鉴极有可能重蹈覆辙。① 从某种意义上讲，《秦始皇本纪》就是《今上本纪》的"副册"，秦始皇就是汉武帝的镜子，司马迁在《秦始皇本纪》中"骂"秦始皇，其实也是在"骂"汉武帝。

　　其二，故露破绽。中国自古以来就不缺少冤案，汉代亦是如此。汉高祖、吕后制造的淮阴侯韩信谋反案，汉武帝时的淮南王刘安谋反案，都是疑点重重。从司马迁对两案叙录的字里行间，我们可以揣摩出他对两案的微妙态度。此两案都是钦定大案，司马迁自然不能明目张胆地说它们是冤案，而是采取"故露破绽"的策略，借他人之言代为鸣冤，阳依成案而阴白其冤。《淮阴侯列传》引录武涉与蒯通劝说韩信背汉自立的大段说辞，韩信听后并没有为之所动，它表面上处处在说韩信谋反，实际上司马迁是在为其申白冤情②；再如韩信教陈豨反汉"挈手辟左右"时所说的话，只有韩陈二人知道，并没有第三者在场，这分明是当时欲加之罪而罗织的罪状。淮南王刘安"谋反"一案，也是借用人言以明其迹。刘安谋反的过程，全由自首者伍被口中道出，而刘安始终未发过一兵一卒，令人对其中众多破绽顿生疑窦。③ 韩信案的实质是刘邦要铲除异姓王，以建立刘姓的家天下，淮南案的实质是刘彻要剪灭藩国势力，以巩固中央集权。他们之"谋反"，实质上都是人为"制造"出来的，案件本身破绽就很多，司马迁在叙录时又故露破绽，声东而击西，后世读者从疑点重重的文字间不难得出结论。

---

　　① 司马光曰："孝武穷奢极欲，繁刑重敛，内侈宫室，外事四夷，信惑神怪，巡游无度，使百姓疲敝，起为盗贼，其所以异乎秦始皇无几矣。然秦以之亡，汉以之兴者，孝武能尊先王之道，知所统守，受忠直之言，恶人欺蔽，好贤不倦，诛赏严明，晚而改过，顾托得人，此其所以有亡秦之失而免亡秦之祸乎！"（司马光：《资治通鉴》第 2 册，中华书局 1956 年版，第 747—748 页）

　　② 邱逢年曰："韩信之'反'，马作单传，阳依成案而阴白其冤，班与黥、彭、陈、卢、吴合传而以为真反。"（《史记阐要·班马优劣》）按：从对韩信"谋反"一案的处理，可见班马之异同，亦可见班马之优劣，司马迁的"叛逆"与班固的"正统"可见一斑。

　　③ 王充《论衡》记载说："淮南王学道举家升天，畜产皆仙，犬吠于天上，鸡鸣于云中。"晋人葛洪《神仙传·刘安》也有类似记载。这在一定程度上表明了人们对刘安以"谋反"被定罪的逆反情绪。

　　其三，釜底抽薪。司马迁对汉初封侯赐爵的达官显贵多有不满，这些人的传，前面罗列他们的战功奇谋，说上一大堆的好话，而在最后太史公又往往不露声色地添上寥寥几笔，而这几笔又使前面所有的溢美之词都变得没了意义，从而达到一种釜底抽薪的效果。如《萧相国世家》中太史公曰："萧相国何于秦时为刀笔吏，碌碌未有奇节。及汉兴，依日月之末光，何谨守管籥，因民之疾秦法，顺流与之更始。淮阴、黥布等皆以诛灭，而何之勋烂焉。位冠群臣，声施后世，与闳夭、散宜生等争烈矣。"① 这里说萧何因为沾了刘邦与吕后的光，帮助设计除掉了韩信、黥布，他的功劳才显得如此灿烂，语调充满嘲讽。《曹相国世家》前半截极力铺陈曹参的战功，而最后司马迁写道："曹相国参攻城野战之功所以能多若此者，以与淮阴侯俱。及信已灭，而列侯成功，唯独参擅其名。"② 曹参立了那么多的军功，原来是因为跟上了韩信这位名将而因人成事；韩信等人被消灭后，时无英雄，遂使竖子成名，曹参才显露出来。司马迁用语是如此热辣。《留侯世家》正文大写张良之奇谋良策，最后在论赞中突然来了这么几句："高祖离困者数矣，而留侯常有功力焉，岂可谓非天乎？"③ 张良之功在于人谋，而太史公却把人谋归之于天运，这样就几乎把张良之功一笔抹杀了。《陈丞相世家》前面用力渲染陈平之"六出奇计"④，而最后司马迁让陈平开口给自己作了评价："我多阴谋，是道家之所禁。吾世即废，亦已矣，终不能复起，以吾多阴祸也。"⑤ 陈平一生最为得意的"六出奇计"，实为"六出阴谋"，这不仅会在他这一辈子遭"报应"，还会祸及他的后世子孙。司马迁揭出此语，含蓄无穷，垂戒深远。《樊郦滕灌列传》前文铺排他们

---

① 司马迁：《史记》第 6 册，中华书局 1982 年版，第 2020 页。

② 同上书，第 2031 页。

③ 同上书，第 2049 页。

④ 王先谦引钱大昭曰："间疏楚君臣，一奇计也；夜出女子二千人荥阳东门，二奇计也；蹑汉王立信为齐王，三奇计也；伪游云梦缚信，四奇计也；解平城围，五奇计也；其六当在从击臧荼、陈豨、黥布时，史传无文。"凌稚隆曰："平出奇计不只六也，嗣后囚哙致上，使上自诛，一、帝崩，驰至宫，哭甚哀，二、佯不治宰相事，饮酒戏妇女，三、吕后欲王诸吕，平伪听之，四、吕后崩，平与勃卒诛诸吕，立文帝，五、既诛诸吕，以右丞相让勃，不居功，六、前六计者佐高帝定天下，而后六计则事太后以自全耳。"（韩兆琦：《史记笺证》第 6 册，江西人民出版社 2004 年版，第 3551 页）

⑤ 司马迁：《史记》第 6 册，中华书局 1982 年版，第 2062 页。

的战功，最后司马迁在论赞里又酸辣辣地说："方其鼓刀屠狗卖缯之时，岂自知附骥之尾，垂名汉廷，德流子孙哉？"① 釜底抽薪之法，能给人造成前后极大的反差，前面铺陈传主的功高德重，后面的寥寥数语才真正揭出本相，前面铺陈得越多，后面落差就越大，人物摔得就越响。

其四，归诸天命。姚永概曰："《史记》每于愤惋不平处，又难以明言，往往归之天命，其文最为狡狯深婉。如《项羽本纪》曰：'此天之亡我，非战之罪也。'《六国表序》云：'盖若天所助焉。'《秦楚之际月表》云：'岂非天哉，岂非天哉！'《李将军传》云：'大将军又徙，广部行回远，而又迷惑失道，岂非天哉！'皆是也。"② 此外还有《卫将军骠骑列传》于卫青则曰："天幸"，《傅靳蒯成列传》于傅宽、靳歙则曰："此亦天授"，把他们的成功都归之于天命。司马迁以"天命"予人分两种情况，一种是用于失败的英雄，如项羽、李广等，表达了司马迁的痛心惋惜之情；另一种是用于成功的显贵，用天命解释他们的成功，意味着鄙视他们个人的奋斗，在司马迁看来，他们的成功只不过是运气好老天眷顾罢了，流露出太史公的愤慨不平之气。两类天命，两类人物，两类情感，深得春秋之义。

其五，虚字传神。司马迁用虚字最不苟且，在他手中，虚字已不仅是用来煞尾的语气词，而是常有深意存焉，时有太息之声。南宋的洪迈，明代的焦竑，清代的姚苎田、林纾，都曾对此有过论述。李长之对《史记》中虚字的用法作了较为全面的研究，他所论虚字有 11 个：矣、也、而、故、则、乃、亦、竟、卒、欲、言。③ 其中"矣"字最能够代表司马迁的讽刺和抒情，是司马迁运用得最灵巧的一种武器。"矣"字用作讽刺的武器，在《封禅书》中表现得最为明显与集中，据笔者统计，《封禅书》共用了 22 个"矣"字。《封禅书》是司马迁讽刺汉武帝的一篇力作，频用虚字使文章营造出一种飘忽不定、似有若无的氛围，这既与求仙封禅的内容相合，又充满了讥讽意味。因李长之对此已有举证，兹不赘言，现就《高祖本纪》中的"矣"字作一简要分析，试看

---

① 司马迁：《史记》第 8 册，中华书局 1982 年版，第 2673 页。

② 杨燕起、陈可青、赖长扬汇辑：《史记集评》，华文出版社 2005 年版，第 73 页。

③ 参见李长之《司马迁之人格与风格》，生活·读书·新知三联书联 1984 年版，第 289—293 页。

下面文字:"吕后曰:'季所居上常有云气,故从往常得季。'高祖心喜。沛中子弟或闻之,多欲附者矣。"① 这个"矣"字是写刘邦编造故事以自我神化,俗人并不觉悟而被其蒙蔽。再看:"陈豨降将言豨反时,燕王卢绾使人之豨所,与阴谋。上使辟阳侯迎绾,绾称病。辟阳侯归,具言绾反有端矣。"② 这是写刘邦为剪除异姓王,偏听一面之词,并无实证就定卢绾谋反之罪。司马迁用一个"矣"字,慨叹皇家的忌刻无情:欲加之罪,何患无辞!又看:"故汉兴,承敝易变,使人不倦,得天统矣。"③ 这里的语气与《秦楚之际月表序》中的一段文字很相似:"此乃传之所谓大圣乎?岂非天哉,岂非天哉!非大圣孰能当此受命而帝者乎?"④ 前段文字用"矣"字传神,后段则用两个"乎"与两个"哉"达难言之意。这两段文字究竟是褒还是讽,历来意见不一,我还是倾向于这是寓贬于褒,司马迁在反话正说,他是在讽刺刘邦这样一个"无赖",靠着时运,居然开创基业当了皇帝,这天命忒是不公,也忒是滑稽!古代汉语中虚词非常丰富,在表情达意时往往起到实词难以达到的艺术效果。司马迁就是善用虚词的高手,虚词恰到好处的运用使他的文章一唱三叹,摇曳多姿,悠远疏荡。虚词不仅使《史记》增添无限声色,更起到一种言外之言、意外之意的修辞作用,这种作用又是其他笔法难以代替,甚至是难以企及的。以虚字传神,不仅是《史记》的一大艺术特色,还是司马迁一种曲折达意的"春秋笔法"。技乎?技矣!神乎?神矣!

司马迁的曲笔手法还不止这些,仅仅通过以上的论述就足以使我们领略司马迁灌注在《史记》中的微旨深意。"总之,他的方法是逃避隐藏,这样便瞒过了那时当局者的检查,也瞒过了后来太忠厚以及太粗心的读者了。"⑤ 司马迁不但有秉笔直书的胆量与勇气,而且有曲笔达意的圆通与智慧,直笔与曲笔共同拱卫起《史记》这部以"实录"著称的鸿篇巨制。

---

① 司马迁:《史记》第2册,中华书局1982年版,第348页。
② 同上书,第391页。
③ 同上书,第394页。
④ 司马迁:《史记》第3册,中华书局1982年版,第760页。
⑤ 李长之:《司马迁之人格与风格》,生活·读书·新知三联书店1984年版,第325页。

（五）只言片字别战绩

《春秋》在谨严的措辞中表现作者的情感，"以一字为褒贬"（杜预《左传序》）是"春秋笔法"的重要表现形式，也几乎成了"春秋笔法"的代名词。

司马迁是语言大师，遣词用语的功夫臻乎化境，这种功夫的养成显然也得益于对"春秋笔法"中的"以一字为褒贬"的自觉师承。《史记》叙写战争特别是叙写战将军功时，措辞很有讲究，对此前人多有评述。茅坤评《樊郦滕灌列传》记战功时说："太史公详次樊、郦、滕、灌战功，大略与曹参、周勃等相似，然并从，未尝专将也。其间书法，曰'攻'、曰'下'、曰'破'、曰'定'、曰'屠'、曰'残'、曰'先登'、曰'却敌'、曰'陷阵'、曰'最'、曰'疾战'、曰'斩首'、曰'虏'、曰'得'，成各有法。又如曰'身生虏'，曰'所将卒斩'，曰'别将'，此各以书其战阵之绩，有不可紊乱所授也。"① 可永雪也指出："汉初战将纪功，仿《春秋》书法，创为历叙体，用'攻''击''破''追''围''救''下'等字序其事；又用'定''得''取''守''虏''斩'等字序其功；并以或'陷阵'、'先登'，或攻城掠阵中常用'最''疾斗''战疾力''以兵车趣攻战疾'表其人的个性特点，行文以简捷、简劲取胜。"② 司马迁撮叙功状，用不同词语以区别不同的战绩，这些词语生动准确，简劲的字词中包蕴着丰富的历史信息与微妙的情感向度。

"春秋笔法"除了起到劝善抑恶的道德功利目的，还能使文章达到含蓄蕴藉回味悠长的美学效果。《史记》体史而义诗，史蕴诗心，我们读《史记》要像听古琴那样善于捕捉弦外之音，又要像嚼橄榄一样回味那种难以捉摸的甘甜。

三 "春秋笔法"与司马迁行使历史裁决权

对历史的书写本身就是一种权力，中国古代的史家非常珍视这种超

---

① 韩兆琦编著：《史记笺证》第 8 册，江西人民出版社 2004 年版，第 4977—4978 页。
② 可永雪：《〈史记〉文学成就论说》，内蒙古教育出版社 2001 年版，第 345—346 页。

越世俗权势的权力。晋之董狐不畏权贵书法不隐①，齐之太史为维护史权前仆后继不惜以命相殉②，司马迁在《晋世家》与《齐太公世家》中对此分别作了载录。史官们秉笔直书以血书史的凛凛生气，足以令乱臣贼子胆寒。可永雪指出："作为一个成熟的历史家，司马迁对于中国历史上史家所享有的连帝王也难以拥有的对历史和历史人物作盖棺论定（最终裁判）的权利非常珍重，也非常自觉。他撰史，就是要发挥由《春秋》传统所形成的那种明王道、辨人事、别嫌疑、正是非、定犹豫、善善恶恶，贤贤贱不肖的威力，执行社会批判的职责。"③ 司马迁也像他的那些可敬的前辈一样忠实地坚守着史官的权利与良知。

司马迁以"春秋笔法"书写历史，行使史家对历史的裁决权时，也像他的前辈一样为此付出了沉重的代价。司马迁之受宫刑，未尝不与他修史有关。这方面虽然没有直接的证据，但我们可以作合理的揣测，司马迁之为李陵辩解只是惹恼汉武帝的直接原因，在史书中"妄议"当朝才是司马迁作为史官的最大罪过，"二罪"并罚，司马迁就在劫难逃了。但是司马迁受宫刑还不是他人生最大的痛苦，他忍辱苟活而完成的著作被人删削或不能传布才是他最大的心痛，他把《史记》看得比自己的生命更为重要。《史记》问世后在流传过程中，也如同他的主人那样遭受"宫刑"之辱。东汉卫宏《汉书旧仪注》曰："司马迁作景帝本纪，极言其短及武帝过，武帝怒而削去之。"④《三国志·王肃传》亦云："汉武帝闻其述《史记》，取孝景及己本纪览之，于是大怒，削而投之，于今此两纪有录无书。"⑤《后汉书·杨终列传》载："（杨终）

---

① 《史记·晋世家》载：盾遂奔，未出晋境。乙丑，盾昆弟将军赵穿袭杀灵公于桃园而迎赵盾。赵盾素贵，得民和；灵公少，侈，民不附，故为弑易。盾复位。晋太史董狐书曰"赵盾弑其君"，以视于朝。盾曰："弑者赵穿，我无罪。"太史曰："子为正卿，而亡不出境，反不诛国乱，非子而谁？"孔子闻之，曰："董狐，古之良史也，书法不隐。宣子，良大夫也，为法受恶。惜也，出疆乃免。"（司马迁：《史记》第 5 册，中华书局 1982 年版，第 1675 页）

② 《史记·齐太公世家》载：齐太史书曰"崔杼弑庄公"，崔杼杀之。其弟复书，崔杼复杀之。少弟复书，崔杼乃舍之。（司马迁：《史记》第 5 册，中华书局 1982 年版，第 1502 页）

③ 可永雪：《〈史记〉文学成就论说》，内蒙古教育出版社 2001 年版，第 105—106 页。

④ 司马迁：《史记》第 10 册，中华书局 1982 年版，第 3321 页。

⑤ 陈寿：《三国志》第 2 册，中华书局 1982 年版，第 418 页。

受诏删《太史公书》为十余万言。"① 司马迁受宫刑，他所著之书《史记》也曾被当权者所"阉割"，司马迁效法《春秋》实录历史付出的代价充满了血泪与辛酸！司马迁的外孙杨恽向外宣布《史记》后②，《史记》的流传受到统治者的控制。《汉书·宣元六王传》载，汉成帝时东平王刘宇来朝上书求《太史公书》，朝廷以书中多"纵横权谲之谋"，不宜在诸侯王为由，不与东平王书。《史记》的批判锋芒，也为正统思想所不容。扬雄曰："太史公记六国，历楚汉，迄麟止，不与圣人同，是非颇谬于经。"③ 班彪、班固父子承扬雄之论，指斥"史公三失"④。到东汉随着思想的进一步禁锢，《史记》的处境更加糟糕。范升抨击道："太史公违戾五经，谬孔子言。"⑤ 王允甚至说："昔武帝不杀司马迁，使作谤书，流于后世。"⑥ 魏明帝曹叡也说："司马迁以受刑之故，内怀隐切，著《史记》非贬孝武，令人切齿。"⑦ 司马迁可曾预料到《史记》的这些遭际！在刚刚完成《史记》后，司马迁如释重负，在《太史公自序》中说："藏之名山，副在京师，俟后世圣人君子。"⑧ 在《报任安书》中也说："仆诚以著此书，藏诸名山，传之其人，通邑大都，则仆偿前辱之责，虽万被戮，岂有悔哉！然此可为智者道，难为俗人言也。"⑨ 司马迁将《史记》抄写两部，分别存放，这一方面表现了他的智慧，另一方面也隐隐表现出了他对《史记》未来命运的担忧，后来的事实也证明他的担忧真的并非多余！

皇家的世俗权力与史家的历史裁决权力，在时间的长河中，进行着此消彼长的拔河式的较量。在当世，皇权可以对史官如何书写历史发号

---

① 范晔：《后汉书》第 6 册，中华书局 1965 年版，第 1599 页。

② 《汉书·司马迁传》载："迁既死后，其书稍出。宣帝时，迁外孙平通侯杨恽，祖述其书，遂宣布焉。"（班固：《汉书》第 9 册，中华书局 1962 年版，第 2737 页）

③ 班固：《汉书》第 11 册，中华书局 1962 年版，第 3580 页。

④ 班固曰："其是非颇缪于圣人，论大道而先黄老而后六经，序游侠则退处士而进奸雄，述货殖则崇势利而羞贱贫，此其所蔽也。"（班固：《汉书》第 9 册，中华书局 1962 年版，第 2737—2738 页）按：班固对司马迁的三项指责，被人称作"史公三失"。

⑤ 范晔：《后汉书》第 4 册，中华书局 1965 年版，第 1229 页。

⑥ 陈寿：《三国志》第 1 册，中华书局 1982 年版，第 180 页。

⑦ 陈寿：《三国志》第 2 册，中华书局 1982 年版，第 418 页。

⑧ 司马迁：《史记》第 10 册，中华书局 1982 年版，第 3320 页。

⑨ 韩兆琦编著：《史记笺证》第 9 册，江西人民出版社 2004 年版，第 6445 页。

施令，甚至还可以决定史官的生杀荣辱，在此阶段，皇权凌驾于史权之上。然而，随着时间的推移，历史的天平会逐渐倾向于史权，史权最终会从皇权的奴役下翻身。时间总是站在历史这一边！这个规律同样适用于司马迁与汉武帝的关系。汉武帝虽然可以阉割司马迁的肉体，也可以"阉割"司马迁用生命写就的《史记》，但终究无法战胜司马迁书写的历史。在《史记》中司马迁"把武帝讥讽得哭笑不得，玩弄于笔头之上"。[1] 卫青、霍去病是汉武帝眼中的红人，汉武帝对他们赏金赐爵恩宠有加，却对使匈奴闻风丧胆的飞将军李广倍加冷落，对此司马迁用他的春秋之笔要为世人讨回公道。如黄震所云："凡看《卫霍传》，须合李广看，卫霍深入二千里，声振华夷，今看其传，不值一钱。李广每战辄北，困踬终身，今看其传，英风如在。史氏抑扬予夺之妙，岂常手可望哉？"（《黄氏日钞》卷四七）[2] 就是对于卫青、霍去病二人，汉武帝又是偏向霍去病而冷落卫青，司马迁同样不满汉武帝所为。如王治皞所说："太史公于留落人，每写得热闹。即大将军不加封，将夜战单于一节，描画如见，骠骑功，天子何等扬厉，史只以所捕斩一句序过。要知天子之权不及史氏之笔也。"（《史记榷参》卷七）[3] 客观地讲，司马迁对汉武帝及其作为的评价也并非完全恰当，里边也或多或少地渗透着个人的情绪，但总体上还是出于史家的良知——"史德"——对历史作出的独立判断。那种认为司马迁以史笔报复个人私怨的"谤书"说法，早就被古人所驳斥，如裴松之就指出："史迁纪传，博有奇功于世，而云王允谓孝武应早杀迁，此非识者之言。但迁为不隐孝武之失，直书其事耳，何谤之有乎？"[4] 《史记》作为"私修"之史，司马迁并不唯朝廷马首是瞻，而是秉持史家的实录精神，独立思考，独立判断，运用"春秋笔法"褒贬圣贤，指斥当权，用他的一支笔行使着史家对历史的裁决权。

　　历史终究还是公正的，《史记》历经沧桑，因其"春秋笔法"而闪耀的批判精神光耀着中国历史的天空。诚如孙德谦所云：《春秋》而后

---

① 李长之：《司马迁人格与风格》，生活·读书·新知三联书店 1984 年版，第 128 页。
② 韩兆琦编著：《史记笺证》第 8 册，江西人民出版社 2004 年版，第 5452—5453 页
③ 杨燕起、陈可青、赖长扬汇辑：《史记集评》，华文出版社 2005 年版，第 563 页。
④ 陈寿：《三国志》第 1 册，中华书局 1982 年版，第 180 页。

能行史权者，其人不少概见，吾谓惟太史公足当之。（《太史公书义法》
卷上《行权》）① 《史记》战争文学也因"春秋笔法"陡增风姿：在历
史层面显得风骨凛然，在文学层面则显得隽永悠长……

---

① 杨燕起、陈可青、赖长扬汇辑：《史记集评》，华文出版社 2005 年版，第 102 页。

第三章　穷形尽相的战争人物

章学诚曰："记事出《左传》，记人原史迁。"（《湖北通志·凡例》）司马迁首创"纪传体"，《史记》是中国古代"传记文学"的成熟形态，史学上的"纪传体"与文学上的"传记文学"①，因为司马迁的天才创造而完美联姻，二者的结合是历史和文学在精神层面相通的最生动的体现。司马迁笔下的人物不仅是历史的"载体"，还是有着丰富性情的鲜活生命。

第一节　系列化的战争人物

司马迁以"纪传体"叙写历史，其原因是多方面的，而其中秦汉之际战争风云人物的龙腾虎跳，汉初布衣将相的格局，对司马迁最终选择"纪传体"不无关系。韩兆琦指出："清代赵翼曾说：'汉祖以匹夫起事，角群雄而定一尊，其君既起自布衣，其臣亦多自亡命无赖之徒立功以取将相，此气运为之也。'他说这是'天地一大变局'。这对自古以来长期统治人们思想的天命和血统论无疑是一次巨大的冲击与涤荡，对人们思想解放的作用是难以估量的，这使历史家们更加看清了人的作用。有以上历史家主观意识的变化，再有先秦写人艺术的积累，于是

---

① 古人主要是把《史记》当作历史著作，极少有人把它视为传记文学作品，到了现代才有人真正把《史记》作为传记文学来研究，其代表学者为朱东润，其后有姚奠中、吴汝煜，20世纪80年代从传记文学角度研究《史记》成为学术热点，除了单篇论文，专著主要有李少雍的《司马迁传记文学论稿》（重庆出版社1987年版），陈兰村、张新科的《中国古典传记论稿》（陕西人民教育出版社1991年版），韩兆琦的《中国传记文学史》（河北教育出版社1992年版）。

《史记》的出现就是水到渠成了。"① 司马迁从汉初战争人物身上强烈地
体会到了人在历史以及在战争中的主体地位，进一步强化了他以人为中
心叙写历史的决心。在司马迁笔下出现了几类战争人物，② 这里有战争
大戏的导演者——帝王，发踪指示运筹帷幄的军师，沙场点兵谁与争锋
的战将，还有众多的因不同机缘卷入战争旋涡的各类人物，我姑且称之
为战争边缘人物。这些战争人物与《史记》中的其他类型人物一样，
都不是孤立地存在，而是以"系列化"面貌出现于书中。

一　道德与军事双重视域里的帝王

帝王是战争的决策者和导演者，是战争神经的中枢，帝王的因素影
响着战争的全过程。帝王能够决定战争的战略战术的选择，能够决定谋
臣与战将的选用，从某种意义上讲，战争就是敌对双方最高统帅间的角
逐。本节所要讨论的帝王，是广义上的帝王，凡是实际上的最高实权人
物都归此列，既包括天子（皇帝），各诸侯国的国君，还包括起义领袖
（陈涉、项羽等），少数民族政权的国君（冒顿、赵佗等）。

《五帝本纪》是《史记》开篇之作，其章法具有示范意义。黄帝位
列五帝之首，而黄帝就是中国古代第一位长于战事的帝王。黄帝先后打
败了南方的炎帝与蚩尤，黄帝战炎帝、擒蚩尤，是司马迁将神话历史化
的产物。《五帝本纪》不仅正式确立了黄帝"人文初祖"的文化地位，
也确立了黄帝"战争之祖"的历史地位。在史迁笔下，黄帝不仅是德
力双修战无不胜的帝王，还是与蚩尤一起被祭祀的"战神"。《五帝本
纪》对黄帝形象的塑造，其典范意义就在于将战争中的帝王置于道德
（或政治）与军事的双重视域中去考察。战争是政治的继续，是不流血
的政治，政治决定着战争的性质，帝王的政治理念与道德操守直接决定
着战争的"义"或"不义"。而帝王的军事素养则属于"才"的范畴，
战争中理想的帝王就是既有进步的政治理念、高尚的道德品质，又具备

① 韩兆琦：《中国传记文学史》，河北教育出版社 1992 年版。
② 《史记》中纯粹意义上的战争人物并不太多，个别帝王、大部分军师、绝大部分战将
才能算严格意义上的战争人物。任何人物在历史舞台中并不只扮演一种角色，有不少战争人
物还是政治家、文学家、学者。本文所讨论的就是与战争关联度较高的历史人物，他们或者
终生驰骋沙场，或者在某次军事活动中有不俗的表现，或者因战争而改变其命运，他们是战
争的实施者、参与者、相关者。

非凡的军事决策才能，而黄帝就是这样的千古一帝。

以道德与军事的双重视域来分析《史记》中的帝王形象，大致可分为四种类型：圣君与暴君，雄主与庸主。圣君与暴君是就其道德水准而言，雄主与庸主划分的依据则是其军事才能。① 在司马迁看来，对于帝王而言，政治道德的重要性要优先于军事才能，这也可以解释他为何对黄帝、商汤、周武等推崇备至，而对夏桀、商纣等不遗余力进行鞭挞。

先说圣君。司马迁所认可的圣君与儒家所称美的圣人有相当的重叠，尧、舜、禹、汤、文、武是儒家尊崇的圣人，又是高高在上的圣君。儒家的圣人观念影响了司马迁对这些历史形象的叙写，反过来，司马迁对这些帝王神圣化的叙写又进一步强化了他们在历史中的圣人形象。② 除此之外，汉文帝也是史迁极力颂扬的帝王，堪称圣君。本节仅就与"战争文学"相关度较高的商汤与周武王作讨论。夏桀虐政淫荒，商汤率诸侯伐夏桀，兴师之际作《汤誓》，展现出一代圣君的英风豪气。司马迁不仅倾心于商汤的武功，啧啧颂赞的还有他作为圣君的德行：

> 汤出，见野张网四面，祝曰："自天下四方皆入吾网。"汤曰："嘻，尽之矣！"乃去其三面，祝曰："欲左，左。欲右，右。不用命，乃入吾网。"诸侯闻之，曰："汤德至矣，及禽兽。"③

商汤之德不仅及人，还以其"网开三面"而惠及禽兽，其圣可谓至矣！周武王先有"观兵盟津"，搞了一场声势浩大的军事演习，后有

---

① 圣君与暴君，雄主与庸主，这种从政治道德与军事才能角度对帝王的分类，主要是为了论述的方便，他们之间并没有绝对的界限，往往是你中有我，我中有你，只不过某人在某方面的特征表现得更为突出罢了。

② "圣人"的形象也有一个"生成"的过程，就拿尧舜禅让来说，它也有一个"传播接受"的过程，甚至有些说法与人们熟知的经典版本大相径庭。如《史记正义》引《竹书纪年》云："昔尧德衰，为舜所囚也。……舜囚尧，复偃塞丹朱，使不与父相见也。"（司马迁：《史记》第 1 册，中华书局 1982 年版，第 31 页）在这里尧已不是什么圣人，其"德衰"，舜也分明是一个篡班夺权的阴险小人，尧、舜哪还有半点圣人的脸面。

③ 司马迁：《史记》第 1 册，中华书局 1982 年版，第 95 页。

牧野之战一举推翻商朝，建立周朝八百年基业。司马迁在写尽武王的军事成就后，又意犹未尽地写道：

> 纵马于华山之阳，放牛于桃林之虚；偃干戈，振兵释旅：示天下不复用也。①

中国人推崇的是尚武不好武，备战不好战，刀枪入库，马放南山，这几乎成为战争的最高境界，而周武王却做到了，能做到这一点的君主不是圣君又是什么？

次说暴君。提起暴君，人们都会想到夏桀、商纣和秦始皇，这也表明《史记》对这些人物叙写得深入人心，由于《史记》的成功，这几位帝王经过历史长河的积淀在民族心理中已经成为暴君的同义语。司马迁对夏桀的叙写虚笔胜于实笔，所谓实笔就是司马迁直接出面给夏桀定性的评语，诸如："桀不务德而武伤百姓，百姓弗堪"（《夏本纪》），"夏桀为虐政荒淫"（《殷本纪》）。所谓虚笔就是司马迁借商汤之《汤誓》数落夏桀的暴政，百姓诅咒道："是日何时丧，予与女皆亡。"（《殷本纪》）夏桀后来被定格为"暴君"实在是虚笔的功劳，而那些实笔因太抽象则不会起到这样的效果。夏桀也因其残暴而败走鸣条。商纣的形象要比夏桀丰满得多，他几乎集中了所有暴君的缺点：好酒淫乐，嬖于妇人，拒不纳谏，残杀忠臣，滥用酷刑……多行不义必自毙，牧野之战失利后商纣纵火自焚。在暴君系列中，秦始皇的影响最大，性格也最为丰满。夏桀与商纣也只是《夏本纪》、《殷本纪》当中昙花一现的角色，而《秦始皇本纪》则几乎可算作秦始皇的专传了。《秦始皇本纪》一开篇就用众多的灾异现象营造出一种不祥的气氛，蝗灾、冬雷、彗星、河鱼大上、地动、民大饥、大雨雪等灾异接连不断，读者从史家的字里行间不难体会出其中的用意。② 对秦始皇的历史作为司马迁作了如实的记载，但对其吞并六国战争中的凶残及统一天下后的苛暴进行了猛烈的批判。司马迁对秦始皇暴君面目的揭露主要是用"焚书坑儒"这样的典型事实来说话，再次则是借人物之口代为品评，秦始皇为人篇中不叙，而是借尉缭与卢生之口道出。司马迁在不动声色中完成了对一代暴君的揭露与批判，而在这"寓论断于序事之中"的"不动声色"中则蕴藏着太史公深沉的情感与鲜明的价值判断。对于视生命如草芥，驱百姓如群羊，不把人当人来看待的暴君，司马迁是深恶痛绝的！对秦始皇作为战略家的开天辟地式的雄才大略，司马迁并没有视而不见，只是他对暴君发自灵魂深处的厌憎之情大大地占了上风。此外，防民之口甚于防川的周厉王，不听谏阻残害忠良的吴王夫差，没有学到乃父的雄才大略只学到了乃父残暴的秦二世，也属暴君之列，他们也都在自作自受的滚滚战争洪流中身败名裂。司马迁用力刻画暴君有其苦心所在，一则他身受暴君（汉武帝）之害而身心俱残，借鞭挞历史上的暴君自可出一下胸中不平之气，再则更为重要的是把暴君的假面具摘掉，把他们高贵华丽的遮羞布扯掉，让世人看清其凶残的真面目，把他们钉在历史的耻辱柱上，为万世诫！

　　再说雄主。雄主与庸主是以军政才能为标准对帝王的分类，雄主指的是那些规模宏远、审时度势、明于决断、善于用人的雄才大略的帝王，他们在历史的长河中都曾搏风击浪于一时，在战争的天空里领风骚于一时。齐桓公尊王攘夷，九合诸侯，成春秋首霸；秦穆公开地千里，遂霸西戎；晋文公颠沛流离，退避三舍，终强三晋；郑庄公箭伤周桓王，政治上使周天子威信扫地，"礼乐征伐自天子出"的传统一去不复返；楚庄王不鸣则已，一鸣惊人，问鼎中原；赵武灵王胡服骑射，诈为使者以观秦，[①] 英风宛在；燕昭王招贤纳士，吊死问孤，几灭强齐；吴王阖庐用伍子胥、孙武以谋军事，破强楚，霸东南；越王勾践卧薪尝

---

　　① 《赵世家》载："主父欲令子主治国，而身胡服将士大夫西北略胡地，而欲从云中、九原直南袭秦，于是诈自为使者入秦。秦昭王不知，已而怪其状甚伟，非人臣之度，使人逐之，而主父驰已脱关矣。审问之，乃主父也。秦人大惊。主父所以入秦者，欲自略地形，因观秦王之为人也。"（司马迁：《史记》第 6 册，中华书局 1982 年版，第 1812—1813 页）这个故事在《世说新语》里有了新的版本："魏武将见匈奴使，自以形陋，不足雄远国，使崔季珪代，帝自捉刀立床头。既毕，令间谍问曰：'魏王何如？'匈奴使答曰：'魏王雅望非常，然床头捉刀人，此乃英雄也！'魏武闻之，追杀此使。"（杨勇：《世说新语校笺》，中华书局 2006 年版，第 551 页）后来《三国演义》又袭用了《世说新语》这个故事。

胆，终灭吴国，称雄一方。除了东周时的诸侯国国君，其他如中国古代第一次农民大起义领袖陈胜，揭竿而起，成首难之功。匈奴单于冒顿刚猛狠戾，掌控弦之士三十余万，威敌中国。雄主当中，司马迁写得最为成功的要数项羽和刘邦。吴见思评史迁之写项羽曰："项羽力拔山，气盖世，何等英雄，何等力量！太史公亦以全神付之，成此英雄力量之文。如破秦军处、斩宋义处、谢鸿门处、分王诸侯处、会垓下处，精神笔力，直透纸背。静而听之，殷殷阗阗，如有百万之军，藏于隃糜汉青之中，令人神动。"① 李晚芳也盛赞道："羽之神勇，千古无二；太史公以神勇之笔，写神勇之人，亦千古无二。迄今正襟读之，犹觉喑噁叱咤之雄，纵横驰骋于数页之间，驱数百万甲兵，如大风卷箨，奇观也。"（《读史管见》卷一）② 汉高祖刘邦出身草莽，提三尺剑，数年而得天下。他一生最大的本事就在于驭人，汉初三杰就是被他驾驭的豪杰之士。③ 刘邦规模宏远，身上既有无赖气，又有英雄气，吴见思曰："高纪一篇，俱纪实事，不及写其英雄气概。只于篇首写之，如慢易诸吏处、斩白蛇处。篇后写之，如未央上寿处、沛中留饮处、病时却医处。写其豁达本色，语语入神。"④ 雄主并非如圣君那样的道德完人，其性格中既有英雄的因子，又可能有小人的品性，但其共同点就是以其生命力的张扬而成就政治与战场上的灿烂辉煌。

最后说庸主。所谓庸主就是昏庸之君，他们头脑糊涂，心胸狭窄，目光短浅，好谀信谗，忠奸不分，终以其昏庸而败国。《史记》中最为典型的庸主就是楚怀王。楚怀王外欺于张仪，内惑于宠臣靳尚与宠妃郑袖，又打压头脑清醒正直敢言的屈原，他贪图小利，作出错误的战略选择。"楚怀王利令智昏，轻信翻云覆雨的'倾危之士'张仪的口头承

---

① 吴见思、李景星：《史记论文·史记评议》，陆永品点校，上海古籍出版社2008年版，第14页。

② 杨燕起、陈可青、赖长扬汇辑：《史记集评》，华文出版社2005年版，第295页。

③ 刘邦曰："夫运筹策帷帐之中，决胜于千里之外，吾不如子房。镇国家，抚百姓，给馈饷，不绝粮道，吾不如萧何。连百万之军，战必胜，攻必取，吾不如韩信。此三者，皆人杰也，吾能用之，此吾所以取天下也。"（司马迁：《史记》第2册，中华书局1982年版，第381页）

④ 吴见思、李景星：《史记论文·史记评议》，陆永品点校，上海古籍出版社2008年版，第15页。

诺，采取了错误的外交政策。上当之后，又激于一时之愤，轻率出兵，结果屡遭惨败，从原先大三角中左右逢源的主动地位，落到了后来夹在秦、齐两国之间，东西受敌，遭受轮番打击的被动屈辱地步。"① 其实，纵观《楚世家》，像楚怀王这样的庸主又何止一个，楚灵王、楚平王、楚顷襄王都是自毁长城乱军引败的昏君。《太史公自序》云："好谀信谗，楚并于秦"，这是楚国悲剧一再重演的原因。与秦国一样，楚国是最具有统一天下实力的诸侯国，然而却亡于秦，这是楚人的悲哀。庸主害人又害己，败军还败国。

我们考察司马迁对四类帝王的叙写，会发现其笔法与取得的效果是不一样的。从政治道德角度叙写的圣君与暴君，要么是道德化身，要么是罪恶渊薮，人物性格有抽象化、脸谱化的嫌疑，特别是圣君，他们几乎都是从一个模子里边刻出来的，尧、舜、禹、汤、文、武性格之间看不出有什么大的差异。圣君的品格，就只有好，并且是特别好；暴君的品格，就只有坏，并且是特别地坏。造成这种情形的原因，一方面是由于历代相传的圣君和暴君单一形象的固有观念制约着司马迁；另一方面也再一次印证了一个文学史现象，从抽象的概念化了的道德角度写人，写得成功的少失败的多，写好"好人"的难度要比写好"坏人"的难度大得多。与此相对照的是，从军事才能角度叙写的雄主与庸主，他们的性格则鲜活丰满得多，有的甚至能够写出性格的复杂性、层次性与变化性。如钱钟书对《史记》中项羽性格有精辟分析："'言语呕呕'与'喑噁叱咤'，'恭敬慈爱'与'僄悍滑贼'，'爱人礼士'与'妒贤嫉能'，'妇人之仁'与'屠阬残灭'，'分食推饮'与'刓印不予'，皆若相反相违；而既具在羽一人之身，有似两手分书、一喉异曲，则又莫不同条共贯，科以心学性理，犁然有当。《史记》写人物性格，无复综如此者。谈士每以'虞兮'之歌，谓羽风云之气而兼儿女之情，尚粗浅乎言之也。"② 其他雄主或庸主，也往往自具面目，绝不雷同，如齐桓公的立志高远、雄图天下，秦穆公的敢于承担、有错就改，晋文公的困顿流离、历难图强，郑庄公的挑战礼法、悍勇枭滑，楚庄王的不飞则

① 吴如嵩等:《中国军事通史·战国军事史》，军事科学出版社1998年版，第216页。
② 钱钟书:《管锥编》第1册，中华书局1986年版，第275页。

已、一飞冲天，赵武灵王的气吞宇内、英风凛然，燕昭王的招贤纳士、励精图治，阖庐的处心积虑、知人善任，勾践的卧薪尝胆、报仇雪恨，陈胜的揭竿而起、勇于首难，刘邦的豁达大度、无赖猜忌，尉佗的雄豪朴实、诙谐狡狯，冒顿的刚猛狠戾、铁骨冷心，楚怀王的好谀信谗、因蠢受诓。这些帝王已不再是概念化的道德符号，而是一个个鲜活的生命，他们或以其大略雄才在战场上大展宏图，或以其昏庸无能而失身败国，他们以各自的方式诠释了最高统帅在战争中的地位与责任。

二　集儒家志向、兵家谋略、道家智慧于一身的军师

帝王只有在文臣武将的辅佐下才能成就军政大业。文臣又可分为两类：治国安邦的国相，奇人奇计的军师。前者诸如管仲、文仲、蔺相如、范雎、萧何、晁错、中行说等；① 后者诸如姜太公、范蠡、孙膑、张良等。前者主要是在政治或外交上为帝王制定战略方针，是辅弼帝王的栋梁之臣；后者主要是在军事上为帝王出奇谋良策，是战争舞台上充满神秘与传奇色彩的重要角色，他们既有出人意料克敌制胜的奇计，又是不同凡响高蹈尘世的奇人，他们被俗称为军师。

姜太公是《史记》军师形象系列中的第一人。"其事多兵权与奇计，故后世之言兵及周之阴权皆宗太公为本谋"②，《太公兵法》据传为其所著，③ 如此一来，说姜太公是"兵家之祖"当不会错。姜太公"为文武师"④，此处之"师"为太师之意，太师拥有军政大权，其权力与我们通常所说的军师大体相当。司马迁写姜太公的奇计既有实写，更有虚写。姜太公辅佐周文王时，"天下三分，其二归周者，太公之谋计居多"⑤。辅佐武王伐纣时，"迁九鼎，修周政，与天下更始。师尚父谋居多"⑥。周文王、周武王父子两代之所以能建不世之勋，司马迁用这两句话就把主要功劳记在了姜太公的名下。姜太公还是个奇人，最奇之事

---

① 其中有的人虽无国相之名，但实际上起到了国相的作用。

② 司马迁：《史记》第 5 册，中华书局 1982 年版，第 1478—1479 页。

③ 《史记正义》引《七录》曰："《太公兵法》一帙三卷。太公，姜子牙，周文王师，封齐侯也。"（司马迁：《史记》第 6 册，中华书局 1982 年版，第 2036 页）按：今人多认为《太公兵法》是战国人所伪托。

④ 司马迁：《史记》第 5 册，中华书局 1982 年版，第 1478 页。

⑤ 同上书，第 1479 页。

⑥ 同上书，第 1480 页。

就是"钓鱼",其奇处就在于钓翁之意不在鱼,而在乎明君圣主也。①
"姜太公钓鱼——愿者上钩"这个故事是后世"三顾茅庐"故事的先
声。真正有本事的人"出山",总要造些声势,那种"毛遂自荐"只会
自掉身份,"渭滨垂钓"或"隆中高卧"那才叫"待价而沽",主动送
上门去是凡夫俗子求人赏个饭碗,闭门家中坐使人慕名三番五次来请,
才是奇人高士志在为帝王师者应有的排场。司马迁写太公出山,不仅被
许多自诩为太公后生的雅士所欣羡,还为稗官野史写这类人物提供了写
作上的启示。《史记》对姜太公的叙写已有神奇因素,在《封神演义》
小说中姜太公更成了穿梭于神人两界的神通广大的角色。

范蠡是中国古代第一位功成身退的军师。他辅佐勾践卧薪尝胆,历
难图强,为了麻痹吴王夫差,他向勾践献了不少忍辱负重、韬光养晦的
奇计,功成后为了防止"兔死狗烹"而泛舟出齐,经商于陶,家资巨
万,天下称陶朱公。范蠡既有兵家的谋略,又有道家的生存智慧。他深
谙道家的以强示弱,欲取先予之道,勾践屈身事吴就是贯彻范蠡的这种
谋略。功高震主位极人臣之日则是险象环生之时,月盈则虚,水满则
溢,范蠡适时地全身而退,更是得益于道家的生存哲学。司马迁笔下的
范蠡神通广大,进退自如,几乎可以玩弄造化于股掌。范蠡形象在《史
记》中的出现及强化,是与战国中期以来黄老思想的声价日高分不开
的,换而言之,司马迁是受了黄老思想的影响去塑造范蠡这个历史形象
的。② 范蠡在"中子事件"中还表现出料事如神的本领,这也是"军

---

① 《齐太公世家》载:吕尚盖尝穷困,年老矣,以渔钓奸周西伯。西伯将出猎,卜之,
曰"所获非龙非彲,非虎非罴;所获霸王之辅"。于是周西伯猎,果遇太公于渭之阳,与语大
说,曰:"自吾先君太公曰'当有圣人适周,周以兴'。子真是邪? 吾太公望子久矣。"故号之
曰"太公望",载与俱归,立为师。 (司马迁:《史记》第 5 册,中华书局 1982 年版,第
1477—1478 页)

② 韩兆琦曰:"范蠡之名不见于《左传》,亦不见于《国语》之《吴语》。在《越语上》
只一般地提到其名,且不关紧要;唯有在《越语下》始专门铺写范蠡。《越语下》之文风与
《左传》、《国语》相差甚大,用语浅显,讲究铺排,分明是战国晚期之作。1973 年马王堆出
土有《黄帝四经》,其所发明乃黄老学派之宗旨,其思想言论与《越语下》之范蠡与汉初张良
之所标榜完全相同。可以说明'黄老思想'与'黄老学派'形成于战国中期以后,而'范
蠡'其人的出现与其日价声高,则与'黄老学派'的形成大有关系,而汉代的张良正是青出
于蓝而胜于蓝地继承了范蠡的衣钵;张良所接受的圯上老人的赠书大体就是《黄帝四经》那
一类的黄老著作。"(韩兆琦:《史记笺证》第 5 册,江西人民出版社 2004 年版,第 2835—
2836 页)

师"所应具备的素质。范蠡身上已经表现出一定的"仙气","范蠡以一人之身，既为'范蠡'，又为'邸夷之皮'，忽又为'陶朱公'，秘秘密密，行踪无定"。(徐与乔《经史辨体》)① 《史记》中的范蠡，神龙见首不见尾，军师形象身上的仙气在范蠡身上已初露端倪。

司马迁对孙膑的写法绝似小说，孙膑的事迹就是由他的三个奇谋串连而成：田忌赛马、围魏救赵、马陵道，孙膑以三个奇计名显天下，而世传其兵法。孙膑的神机妙算绝似后来《三国演义》中的诸葛亮，或者更为准确的说法是，《三国演义》作者塑造诸葛亮这位"能掐会算"的军师形象时，吸取了司马迁在《史记》中刻画孙膑的手法。孙膑之奇还奇在他的坎坷身世，他是孙武的子孙，但其真实姓名却已无从考知，被同学庞涓害得受了膑刑，因此才被人称作孙膑。孙膑以刑徒阴见齐使并说之，齐使以为奇，偷偷地用车把他带回了齐国，后来在围魏救赵时，"田忌为将，而孙子为师，居辎车中，坐为计谋"②，就身份而论，孙膑是名副其实的军师。

张良是《史记》军师形象系列中性格最为丰满的一个，也最具典型性。《留侯世家》中张良一出场就先声夺人，张良与客狙击秦皇帝博浪沙中，这时的张良分明是视死如归的豪侠刺客。紧接着"圯上老人"一节中的张良摇身一变，从鲁莽武夫成为研习谋略权变的仙道中人。③张良辅佐刘邦后，屡献奇计，如黄震曰："利啖秦将，旋破峣关，汉以是先入关；劝还霸上，固要项伯，以是脱鸿门；烧绝栈道，激项攻齐，汉以是还定三秦；败于彭城，则劝连布、越；将立六国，则借箸销印；韩信自王，则蹑足就封；此汉所以卒取天下。劝封雍齿，销变未形；劝都关中，垂安后世；劝迎四皓，卒定太子：又所以维持汉室于天下既得之后。凡良一谋一画，无不系汉得失安危，良又三杰之冠也哉！"(《黄

---

① 韩兆琦编著：《史记笺证》第5册，江西人民出版社2004年版，第2834页。
② 司马迁：《史记》第7册，中华书局1982年版，第2163页。
③ 张良圯上受兵书是其性格转变的关键，如苏轼曰："子房以盖世之才，不为伊尹、太公之谋，而特出于荆轲、聂政之计，以侥幸于不死，此圯上老人所为深惜者也。是故倨傲鲜腆而深折之，彼其能有所忍也，然后可以就大事。故曰：'孺子可教也。'"(《经进东坡文集事略》卷七《留侯论》)

氏日钞》卷六四)① 司马迁"描绘了张良十分精到的黄老之术,他欲取
先与、突发制人,先是帮着刘邦与秦朝斗,再帮着刘邦与项羽斗,而后
又帮着刘邦与功臣斗,同时自己又时时刻刻地留着心眼与刘邦斗。其心
计手段之圆熟,真使人叹为观止"。② 宋代杨时说:"老子之学最忍,他
闲时似个虚无单弱的人,到紧要处发出来使人支吾不住,如张子房是
也。子房如峣关之战与秦将连和了,忽乘其懈击之;鸿沟之约与项羽讲
解了,忽回军杀之,这便是柔弱之发处,可畏! 可畏!"③ 这一点张良
深得范蠡之精髓,④ 张良还学得范蠡的功成身退,为了避免刘邦的猜
忌,张良常以病称,散布"愿弃人间世,欲从赤松子游耳"⑤ 的烟幕,
并学辟谷,道引轻身,俨然是一个看破名利网,一心成仙的世外雅士。
我们不能将张良的身退仅仅视为一种超脱品质,而应看作主要是一种生
存智慧,这种超越功名爵禄进退自如的外在形式下,包藏着深刻的心
机。张良的淡泊名利是一种生存之术,它是从黄老处世哲学出发的一种
理性行为。⑥《留侯世家》篇末又与篇首相照应,篇首圯上老人对张良
说,十三年后你会在济北见到我,谷城山下的黄石就是我,说完就飘然
而去,再也没有出现过。篇末写道,十三年后,张良随刘邦过济北,果
然看见谷城山下有块黄石,张良把它取回来很珍重地供奉着。张良死
后,把黄石和他葬在一起,后人伏祭、腊祭留侯时,也一并祭祀黄
石。⑦ 这就使该篇文字从始至终都笼罩在飘忽幻离的氛围中,鹿兴世指
出:"《留侯世家》一篇,观其文律,盖以黄石公为始终,而中间以辟
谷为枢纽,直可作《列仙传》读也。"(《史记私笺·留侯世家》)⑧ 张

---

① 韩兆琦编著:《史记笺证》第6册,江西人民出版社2004年版,第3526页。
② 韩兆琦、张大可、宋嗣廉:《史记题评与咏史记人物诗》,华文出版社2005年版,第
164页。
③ 韩兆琦编著:《史记笺证》第6册,江西人民出版社2004年版,第3527页。
④ 苏轼曰:"观吴王困于姑苏之上,而求哀请命于勾践,勾践欲赦之,彼范蠡者独以为
不可,援桴进兵,卒刭其颈。项籍之解而东,高祖亦欲罢兵归国,留侯谏曰:'此天亡也,急
击勿失!'此二人者,以为区区之仁义不足以易吾之大计也。"(韩兆琦编著:《史记笺证》第
5册,江西人民出版社2004年版,第2833页)
⑤ 司马迁:《史记》第6册,中华书局1982年版,第2048页。
⑥ 参见陈桐生《〈史记〉名篇述论稿》,汕头大学出版社1996年版,第70—72页。
⑦ 黄石公其人其事,极有可能是张良为自我神化而编造出来的。
⑧ 杨燕起、陈可青、赖长扬汇辑:《史记集评》,华文出版社2005年版,第436页。

良是《史记》军师形象系列中性格最为典型的一个，具有重要的文学史意义。

《史记》中以张良为代表的这个人物系列，不仅是军师，还是"王者师"。他们不是帝王的附庸，而是为之指点迷津的向导，他们不是投靠帝王沾帝王的光而博取功名富贵，恰恰相反，帝王因为他们的辅佐而如鱼得水才得以改天换地。他们不是随叫随到要看主子颜色的"参谋"，而是帝王需待之以礼的高级"顾问"。帝王是学生，他们是老师。黄石公将《太公兵法》授给张良时说："读此则为王者师矣。"① 后来张良在总结自己一生时也说："今以三寸舌为帝者师。"② 为王者师是黄石公对张良的期许，后来张良也确实没有让黄石公的期望落空。林伯桐曰："汉高一生最喜狎侮，又多猜忌，老成如酂侯，英雄如淮阴，皆不免于疑忌。他如黥布之勇，郦食其之辩，其始皆不免于狎侮。唯遇留侯，则自始至终无敢失礼，亦无有疑心，岂徒以其谋略哉？"（《史记蠡测》）③ 林氏认为其中的原因主要是张良淡泊功名，这种分析不无道理，但我认为张良为"王者师"才是更为重要的因素，而这一点又往往被常人所忽视。如果说张良之为王者师还只是一厢情愿式的"自封"，毕竟刘邦并没有给张良这样的名分，那么姜太公与孙膑则是既起到了王者师的实际作用，又有这样的名分。周武王尊太公为"师尚父"④，田忌赛马获胜后把孙膑推荐给齐威王，"威王问兵法，遂以为师"⑤，这两处的师都是老师之意。《史记》中的这几位军师，彰显了"士人"的独立精神，他们不做帝王的奴才，表面上他们是为帝王所用，实际上帝王是为他们所用，他们是在利用帝王来实现自己治国平天下的政治抱负，就拿张良而言，如汤谐云："留侯一生作用，著著在事外，步步在人前，

---

① 司马迁：《史记》第 6 册，中华书局 1982 年版，第 2035 页。
② 同上书，第 2048 页。
③ 韩兆琦编著：《史记笺证》第 6 册，江西人民出版社 2004 年版，第 3527 页。
④ 《史记集解》引刘向《别录》曰："师之，尚之，父之，故曰师尚父。父亦男子之美号也。"（《史记》第 5 册，中华书局 1982 年版，第 1479 页）故知此处之师应为"老师"之师。
⑤ 司马迁：《史记》第 7 册，中华书局 1982 年版，第 2163 页。按：此处之师为"老师"之师，后来围魏救赵时，"乃以田忌为将，而孙子为师"，那里的师才是"军师"之师。齐威王先拜孙膑为老师，后来因战争需要才拜他为军师。

其学问全在用人。即从高帝亦为其所用，所用留侯者独老人耳。钟惺曰留侯一生，所用全是高帝一人，其余所用诸人，皆用高帝以用之也。"（《史记私笺·留侯世家》）① 作为王者师的军师的人生的真正本质，唯有独具法眼者才能看出。他们熔儒家的兼济精神，兵家的军事谋略，道家的生存智慧，道教的仙风道骨于一炉，集军师与帝师于一身，在虚无缥缈中实现着自己的历史价值。

三　以"五德"为标尺衡量下的武将

一般而言，武将是战争的具体实施者，帝王的决策与军师的谋略最终都要靠处于战争一线的武将来落实。孙子曰："故知兵之将，民之'司命'，国家安危之主也。""夫将者，国之辅也，辅周则国必强，辅隙则国必弱。"② 武将作为战争一线的指挥员，直接关系着战争之胜负，国家之兴亡，百姓之祸福。武将在战争的舞台上上演了很多有声有色、威武雄壮的戏剧。

正因为武将的地位与作用如此重要，孙子明确提出武将应具备五种基本素质，"将者，智、信、仁、勇、严也"。③ 曹操把这五种素质称为"五德"。杜预对此作了阐释："盖智者，能机权、识变通也；信者，使人不惑于刑赏也；仁者，爱人悯物，知勤劳也；勇者，决胜乘势，不逡巡也；严者，以威刑肃三军也。"贾林注曰："专任智则贼；偏施仁则懦；固守信则愚；恃勇力则暴；令过严则残。五者兼备，各适其用，则可为将帅。"梅尧臣注曰："智能发谋，信能赏罚，仁能附众，勇能果断，严能立威。"④ 精通兵法的司马迁深明为将之道，叙写武将时也是以"五德"为标准来品评其优劣。

第一说智。杜预曰："先王之道，以仁为首；兵家者流，用智为先。"⑤ 杜预道出了为政与为兵的分野，帝王治国最重要的是讲究仁义，

① 杨燕起、陈可青、赖长扬汇辑：《史记集评》，华文出版社 2005 年版，第 435 页。
② 曹操等注：《十一家注孙子》，孙武撰，郭化若译，上海古籍出版社 1978 年版，第 371、377 页。
③ 同上书，第 3 页。
④ 曹操等注：《十一家注孙子》，孙武撰，郭化若译，上海古籍出版社 1978 年版，第 11 页。
⑤ 同上书，第 11 页。

军事家打仗最为优先考虑的是运用智谋。中国很早就形成了斗力更斗智的战争传统，孙子讲"兵以诈立""兵者，诡道也"①。战争从直观的形式上看是肉体的搏杀，而更为本质的内容是智力的角逐。为将之品，有"战将"，有"大将"，那些只知一味砍砍杀杀的武将是一介战将，史家更为看重的是胸中满怀韬略的大将。赵奢在阏与之战，李牧在抗击匈奴的战役中，都是制造种种假象迷惑敌人，以智取胜。田单在抗击燕军时，不仅用离间计使乐毅亡走而瓦解了敌人，还用了"拜神师""劓齐俘""掘齐墓"等计谋，《田单列传》载：

> 田单乃令城中人食必祭其先祖于庭，飞鸟悉翔舞城中下食。燕人怪之。田单因宣言曰："神来下教我。"乃令城中人曰："当有神人为我师。"有一卒曰："臣可以为师乎？"因反走。田单乃起，引还，东乡坐，师事之。卒曰："臣欺君，诚无能也。"田单曰："子勿言也！"因师之。每出约束，必称神师。乃宣言曰："吾唯惧燕军之劓所得齐卒，置之前行，与我战，即墨败矣。"燕人闻之，如其言。城中人见齐诸降者尽劓，皆怒，坚守，唯恐见得。单又纵反间曰："吾惧燕人掘吾城外冢墓，僇先人，可为寒心。"燕军尽掘垄墓，烧死人。即墨人从城上望见，皆涕泣，俱欲出战，怒自十倍。②

田单出招虽然"损"了些，但却极大地强化了燕国军民誓死抗战的决心。田单还派人假装与齐军约降，最后出其不意使用"火牛阵"大败齐军，并一举收复齐国全部失地。唐人胡曾有诗赞曰："即墨门开纵火牛，燕师营里血波流。固存不得田单术，齐国寻成一土丘。"（《全唐诗》卷六四七《即墨》）淮阴侯韩信更是司马迁着力刻画的有战略头脑的大将，在"汉中对"中就为刘邦勾勒出了一幅宏伟的战略蓝图，它直可与日后诸葛亮"隆中对"相媲美。韩信作战从来就不逞赤膊上

---

① 曹操等注：《十一家注孙子》，孙武撰，郭化若译，上海古籍出版社1978年版，第411、362页。
② 司马迁：《史记》第8册，中华书局1982年版，第2454页。

阵的匹夫之勇，而是以计谋胜敌，对此茅坤赞曰："予览观古兵家流，当以韩信为最，破魏以木罂，破赵以立汉赤帜，破齐以囊沙，彼皆从天而下，而未尝与敌血战者。予故曰：古今来，太史公，文仙也；李白，诗仙也；屈原，辞赋仙也；刘阮，酒仙也；而韩信，兵仙也，然哉！"（《史记钞》）① 司马迁写了许多谋略型的大将，他们出奇制胜的智慧令史公啧啧不已。太史公好奇，而奇计就是奇中之奇，对运用奇计得心应手的大将，司马迁丝毫不掩饰他的倾慕之情。

第二说信。军中无戏言，为将者说话要算话，刑赏必至，才能服众。司马迁塑造了几个以信立威的将军，司马穰苴就是其中的一位，《司马穰苴列传》载：

> 景公召穰苴，与语兵事，大说之，以为将军，将兵扞燕晋之师。穰苴曰："臣素卑贱，君擢之闾伍之中，加之大夫之上，士卒未附，百姓不信，人微权轻，原得君之宠臣，国之所尊，以监军，乃可。"于是景公许之，使庄贾往。穰苴既辞，与庄贾约曰："旦日日中会于军门。"穰苴先驰至军，立表下漏待贾。贾素骄贵，以为将己之军而己为监，不甚急；亲戚左右送之，留饮。日中而贾不至。穰苴则仆表决漏，入，行军勒兵，申明约束。约束既定，夕时，庄贾乃至。穰苴曰："何后期为？"贾谢曰："不佞大夫亲戚送之，故留。"穰苴曰："将受命之日则忘其家，临军约束则忘其亲，援枹鼓之急则忘其身。今敌国深侵，邦内骚动，士卒暴露于境，君寝不安席，食不甘味，百姓之命皆悬于君，何谓相送乎！"召军正问曰："军法期而后至者云何？"对曰："当斩。"庄贾惧，使人驰报景公，请救。既往，未及反，于是遂斩庄贾以徇三军。三军之士皆振慄。久之，景公遣使者持节赦贾，驰入军中。穰苴曰："将在军，君令有所不受。"问军正曰："驰三军法何？"正曰："当斩。"使者大惧。穰苴曰："君之使不可杀之。"乃斩其仆，车之左驸，马之左骖，以徇三军。②

---

① 韩兆琦编著：《史记笺证》第 8 册，江西人民出版社 2004 年版，第 4870 页。

② 司马迁：《史记》第 7 册，中华书局 1982 年版，第 2158 页。

司马穰苴之杀监军庄贾，是以军法中期而后至者当斩为由，即使齐景公派使臣持节赦免庄贾，穰苴也不买账，并且竟连使臣的车夫，车之左驸，马之左骖也给斩了。姚苎田曰："着此段益见杀贾之志久有成心，纵不后期，亦必求他过以诛之，总欲借以立威而已。"① 明眼人都能看出事情的本质，表面上司马穰苴是以信而行军法，而实际上则是蓄谋设套以杀人立威。孙子要斩阖庐的二位宠姬时也说："约束不明，申令不熟，将之罪也；既已明而不如法者，吏士之罪也。"② 孙子执意杀宠姬也是要以信立威。司马迁对司马穰苴和孙子二人传记的书写，颇出乎我们的预料。一般来说，对于军事家兼军事学家的叙写应该侧重其奇谋良策，这类人物应以其智慧而彪炳史册，孙膑传就是这种范例。但我们从司马穰苴和孙子传中，看不到孙膑传中的"神机妙算"，见到的却是"以信立威"，这固然有受史料限制的原因，也多少说明司马迁对为将者"信"的重视。后来彭越故伎重演，起事泽间时也与手下少年"与期旦日日出会，后期者斩"③，第二天杀一儆百，"徒属皆大惊，畏越，莫敢仰视"④。这几乎就是司马穰苴斩庄贾故事的"盗版"。

第三说仁。上面的武将以杀人成就"信"名，毕竟太残酷，流露出诡诈之心和血腥之气，司马迁更为推崇的还是以"仁"著称的将军。赵奢为将时，"身所奉饭饮而进食者以十数，所友者以百数；大王及宗室所赏赐者尽以予军吏士大夫；受命之日，不问家事"⑤。窦婴在七国之乱时被拜为大将军后，"所赐金，陈之廊庑下，军吏过，辄令财取为用，金无入家者"⑥。李广是太史公最为心仪的武将，"传目不曰'李广'而曰'李将军'，以广为汉名将，匈奴号之曰'飞将军'，所谓不愧将军之名者也。只一标题，有无限景仰爱重"（牛运震《史记评注》卷十）。⑦ 飞将军更是仁爱士卒的一代名将，《李将军列传》载：

---

① 姚苎田节评：《史记菁华录》，上海古籍出版社 1988 年版，第 114 页。
② 司马迁：《史记》第 7 册，中华书局 1982 年版，第 2161 页。
③ 司马迁：《史记》第 8 册，中华书局 1982 年版，第 2591 页。
④ 同上。
⑤ 同上书，第 2447 页。
⑥ 司马迁：《史记》第 9 册，中华书局 1982 年版，第 2840 页。
⑦ 杨燕起、陈可青、赖长扬汇辑：《史记集评》，华文出版社 2005 年版，第 559 页。

广廉，得赏赐辄分其麾下，饮食与士共之。终广之身，为二千石四十余年，家无余财，终不言家产事。……广之将兵，乏绝之处，见水，士卒不尽饮，广不近水，士卒不尽食，广不尝食。宽缓不苛，士以此爱乐为用。①

与李广形成鲜明对照的是霍去病，他"少而侍中，贵，不省士。其从军，天子为遣太官赍数十乘，既还，重车余弃粱肉，而士有饥者。其在塞外，卒乏粮，或不能自振，而骠骑尚穿域蹋鞠。事多此类"②。史珥评曰："李广得赏赐，辄分其麾下，饮食与士共之，而不得封侯，且自刎绝域；骠骑重车余弃粱肉，而士有饥色；卒乏粮或不能自振，而骠骑尚穿域踏鞠，翻至大司马，以功名终。子长传两人，有无限不平之意。"③ 天地之间自有公道在，百姓心中自有一杆秤，李广死后，无论老幼都为之垂泣。那些只知用士卒的累累白骨换取自家功名的人终将为人们所厌弃，只有那些关爱士卒，尊重生命，与下属同甘共苦的将领，才会真正赢得后人的缅怀与尊敬。倪乐雄说："汉民族不屑于起起武夫，而推崇儒将范型，儒将是一种文化现象，并非知识层次的文武结合，也不是技能层次里吟诗作赋、舞文弄墨与弯弓射雕、舞枪弄棒的简单相加，其文化内涵是道德范型与军事素质的融合。"④ 赵奢、窦婴、李广就属于这种"儒将"：既是军事英才，又是道德楷模。

第四说勇。不畏强敌，敢冲敢杀，不怕流血牺牲，是为勇。李广就是《史记》中最为神勇的将领，而其神射是他神勇的重要表现，牛运震指出："叙射匈奴射雕者，射白马将，射追骑，射猎南山中，射石，射虎，射阔狭以饮，射猛兽，射裨将，皆叙广善射事实。'广为人长，猿臂，其善射亦天性也'云云；又'其射，见敌急，非在数十步之内，度不中不发'云云，正写广善射之神骨。"⑤ 司马迁爱李广太切，即使摹写他的兵败被俘，也把笔力放在李广因其神勇而得脱上，《李将军列

---

① 司马迁：《史记》第9册，中华书局1982年版，第2872页。
② 同上书，第2939页。
③ 韩兆琦编著：《史记笺证》第6册，江西人民出版社2004年版，第5595页。
④ 倪乐雄：《战争与文化传统》，上海书店出版社2000年版，第113页。
⑤ 韩兆琦编著：《史记笺证》第8册，江西人民出版社2004年版，第5455页。

传》载：

> 广以卫尉为将军，出雁门击匈奴。匈奴兵多，破败广军，生得广。单于素闻广贤，令曰："得李广必生致之。"胡骑得广，广时伤病，置广两马间，络而盛卧广。行十余里，广详死，睨其旁有一胡儿骑善马，广暂腾而上胡儿马，因推堕儿，取其弓，鞭马南驰数十里，复得其余军，因引而入塞。匈奴捕者骑数百追之，广行取胡儿弓，射杀追骑，以故得脱。①

从中我们丝毫看不到败军之将应有的狼狈相，相反，倒如姚苎田所云："其败后之勇决奇变，殊胜于他人之奏凯策勋者百倍，史公必不肯以成败论英雄，是其一生独得之妙，故出力敷写如此。"② 将军之勇还有一个类型曰"忠勇"，廉颇堪称忠勇之典范。渑池会前，"廉颇送至境，与王诀曰：'王行，度道里会遇之礼毕，还，不过三十日。三十日不还，则请立太子为王，以绝秦望。'王许之，遂与秦王会渑池"③。对此李晚芳赞曰："人只知廉颇善用兵，能战胜攻取耳，亦未足以尽廉颇；观其与赵王诀，如期不还，请立太子以绝秦望之语，深得古人社稷为重之旨，非大胆识，不敢出此言，非大忠勇，不敢任此事。"（《读史管见》卷二《管蔺列传》）廉颇对赵国忠心耿耿，不避嫌疑，以国事为重，勇于担当，其忠勇可昭日月。

第五说严。军队是高度集中统一的武装集团，治军务必从严，军队才会有战斗力。周亚夫就是从严治军的表率，"细柳营"一节很能体现周亚夫治军严字当头：

> 文帝之后六年，匈奴大入边。乃以宗正刘礼为将军，军霸上；祝兹侯徐厉为将军，军棘门；以河内守亚夫为将军，军细柳：以备胡。上自劳军。至霸上及棘门军，直驰入，将以下骑送迎。已而之

---

① 司马迁：《史记》第 9 册，中华书局 1982 年版，第 2870—2871 页。
② 姚苎田节评：《史记菁华录》，上海古籍出版社 1988 年版，第 234—235 页。
③ 司马迁：《史记》第 8 册，中华书局 1982 年版，第 2442 页。

细柳军，军士吏被甲，锐兵刃，彀弓弩，持满。天子先驱至，不得入。先驱曰："天子且至！"军门都尉曰："将军令曰'军中闻将军令，不闻天子之诏'。"居无何，上至，又不得入。于是上乃使使持节诏将军："吾欲入劳军。"亚夫乃传言开壁门。壁门士吏谓从属车骑曰："将军约，军中不得驱驰。"于是天子乃按辔徐行。至营，将军亚夫持兵揖曰："介胄之士不拜，请以军礼见。"天子为动，改容式车。使人称谢："皇帝敬劳将军。"成礼而去。既出军门，群臣皆惊。文帝曰："嗟乎，此真将军矣！曩者霸上、棘门军，若儿戏耳，其将固可袭而虏也。至于亚夫，可得而犯邪！"称善者久之。①

　　司马迁写细柳营军容之严整，写得浩瀚沉雄，笔端充满感慨，文章自有无限烟波。《李将军列传》中李广以简易宽缓治军，与之形成对照的是程不识以繁扰严明治军。② 对二将的将兵之道，司马迁都是肯定的，但太史公对李广更为青睐，这恐怕也与司马迁倾向于道家的清静无为有关。从严治军固然是军中应有之义，但士卒也会因此繁扰不堪，对于一生好奇，又不愿受任何羁绊的司马迁来说，他还是更欣赏充满浪漫色彩的天马行空不拘格套的带兵方式。

　　谈到司马迁对古之名将的一往情深以及对名将活灵活现地刻画，就不能不提司马迁家族源远流长的兵学传统。③ 在《太史公自序》中司马迁追述了他引以为豪的两大家学传统：或为文吏世典周史，或为武将建功立名。在司马氏家谱上，武职的光辉远比史职更为夺目。远祖程伯休甫是周宣王时的名将，《诗·大雅·常武》赞颂了他的战绩："王谓尹

---

　　① 司马迁：《史记》第 6 册，中华书局 1982 年版，第 2074—2075 页。
　　② 《李将军列传》载：程不识故与李广俱以边太守将军屯。及出击胡，而广行无部伍行陈，就善水草屯，舍止，人人自便，不击刁斗以自卫，莫府省约文书籍事，然亦远斥候，未尝遇害。程不识正部曲行伍营陈，击刁斗，士吏治军簿至明，军不得休息，然亦未尝遇害。不识曰："李广军极简易，然虏卒犯之，无以禁也；而其士卒亦佚乐，咸乐为之死。我军虽烦扰，然虏亦不得犯我。"是时汉边郡李广、程不识皆为名将，然匈奴畏李广之略，士卒亦多乐从李广而苦程不识。（司马迁：《史记》第 9 册，中华书局 1982 年版，第 2869—2870 页）
　　③ 张大可对司马迁家族兵学传统有详细考论，可参见张大可《司马迁评传》，华文出版社 2005 年版，第 51—54 页。

氏，命程伯休甫，左右阵行，戒我师旅。率彼淮浦，省此徐土。不留不处，三事就绪。"① 八世祖司马错是战国中期秦之名将，他三征巴蜀，一入楚境，他最为有名的事迹是与张仪在秦惠王廷前辩伐蜀，从中可看出他不凡的战略眼光。② 六世祖司马靳，是白起的助手，在长平之战中为秦军副将。司马卬作为司马迁的旁系前辈，跟随武信君武臣经营河北，后被项羽封为殷王，最后归汉。可以说，传兵论剑在司马氏家族有很深厚的渊源，这种家学渊源对司马迁战争观的形成以及对古之名将的叙写都产生了潜移默化的影响。

四 多维透视中的战争边缘人物

所谓战争边缘人物是指那些虽然没有处在战争旋涡的中心，但却因为种种机缘而卷入战争并对战争进程产生独特作用的各种人物。他们虽然只是处在战争的边缘，但却不是战争的袖手旁观者，而是战争的参与者，战争因其参与而改变面貌，他们也因战争的影响而改变命运。

（一）游走于商场与战场之间的商人

专门为商人立传始自《史记·货殖列传》，该篇也是中国经济学史上的经典文献，其超越时代的高拔旷古之见至今仍有勃勃的生命力。司马迁认为利益驱动是推动社会发展的基本动力，"天下熙熙，皆为利来；天下攘攘，皆为利往"③ 是《货殖列传》最惊世骇俗的口号。司马迁的"人欲动力说"振聋发聩，这种"原理"同样适用于战场："富者，人之情形，所不学而俱欲者也。故壮士在军，攻城先登，陷阵却敌，斩将搴旗，前蒙矢石，不避汤火之难者，为重赏使也。"④ 司马迁还充分肯定了商人的价值与地位，"千金之家比一都之君，巨万者乃与王者同乐。岂所谓'素封'者邪？非也？"⑤ 一些商人凭借其富可敌国的财富，"礼抗万乘，名显天下，岂非以富邪？"⑥ 从这些慨叹中茅坤读出了司马迁

---

① 高亨注：《诗经今注》，上海古籍出版社1980年版，第465页。
② 《战国策》卷三《秦策一》以及《史记·张仪列传》都详载了司马错与张仪的辩论。秦之得天下实得力于两大兵要地理战略方针，一为范雎的远交近攻之策，一为司马错的先据蜀、再攻楚、最后迂回中原的战略。
③ 司马迁：《史记》第10册，中华书局1982年版，第3256页。
④ 同上书，第3271页。
⑤ 同上书，第3282—3283页。
⑥ 同上书，第3260页。

内心的酸楚，"太史公只因无钱赎罪，遂下蚕室，故此多感戚之言"①。

商人的本质是贱买贵卖从中谋利，在真正有见识的商人看来，处处都有商机，战争也不例外。宣曲任氏的先人，为粮仓之管吏。秦朝败亡时，"豪杰"都争相拿取金玉，唯独任氏将仓库之粟挖地窟贮藏起来。楚汉相争时在荥阳进行拉锯战，老百姓不能耕种，一石米价值万钱，豪杰们的金玉因用来买任氏的粮食，又都跑到了任氏的口袋，任氏因此而发家致富。另一位发战争财的是无盐氏，吴楚七国之乱刚开始时，住在长安的列侯封君要随军东出平叛时，向放贷的借钱以供携带之需，而放贷的认为这些在京列侯的封邑、封国在关东，而关东战事成败未定，都不愿借钱给他们，唯独无盐氏拿出千金以十倍的利息借给这些人。三个月后七国之乱被平定，无盐氏因为十倍之息而发了大财，其富可敌关中之首富。② 战机就是商机，战场就是商场。有些大商人就是以用兵之道来经商的，如周时的大商人白圭就说："吾治生产，犹伊尹、吕尚之谋，孙吴用兵，商鞅行法是也。是故其智不足与权变，勇不足以决断，仁不能以取予，强不能有所守，虽欲学吾术，终不告之矣。"③ 天下之事本是一理，用兵之道亦可用于经商之道，白圭明之矣，他又能身体力行，终成巨富，也因此被后代商人奉为祖师爷。

弦高是《史记》商人系列中形象最为光辉的一个，《秦本纪》、《晋世家》、《郑世家》皆载有弦高以十二牛犒秦师以解郑国之危的事迹。弦高作为一个普通的商人，在自己的祖国将罹战祸时，挺身而出，不惜牺牲自己的商业利益换取秦军的知难而退。更为难能可贵的是，当郑穆公后来要重赏弦高时，弦高竟不受而去。弦高分明是一个功高不受赏的鲁仲连，他的行为与那些唯利是图的奸商判若天地，这也或许是司马迁不厌其烦地三次叙述其事迹的一个重要原因。

孔子的学生子贡，也是一代巨商，《货殖列传》与《仲尼弟子列传》均有其小传。子贡囤积居奇，在孔子学生中最为有钱，他所到之处，国君无不与之分庭抗礼。司马迁甚至认为，"夫使孔子名布扬于天

---

① 韩兆琦编著：《史记笺证》第9册，江西人民出版社2004年版，第6291页。

② 任氏与无盐氏的事迹，可参见司马迁《史记》第10册，中华书局1982年版，第3280—3281页。

③ 同上书，第3259页。

下者，子贡先后之也。此所谓得势而益彰者乎？"① 在司马迁笔下，子贡不仅是位成功的商人，还是能够倾危的纵横捭阖的策士，当鲁国受到齐国侵略时，孔子派子贡游说诸国，"故子贡一出，存鲁，乱齐，破吴，强晋而霸越。子贡一使，使势相破，十年之中五国各有变"②。太史公在《仲尼弟子列传》中津津乐道的子贡，分明是张仪、苏秦一流人物，口若悬河，滔滔千言，玩弄"国际"军事形势于股掌之间。③ 子贡不但在商海里如鱼得水，而且在战争的舞台上占尽风骚。

在战争的背景中成功地进行角色转换的还有两位商人，一位是范蠡，一位是吕不韦。范蠡辅佐勾践打败吴国后，飘然而去，以军师之奇谋成就"陶朱公"之巨富。吕不韦则是以商人的本色经营政治，如牛运震曰："吕不韦者，阳翟大贾人也，开端'大贾人'三字，一篇之纲。不韦一生，全是贾贩作用：篇中点其见子楚而曰：'奇货可居'；以千金为子楚西游，又云：'念业已破家为子楚，欲以钓奇'；又行金六百斤于守者吏；又'悬《吕氏春秋》咸阳市门，延诸侯客有能增损一字者予千金'，孰非以利钓天下哉？阴钓人国，显盗圣言，真大贾人矣。太史公处处点逗，眼目分明，意思贯穿，亦奇传也。"④ 李景星亦云："吕不韦是千古第一奸商。尊莫尊于帝王，而帝王被其贩卖；荣莫荣于著作，而著作被其贩卖。"⑤ 吕不韦的功过是非及人品道德姑且不论，⑥ 有一个事实是不争的，这就是他把商业活动中的"价值规律"运用于政治来追求利益的最大化，并取得了巨大的成功。

---

① 司马迁：《史记》第 10 册，中华书局 1982 年版，第 3258 页。

② 司马迁：《史记》第 7 册，中华书局 1982 年版，第 2201 页。

③ 后世学者多认为史公所载子贡游说之事不可信，苏辙、郭嵩焘、周树槐、梁玉绳、黄震皆有所辨，可参见韩兆琦编著《史记笺证》第 7 册，江西人民出版社 2004 年版，第 3887—3888 页。

④ 韩兆琦编著：《史记笺证》第 7 册，江西人民出版社 2004 年版，第 4575—4576 页。

⑤ 李景星：《四史评议》，岳麓书社 1986 年版，第 78 页。

⑥ 《史记·吕不韦列传》中的吕不韦纯粹是一政治投机商，司马迁对吕不韦历史作用的认识并不全面。郭沫若说："吕不韦在中国历史上应该是一位有数的大政治家，但他在生前不幸被迫害而自杀，在他死后又为一些莫须有的事迹所掩盖。他的存在的影子已经十分稀薄，而且呈现着一个相当歪曲了的轮廓。"（《郭沫若全集》（历史编）第 2 卷，人民出版社 1982 年版，第 390 页）

（二）寂寞中迸发的刺客

《刺客列传》①依时间先后叙写了五位刺客：鲁之曹刿劫齐桓公，吴之专诸刺吴王僚，晋之豫让刺赵襄子，轵之聂政刺韩相侠累，燕之荆轲刺秦王嬴政，②其中与"战争文学"相关的是曹刿与荆轲。

在柯邑之盟上，曹沫劫齐桓公使其归所侵之鲁地，曹刿以一人一匕首之力，挟持春秋首霸齐桓公，其胆其勇非常人所及，也取得了不战而达到军事目的的效果。《刺客列传》载：

> 齐桓公许与鲁会于柯而盟。桓公与庄公既盟于坛上，曹刿执匕首劫齐桓公，桓公左右莫敢动，而问曰："子将何欲？"曹刿曰："齐强鲁弱，而大国侵鲁亦甚矣。今鲁城坏即压齐境，君其图之。"桓公乃许尽归鲁之侵地。既已言，曹沫投其匕首，下坛，北面就群臣之位，颜色不变，辞令如故。桓公怒，欲倍其约。管仲曰："不可。夫贪小利以自快，弃信于诸侯，失天下之援，不如与之。"于是桓公乃遂割鲁侵地，曹沫三战所亡地尽复予鲁。③

曹刿位列《刺客列传》之首，④对后继者自然有一种开风气作表率的影响。效法曹沫劫齐桓公，而使秦王尽归所侵诸侯之地，这确实是燕太子丹谋划中的最佳方案；如果这一点做不到，就杀掉秦王，使秦国发生内乱，诸侯乘机合纵再行破秦。

对太子丹用荆轲刺秦一事，历来有两种相反的意见。一派认为此计断不可行，如柳宗元《咏荆轲》诗曰："秦皇本诈力，事与桓公殊。奈

---

① 《刺客列传》太史公曰："始公孙季功、董生与夏无且游，具知其事，为余道之如是。"（司马迁：《史记》第 8 册，中华书局 1982 年版，第 2538 页）王国维认为"为余道之"之"余"应为司马谈，而非司马迁。王国维说："公孙季功、董生（自注：非董仲舒）曾与夏无且游，考荆轲刺秦王之岁下距史公之生凡八十有三年，二人未必能及见史公道荆轲事。"（韩兆琦编著：《史记笺证》第 7 册，江西人民出版社 2004 年版，第 4623 页）按：其说基本可信，但该篇也理应经过司马迁的修改，与其他篇章一样洋溢着司马迁的生命激情。

② 《史记》记载了嬴政遭遇的四个刺客，分别是荆轲、高渐离、张良，还有微行咸阳时所遇之"盗"。每次嬴政都是有惊无险，侥幸得脱。

③ 司马迁：《史记》第 8 册，中华书局 1982 年版，第 2515—2516 页。

④ 曹刿劫齐桓公一事，《齐世家》亦有详载，并略见于《鲁世家》及《管仲列传》。

何效曹子，实为勇且愚。"司马光曰："燕丹不胜一朝之忿以犯虎狼之秦，轻虑浅谋，挑怨速祸，使召公之庙不祀忽诸，罪孰大焉！而论者或谓之贤，岂不过哉！"① 梁玉绳亦云："以齐桓望始皇，丹之愚也。"②这派还认为杀一秦王政于事无补，天下统一才是人心所向，荆轲等人是螳臂挡车，是逆时代潮流而动。另一派对此事则做出相反的评价，如袁枚曰："彼太子者，亦人豪也。刺亦亡，不刺亦亡。与其坐而待亡，不如刺之，所谓顺正以行其义也。"（《小仓山房诗文集》卷二十《荆轲书盗论》）韩兆琦说得更为生动透彻，他说："当一个国家，一个民族到了山穷水尽、无路可走的时候，背水一战，作困兽之斗的精神仍是可歌可泣的。尽管也许有人骂他'黔驴技穷'，但我觉得一头在与老虎踢咬搏斗中被吞吃的驴子，至少要比在伏地求饶中被吞吃的驴子更值得同情与赞赏。"③ 我倾向于后一种意见，用刺客进行"斩首行动"，也不失为战争中的弱者一方孤注一掷的最后抗争，与其束手待毙，不如奋而一搏，宁可玉碎不求瓦全。只有有了这种凛然不可侵犯的行动，才能给敌人造成威慑使之采取军事行动前有所忌惮。

刺客们的慷慨激烈行为源自心底的士为知己者死的信条，他们言必信行必果，不爱其躯，急人之困，在这一点上他们与游侠是孪生兄弟。刺客们知恩图报誓死不回的悲壮行动，若探究他们的深层心理，那还是因为刺客都是太"寂寞"了！陈桐生指出："刺客一般文化素养不高，很难在上层建筑领域内有所建树，但他们同样希望实现辉煌的人生，希望建立不朽的功业，希望获得社会的普遍理解与尊重……他们的心田是一片荒漠，渴望着知遇甘霖的滋润。刺客内心世界愈是寂寞，愈是渴望被人发现，其所蓄积的能量也就愈大，其所外化的报恩方式也就愈惨烈。所以，由特定时代孕育培养的刺客内心感情世界以及由此激发的人格力量，是我们理解《刺客列传》的基点。"④ 太史公把寂寞中迸发的刺客写得气盖一世，壮士心出，懦士变色。

① 司马光：《资治通鉴》第 1 册，中华书局 1956 年版，第 231 页。
② 韩兆琦编著：《史记笺证》第 7 册，江西人民出版社 2004 年版，第 4612 页。
③ 韩兆琦、张大可、宋嗣廉：《史记题评与咏史记人物诗》，华文出版社 2005 年版，第252 页。
④ 陈桐生：《〈史记〉名篇述论稿》，汕头大学出版社 1996 年版，第 218 页。

司马迁看够了历史的沧桑，体验了太多人生的苦楚，可以想见当年太史公身受腐刑后，绝宾客之交，一心结撰《史记》时的心境是何等凄凉寂寥，虽有青灯做伴黄卷为友，但经时济世的抱负都成泡影，自己身残形秽的肉体生命也与众多曾经鲜活的生命一样终将化作灰土，生前事功已成渺茫，而身后之名也是难以捉摸，在某种意义上，司马迁的这种寂寞感与刺客的寂寞感是相通的。刺客们在寂寞中爆发出壮怀激烈的生命岩浆，用头颅与鲜血证明着自己在战争乃至整个历史中的价值。司马迁用著述历史（以及修改父亲司马谈已有原作）的方式排遣着自己无边的寂寞，在刺客们热血的激烈迸发中，也似乎听到了他自己怦然的心跳声。

（三）战争风云中的女性

男性才是战争上舞台的主角，女性之于战争终究有些隔膜，女性的生理与心理决定了她们对于生命搏杀的战争有种天然的疏离。然而这并不等于说女性就与战争完全"绝缘"，我们阅读《史记》，就会发现有许多女性在战争的天空中划下了属于自己的痕迹。战争并没有让女人走开，甚至有些平民女子间的龃龉也能诱发两国间的战争，如《吴太伯世家》记载，吴楚边境两个女子因采桑叶发生争执，导致两女的家人互相仇杀，而后两国边邑又互相攻打，最终酿成吴楚两国间的一场战争。①这样的事情听来有些好笑，我们也只能当作轶闻趣事来看待。《史记》中女性与战争相关度较高的有两类人，一类是宫廷女性，另一类是母亲。

先说宫廷女性。宫廷是权力的中枢，是帝王与其嫔妃居住的地方，这里有荣华富贵，也有阴谋权诈。宫廷里的女性要想出人头地，最重要的就是要得到君王的宠幸。汉高祖的妃子薄姬与管夫人、赵子儿相约曰："先贵无相忘。"所谓的"先贵"就是率先得到那位无赖皇帝刘邦的宠幸。平阳公主牵线成功后，对即将进宫服侍汉武帝的卫子夫也说："即贵，无相忘。"薄姬与平阳公主的语气，与陈胜的"苟富贵，无相

---

① 《吴太伯世家》载："初，楚边邑卑梁氏之处女与吴边邑之女争桑，二女家怒相灭，两国边邑长闻之，怒而相攻，灭吴之边邑。吴王怒，故遂伐楚，取两都而去。"（司马迁：《史记》第 5 册，中华书局 1982 年版，第 1462 页）

忘"何其相似。帝王妻妾成堆，真正能够"富贵"的终究只是少数。就是那些得到君王宠幸而富贵的女人们，靠着与君王的特殊关系，通过他身边的这位男人对历史产生了影响，有些战争也因为宫廷女性的参与而改变了进程。秦晋韩原之战后，晋惠公被秦所俘，其姊秦穆公夫人身穿丧服，光着脚板跑到秦穆公面前为其弟求情，终使晋惠公得以放归。崤之战后，秦之三将被晋俘虏，晋文公夫人是秦女，她智救三将使之归秦。白登之围，陈平通过匈奴阏氏才解汉高之困。张仪诳楚被囚后，贿赂楚怀王宠姬郑袖才得以从楚国全身而退。正是因为有魏王宠妃如姬的大胆行为——窃虎符，信陵君才能率魏军以解邯郸之急。[①] 卫青、霍去病因为与卫子夫的裙带关系，才得到汉武帝的信任与重用，满门封侯。《外戚世家》褚少孙所补云："天下歌之曰：'生男无喜，生女无怒，独不见卫子夫霸天下！'"[②] 当然，并不是所有的宫廷女性都如卫子夫般幸运，商纣之妲己，周幽王之褒姒，都成了红颜祸水的代名词，她们虽得到君王的万般宠幸，但却被认为是她们带来了刀兵之灾，成了失败男人的替罪羔羊。

　　再谈母亲。母亲意味着孕育生命与无私的博大的爱，在战乱中生命无异于犬与鸡，作为母亲，谁不关心战乱中自己儿女的命运？《史记》中的母亲可分为两种类型，一曰母爱型，一曰深明大义型。先说母爱型。为向齐求救兵以抗秦，赵国大臣劝谏赵太后派其少子长安君到齐国为人质时，赵太后明谓左右曰："复言长安君为质者，老妇必唾其面。"[③] 从赵太后的盛怒中可以感受到她对儿子长安君的疼爱。"触龙说赵太后"这节文字以琐笔碎墨见胜，从赵太后的琐言碎语中我们不难体会一个母亲的舐犊情深。吕后为人刚毅，心狠手辣，可当刘敬向刘邦献

---

　　① 如姬在司马迁笔下只是一个知恩图报的宫廷女性，但在一些文学家笔下则成了深明天下大义的奇女子，如郭沫若在《〈虎符〉写作缘起》中说："她（如姬）的父亲被人杀了，她蓄着报仇的志向三年，终于不惜向信陵君哭泣，请求援助，足见得她是笃于天伦的人。她分明知道魏安釐王嫉妒她的异母弟'宽厚爱人'的信陵君，而她偏偏要甘冒死罪为他盗虎符，这怕是不能由纯粹的报恩感德来说明的。我相信他们应该还有一种思想上的共鸣，便是她也赞成信陵君合纵抗秦的主张。"[《郭沫若全集》（文学编）第6卷，人民文学出版社1986年版，第550页]

　　② 司马迁：《史记》第6册，中华书局1982年版，第1983页。

　　③ 同上书，第1822页。

和亲之策，要把其女鲁元公主远嫁匈奴时，"吕后日夜泣，曰：'妾唯太子、一女，奈何弃之匈奴！'上竟不能遣长公主，而取家人子名为长公主，妻单于。"① 这时的吕后是另外一副慈母心肠，我们很难想象她曾把戚夫人变成"人彘"，砍断其手足，挖去双眼，熏聋耳朵，灌喝哑药，把她关在猪圈里，还用药酒毒死戚夫人的儿子赵王如意，也很难想象刘邦死后她曾欲全数尽诛汉之功臣，那时的吕后分明是铁石之肠、蛇蝎之心。当吕后卸去政治女强人的盔甲后，呈现出的仍是为人母的真情流露。作为母亲的吕后要比作为父亲的刘邦可爱得多，当年刘邦为了自己逃命，竟忍心把自己亲生的两个孩子，也就是日后的汉惠帝与鲁元公主推下战车，并如是者三，可惊！可叹！贵为一国太后的女人疼爱自己的孩子，作为平常士卒的母亲同样疼爱自己的孩子，母爱是不分贵贱的，《孙子吴起列传》载：

> 起之为将，与士卒最下者同衣食。卧不设席，行不骑乘，亲裹赢粮，与士卒分劳苦。卒有病疽者，起为吮之。卒母闻而哭之。人曰："子卒也，而将军自吮其疽，何哭为？"母曰："非然也。往年吴公吮其父，其父战不旋踵，遂死于敌。吴公今又吮其子，妾不知其死所矣。是以哭之。"②

从这位"卒母"的泪水中，我们看清了一些名将"爱兵如子"的实质，③ 感受到了这位母亲平凡而又伟大的母爱，并为这位母亲夫已死子将亡的悲惨命运而心酸。再说深明大义型的母亲。这类母亲也同样非常疼爱自己的孩子，但绝不为之护短，深明大义，其言其行令人感慨。赵括之母正因为太了解赵括只会纸上谈兵，所以才力阻赵括为将。赵括母以国家安危为重，而以自己儿子的富贵为轻，明辨贤愚，大义凛然。陈婴之母劝阻陈婴不要自不量力地为王，而应择贤者推之，她说："自

---

① 司马迁：《史记》第 8 册，中华书局 1982 年版，第 2719 页。
② 司马迁：《史记》第 7 册，中华书局 1982 年版，第 2166 页。
③ 平时以小恩小惠笼络士卒来换取他们战场上的以死相报是"军事家"惯用的手段。孙子曰："视卒如婴儿，故可与之赴深溪；视卒如爱子，故可与之俱死。"（曹操等注：《十一家注孙子》，孙武撰，郭化若译，上海古籍出版社 1978 年版，第 441 页）

我为汝家妇，未尝闻汝先古之有贵者。今暴得大名，不祥。不如有所属，事成犹得封侯，事败易以亡，非世所指名也。"① 陈婴听母言乃不敢为王而率其兵归附项籍。陈婴母教导儿子不要做力不能及而招杀身之祸的事情，她是一位谙于黄老之术的老太太。如果说陈婴之母不免有些"圆滑"的话，那么王陵之母则是性情刚烈，不惜以死来坚定儿子的政治选择：

> 项羽取陵母置军中，陵使至，则东乡坐陵母，欲以招陵。陵母既私送使者，泣曰："为老妾语陵，谨事汉王。汉王，长者也，无以老妾故，持二心。妾以死送使者。"遂伏剑而死。项王怒，烹陵母。②

从王陵母亲身上，我们分明可以看到她是《三国演义》中徐庶母亲形象的历史先驱。为了孩子的政治命运，也为了自己的政治信仰，都不惜牺牲自己的生命，这样的母爱已远远超越言语呕呕的"妇人之仁"，其浩然之气充塞寰宇。《史记》母亲形象中也有糊涂虫，《郑世家》中的武姜即是这类母亲的代表人物。武姜不喜欢让自己难产受罪的寤生（郑庄公），而喜欢顺产的叔段，后来竟串通叔段要里应外合夺郑庄公的位。当母亲的帮一个儿子打另一个儿子，从情理上说是有违人伦，从政治上讲是不明大义。

（四）大人物夹缝中闪光的小人物

在绵长的正史系列中《史记》最具平民性，这一点早为学者所指出。梁启超曰："《史记》以社会全体为史的中枢，故不失为国民的历史。《汉书》以下，则以帝室为史的中枢，自是而史乃变为帝王家谱矣。"③ 施章也指出，司马迁"是以社会的整个生活为对象，用平等的眼光来叙述，他以整个的社会人生为对象，给以平等的眼光而作价值的叙述和描写。所以《史记》一书可谓具有社会性的大众生活的历史"④。

---

① 司马迁：《史记》第1册，中华书局1982年版，第298页。
② 司马迁：《史记》第6册，中华书局1982年版，第2059—2060页。
③ 梁启超：《中国历史研究法》，上海古籍出版社1998年版，第17页。
④ 施章：《史记新论》，南京北新书局1931年版，第2页。

绝大部分正史都是由朝廷动用行政资源组织，由朝廷重臣领衔的写作班子秉承皇帝旨意，书写的是帝王将相的历史，它们维护的是当政者的既得利益，并以此驯化时人及后人，使之树立并强化对他们统治合法性的认同感。《史记》则大为不同，它是司马迁这样一介平民（非官僚）的私家著述①，叙写对象不仅有帝王将相，还有许许多多令帝王将相都黯然失色的平头百姓，体现了民众的价值观，一句话，《史记》是平民写的平民化的历史。

《史记》塑造了许多可歌可泣的小人物形象。《刺客列传》《游侠列传》《扁鹊仓公列传》《滑稽列传》《日者列传》等篇专门为小人物立传，《孟尝君列传》《平原君列传》《魏公子列传》等篇虽以贵族的名字为标题，而实际上仍主要是歌颂下层人物的品德才干。《孟尝君列传》中的魏子、冯驩，《平原君列传》中的毛遂、李同，②《魏公子列传》中的侯嬴、朱亥、毛公、薛公都是难得的人才。钱穆说："然世人亦仅知孟尝、平原、信陵而已，自经迁书之详载乃知孟尝、平原、信陵之得为孟尝、平原、信陵，其背后乃大有人在。此乃一番绝大提示，绝大指点。"（《现代中国学术论衡》）③ 特别是平原君、信陵君麾下的这些小人物以其才智在战国时代的战争舞台上扮演了特别的角色。毛遂说楚王与赵歃血为盟，以三寸之舌，强于百万之师。李同身为一名管理招待所的小吏的儿子，劝平原君令其妻妾编于行伍，尽散家财以飨士，更为壮烈的是李同也参加了敢死队，后来战死邯郸城头。当年李贽读史至李同战死，遂为之三叹。侯生、朱亥帮助信陵君窃符救赵，以解邯郸之急，毛公、薛公谏信陵君趣驾归赵，以却强秦之围。侯生是守门人，朱亥是屠户，而毛公隐于博徒，薛公藏于卖浆家，都是身份低下被人所不屑的小人物。李景星曰："（《魏公子传》）中间所叙之客，如侯生，如朱亥，如毛公、薛公，固卓卓可称；余如探赵阴事者，万端说魏王者，与百乘赴秦军者，斩如姬仇头者，说公子忘德者，背魏之赵者，进兵法者，亦

---

① 王国维、梁启超、徐孚远等学者都认为，《史记》是司马迁"私撰"之"私史"，与班固《汉书》之作为"国史"迥然有别。

② 李同本名应作李谈，因为犯了司马谈的讳，司马迁遂改之。《正义》曰："名谈，太史公讳改也。"（司马迁：《史记》第 7 册，中华书局 1982 年版，第 2369 页）

③ 韩兆琦编著：《史记笺证》第 7 册，江西人民出版社 2004 年版，第 4295 页。

皆随事见奇，相映成姿。"① 就是这些地位低下的小人物在战争中却办成了轰轰烈烈的大事情。

除了四公子列传，《史记》其他篇目中也刻画了一些令人难忘的下层人士，如《齐太公世家》中为晋将郤克赶战车的车夫，就是形象很光辉的一个，《齐太公世家》云："射伤郤克，流血至履。克欲还入壁，其御曰：'我始入，再伤，不敢言疾，恐惧士卒，愿子忍之。'遂复战。"② 相形之下，身为将军的郤克为之黯然。一个在历史上连名姓都未留下的车夫，如泰山插天，壁立万仞，众岳为之销魂。如果说郤克的车夫以沉着勇猛取胜的话，《张耳陈余列传》中的厮养卒（炊事员）③则以其智谋老练让人难忘。赵王武臣被燕军所擒，燕将要以赵王为人质换得赵国一半土地才肯放人，赵将张耳、陈余派使求赵王，都被杀，二人束手无策。此时这位厮养卒挺身而出，他的同伴都笑话他要去送死。厮养卒到燕后说，张耳、陈余这两个人名为求赵王，实欲燕杀之，然后两人分赵以自立。燕将以为然，就把赵王放了。凌稚隆曰："厮养卒欲求归赵王，乃逆推两人未萌之欲以资其说，两人纵未必然，然英雄谋国之常态固不外此。以故其说得行，而卒归赵王如所云也。"④ 这位炊事员的智谋练达使张耳、陈余这样的大人物也相形见绌。

司马迁写战争中的小人物主要运用的是对比手法。其一是反衬，以大人物的平庸无能反衬小人物的奇崛有为。郤克的惊慌失措与车夫的沉着勇猛，平原君的平庸无能与毛遂、李同的干练和壮烈，张耳、陈余的束手无策与厮养卒的智谋老练都形成了鲜明的对比。其二是正衬，《魏公子列传》信陵君的礼贤下士、从谏如流与其门客的知恩图报、见义勇为，是种相辅相成的关系，二者互相映衬，如空中之日月，共放光芒。

（五）以死相报的群体军人

《史记》中还有几批群体军人形象，他们是作为一个整体出现在战

---

① 李景星：《四史评议》，岳麓书社1986年版，第72页。
② 司马迁：《史记》第5册，中华书局1982年版，第1497页。
③ 《集解》引如淳曰："厮，贱者也。《公羊传》曰：'厮役扈养'。"韦昭："析薪为厮，炊烹为养。"（司马迁：《史记》第8册，中华书局1982年版，第2577页）由此可知所谓厮养卒即今之炊事员。
④ 韩兆琦编著：《史记笺证》第8册，江西人民出版社2004年版，第4738页。

争舞台上，其共同特征是没有姓名，一个群体只发出一个声音，具有同样的性格，且性格具有单一性。

其一，岐下三百壮士，见《秦本纪》。① 秦晋韩原之战中三百壮士冒死相救秦穆公，是因为他们感念当年秦穆公不仅不杀反倒"赐酒而赦"的恩情。恩怨分明，知恩图报，是《史记》反复咏叹的做人准则。三百壮士救穆公并生擒晋惠公一事，《左传》《国语》均不载，见于晚出的《吕氏春秋·爱士》与《韩诗外传》等，司马迁详取之以入《秦本纪》，可见他的人生价值取向。其二，越之"死士"②，见《吴太伯世家》及《越王勾践世家》。③ 越之死士到吴军阵前齐刷刷地一起自杀，分散了吴军的注意力，勾践因此大败阖庐。④ 这些死士的行为，骇人听闻，惊人胆魄。其三，同日死田横的海上五百人，⑤ 见《田儋列传》。五百义士闻田横死，皆自杀，田横一人不屈，而五百人相率以蹈之，五百人同此一烈！田横宁死不辱，令人叹惋，五百人随主赴死，更是让后人生出无限感慨。司马迁以奇笔写奇人之奇事，使我们感受到的是古人之奇情。

这些群体军人与帝王、军师、武将相比，他们并非处在战争舞台的

① 《秦本纪》载：穆公与麾下驰追之，不能得晋君，反为晋军所围。晋击穆公，穆公伤。于是岐下食善马者三百人驰冒晋军，晋军解围，遂脱穆公而反生得晋君。初，穆公亡善马，岐下野人共得而食之者三百余人，吏逐得，欲法之。穆公曰："君子不以畜产害人。吾闻食善马肉不饮酒，伤人。"乃皆赐酒而赦之。三百人者闻秦击晋，皆求从，从而见穆公窘，亦皆推锋争死，以报食马之德。（司马迁：《史记》第 1 册，中华书局 1982 年版，第 188—189 页。）

② 《集解》引贾逵曰："死士，死罪人也。"郑众曰："死士，欲以死报恩者也。"杜预曰："敢死士也。"（司马迁：《史记》第 5 册，中华书局 1982 年版，第 1468 页）按：综合各家说法，所谓死士，很可能就是以死相报的敢死队员。

③ 《吴太伯世家》载：十九年夏，吴伐越，越王勾践迎击之檇李。越使死士挑战，三行造吴师，呼，自刭。吴师观之，越因伐吴，败之姑苏，伤吴王阖庐指，军却七里。（司马迁：《史记》第 5 册，中华书局 1982 年版，第 1468 页）《越王勾践世家》亦载此事，文字有所不同。

④ 这个故事司马迁取材于《左传·定公十四年》：吴伐越，越子勾践御之，陈于檇李。勾践患吴之整也，使死士再禽焉，不动。使罪人三行，属剑于颈，而辞曰："二君有治，臣奸旗鼓，不敏于君之行前，不敢逃刑，敢归死，"遂自刭也。师属之目，越子因而伐之，大败之。（李梦生：《左传译注》下册，上海古籍出版社 2004 年版，第 1277 页）按：《左传》比《史记》的叙写更为精彩。

⑤ 李白《于五松山赠南陵常赞府》曰："海上五百人，同日死田横。"

中心，而是处在边缘地带，类似于戏曲舞台上跑龙套的。他们不是战争的主角，甚至连配角也不是，而是"群众演员"，连露一下正脸的机会都没有就匆匆而去。绝大多数的群体形象悄无声息，随着历史的烟尘消失得无影无踪，也有为数不多的群体军人形象，经过岁月的磨砺而越发显出耀人的光芒。《史记》中的这几组群体军人，无名而共语，千面一孔，千人一腔，虽有三百、五百的实数，而实际上可以看作单个的人物形象，史公所用笔墨虽不多，但其性格特征却非常突出，使人过目难忘。这三组群体军人有一个共同的特征，就是性格刚烈，视死如归，重情重义，以死相报。《史记》无名群体军人形象的成功塑造，为后世塑造类似群体形象树立了榜样，具有重要的文学史意义。司马迁在对"小人物"和群体军人的叙写中，对其历史价值作了积极评价，这在一定程度上体现了他对普通生命的关注与尊重，他具有可贵的生命意识和人性意识。

第二节　战争语境中揭橥人性的手段

战争把人的生命状态推向极致，在生死关头面具统统被打掉，露出人的真面孔。"战争包含了一切。这是人类存在境况的最鲜明、最全面、最精细也是最权威的'百科全书'。战争是一个巨大无比的显影器皿，人类的优点与弱点，人类的智慧与愚昧，人类的理性与疯狂，人类的正义与邪恶，人类的高级性与低级欲望……"[1] 人类的善与恶都被曝晒于太阳底下。人在战争中的命运更是令人难以捉摸，生与死、得与失、成与败、胜与负、穷与达、祸与福，往往在转瞬之间，当中的利尽交疏与世态炎凉，被司马迁反复言及。[2] 当然，《史记》中的战争人物并不都是卑鄙猥琐之徒，很多"大丈夫"身上照样闪耀着人性的光芒。司马迁是善于在战争环境中揭示人性的高手，他写战争中人性的手段不同

---

[1]　周政保：《精神的出场——现实主义于今日中国小说》，山西教育出版社 1999 年版，第 46 页。

[2]　《孟尝君列传》《廉颇蔺相如列传》《魏其武安侯列传》《卫将军骠骑列传》《平津侯主父列传》《汲郑列传》等篇，对世态炎凉感慨再三。

凡俗。

一 写死亡临界使生命定格

战争最残酷的表现就是敌对双方相互间的肉体毁灭，战争几乎就是死亡的代名词。"生死问题这一常人生活中的极端课题，成了军人生活中的日常课题；也正因为这种非同寻常，军人的生死问题也成为最重大的军人伦理范畴。"① 面对死亡，人们呈现出千变万化的生命姿态。

在解读《史记》的死亡叙事之前，充分理解司马迁的生死观是必要的。司马迁在《报任安书》中说："人固有一死，或重于泰山，或轻于鸿毛，用之所趋异也。"② 司马迁歌颂了许多保全生命、忍辱负重的人，如伍子胥、孙膑、张仪、范雎、韩信、季布等，他称赞弃小义、雪大耻、隐忍就功名的伍子胥为烈丈夫；对自负其材，受辱而不羞，诚重其死的季布赞道："虽往古烈士，何以加哉！"③ 凌稚隆引凌约言曰："太史公于凡士之隐忍而不死者，必喷喷不容口，岂其本志哉？无非欲以自明，且抒其愤闷无聊之情耳。"④ 同时司马迁还歌颂了许多关键时刻豁得出去、不惜生命的人，如屈原、侯嬴、田光、豫让、荆轲、项羽、李广。对司马迁的生死观，人们往往强调忍辱负重的一面，而忽视宁死不辱、舍生取义的一面。二者看似自相矛盾，实际上又是浑然一体，如何评价生死的价值，关键就在于在何种条件下为何种目的去决定一个艰难的选择：生存还是毁灭！

司马迁在战争视野中的死亡叙事是丰富多彩的，死亡本身虽然恐怖，但死亡叙事却是可以让人反复咀嚼的，读者可以品味出其中的人情人性。《史记》中战争人物的死亡方式是多种多样的，司马迁对每种死亡类型的叙写又有所区别，笔端蕴含的情思也不尽相同。

（一）战死沙场

战场是战争进行的空间，是军人实现其职业价值的最好平台。"君不见沙场征战苦，古来将士几人回？"多少人奔赴战场，又有多少人命丧战场，战场成了他们的墓地，成了他们魂魄的最后栖息地。庞涓的人

---

① 余戈：《〈集结号〉军事文化解码》，《解放军艺术学院学报》2008 年第 1 期。
② 韩兆琦编著：《史记笺证》第 9 册，江西人民出版社 2004 年版，第 6443 页。
③ 司马迁：《史记》第 8 册，中华书局 1982 年版，第 2735 页。
④ 杨燕起、陈可青、赖长扬汇辑：《史记集评》，华文出版社 2005 年版，第 543 页。

品虽不足道，嫉贤妒能，害得一代军事家孙膑也成"刑余之人"，但他还是完成了一名军人应尽的最后职责。庞涓在马陵道智穷兵败，临死前叹曰："遂成竖子之名！"语中满怀恨恨不平之意。纸上谈兵的赵括，误军误国，为后人所笑，但他临危难而不惧死，被围四十余日后在带领士卒突围的血战中被乱箭射死。庞涓与赵括，虽然都算不得"正面人物"，反倒是多有被人诟病之处，但司马迁写他们战死沙场时，还是给予了他们作为战士的最后尊严。如果说司马迁对庞涓、赵括的战死沙场的叙写还太简略的话，那么对项羽东城快战后头赠故人的悲壮豪迈的描绘则是淋漓尽致。四面楚歌后，霸王别姬，慷慨悲泣，一洒英雄之泪。项羽率领最后二十八骑斩将刈旗，出入汉军重围如入无人之境。东城快战是司马迁倾心叙写的最为精彩的一战，也是项羽最后一战，而后项羽乌江自刎并以头赠故人：

> 乃令骑皆下马步行，持短兵接战。独籍所杀汉军数百人。项王身亦被十余创。顾见汉骑司马吕马童，曰："若非吾故人乎？"马童面之，指王翳曰："此项王也。"项王乃曰："吾闻汉购我头千金，邑万户，吾为若德。"乃自刎而死。王翳取其头，余骑相蹂践争项王，相杀者数十人。最其后，郎中骑杨喜，骑司马吕马童，郎中吕胜、杨武各得其一体。五人共会其体，皆是。故分其地为五：封吕马童为中水侯，封王翳为杜衍侯，封杨喜为赤泉侯，封杨武为吴防侯，封吕胜为涅阳侯。①

李长之叹道："他爱的名马，他送了好汉；他自己的头颅，也送给老朋友。他是自杀，他不能受辱。这一个叱咤风云的英雄在起事时，才二十四岁；到拔剑自刎时，也才三十一岁。他所代表的是狂飙式的青年精神，他处处要冲开形式。他是浪漫精神的绝好典型。他的魄力和豪气就是培养司马迁的精神的氛围，他的人格就是司马迁在精神上最有着共鸣的！"② 项羽的头赠敌人，是他生命岩浆的最后一次喷发，这次喷发

① 司马迁：《史记》第1册，中华书局1982年版，第336页。
② 李长之：《司马迁之人格与风格》，生活·读书·新知三联书店1984年版，第14页。

是如此壮烈而又浪漫,他以这样的方式为自己的生命重重地画了一个感叹号。项羽也以自己喷涌出的一腔热血奠洒战场,他的热血也染红了战场上那一轮行将落山的残阳。

战死沙场是英雄的幸事,从这一点讲项羽是"幸运"的,霍去病却是"不幸"的。霍去病是难得的军事天才,四击匈奴,斩获首虏十一万余级,横扫河西,北捣王庭,发出了"匈奴未灭,无以家为"的旷世豪言。然而就是这样一位英姿勃发的青年豪俊却死在病床上,死时年仅二十四岁。司马迁对霍去病的为人颇有微词,对他仗着武帝的宠幸而射杀李敢更是不满,在叙完此事后,又意味深长地加上一笔"居岁余,去病死"①。霍去病死于元狩六年(前117),其死与李敢本不相干,原可不写,司马迁看似画蛇添足的这一笔盖谓害人者亦不得长世,纯系抒愤之笔,如姚苎田曰:"特缀此语,若敢为厉者然,冷得妙。"②霍去病死后虽得汉武帝赐予的无比的哀荣,为冢象祁连山,然而,病死榻上本已是英雄之不幸,死后又被太史公用"曲笔"不动声色地抽了一鞭子,亦是这位战争英雄的不幸。

(二) 为奸佞小人所害

《史记》叙录了不少没有在战场上被敌人杀死,却被自己阵营中隐藏着的奸佞小人所害的战争人物。一条条鲜活生命的陨落,反复证明了一个事实:积毁销骨,谗言可畏,唾沫星子照样能够淹死人。伍子胥忠心耿耿,却架不住伯嚭的几句谗言,被夫差赐死。一片忠心,含冤而亡,老英雄临死愤愤不平,见《伍子胥列传》:

> 伍子胥仰天叹曰:"嗟乎!谗臣嚭为乱矣,王乃反诛我。我令若父霸。自若未立时,诸公子争立,我以死争之于先王,几不得立。若既得立,欲分吴国予我,我顾不敢望也。然今若听谀臣言以杀长者。"乃告其舍人曰:"必树吾墓上以梓,令可以为器;而抉以观越寇之入灭吴也。"乃自刭死。吴王闻之大怒,乃取子胥尸盛

---

① 司马迁:《史记》第9册,中华书局1982年版,第2876页。
② 姚苎田节评:《史记菁华录》,上海古籍出版社1988年版,第240页。

以鸱夷革，浮之江中。吴人怜之，为立祠于江上，因命曰胥山。①

赵之名将李牧使敌闻风丧胆，小人郭开的几句挑拨离间的话，就置李牧于死地。陈仁锡叹曰："秦、胡数十万人杀颇、牧而不足；一郭开，杀颇、牧而有余。"② 司马迁在写了李牧受谗被斩后，又紧接着写赵王迁被虏，赵国灭亡，其用意是很明显的，这就是赵国的存亡系于廉颇、李牧等名将的去留生死。《魏公子列传》系魏亡在信陵君死后，《屈原列传》系楚之亡于屈原死后，与《赵世家》系赵亡在李牧被诛之后的笔法相同，系国家安危的忠臣良将一旦被小人所害，这个国家紧接着也就要完蛋了，这也一再表明司马迁对奸佞小人害人误国的痛恨。许多叱咤风云的名将，纵横驰骋于万马军中，敌人对他无可奈何，却往往被小人的谗言毁于一旦，使铮铮铁骨含恨于黄泉之下。历朝历代都不缺少奸佞小人，这种人专门谄媚主上，构陷忠良，害人误国是他们最大的本事。这种人的能量绝不可低估，他们的三寸之舌，搬弄起是非来，足以抵消掉前线成千上万战士用鲜血和生命换来的战果。

司马迁对被奸佞小人所害的名将是惋惜的，对奸佞小人是切齿的，有时不惜以牺牲历史的真实来表达自己惩恶扬善的态度。如《伍子胥列传》写勾践灭吴后并没有重赏伯嚭，而是"诛太宰嚭，以不忠于其君，而外受重赂，与己比周也"。③ 名将没有死在沙场，而被唾沫星子置于死地，惜哉！痛哉！更为可痛的是，只要世上还有适于奸佞小人生存发展的文化土壤，只要人性中的丑陋凶狠的一面还存在，这样的历史悲剧还会一代又一代地反复上演！

（三）"兔死狗烹"而死

奸佞小人的谗言之所以得逞，根子还在于君王之昏庸，然而历史的复杂就在于许多君王并非昏庸甚至是一代雄主，他们也并非听信谗言，

① 司马迁：《史记》第7册，中华书局1982年版，第2180页。《吴太伯世家》《越王勾践世家》亦载此事，文字有出入。
② 韩兆琦编著：《史记笺证》第7册，江西人民出版社2004年版，第4451页。
③ 司马迁：《史记》第7册，中华书局1982年版，第2181页。按：《吴太伯世家》《越王勾践世家》都写了勾践灭吴后杀伯嚭，但刘恕、竹添光鸿、韩兆琦等学者认为当时实无其事，可参见韩兆琦编著《史记笺证》第7册，江西人民出版社2004年版，第3849页。

而是自己就打定主意要把曾经辅佐自己建功立业的功臣杀掉，许多杰出
战争人物的人头也因此纷纷落地，这就是在中国历史上反复上演的"兔
死狗烹"的故事。兔死狗烹一语在《史记》中由范蠡最先说出，①见
《越王勾践世家》：

> 范蠡遂去，自齐遗大夫种书曰："蜚鸟尽，良弓藏；狡兔死，
> 走狗烹。越王为人长颈鸟喙，可与共患难，不可与共乐。子何不
> 去？"种见书，称病不朝。人或谗种且作乱，越王乃赐种剑曰：
> "子教寡人伐吴七术，寡人用其三而败吴，其四在子，子为我从先
> 王试之。"种遂自杀。②

范蠡致书文种与文种被勾践所杀事，《左传》与《国语》皆不载，
《史记·越王勾践世家》是"兔死狗烹"的最早经典文本。范蠡是聪明
人，乘轻舟浮于五湖，飘然身退，而文种却没有那么幸运，勾践之刻毒
偏以戏语出之，和范蠡一起助勾践平吴的大功臣文种，在勾践的"幽
默"中被逼自杀。帝王只可与之共患难而不可与之同富贵，这便注定帝
王在成功后对功臣要卸磨杀驴，这也是文种被杀文本给人昭示的"规
律"。

汉高祖刘邦是步勾践后尘屠杀功臣的又一行家里手。韩信被诳到长
乐宫被斩，夷三族。韩信方斩时叹曰："吾悔不用蒯通之计，乃为儿女
子所诈，岂非天哉！"③彭越被杀后又被制成肉酱，刘邦以之遍赐诸侯，
此举骇人听闻，也充分暴露出他对功臣的心狠手辣。黥布因彭越被杀也
被迫走上了一条"造反"的不归路，落得个身首异处的可悲结局。我

---

① 兔死狗烹一词，并非史迁首创，也是渊源有自。泷川资言对此作了梳理，他说：
"《韩非子·内储说》：'狡兔尽则良犬烹，敌国灭则谋臣亡'；《三略》：'高鸟死，良弓藏，敌
国灭，谋臣亡'；《文子·上德篇》：'狡兔得而猎犬烹，高鸟尽而良弓藏'；《淮南子·说林
训》：'狡兔得而猎狗烹，高鸟尽而良弩藏'；《史记·淮阴侯列传》蒯通曰：'野兽已尽而猎
狗烹'；韩信曰：'狡兔死，良狗烹，高鸟尽，良弓藏，敌国破，谋臣亡。'语异意同，盖当时
有此语，陶朱引之，后人述之。"（［日本］泷川资言：《史记会注考证》第7册，新世界出版
社2009年影印日本1934年本，第2565页）
② 司马迁：《史记》第5册，中华书局1982年版，第1746—1747页。
③ 司马迁：《史记》第8册，中华书局1982年版，第2628页。

们细读《史记》中的几篇汉之"反臣"传:《魏豹彭越列传》《黥布列传》《淮阴侯列传》《韩信卢绾列传》,会发现这些人的所谓谋反皆在疑似之间,或是被栽陷,或是被逼反。即使对忠心耿耿老成持重的萧何,刘邦也不放心,萧何不得不学习王翦的做法买田以自污。袁黄也指出:"张良辟谷,曹参湎于酒,陈平淫于酒与妇人,其皆有不得已乎?"(《增评历史纲鉴补》)① 萧、张、曹、陈几位比较乖巧,才免遭兔死狗烹的命运。

汉景帝也学得乃祖刘邦屠戮功臣的本事,平叛七国之乱的首功之臣周亚夫也被控要造反于地下,② 着实令人哭笑不得,最后周亚夫呕血而死。查慎行感叹道:"亚夫之坐'谋反',因子买葬器,狱吏执'欲反地下'四字,游戏定爰书(判决书),此何异岳武穆(飞)'莫须有'三字耶?景帝之刻薄寡恩,隐然言外。史笔至此,出神入化矣。"③ 周亚夫之父周勃也曾以谋反罪嫌疑入狱,受到狱吏的侵辱,周勃叹曰:"吾尝将百万军,然安知狱吏之贵乎!"④ 语绝沉痛。汉文帝以"宽仁"著称,其对功臣尚且如此,更遑论其他帝王了。

帝王与功臣之间的关系随着形势的变化,一般可分为两个阶段,前一阶段,大敌当前,功业未成,敌我矛盾是主要矛盾,此时帝王只有团结依靠功臣才是唯一选择,功臣们这时就能够尽显才华,施展雄才大略。战争结束后大功告成,敌我矛盾消失,集团内部的矛盾上升为主要矛盾,有些功臣会居功自傲,功高震主,帝王则防范手下人也想黄袍加身,此阶段帝王与功臣们的注意力都转到了权谋上。对此黄震看得很透,他说:"群起逐鹿,成则帝,败则族,方雌雄未决,不得已资之以济吾事;事济矣,同起事者犹在,则此心不能一日安,故其势不尽族之不止也。"(《黄氏日钞》卷四六)⑤ 但无论如何,这是历史的悲剧,更

---

① 韩兆琦编著:《史记笺证》第6册,江西人民出版社2004年版,第3527页。

② 《绛侯周勃世家》载:廷尉责曰:"君侯欲反邪?"亚夫曰:"臣所买器,乃葬器也,何谓反邪?"吏曰:"君侯纵不反地上,即欲反地下耳。"(司马迁:《史记》第6册,中华书局1982年版,第2079页)

③ 韩兆琦编著:《史记笺证》第6册,江西人民出版社2004年版,第3603页。

④ 司马迁:《史记》第6册,中华书局1982年版,第2073页。

⑤ 韩兆琦编著:《史记笺证》第8册,江西人民出版社2004年版,第4810页。

是人性的悲剧。历代功臣的"兔死狗烹",难道还不足以警醒世人努力去改造这种可悲又可怕的劣根性吗?

(四) 宁死不辱而自杀①

人最宝贵的是生命,求生是人的本能,然而历史上却偏偏又有许多遗弃自己生命的人,《史记》中许多战争人物的死亡方式就是对自己生命的放逐——自杀。"乍看起来,自杀者所完成的动作似乎只表现他个人的性格,实际上是这些动作所表现出来的某种社会状态的继续和延伸。"② 从自杀这种异常激烈的行为中,我们更能看清生命的意义,也能把握某种群体文化心理。

商纣兵败牧野后,赴火自焚。商纣王是暴虐之君,死有余辜,然而就其赴火而死来说,也显出商纣宁死不辱的性格。这一点在夫差身上表现得更为明显,夫差在《史记》中也是暴君,勾践灭吴俘虏了夫差:

> 越王勾践欲迁吴王夫差于甬东,予百家居之。吴王曰:"孤老矣,不能事君王也。吾悔不用子胥之言,自令陷此。"遂自刭死。③

夫差至死幡然醒悟,才最终辨清忠奸,其死虽不足惜,但夫差宁可自我了断也不仰人鼻息地苟存性命,其做人的精神也颇令人慨叹。相比之下,秦二世就是十足的软骨头了,赵高派阎乐诛杀秦二世,秦二世苦苦哀求,可怜兮兮地一再"降价"④,企图保全自己性命,最终也难免一死,他的"自杀"自然无法与夫差同日而语,同是"暴君",秦二世又是等而下之。田横的自杀,情同夫差,田横自刭前曰:

①《史记》所叙的自杀类型除本文所论的"宁死不辱"型,还有丧失型、维护型、利他型、逼迫型、情感型,可参见朱江玮《〈史记〉所记自杀现象初探》,《温州职业技术学院学报》2004年第4期。

② 迪尔凯姆:《自杀论》,商务印书馆1996年版,第279页。

③ 司马迁:《史记》第5册,中华书局1982年版,第1475页。《越王勾践世家》亦载此事,文字略有出入。

④《秦始皇本纪》载:二世曰:"吾愿得一郡为王。"弗许。又曰:"愿为万户侯。"弗许。曰:"愿与妻子为黔首,比诸公子。"阎乐曰:"臣受命于丞相,为天下诛足下,足下虽多言,臣不敢报。"麾其兵进。二世自杀。(司马迁:《史记》第1册,中华书局1982年版,第274页)

　　横始与汉王俱南面称孤，今汉王为天子，而横乃为亡虏而北面
事之，其耻固已甚矣。且吾亨人之兄，与其弟并肩而事其主，纵彼
畏天子之诏，不敢动我，我独不愧于心乎？且陛下所以欲见我者，
不过欲一见吾面貌耳。今陛下在洛阳，今斩吾头，驰三十里间，形
容尚未能败，犹可观也。①

　　司马迁写田横自刭一段文字，慷慨明净。从田横身上我们看到了一
种可贵的民族精神，中国人身上有太多的奴性，而田横宁折不辱的硬骨
头精神正是我们这个民族应该珍惜的。李广的自杀尤其令人沉痛。李广
命运多奇，虽然使匈奴为之闻风丧胆，但至死不得封侯，而许多阿猫阿
狗早就成了侯爷。汉匈决定性的战役漠北之战中，李广又迷道失期，他
不愿再受刀笔小吏的羞辱，慷慨自刎。李广引刀自刭前谓其麾下曰：

　　广结发与匈奴大小七十余战，今幸从大将军出接单于兵，而大
将军又徙广部行回远，而又迷失道，岂非天哉！且广年六十余矣，
终不能复对刀笔之吏。②

　　李广是司马迁最为心动的将军，对李广不遇命运的倾情叙写中也夹
杂着自己的愤懑，对李广自杀的含泪叙写中体现了史公的一种人文精
神：生命固然可贵，但生命的存在不能以牺牲生命的尊严为代价。宁可
站着死，也不跪着生，这也是中国人弥足珍贵的一种群体文化心理。

（五）自然死亡

　　人的死亡原因与方式有千万，但最习以为常的还是生命的自然死
亡。时间最是无情，时间对任何人也最为平等，不管贵贱贤愚，名声是
如雷贯耳还是名不见经传，岁月的风刀都在剥蚀着每一个生命。随着时
间悄无声息的流逝，每个人都在慢慢变老，绝大部分人最终都是因病而
为自己的肉体生命画上了句号，《史记》中绝大部分战争人物的死亡方
式也是如此。正因为自然死亡是最多最平常的一种，对于以"好奇"

---

① 司马迁：《史记》第 8 册，中华书局 1982 年版，第 2648 页。
② 司马迁：《史记》第 9 册，中华书局 1982 年版，第 2876 页。

著称的司马迁来说，他是不愿在自然死亡上太费笔墨的，往往是叙完一个人行状后，用卒（终、崩、死）等表示死亡字眼的方式交代人物的生命终结，然而，我们通过细读，也会从司马迁对战争人物自然死亡的叙事中，理解历史，参悟生命。

黄帝是《史记》的开篇人物，被司马迁正式确立为人文初祖，他又被后人当作战神而供奉，可以说是《史记》战争人物第一人。《黄帝本纪》交代黄帝之死时写道："黄帝崩，葬桥山。"① 黄帝本是上古神话中的一个角色，司马迁将神话历史化，把黄帝由神变成了人，神仙是不会死的，只有人才会死，司马迁言之凿凿地说黄帝死了并葬在桥山，这就撕破了汉代方士们附会在黄帝身上的神幻氅袍，对汉武帝好神仙以求长生不老的荒唐行为是种无言的讽刺。司马迁明确黄帝之崩葬于桥山，一为征信，一为斥诬，希望人们能从方士虚构的神仙世界中幡然醒悟。

秦始皇求仙问药，企图长生不死，多次被方士所愚弄，最终也难逃自然规律病死于沙丘平台。② 李白《古风》（其三）云："徐市载秦女，楼船几时回？但见三泉下，金棺葬寒灰。"明人宗泐《祖龙歌行》道："祖龙乃好长生者，沉璧徒来华山下。目断楼船海气昏，鲍车乱臭沙丘影。"③ 长生不老之梦破灭了，秦始皇死后还要把生前的荣华富贵照搬到地下，在郦山大建陵园。从篇幅来看，司马迁对秦始皇的死亡叙写是很长的，先写沙丘之变，后写郦山陵园，近四百五十字，从字里行间不难体会出司马迁深沉的感慨。倒是不读书的刘邦看破生死，司马迁写出了刘邦面对死亡的坦然与豁达：

> 高祖击布时，为流矢所中，行道病。病甚，吕后迎良医，医入见，高祖问医，医曰："病可治。"于是高祖嫚骂之曰："吾以布衣提三尺剑取天下，此非天命乎？命乃在天，虽扁鹊何益！"遂不使治病，赐金五十斤罢之。④

---

① 司马迁：《史记》第1册，中华书局1982年版，第10页。
② 沙丘平台也是当年赵武灵王饿死的地方，两个著名帝王同死一地，也是历史的巧合。
③ 韩兆琦、张大可、宋嗣廉：《史记题评与咏史记人物诗》，华文出版社2005年版，第499、507页。
④ 司马迁：《史记》第2册，中华书局1982年版，第391页。

李笠曰："此语与项羽'此天亡我，非战之罪'云云何异？然羽以豪迈之气出之，刘季以嫚骂之辞出之。"① 楚汉相争时刘邦伤胸扪足，那次伤不足为患，而对这次为流矢所中，刘邦自知其伤已非医药所能治，他嫚骂医生并非讳疾忌医，而是正视死亡，无恐无惧。刘邦面对死亡的从容与大度实非秦始皇、汉武帝之徒所能望其项背。

世界上任何事物都是有始必有终，任何生命都是有生必有死。每个生命来到世间本是极其偶然的事，而他的死亡却又是必然的。"且以五帝之圣焉而死，三王之仁焉而死，五伯之贤焉而死，乌获、任鄙之力焉而死，成荆、孟贲、王庆忌、夏育之勇焉而死。死者，人之所必不免也。"② 然而偏偏就有些人，特别是个别帝王舍弃不下荣华富贵，幻想长生不老，皇帝的宝座由他老人家一个人就这样永远地坐下去。正是有了这样的偏执，即使雄才大略精明强悍的秦始皇、汉武帝，竟然几次三番被方士所愚弄，让他们出了不少洋相，历史也因此给人性的缺点开了许多玩笑，倒是那些参悟生死的人为世所重。

《史记》所叙战争人物死亡方式远不止上述五类（这五类也有交叉重叠），几乎可以说，有一万个人就有一万个死亡方式，对它们的分类也只能是一种抽象的概括，这种概括在什么时候都不能穷尽无限生动的历史。就我们所论述的五种类型来看，它们基本上可以反映战争人物面对死亡的众生相，或是恪尽军人职责、战死沙场的悲壮惨烈，或是为谗言所毁含冤衔恨的可悲与无奈，或是"兔死狗烹"时的愤激与怨恨，或是自毁生命的宁死不辱，或是贪生怕死的愚蠢可笑，或是从容坦然的豁达大度……从中可看出隐藏在死亡背后的种种人性。司马迁通过写死亡来写历史和人性，《史记》死亡叙事中蕴含着他对历史和人性的体悟与感慨。这些人性有的可悲，有的可怜，有的可赞，有的可鄙，有的可恨，有的可笑，有的可叹！

《史记》中的死亡叙事采用了多种艺术手段，诸如白描、夸张、虚实结合、对比映衬，等等，这些艺术手法都有可圈可点之处，但这些还都不足以代表司马迁写死亡笔法的独特与高妙，我以为写死亡临界时的

① 韩兆琦编著：《史记笺证》第2册，江西人民出版社2004年版，第743页。
② 司马迁：《史记》第7册，中华书局1982年版，第2407页。

心灵自白使生命定格，才是司马迁的拿手好戏。除了前文已引的庞涓、夫差、项羽、田横、刘邦、韩信、李广等人临终前的慨叹之言，我们再举几例，请看《白起王翦列传》写白起之临死自白：

　　秦王乃使使者赐之剑，自裁。武安君引剑将自刭，曰："我何罪于天而至此哉？"良久，曰："我固当死。长平之战，赵卒降者数十万人，我诈而尽阬之，是足以死。"遂自杀。①

再看《蒙恬列传》写蒙恬之临死自白：

　　蒙恬喟然太息曰："我何罪于天，无过而死乎？"良久，徐曰："恬罪固当死矣。起临洮属之辽东，城堑万余里，此其中不能无绝地脉哉？此乃恬之罪也。"乃吞药自杀。②

　　白起与蒙恬都是权力斗争的牺牲品，他们对自己的死含恨不已。虽然知道是秦王（皇）下的命令，但却又不能把矛头直指秦王（皇）把话说明说透，只好以不成为理由的理由表白自己的无罪。长平之战消灭赵军主力，北击匈奴修建长城分别是白起、蒙恬两位秦将为秦国立下的不世之功，他们临死恨语，表白自己不仅无罪而且还有大功于秦。他们被逼自杀时既有无奈又有愤恨，临死时的三言两语尽抒满腔心绪。《李斯列传》写李斯腰斩前哭着对其中子说："吾欲与若复牵黄犬俱出上蔡东门逐狡兔，岂可得乎！"③ 李斯临死叹语很耐人寻味，李斯是热衷富贵的人，始形于仓鼠一叹，终形于黄犬之悲，李晚芳曰："结局一哭，应前三叹，为篇中眼目。其要害不过在'重爵禄'三字，幻出天翻地覆世界。太史以劲笔达之，有余慨焉。"（《读史管见》）④ 李景星亦曰："文至此，酣畅之至，亦刻毒之至，则谓太史公为古今文人中第一辣手

① 司马迁：《史记》第7册，中华书局1982年版，第2337页。
② 司马迁：《史记》第8册，中华书局1982年版，第2570页。
③ 同上书，第2562页。
④ 韩兆琦编著：《史记笺证》第7册，江西人民出版社2004年版，第4696页。

可也。"① 郦食其遭烹时仍不失狂生本色，见《郦生陆贾列传》：

> 淮阴侯闻郦生伏轼下齐七十余城，乃夜度兵平原袭齐。齐王田广闻汉兵至，以为郦生卖己，乃曰："汝能止汉军，我活汝；不然，我将亨汝！"郦生曰："举大事不细谨，盛德不辞让。而公不为若更言！"齐王遂亨郦生，引兵东走。②

凌稚隆引查慎行曰："郦生于齐受烹时，犹有迂阔大言，足见狂生故态。被《汉书》删却，遂觉食其一生至此索然气尽。"（《得树楼杂钞》）③ 这几人的临终感言，各有特色，显示了不同的灵魂体验。

司马迁写战争人物临死前的自我表白，看似只有几句话，但其中却包含着丰厚的历史信息，巨大的情感容量。他写的只是瞬间的言行，却以广阔的历史为背景，渗透着对人性的洞悉与体悟。司马迁以言写心，通过临终自白让我们能够还原历史场景，走进历史人物灵魂深处。这些战争人物两脚分踏阴阳两界，在生死关头，百感交集，心中自有千言万语，但真正说出口，或者说真正被史家所载录的就只有那么几句话，这几句话几乎能概括其一生，呈现出这一类历史人物的生命境界。这种以言写心的方法看似简单，却能触及人的魂魄，如可永雪所说："心理描写造诣的深浅，艺术水平的高低，主要的并不是看作者采取什么样的表现方法，而是看它对人物内心世界揭示的深度，看它对人的精神生活当中那些深微隐秘之处能够感应和传达到什么程度。"④ 司马迁写战争人物的死亡临界而使生命定格，最后瞬间的生命定格便成为永恒的雕塑屹立于民族的集体记忆之中。司马迁写死亡临界使生命定格，是真笔，更是毒笔。

二　用泪水浸泡人性

哭是人类感情最集中的外化形式之一，通过哭泣这个窗口，我们可以窥视一个人的灵魂。司马迁就是一位写哭的高手，他用泪水"浸泡"

---

① 李景星：《四史评议》，岳麓书社 1986 年版，第 80 页。
② 司马迁：《史记》第 8 册，中华书局 1982 年版，第 2696 页。
③ 韩兆琦编著：《史记笺证》第 8 册，江西人民出版社 2004 年版，第 5030 页。
④ 可永雪：《〈史记〉文学成就论说》，内蒙古大学出版社 2001 年版，第 203 页。

人性。众所周知太史公"好奇"，殊不知太史公还"好哭"。司马迁是一位有诗人气质的历史家，多情而善感，他在读史、访史、著史时常常废书而泣。《乐书》中太史公曰："余每读《虞书》，至于君臣相敕，维是几安，而股肱不良，万事堕坏，未尝不流涕也。"① 《屈原贾生列传》中太史公曰："余读《离骚》《天问》《招魂》《哀郢》，悲其志。适长沙，观屈原所自沈渊，未尝不垂涕，想见其为人。"② 当司马谈临终把著述《史记》的任务托付给司马迁时，"迁俯首流涕"③。司马迁对历史不仅有"了解之同情"，还有"了解之感动"，他能与历史产生情感上的强烈共鸣，常常为之垂泣而不能自已。④ 司马迁之"好哭"，不仅是指他自言常"哭"，更重要的是指他写了一百多次的"精彩"的哭，这些哭的样式五花八门，千姿百态。哭泣中蕴含着丰富的人性内容，读者从战争人物的哭泣中可以看出各自的性情。

哭有真哭与假哭，哭中有真情亦有假意。我们先说真哭。《秦本纪》中百里奚、蹇叔哭师与秦穆公封尸崤中之哭，发自肺腑，前者是两位老臣以哭相谏，显现的是一片赤诚与忠心，后者则见一代雄主的痛悔与坦荡。《伍子胥列传》中申包胥之哭也感天动地，"包胥立于秦廷，昼夜哭，七日七夜不绝其声"⑤，申包胥之哭终于感动秦王而发兵救楚，从申包胥不绝的哭声中，我们读出了强烈的"爱国主义"精神。《孙子吴起列传》中"卒母"之哭，是对儿子将步丈夫后尘而为主将战死的悲楚，她的哭是母亲之哭，哭中有对世事的洞明，也有平凡女人的无助。《项羽本纪》中"项王泣数行下，左右皆泣，莫能仰视"⑥，这是霸

---

① 司马迁：《史记》第 4 册，中华书局 1982 年版，第 1175 页。
② 司马迁：《史记》第 8 册，中华书局 1982 年版，第 2503 页。
③ 司马迁：《史记》第 10 册，中华书局 1982 年版，第 3295 页。
④ 司马迁还自言读书时"未尝不废书而叹也"，如《十二诸侯表·序》："太史公读《春秋历谱谍》，至周厉王，未尝不废书而叹也。"（司马迁：《史记》第 2 册，中华书局 1982 年版，第 509 页）《孟子荀卿列传》："太史公：余读孟子书，至梁惠王问'何以利吾国'，未尝不废书而叹也。"（司马迁：《史记》第 7 册，中华书局 1982 年版，第 2343 页）《儒林列传》："太史公曰：余读功令，至于广厉学官之路，未尝不废书而叹也。"（司马迁：《史记》第 10 册，中华书局 1982 年版，第 3115 页）按：司马迁之"废书而叹"与"废书而泣"意思相近，只是在感情程度上有轻重之别。
⑤ 司马迁：《史记》第 7 册，中华书局 1982 年版，第 2177 页。
⑥ 司马迁：《史记》第 1 册，中华书局 1982 年版，第 333 页。

王别姬之哭，是末路英雄之哭，哭里边有烈丈夫的铁骨柔肠，也有大势已去的认输而不服气。请看《高祖本纪》写高祖还乡之哭：

> 高祖还归，过沛，留。置酒沛宫，悉召故人父老子弟纵酒，发沛中儿得百二十人，教之歌。酒酣，高祖击筑，自为歌诗曰："大风起兮云飞扬，威加海内兮归故乡，安得猛士兮守四方！"令儿皆和习之。高祖乃起舞，慷慨伤怀，泣数行下。①

刘邦的哭坦露着对故乡刻骨铭心的情怀，也流露着对人生枯荣的感慨和对未来深沉的忧虑。郭嵩焘亦曰："高祖留沛饮，极人世悲欢之感，史公穷形极态摄而取之，满纸欢笑、悲感之声，水涌云腾，缊蕴四溢，岂亦高祖临终哀气之先征欤？"②《樊郦滕灌列传》中樊哙排闼"哭谏"也很精彩：

> 先黥布反时，高祖尝病甚，恶见人，卧禁中，诏户者无得入群臣。群臣绛、灌等莫敢入。十余日，哙乃排闼直入，大臣随之。上独枕一宦者卧。哙等见上流涕曰："始陛下与臣等起丰沛，定天下，何其壮也！今天下已定，又何惫也！且陛下病甚，大臣震恐，不见臣等计事，顾独与一宦者绝乎？且陛下独不见赵高之事乎？"高帝笑而起。③

杨慎曰："流涕数语，粗粗卤卤，有布衣之忧，有骨肉之悲，不独似哙口语，而三反四覆，情辞俱竭，直是子长笔力。至一'绝'字，可讳可悟；赵高一语，更呜咽而长。"④ 因樊哙与刘邦是"连襟"，"比诸将最亲"，樊哙才敢破门而入哭谏高祖。樊哙的哭谏换得的是高祖的"笑而起"，这一哭一笑，相映成趣，先有阴云密布，后有雨过天晴，前后两重天地。这也反映出樊哙、刘邦两人之性情，刘邦是无赖本色中

---

① 司马迁：《史记》第 2 册，中华书局 1982 年版，第 389 页。
② 郭嵩焘：《史记札记》，商务印书馆 1957 年版，第 71—72 页。
③ 司马迁：《史记》第 8 册，中华书局 1982 年版，第 2659 页。
④ 韩兆琦编著：《史记笺证》第 8 册，江西人民出版社 2004 年版，第 4943 页。

又有从谏如流之雅量，樊哙则是直率中见忠勇。《吕太后本纪》写汉惠帝观"人彘"后之大哭，触目惊心：

> 太后遂断戚夫人手足，去眼，煇耳，饮瘖药，使居厕中，命曰"人彘"。居数日，乃召孝惠帝观"人彘"。孝惠见，问，乃知其戚夫人，乃大哭，因病，岁余不能起。使人请太后曰："此非人所为。臣为太后子，终不能治天下。"孝惠以此日饮为淫乐，不听政，故有病也。①

"人彘事件"对汉惠帝的刺激太大了，他的大哭里有对戚夫人落得如此悲惨下场的哀痛，有对自己母亲残忍毒辣的无法忍受，有自己身为吕后之子的羞愧，也有身为皇帝无能为力任人摆布的悲鸣。《季布栾布列传》栾布哭彭越，不避嫌疑挺身而出，使多少势利小人面无颜色：

> （栾布）使于齐，未还，汉召彭越，责以谋反，夷三族。已而枭彭越头于洛阳下，诏曰："有敢收视者，辄捕之。"布从齐还，奏事彭越头下，祠而哭之。吏捕布以闻。上召布，骂曰："若与彭越反邪？吾禁人勿收，若独祠而哭之，与越反明矣。趣亨之。"方提趣汤，布顾曰："原一言而死。"上曰："何言？"布曰："方上之困于彭城，败荣阳、成皋间，项王所以不能西，徒以彭王居梁地，与汉合从苦楚也。当是之时，彭王一顾，与楚则汉破，与汉而楚破。且垓下之会，微彭王，项氏不亡。天下已定，彭王剖符受封，亦欲传之万世。今陛下一徵兵于梁，彭王病不行，而陛下疑以为反，反形未见，以苛小案诛灭之，臣恐功臣人人自危也。今彭王已死，臣生不如死，请就亨。"②

司马迁写栾布哭彭越，是对烈丈夫、伟男儿的礼赞，也是对自己落

---

① 司马迁：《史记》第2册，中华书局1982年版，第397页。
② 司马迁：《史记》第8册，中华书局1982年版，第2733—2734页。按：蔡邕哭董卓，与栾布哭彭越，性质相同，前后辉映。

难时无人相救而人唯恐避之不及的哀叹。上述所举诸例中的哭，都是发自真心的哭，哭中见真情，哭中有亲情、爱情、友情、乡情，哭中亦见真性，有赤诚、忠勇、坦荡、刚烈、柔肠、哀悯。这里的泪水中没有添加"着料"，是从心底涌出的情感之泉，这种哭可叹、可爱、可赞。

　　《史记》所写的哭中还有一种是假哭，这种哭泣成为一种道具，甚至成为一种工具，有人用虚假的泪水达到某种并不光彩的功利目的。《高祖本纪》中刘邦听说义帝被项羽所杀，"袒而大哭"，遂为义帝发丧。刘邦之哭纯粹是种政治作秀。刘邦把自己打扮成义帝的忠臣和其事业的继承者，相比之下项羽就成了弒上作乱的贼子，刘邦高举义帝的旗帜讨伐项羽就能师出有名赢得人心。项羽杀掉义帝，实际上是为刘邦日后当皇帝又扫除了一个障碍，刘邦偷着乐还来不及，何悲之有？《项羽本纪》写项羽死后，刘邦以鲁公礼葬项羽，"汉王为发哀，泣之而去"①。王鸣盛对此评曰："为义帝发丧，袒而大哭，此犹自可。杀项羽，以鲁公礼葬，'为发哀，泣之而去'。天下岂有我杀之即我哭之者？不知何处办此一副急泪！千载下读之笑来。"②《田儋列传》写田横自杀后，刘邦"为之流涕"，以王者礼葬田横，这又是刘邦故伎重演。王鸣盛对此亦有高论："高帝召之，则恐其为乱，非真欲赦之。横自知不免，来而自杀，高帝为流涕，葬以王礼。高帝惯有此一副急泪，借以欺人屡矣，不独于田横为然，心实幸其死，非真惜而哀之也。"③刘邦哭义帝、哭项羽、哭田横表面上悲痛不已，实则心里头不知该多高兴呢，刘邦不是因悲而泣，甚至是因喜而泣。项羽之哭是真情的自然流露，而刘邦的哭则更多的是政治家玩弄权谋的手段，刘邦会哭，哭是他的拿手好戏。七国之乱后为缓和梁孝王刘武与景帝的关系，"韩安国为梁使，见大长公主而泣"，他在"满怀委屈"的哭诉中说梁王"一言泣数行下"、"日夜涕泣思慕"。④韩安国老奸巨猾，靠着一把鼻涕就很圆满地完成了使

　　① 司马迁：《史记》第 1 册，中华书局 1982 年版，第 338 页。按：后来曹操对死去的袁绍亦如此，《三国志·武帝纪》载："公临祀绍墓，哭之流涕。"（陈寿：《三国志》第 1 册，中华书局 1982 年版，第 25 页）
　　② 王鸣盛：《十七史商榷》，凤凰出版社 2008 年版，第 13 页。
　　③ 同上书，第 26 页。
　　④ 司马迁：《史记》第 9 册，中华书局 1982 年版，第 2858 页。

命。政治人物的哭泣往往具有虚假性、工具性的特征，这时哭成为一种表演，泪水中掺杂着很多功利性的杂质。女人是水做的骨肉，哭也成了某些女人实现自己不可告人目的的绝活，且看《晋世家》中骊姬之泣：

献公私谓骊姬曰："吾欲废太子，以奚齐代之。"骊姬泣曰："太子之立，诸侯皆已知之，而数将兵，百姓附之，奈何以贱妾之故废適立庶？君必行之，妾自杀也。"骊姬详誉太子，而阴令人谮恶太子，而欲立其子。①

骊姬的哭泣中充满着阴险与狡诈，泪水成了杀人不见血的刀子，但也不能不承认其手段却是很高明很毒辣的。骊姬的置毒药胙中之计得手后：

骊姬泣曰："太子何忍也！其父而欲弑代之，况他人乎？且君老矣，旦暮之人，曾不能待而欲弑之！"②

钟惺云："史迁两'泣'字，写出情形，千载如生。若只如戚夫人日夜啼泣欲立其子，则庸且浅矣。"（《史怀》）刘操南亦云："有往年之泣，此语乃力重千钧，非骊姬之心毒辣不能为此；非太史公文之峻峭，亦不能传此也。"（《史记春秋十二诸侯史事辑证》）③ 从司马迁对骊姬两泣的叙写中，我们进一步体会了什么是巧媚与毒辣。与骊姬相比，戚夫人也是为了使自己儿子代太子而立，向刘邦"日夜啼泣"，刘邦做不得主时，戚夫人也只会"嘘唏流涕"，她只学得骊姬之皮毛，在哭方面远未登堂入室。我们从这些政治人物的呜呜哭泣中，听到了电闪雷鸣，看到了刀光剑影，涟涟泪水折射出的是狡狯与权谋。

除了真哭与假哭，还有一种介乎其间的哭，可曰半真半假又悲又喜的哭。这种哭泣中真情与假性相互交织，真中有假，假中有真，亦真亦

① 司马迁：《史记》第5册，中华书局1982年版，第1645页。
② 同上。
③ 韩兆琦编著：《史记笺证》第5册，江西人民出版社2004年版，第2617页。

假。《吕后本纪》写汉惠帝死后吕后的哭耐人寻味：

> 七年秋八月戊寅，孝惠帝崩。发丧，太后哭，泣不下。留侯子张辟强为侍中，年十五，谓丞相曰："太后独有孝惠，今崩，哭不悲，君知其解乎？"丞相曰："何解？"辟强曰："帝毋壮子，太后畏君等。君今请拜吕台、吕产、吕禄为将，将兵居南北军，及诸吕皆入宫，居中用事，如此则太后心安，君等幸得脱祸矣。"丞相乃如辟强计。太后说，其哭乃哀。①

汉惠帝发丧时，吕后哭而无泪，等诸吕都掌兵权后，吕后之哭才动哀声。吕后前后两次之哭，史公以一笔叙写，却迥然有别，前一次哭显出政治女强人对权力旁落的恐惧，后一次哭才是母亲之哭，是白发人送黑发人的人间至痛之哭。司马迁写吕后前后两哭，把握极有分寸，吕后前一次是哭权力，后一次才是哭儿子。前一次是忧虑之哭，后一次是释怀之哭。司马迁以极其简练之笔，写出了隐藏在哭泣背后人性的微妙。再看《外戚世家》写窦皇后与其失散多年的弟弟相认时的哭：

> 于是窦太后持之而泣，泣涕交横下。侍御左右皆伏地泣，助皇后悲哀。②

司马迁这次写哭，妙就妙在"助皇后悲哀"一句。凌稚隆曰："又于旁人形容一句，极写其生死离别，骨肉乍逢，真堪一恸也。"林纾亦云："'助皇后悲哀'，悲哀宁能助耶？然舍却'助'字，又似无字可以替换。苟令窦皇后见之，思及'助'字之妙，亦可破涕为笑。"③凌稚隆与林纾分别说透了左右"助哭"的两面性，一则是骨肉相逢的大悲大喜让身临其境的侍从们感动得流泪唏嘘，再则也是做奴仆的奉迎主子

---

① 司马迁：《史记》第2册，中华书局1982年版，第399页。
② 司马迁：《史记》第6册，中华书局1982年版，第1973页。
③ 韩兆琦编著：《史记笺证》第5册，江西人民出版社2004年版，第3336、3363页。

讨主子欢心的一种方式。① 这种半真半假的哭，既有悲情，更有谐趣，史迁笔下的人物在擦鼻子抹眼泪，而读《史记》的人则往往会忍俊不禁，扑哧一笑。

司马迁为什么这么热衷于写哭呢？原因大致有三：首先，哭是人类表达情感的一种重要方式，历史中有太多的大悲大痛、大惊大喜，历史人物就有了许许多多哭的机会，史官或是实录或是揣情摩态，相应地写哭之笔自然就不会少。其次，在某种意义上讲，哭比笑更能见性情，哭中蕴含着更为丰富多彩的人性内容，以写哭来刻画人物性格就成了司马迁的重要叙事策略。再次，司马迁是在借死人之眼泪浇自家胸中块垒，是"代己而哭"。对这一点前人少有论及，不妨举二例略作讨论。《李将军列传》写李广自刎后，"广军士大夫一军皆哭。百姓闻之，知与不知，无老壮皆为垂涕"②。司马迁写民众哭李广，一则是用虚笔来彰显李广之得人心，再则也是借民众之眼泪代己而哭李广。李广是《史记》中很具有悲情意味的将军，又因为李陵之祸的关系，司马迁对李广更有了一种特殊的感情，可以说《李广列传》就是司马迁用笔墨和着眼泪写就的。《刺客列传》是《史记》中写哭较多的一篇，仅《荆轲传》就一共写了六次哭，有荆轲与高渐离饮于燕市旁若无人之哭，③ 有田光自刎后太子丹的"膝行流涕"，有范於期的"仰天太息流涕"，有樊於期自杀后太子丹的"伏尸而哭"，有易水送别时的"士皆垂泪涕泣"，有高渐离击筑而歌时的"客无不流涕"。整篇文字都充塞着浓郁的悲情，太史公在写别人之哭，何尝不是自己在哭。刺客们的言必信行必果，临危不惧，慷慨赴死的悲壮行为，令太史公为之心折，其文字间自有泪雨滂沱。刘鹗说："《离骚》为屈大夫之哭泣，《庄子》为蒙叟之哭泣，《史记》为太史公之哭泣。"④ 刘鹗是读懂了司马迁，深得《史记》三

---

① 曹雪芹写林黛玉进贾府时，贾母哭泣，旁边的丫鬟婆子也都哭成一片，以"助"贾母悲哀，其笔法或许就本于此。

② 司马迁：《史记》第9册，中华书局1982年版，第2876页。

③ 《刺客列传》载："荆轲嗜酒，日与狗屠及高渐离饮于燕市，酒酣以往，高渐离击筑，荆轲和而歌于市中，相乐也；已而相泣，旁若无人者。"（司马迁：《史记》第8册，中华书局1982年版，第2528页）

④ 刘鹗：《老残游记·自叙》，人民文学出版社1957年版。

昧矣。

司马迁自言常哭,在《史记》中又写了许多"精彩"的哭,《史记》中的"哭泣"文字又令千载后的读者为之欲哭。《太史公自序》写司马迁自己"俯首流涕"接受父亲临终遗命的文字,就令后人为之断肠,吴见思曰:"句句转折,字字凄咽,断断续续,一丝两气,写临终语霭然凄然。"① 再进一步说,不但《史记》中"哭泣"文字令人凄咽,而且整部《史记》都会使人泪洒青衫。日本学者斋藤正谦曰:"读一部《史记》,如直接当时人,亲睹其事,亲闻其语。使人乍喜乍愕,乍惧乍泣,不能自止。"② 《史记》是一部经常能让人"未尝不废书而泣"的史书,是一部能时时感动人的大书,无数读者的感动与眼泪是对《史记》的无形褒奖,读者的感动与眼泪是衡量作品水平的重要尺度。

三 以史家笔法书写烽烟中的儿女风情

战争是男人们搏杀的角斗场,是英雄成就威名的平台,在铁马冰河、风卷残旗的战场上,人们触摸到的是男性的阳刚之美。司马迁不仅尽情鼓荡英雄们的风云之气,还在战争间隙演绎了几出儿女风情的好戏,在战争背景下展示了人类最微妙的一种情感。

(一)风云儿女式的战争浪漫想象

《史记》是千载而下犹令人神动的英雄图谱,其中的"霸王别姬"是司马迁倾情演绎的一曲"风云儿女"之歌。司马迁以其超凡的叙事策略,为后人建构了一个永不剥蚀的经典叙事。③ 太史公以其不群之气,成此雄视千古之文章:

> 项王军壁垓下,兵少食尽,汉军及诸侯兵围之数重。夜闻汉军四面皆楚歌,项王乃大惊曰:"汉皆已得楚乎?是何楚人之多也!"项王则夜起,饮帐中。有美人名虞,常幸从;骏马名骓,常骑之。

---

① 韩兆琦编著:《史记笺证》第9册,江西人民出版社2004年版,第6353页。
② 同上书,第6505页。
③ 20世纪作家对"霸王别姬"中的叙事元素进行了补白与颠覆性重说,张爱玲的小说《霸王别姬》,白桦的电影剧本《西楚霸王》,潘军的先锋小说《重瞳——霸王自叙》,莫言的话剧剧本《霸王别姬——英雄、骏马、美人》等,是这方面的主要文本,这些作品实现了对"霸王别姬"这一经典叙事的现代阐释。

于是项王乃悲歌慷慨，自为诗曰："力拔山兮气盖世，时不利兮骓不逝。骓不逝兮可奈何，虞兮虞兮奈若何！"歌数阕，美人和之。项王泣数行下，左右皆泣，莫能仰视。①

《项羽本纪》中"霸王别姬"一节文字可谓千回百转，荡气回肠。纵横驰骋的西楚霸王，曾经是何等风采。江东起事，怒杀宋义，巨鹿鏖兵，分封诸王，彭城大捷，何等威武！战争是项羽生命中最为耀眼的一部分，他似乎就是专门为战争而生。司马迁用笔极写项羽的勇猛无比，项羽的瞋目与怒叱就足以令敌将心裂胆寒。项羽是一个具有强烈生命意志的人，在战场上他把内心深层积聚的熔浆和狂热尽情喷发出来。司马迁写项羽彰显的是一种刚烈强悍的生命之美。

然而，如今四面楚歌，英雄末路，只有美人和骏马还在身旁。项羽胸中愁闷，以酒浇之，一腔愤怒，万种情怀，不禁悲慨放歌。天虽高，地虽阔，项羽却托身无所，司马迁写英雄失路之悲，可谓极矣。"霸王别姬"的女主角虞姬的身世，在司马迁笔下语焉不详，只知道她"常幸从"。项王在帐中夜饮，"歌数阕，美人和之"。《史记正义》引《楚汉春秋》载虞姬和歌云："汉兵已略地，四方楚歌声。大王意气尽，贱妾何聊生。"② 此诗虽殆出于后人依托，但也颇能状出当时之情态。至于虞姬的结局，司马迁没有交代，在后人的"补白式重构"中，虞姬为了不牵累项羽，拔霸王之剑自刎而死，美人最后死在了英雄的怀抱里！战场上像战神一样勇猛刚毅的霸王，面对虞美人，也情不能自已，"泣数行下"，这是项羽仅有的一次落泪，这是英雄之泪，也是儿女之泪。也只有当着自己心爱的女人，项羽才会示人以铁血柔情的一面。

这段令百世而下犹感愤不已的不朽文字，却不是真正的"实录"。钱钟书引周亮工曰："垓下是何等时，虞姬死而子弟散，匹马逃亡，身迷大泽，亦何暇更作歌诗！即有作，亦谁闻之而谁记之欤？吾谓此数语者，无论事之有无，应是太史公'笔补造化'，代为传神。"③ 换句话

---

① 司马迁：《史记》第 1 册，中华书局 1982 年版，第 333 页。
② 同上书，第 334 页。
③ 钱钟书：《管锥编》第 1 册，中华书局 1986 年版，第 278 页。

说，这是司马迁对项羽爱之太深惋之太切，"笔补造化"，对项羽的最后一战作出的"风云儿女式"的战争浪漫想象。司马迁在尊重历史基本事实的基础上，对细节经常作合理想象，这早已被人指出。司马迁遥体人情，悬想事势，让铁血英雄示人以荡气回肠的儿女情思，为阴森冷酷的战争涂上了一层浪漫色彩。"霸王别姬"彰显的是司马迁血管中与项羽相通的浪漫精神。

司马迁在"霸王别姬"中演绎了"战争与爱情"、"英雄与美女"、"生存与死亡"三对文学母题。战争是男人的事业，但司马迁却没有让女人从战争中走开；英雄是阳刚、崇高的代名词，美女则是阴柔、美丽的化身；只要有生命就会有死亡，死亡是任何生命的宿命。战争成就英雄，战争也意味着死亡；美女象征爱情，美女倾慕英雄；英雄是战争的主人，生存或是死亡在英雄身上相距也只有一步之遥。这样三组相辅相成、阴阳相济的文学母题，在"霸王别姬"这个经典叙事中浑然一体，这段文字向来被视为风云气兼儿女情的不朽之笔。

我们纵览《史记》，发现写男女之事的笔墨并不少，但像项羽与虞姬这样纯洁、美丽、悲凉、凄婉的却是绝无仅有。褒姒、妲己成了"女人是祸水"的经典个案，齐襄公与鲁桓公夫人则是违反人伦的兄妹私通，秦始皇之母与嫪毐之间纯粹是猥亵的相互肉欲满足……这里边有婚姻有交合，却鲜有爱情，这些男女情事又大多与政治与权谋相关联，真正具有"唯美主义"倾向的恐怕只有"霸王别姬"这一个案例了。

（二）弱女子勇救落难公子的爱情佳话

柔弱女子勇救落难公子是《史记》中战争爱情的又一模式，且看《田单列传》：

> 初，淖齿之杀湣王也，莒人求湣王子法章，得之太史嫩之家，为人灌园。嫩女怜而善遇之。后法章私以情告女，女遂与通。及莒人共立法章为齐王，以莒距燕，而太史氏女遂为后，所谓"君王后"也。①

---

① 司马迁：《史记》第8册，中华书局1982年版，第2456—2457页。按：该事取材于《战国策·齐策六》。

此事又见于《田敬仲完世家》：

> 湣王之遇杀，其子法章变名姓为莒太史敫家庸。太史敫女奇法
> 章状貌，以为非恒人，怜而常窃衣食之，而与私通焉。①

司马迁在《田单列传》与《田敬仲完世家》两篇中所叙细节虽有稍许出入，但故事梗概是一样的：战乱年代，贵族公子落难，隐姓埋名，在老百姓家当佣人为其浇地，百姓家女孩相中公子哥，二人日久生情，私订终身；再后来公子哥时来运转，贫家女也因此夫贵妻荣，最终故事以大团圆结局。这样的故事模式很能迎合普通大众的审美情趣，后世《灌园记》戏文即由此敷衍而成。后世文学作品中出现了不少这个故事的翻版，这也形成了另外一种才子佳人故事的经典模式。

这种爱情本身与战争并没有直接的联系，而是以战争为故事展开的背景，这里没有战场上生离死别的悲凉凄怆，有的是两情相悦的风情喜剧。一个是翩翩公子，一个是小家碧玉，由于战乱的时代机缘，身份地位悬殊的青年男女走到了一起。一个有情，一个有意，之间涌动着青春的躁动，虽然始乎乱，但是终不弃，最后皆大欢喜。

（三）红颜祸水：儿女风情的"另类"叙述

对帝王而言，他们的男女情事已不仅仅是个人的私生活，而是关涉到国家的安危，如果不加检点不受约束，就很有可能给国家带来灾祸。如果这种灾祸一旦真的发生了，人们又往往把乱政亡国的主要责任推到"女方"身上，弱小的女子就要为那些不成器的帝王背黑锅。红颜是祸水，女人会带来血光之灾，这样的信念被历史事实一再证明并得以强化，这也是古代宫廷女性的悲哀！商纣王与妲己，周幽王与褒姒，便是这方面的典型。先看商纣与妲己，见《殷本纪》：

> （帝纣）好酒淫乐，嬖于妇人。爱妲己，妲己之言是从。于是
> 使师涓作新淫声，北里之舞，靡靡之乐。厚赋税以实鹿台之钱，而
> 盈钜桥之粟。益收狗马奇物，充牣宫室。益广沙丘苑台，多取野兽

---

① 司马迁：《史记》第6册，中华书局1982年版，第1901页。

蜚鸟置其中。慢于鬼神。大冣乐戏于沙丘，以酒为池，县肉为林，使男女倮相逐其间，为长夜之饮。①

再看周幽王与褒姒，见《周本纪》：

> 漦化为玄鼋，以入王后宫。后宫之童妾既龀而遭之，既笄而孕，无夫而生子，惧而弃之。宣王之时童女谣曰："檿弧箕服，实亡周国。"于是宣王闻之，有夫妇卖是器者，宣王使执而戮之。逃于道，而见乡者后宫童妾所弃妖子出于路者，闻其夜啼，哀而收之，夫妇遂亡，犇于褒。褒人有罪，请入童妾所弃女子者于王以赎罪。弃女子出于褒，是为褒姒。当幽王三年，王之后宫见而爱之，生子伯服，竟废申后及太子，以褒姒为后，伯服为太子。太史伯阳曰："祸成矣，无可奈何！"
>
> 褒姒不好笑，幽王欲其笑万方，故不笑。幽王为烽燧大鼓，有寇至则举烽火。诸侯悉至，至而无寇，褒姒乃大笑。幽王说之，为数举烽火。其后不信，诸侯益亦不至。②

千百年来，商纣王、周幽王都是以"暴君"的面目出现在史籍中，妲己、褒姒也是大大的坏女人，褒姒更是几乎快成了妖孽，她似乎注定就是为亡周而生的。他们纵情声色，好酒淫乐，残害忠良，败坏朝纲，最终导致人亡政息的可悲下场。他们之间有的只是肉体的玩乐，哪有"爱情"可言。应该说，这些历史的成见自有其道理，我也并不想故作惊人之语为之翻案，而只是想从史家对"红颜祸水"模式化、片面化的叙述中，寻觅出其中还有堪称"正常"的男女之情的东西。

司马迁对三代暴君的叙写呈现出模式化、片面化的特征。夏桀、③商纣与周幽王，几乎是由一个模子刻出来的，都长着一副面孔，从史家

---

① 司马迁：《史记》第1册，中华书局1982年版，第105页。
② 同上书，第147—148页。
③ 先秦典籍中也有夏桀因宠幸妹喜而亡国的记载，《国语·晋语》史苏曰："昔夏桀伐有施，有施人以妹喜女焉。妹喜有宠，于是与伊尹比而亡夏。"（《国语》上册，上海古籍出版社1988年版，第255页）

的文字中我们看不出他们在个性上有什么差别。这是有悖于"常理"的，常理是好人之好基本上是一样的，坏人之坏却是千差万别的，而三代暴君的坏却是相差无几。再则，任何事物都有两面性，暴君也是如此，他们有坏的一面，也会有好的一面，但是人们对他们的"好"似乎并不感兴趣，对他们与宠妃之间的男女私情也一概否定，谓之淫乱，似乎他们之间并没有一点真感情可言，而这也与史家的原意有所疏离。就商纣与妲己、幽王与褒姒来说，司马迁并没有把他们完全妖魔化，从字里行间还能读出他们之间的些许"爱情"。如写商纣，说他"爱妲己，妲己之言是从"；写幽王，说他"嬖爱褒姒""后幽王得褒姒，爱之""王之后宫见而爱之"[1]。这里的"爱"字主要是宠爱之意，虽然它与现代人所理解的"爱"字还有很大区别，但它还是蕴含着古今相通的异性间的两情相悦之意。褒姒不好笑，周幽王千方百计讨她欢心，甚至不惜以"烽火戏诸侯"来博褒姒一笑，其方法固不足取，但其行为却是源自内心深处对褒姒的"爱"。很难设想幽王对褒姒无情无义，会采取这种荒唐愚蠢的极端行为，这或许也印证了一个现象：恋爱中的人们的智商都是低下的。商纣王发明的臭名昭著的炮烙之刑，似乎也是要博妲己一笑。[2] 结果商纣赴火自焚，妲己也被杀。妲己的形象远比褒姒单薄，但她却承受了与褒姒一样甚至更多的"谩骂"，这也是一种人生的悲哀。

对"红颜祸水"进行的政治道德上的口诛笔伐，遮蔽了其中存在的和普通人一样的"男女真情"。他们害人误国的行为固然应当受到历史的强烈谴责，同时具有普世性的爱情也不能一概被抹杀。当然，我们对红颜祸水式的"爱情"的"肯定"也是有限度的，不能矫枉过正而走向另一个极端。基于此，本文认为《史记》中的"红颜祸水"是儿女风情在战争背景下的"另类"叙述。

中国古代的历史著作向来以关注军国大事为己任，它们通古今之变，以有鉴益于当时及后世为目的，对于纯属人生层面的东西，特别是

---

① 司马迁：《史记》第 1 册，中华书局 1982 年版，第 147 页。

② 《集解》引《列女传》曰："膏铜柱，下加之炭，令有罪者行焉，辄堕炭中，妲己笑，名曰砲格之刑。"（司马迁：《史记》第 1 册，中华书局 1982 年版，第 106 页）

对男女之间的爱情是不屑一顾的。史家这样做并没有什么不对，文各有体，文亦各有分工，对个人情感的叙写主要由文学作品来承当，如果我们刻意要求每个历史学家都变成擅长写爱情故事的小说家，那就太没道理了。司马迁显然也是遵循史家的这个著述规则的，《史记》写了许多发生在男女之间的历史故事，甚至还有专门的妇女传《吕太后本纪》和《外戚世家》，① 这些故事绝大部分都是发生在婚姻生活中的夫妇之间。然而，司马迁之所以成为司马迁，就在于他经常做一些不守规矩的事，正因为他不循规蹈矩，《史记》中才有了司马相如与卓文君的恋爱故事。司马相如与卓文君的行为在当时是有违礼教的，可是司马迁却以一种理解与欣赏的态度将之堂而皇之地写入史传，并且写得浓纤宛转，实是后世浩如烟海的才子佳人小说之滥觞。② 司马迁还开了战争爱情叙事的先河：霸王别姬是慷慨悲凉，铁骨柔情；嫩女恋法章，是乱世姻缘，百媚丛生；"红颜祸水"，是孽因罪果，"另类"风情。

特别是霸王别姬作为经典叙事，为后世小说写铁血英雄加柔情美女当了开路先锋，具有重要的文学史意义。唐传奇《虬髯客传》就是较早的具备"英雄儿女"叙事范式的小说，李靖气魄雄大，慷慨爽直，红拂慧眼识英雄并敢于奔就，这篇传奇成了一个美女私奔英雄的浪漫故事。《三国演义》是古代经典的战争小说，其中的"英雄儿女"故事也堪称经典。吕布手中方天戟，胯下赤兔马，万人难敌；貂蝉之美倾国倾城，吕布与貂蝉可谓绝配。周瑜与小乔也演绎了英雄儿女的浪漫风情，他们的浪漫风情令多少文人艳羡不已。近代侠义小说更为"英雄儿女"推波助澜，《绿牡丹》写江湖侠女花碧莲对将门之子骆宏勋的痴情苦恋，文康的小说索性就叫《儿女英雄传》，它写侠女十三妹与安骥的恋情故事。在这些小说中，英雄至性与儿女真情合而为一，它们为后来的

---

① 外戚是指皇帝的母族与妻族，《史记》之《外戚世家》实际上写的是皇后。
② 日本学者吉川幸次郎指出："在中国文献中，以这种形式记载这样的爱情，可以说始于司马相如的传。至此为止的文献中，以恋爱为话题的本来就很稀少。儒家的五经也好，诸子书也好，都以政治问题作为主题，与恋爱无缘。若要在其中勉强举出一些取材于男女之事的例子，那末大概只有《诗经》与《左传》吧。但充斥于《诗经》的，是已婚男女的爱情，《左传》也是把已婚男女间不道德的私通作为应该非难的事记录下来的。记载像相如与文君这样的恋爱故事，相如传记可以说是第一篇。"（吉川幸次郎：《中国诗史》，安徽文艺出版社1986年版，第79页）

武侠小说言情积累了丰富的艺术经验。这种"英雄儿女"叙事模式在金庸为代表的新派武侠小说作品中，更是大行其道，蔚为大观，郭靖与黄蓉，杨过与小龙女，萧峰与阿朱……举不胜举。

司马迁写战争中的爱情，基本上用的还是史家笔法，这主要表现在：这样的爱情叙事数量还很少，叙写都较简略，还没有真正展示出战争爱情叙事的美学风范。就拿"霸王别姬"来说，其笔墨侧重点并非项羽与虞姬之间缠绵悱恻的情事，写霸王别姬也是为了更好地刻画项羽这样一个顶天立地的大英雄形象。但即便如此，司马迁以史家笔法书写烽烟中的爱情，其开创之功不可没，他掀开了战争中最浪漫的感情——爱情的红盖头，开辟了以此揭橥人性的新天地。

第三节　　"原型化"的战争人物刻画艺术

古代有两部写人艺术达到化境的文史著作，文学著作是《红楼梦》，史学著作就是《史记》，它们取得的写人艺术成就，足以惊天地，泣鬼神。本节结合《史记》战争文学的具体实例，在前人研究基础上对司马迁写人艺术手法作进一步的阐发。

一　今人为古人之模特

绝对真实的历史是从来不曾有过的，普通大众所了解的历史是历史家写在历史书中的历史，本来的历史与历史书中的历史之间的关系是原本和摹本、原形和影子的关系。① 钱钟书指出："历史的进程里，过去支配着现在，而历史的写作里，现在支配着过去。"② 钱钟书练就了一双火眼金睛，其眼光之"毒辣"令人叹为观止。历史本身与历史书中

---

① 冯友兰说："严格地说，过去了的东西是不能还原的，看着像是还原的，只是一个影子。历史家所写的历史，是本来历史的一个摹本。向来说好的历史书是'信史'，'信史'这个'史'就是指写的历史。本来历史无所谓信不信，写的历史则有信不信之分，信不信就看其所写的是不是与本来历史相符合。写的历史与本来的历史并不是一回事，其间关系是原本和摹本的关系，是原形和影子的关系。本来历史是客观存在，写的历史是主观的认识。"（冯友兰：《中国哲学史新编》上册，人民出版社1998年版，第2页）按：冯氏观点明显受了柏拉图"摹仿说"的影响。

② 钱钟书：《模糊的镜子》，《人民日报》1988年3月4日。

的历史并不是一回事，二者的生成过程也不相同。由于时间单一向度的物理属性，在历史的进程里，只能是过去支配着现在，只能是过去的人物与事件对现在的人物与事件产生影响。历史是一条笔直向前奔腾不息的河流，它永远也不会断流，这样就形成了代代相继生生不息的人类历史。"人不可能去找到历史，因为那是业已逝去不可重现和复原的，而只能找到关于历史的叙述，或仅仅找到被阐释和编织过的历史。"① 历史家对于历史的"重现和复原"一方面靠前代的文献，另一方面则要靠自己对"现在"的体验去悬想时事，遥体人情，可以说"以今度古"是今人理解历史、书写历史的重要方法。生活在"现在"的历史家在书写历史时，总要受他所处时代的人物、事件、观念等的影响，这些影响有些是显性的，更多的是隐性的，对"现在"的理解会潜移默化地融注于他对历史的书写中。这就是钱钟书所说的在历史的写作里，现在支配着过去。古今史家皆通此道。②

现在不等同于过去，一代有一代的人和事，二者绝然不会雷同，"以今度古"岂不会把历史"现代化"吗？此种顾虑绝非多余，史学领域也确实存在着不少给古人"穿上西装扎上领带"的例子，这也是应该杜绝的现象。然而现在与过去有一点却是根本相同的，这就是基本的人性。人类社会在二三百万年的历史里，物质的东西今非昔比，然而爱恨情仇等基本的人性内核却几乎是亘古不变的。古今同理，人同此道，具有相同人性的古人与今人在行为上就有了共同的根据，这也就使"以今度古"不仅是"必然"的，而且也是"可能"的。

克罗齐有句名言，"一切历史都是当代史"③，格林布拉特也说："不参与的、不作判断的、不将过去与现在联系起来的写作是无任何价

---

① 朱立元：《当代西方文艺理论》，华东师范大学出版社 1997 年版，第 409 页。

② 戴逸先生撰写《中国近代史稿》第一卷的体会可作一个旁证。戴逸说："这部书的较大篇幅是写太平天国，写作过程中，我时时会想到中国共产党领导的农民革命，感到两次农民革命之间存在着明显的联系和类似，但是其内容、特征和结局又很不同。我深深体会到历史发展的连续性、相似性和多样性。我以前学习的革命史知识对我理解太平天国有很大帮助，对历史和现实的理解会相互促进，现实知道得更多，对历史会理解得更深。"（迟云飞：《"勤苦乐迷"，毕生精力献清史——戴逸先生访谈录》，《中国文化研究》2008 年第 3 期）

③ ［英］柯林武德：《历史的观念》，何兆武等译，商务印书馆 1997 年版，第 286 页。

值的。"① 以今人为古人之模特来写历史人物就是司马迁著史的重要方法，下面就以几组战争人物为例加以讨论。君王一旦得了天下，便会着手剪除功臣，历史上就会反复上演"兔死狗烹"的悲剧，司马迁对这样的"规律"是深恶痛绝的。汉代皇帝对功臣之忌刻令人发指，特别是开国皇帝刘邦之于功臣，更令人憎恶。历史具有惊人的相似性，越王勾践之于范蠡和文种，刘邦之于张良和韩信，这两组战争人物如同一个模子刻出来似的。刘邦与勾践都是背信弃义，残害功臣；韩信与文种都是起初称病不朝，后被诬谋反而被杀；张良与范蠡相似性就更多了，二人都是集兵家谋略与道家生存智慧于一身的军师与帝王师，善于明哲保身全身而退，韩兆琦干脆说："范蠡的形象是以张良为模特写出来的。"②《越王勾践世家》写范蠡在灭吴后飘然而去，并给文种写信，信中大谈"兔死狗烹"的道理。文种没有走，后被越王以作乱罪被逼自杀。这些情节，《左传》、《国语》皆不载，我认为这是司马迁有感于时事的发挥。韩兆琦指出："司马迁正是头脑里转着刘邦、韩信与张良，而笔下写出了勾践、文种与范蠡，这是明显的以古讽今。"③ 还可以说，这也是明显的以今度古。从认识论角度而言，或许可以说，历史的惊人相似性渊于历史书写的惊人相似性，以今人为古人之模特来写历史人物，历史人物之间不相似反倒不正常了。

司马迁以秦喻汉，以秦始皇讽汉武帝早被人指出，然而换一种思路，司马迁的这种笔法又何尝不是以汉武帝为原型去写秦始皇呢？《史记》中没有真正意义上的《孝武本纪》，原本《今上本纪》已亡佚，今本《孝武本纪》乃是好事之徒抄录《封禅书》以充数。④ 汉武帝在《史记》中虽然没有真正的传记，但是他的身影在《史记》中几乎无处不在，特别是在他同时代的文臣武将的传记中，我们能时时感受到幕后

---

① ［美］格林布拉特：《回声与惊叹》，康奈尔 1990 年版，第 76 页。
② 韩兆琦、张大可、宋嗣廉：《史记题评与咏史记人物诗》，华文出版社 2005 年版，第126—127 页。
③ 同上书，第 126 页。
④ 钱大昕曰："张晏云此纪（孝武本纪）褚先生补作，予谓褚先生补《史记》，皆取史公所缺，意虽浅近，词无雷同，未有移甲以当乙者也。或晋以后，少孙补篇亦亡，乡里妄人取此以足其数耳。"（韩兆琦编著：《史记笺证》第 2 册，江西人民出版社 2004 年版，第939 页）

有一个虽看不见却神通广大的人物在遥控着前台的人物，这个人物就是汉武帝，把相关各篇的这些影像组合起来，一个形象丰满的汉武帝就站起来了。① 司马迁对汉武帝与秦始皇二人的叙写非常相似：二人都是专制独裁，唯我独尊，残杀重臣；迷信神仙，妄图长生，受方士愚弄；好大喜功，滥用民力，致使战争不断，激起民变；又都是雄才大略，傲视古今。从历史进程看，秦始皇是汉武帝的前驱，秦始皇影响汉武帝；而从历史书写来看，汉武帝则是秦始皇的模特，《今上本纪》是"正册"，《秦始皇本纪》才是"副册"，秦始皇是汉武帝的"影子"，汉武帝才是"真身"。

史家以今人为古人之模特来写历史人物，还是要有一个前提的，这就是史家首先要熟悉"今人"。如果对今人都不甚了了，何谈以今人度古人呢？司马迁就是一位洞明时事，熟谙"今人"的历史家。他对今人的了解，来自他的亲见亲闻，如司马迁见过一代传奇名将李广②，还见过大侠郭解③。司马迁与卫青、霍去病、李陵、李广利这些将领同朝为臣，他是有机会与他们接触的。司马迁做郎中、太史令，后做中书令，经常扈驾，他对汉武帝的了解就更深了。史家撰史仅仅了解今人是不够的，还要通过多种方式了解古人，除了传世文献，通过游历进行考察访问也是司马迁了解"古人"的一种重要方式。司马迁从周生口中知道项羽是重瞳子④，司马迁到沛实地考察，樊哙的孙子樊他广向他介绍了其先辈未起家时的情形⑤，平原君朱建之子向他讲了郦食其的事

---

① 参见王立群《王立群读〈史记〉之汉武帝·后记》，长江文艺出版社2007年版。

② 《李将军列传》太史公曰："余睹李将军悛悛如鄙人，口不能道辞。"（司马迁：《史记》第9册，中华书局1982年版，第2878页）

③ 《游侠列传》太史公曰："吾视郭解，状貌不及中人，言语不足采者。"（司马迁：《史记》第10册，中华书局1982年版，第3189页）

④ 《项羽本纪》太史公曰："吾闻之周生曰'舜目盖重瞳子'，又闻项羽亦重瞳子。"（司马迁：《史记》第1册，中华书局1982年版，第338页）

⑤ 《樊郦滕灌列传》太史公曰："吾适丰沛，问其遗老，观故萧、曹、樊哙、滕公之家，及其素，异哉所闻！方其鼓刀屠狗卖缯之时，岂自知附骥之尾，垂名汉廷，德流子孙哉？余与他广通，为言高祖功臣之兴时若此云。"（司马迁：《史记》第8册，中华书局1982年版，第2673页）

情①，苏建向他评说了卫青之为人②，司马迁到韩信故里，访得韩信少有异志③。此外《五帝本纪》《魏世家》《魏公子列传》《蒙恬列传》中司马迁都自述考察古战场凭吊古代战争人物。④ 通过观看图像也是司马迁认识古人的一种方式，司马迁看到过张良的画像，感叹不能以貌取人⑤。这些田野考察与访问，加深了司马迁对古代人物的感性认识，有了对"今人"及"古人"的真切了解，司马迁的"以今度古"就有了可靠依据，而不致流于凭空想象。

历史家撰写历史不能不受其所处时代的影响，以今度古去书写历史不仅是可能的而且是必然的。然而如同任何事物必须在一定的"度"内存在才有价值，以今度古如果过度就会厚诬古人，使古人现代化，甚至使古代史变成了当代史。而如果运用得当，对历史和现实的理解会相互促进，笔下的历史才会更具现实意义与历史意义。司马迁就很善于把握这种"度"，从这个意义上讲，作为三千年通史的《史记》之所以精彩，是渊于百年秦汉史的精彩，百年秦汉史不仅是《史记》最精彩的段落，也是促使先秦历史精彩的"外在原因"。正因为司马迁的现代史写得好，他才会把古代史写得好，如果对现代史的理解就"昏昏然"，那么很难想象对古代史的书写会"昭昭然"。从时间上看这似乎是前后颠倒，从内在逻辑上却自有其道理。

以今度古与借古讽今是同一事物的两个向度。历史写作的手段是以今度古，而历史写作的目的则是以古讽今。卡尔·波普尔说："不可能

---

① 《郦生陆贾列传》太史公曰："平原君子与余善，是以得具论之。"（司马迁：《史记》第 8 册，中华书局 1982 年版，第 2705 页）按：王国维、顾颉刚认为平原君行年远在司马迁前，故此处之"余"应为司马谈，故该篇也很有可能出自司马谈之手。

② 《卫将军骠骑列传》太史公曰："苏建语余曰：吾尝责大将军至尊重，而天下之贤大夫毋称焉，愿将军观古名将所招选择贤者，勉之哉。"（司马迁：《史记》第 9 册，中华书局 1982 年版，第 2946 页）

③ 《淮阴侯列传》太史公曰："吾如淮阴，淮阴人为余言，韩信虽为布衣时，其志与众异。其母死，贫无以葬，然乃行营高敞地，令其旁可置万家。余视其母冢，良然。"（司马迁：《史记》第 8 册，中华书局 1982 年版，第 2629—2630 页）

④ 参看本书第一章第二节"从感性经验到历史理性的升华"部分相关内容。

⑤ 《留侯世家》太史公曰："余以为其人计魁梧奇伟，至见其图，状貌如妇人好女。盖孔子曰：'以貌取人，失之子羽。'留侯亦云。"（司马迁：《史记》第 6 册，中华书局 1982 年版，第 2049 页）

有一部'真正如实表现过去'的历史，只能有各种历史的解释，而且没有一种解释是最后的解释，因此每一代人有权利去作出自己的解释。……历史虽然没有目的，但我们能把这些目的加在历史上面；历史虽然没有意义，但我们能给它一种意义。"① 孔子的"春秋笔法"，司马迁的"寓论断于叙事之中"，何尝不都是对历史的一种解释，何尝不都是在赋予历史一种意义呢？只不过史家的这种做法，我们更习惯地称之为"以古讽今"罢了。写勾践屠戮功臣是讽刘邦，写秦始皇好大喜功，任用酷吏，封禅求仙是讽汉武帝，写武姜、郑庄公、共叔段在隐指窦太后、汉景帝、梁孝王，"《白起王翦列传》中，一个因坑降作为赐死的理由，一个因三世为将作为必败的原因，这统统是以不成其为理由的理由作说词，而且又都隐指着李广、李陵之遭遇"②。如此等等，不胜枚举。值得注意的是借古讽今如果走过了头，就会沦为庸俗的影射史学，这早已被人们所唾弃，用这样的"借古讽今"写成的史书时过境迁，很快就会被扔到历史的垃圾堆中。司马迁无论运用"以今度古"还是"借古讽今"，都能恰如其分，这也是大史学家区别于一般史学家的地方。

二　战争视角，因人运文

《史记》是一部展现众生相的大书，各色人等在书中都有自己的位置，司马迁都能把握各种人物的性格特征以穷其形，尽其相。如先秦诸子的宏阔深邃，循吏的清廉正直，酷吏的严苛残酷，医者的妙手回春，商人的崇利羞贫，游侠的以武犯禁，滑稽的机智圆滑，策士的滔滔雄辩，佞幸的曲意逢迎，"儒者"的曲学阿世，刺客的慷慨激烈……这些人物各有各的性情。司马迁写战争人物亦是如此，从战争视角突出人物的个性，人尽其情，文尽其妙。司马迁把帝王放在道德与军事的双重视域里进行考量，圣君的仁者无敌，暴君的残酷暴烈，雄主的雄才大略，庸主的昏庸无能，都是性格鲜明。军师则是神机妙算，有仙风道骨，是战场上的闲云野鹤。司马迁用智、信、仁、勇、严的"五德"标准来

---

① [英]卡尔·波普尔：《公开社会及其敌人》第2卷，伦敦1957年版，第259—260页。

② 李长之：《司马迁之人格与风格》，生活·读书·新知三联书店1984年版，第248页。

审视战将，智型战将是工谋通变，信型战将是赏罚严明，仁型战将是仁爱宽善，勇型战将是骁勇果敢，严型战将是严整不苟，各有各的面目。同样是武将，司马迁也写出了同中之异，如韩信作战是军事学识的运用，项羽作战是凭才气，而卫将军、霍去病和匈奴作战那就是凭运气了。同样是写战争人物的失意，司马迁写项羽之败是由于太刚必折，写李广之败是一个才气不能发展的人之抑郁，写信陵之败却是一个没受过挫折的人逢到不可抵抗的打击。① 司马迁以普遍的人性为底色，以战争为视角，写出了"战争人物"之所以是"战争"人物之所在。司马迁在写战争人物的时候，可能并没有强化"战争特色"的意识，而是把他们放在宏阔的历史背景中在战争的舞台上展现复杂的历史与人的命运，但就是在这无意间，一个个鲜活的生命还是以"战争人物"的姿态呈现在了读者面前。他们都与战争息息相关，或是战争的导演者、决策者，或是战争的谋划者，或是战争的执行者，这些人成就了一个个战争神话。战争因为他们的"参与"而绚丽多姿，他们的生命也因为战争的磨砺而显得厚重坚实。

司马迁是工于写人的一代宗匠，手中的笔像雕塑家的刻刀塑造了一座又一座永不剥蚀的历史人物雕像。无数历史人物因为司马迁的笔而成为不朽，他们的肉体虽然早已化作泥土与草木同朽，然而他们的形象千载而下仍是生龙活虎，欲跃纸而出。司马迁每写一种人便有一种笔仗，甚至每写一个人便成一种文字。冯班说："《史记》叙事，如水之傅器，方圆深浅，皆自然相应。"（《纯吟杂录》卷六）司马迁写人叙事，都能够根据具体内容创造出与其相适应的形式，从而达到"文如其所写之人"、"文如其所写之事"的境界。

司马迁写人如水之傅器，随遇成形，写战争人物亦是如此。对此前人多有发抉。吴见思评《刺客列传》曰："刺客是天壤间第一种激烈人，刺客传是《史记》中第一种激烈文字。故至今浅读之，而须眉四照；深读之，则刻骨十分。史公遇一种题，便成一种文字，所以独雄千

---

① 参见李长之《司马迁之人格与风格》，生活·读书·新知三联书店 1984 年版，第302 页。

古。"① 项羽、刘邦同为龙腾虎跳的一代雄主，而两本纪文风不同，有井范平曰："《项羽纪》奔腾澎湃，《高祖纪》汪洋广阔，笔仗不同，各肖其人，可谓文章有神矣。"（《史记平林补标》）② 袁盎与晁错在七国之乱时是冤家对头，且性格相似，虽是两人却用相同笔法，吴见思曰："此传（《袁盎晁错列传》）兀立两扇，因时事相合，遂牵冤家作一传写。细看来，刻削阴鸷，盎、错原是一种人，史公亦用一样笔法。"③更为神妙的是《曹相国世家》的笔法，曹参出将入相前后为两种人，文章便有两种笔样。李景星云："曹相国参前后似两截人，而太史公作世家亦前后分两截叙。前写战功，活画出一个名将；后写治国，又活画出一个名相。似此人品，方可称出入将相本领；似此笔法，乃能传真正将相事业，岂非天辟异境！至前半写战功处，屡用'取之'、'破之'、'击之'、'攻之'等字，迭顿回应作章法，峭利森严，咄咄逼人。秦以前无此体，汉以后亦无此笔，真是千古绝调！赞语亦分将相两半写，抑扬转折，风神独远。"④ 司马迁写战争人物每写一人，每用一种文法，每成一片境界。伍子胥刚戾忍诟，弃小义而雪大耻，《伍子胥传》则是一篇极"怨毒"极阴惨之文字。张仪、苏秦，口若悬河，滔滔不绝，二人之传则纵横捭阖，滚滚滔滔。白起、王翦二将，一个在长平之战坑赵卒四十万，一个率六十万大军灭楚，二人用兵惊天动地，从二人合传文字中也仿佛能听到万马的嘶鸣，震天的杀声。秦始皇前半生横扫六合一统天下，后半生好大喜功，迷信神仙，残酷暴烈，《秦始皇本纪》前半截文气则势如破竹，摧枯拉朽，后半截则是高古卓劲，幻离阴惨。张良其计神鬼莫测，其人则仙风道骨，《留侯世家》便扑朔迷离，云蒸雾罩，直可作列仙传。李广神勇剽悍，英雄不遇，《李广传》便如塞外秋风鼓荡，凄清悲凉。

司马迁写人的笔意神出鬼没，每个人有每个人的面孔，每文亦有与

---

① 吴见思、李景星：《史记论文·史记评议》，陆永品点校，上海古籍出版社 2008 年版，第 52 页。

② 韩兆琦编著：《史记笺证》第 2 册，江西人民出版社 2004 年版，第 752 页。

③ 吴见思、李景星：《史记论文·史记评议》，陆永品点校，上海古籍出版社 2008 年版，第 60—61 页。

④ 李景星：《四史评议》，岳麓书社 1986 年版，第 53—54 页。

其所写之人相对应的笔法与风格。李长之指出：

> 司马迁尽量求他的文章之风格和他的文章中之人物性格相符
> 合。卜封（Buffon）所谓的"文如其人"，我们已不足以拿来批评
> 司马迁了，我们却应该说是"文如其所写之人"。司马迁的风格之
> 丰富简直是一个奇迹，而每一种风格的变换都以内容为转移。①

李长之在这里提出两个概念，一个是"文如其人"，再一个是"文
如其所写之人"。先说《史记》的"文如其人"。文如其人是说作家的
生命人格会投射到他所写的作品中，风格即人，文章的风格如同作家的
性格，从作品可看出作家的人格与性情，甚至在某种程度上作品就是作
家的"自传"。《史记》中的《太史公自序》是司马迁自传自不待言，
其他个别篇章如《屈原贾生列传》中也有司马迁的影子，如李景星所
云："以抑郁难遏之气，写怀才不遇之感，岂独屈贾两人合传，直作屈、
贾、司马三人合传读可也。"② 不只是个别篇目，乃至整部《史记》都
渗透着司马迁的生命体验，《史记》中有他的悲与愤，苦与痛，思与
悟。"我们更必须注意《史记》在是一部历史书之外，又是一部文艺创
作，从来的史书没有像它这样具有作者个人的色彩的。其中有他自己的
生活经验，生活背景，有他自己的情感作用，有他自己的肺腑和心肠。
所以这不但是一部包括古今上下的史书，而且是司马迁自己的一部绝好
传记。"③ 司马迁有了这样的人格，《史记》才会有了这样的风格，司马
迁的人格与《史记》的风格是"二而一、一而二"的关系，二者紧密
相连难于分割。再说《史记》的"文如其所写之人"，一般的作家都是
能够做到"文如其人"，只有少数的大家才能做到"文如其所写之人"，
司马迁就是其中的佼佼者。司马迁沉入历史的河床，走进历史人物灵魂
深处，用自己的生命触摸历史，用自己的魂魄感悟人物，司马迁的心脏
与古人的心脏一起律动。我们可以想象司马迁撰写《史记》进入状态

---

① 李长之：《司马迁之人格与风格》，生活·读书·新知三联书店 1984 年版，第 238 页。
② 李景星：《四史评议》，岳麓书社 1986 年版，第 77 页。
③ 李长之：《司马迁之人格与风格》，生活·读书·新知三联书店 1984 年版，第 220 页。

后，会达到一种物我两忘、物我融一的迷狂境界。经过这样强烈的生命共鸣，表面上是司马迁在写历史，而在某种意义上是历史人物在借司马迁手中的笔书写他们自己的历史。每个历史人物都有自己的人生轨迹与生命特征，每个人又都有自家的文章风格，这样写出的历史就会呈现出另一种意义上的"文如其人"，即文如其所写之人，历史人物借司马迁手中的笔得以"再生"与"还魂"。

"文如其所写之人"的效果也是司马迁"因人运文"自觉追求的结果。① 所谓因人运文，是说先有历史人物如此，司马迁根据每个人物的生命神韵，计算出一篇与人物生命特征相符契的文章来。司马迁这样做虽然非常辛苦，但却取得了文如其所写之人的艺术效果。后世读者也被不同风格的文章和不同的生命境界深深打动，如茅坤曰："今人读《游侠传》即欲轻生，读《屈原贾谊传》即欲流涕，读《庄周》、《鲁仲连传》即欲遗世，读《李广传》即欲立斗，读《石建传》即欲俯躬，读《信陵》、《平原君传》即欲养士，若此者何哉？盖各得其物之情，而肆于心故也，而固非区区字句之激射者也。"（《茅鹿门先生文集》卷三十《评司马子长诸家文》）② 《史记》各篇传记结构形式与风格万紫千红，表现出司马迁惊人的创造力。

司马迁注意从战争视角观照战争人物，因人运文，文因人生，人人自具面目，篇篇自具笔仗。《史记》不仅做到了"文如其人"，更达到了"文如其所写之人"的艺术境界。

三　从"历史典型"到"历史原型"

司马迁以写人来写史，以写人来写战，每个人物都具有很强的历史涵盖性。他们既是真实存在的独立个体，又是历史上某一类人物的代表，"这一个"代表着"这一类"的精神本质。司马迁写人，"已经不止于对特定历史人物单纯地'实录'，而确确实实有了多方面的典型化的加工因素，但这个典型化，又没脱离'实录'的轨道。这种写人，既与一般史传区别开来，又与小说等纯文学创作区别开来，充分体现出

---

① 金圣叹曾将《史记》与《水浒》作过比较，他说《史记》是"以文运事"，《水浒》是"因文生事"。本文"因人运文"是对金圣叹"以文运事"、"因文生事"二语的化用。

② 杨燕起、陈可青、赖长扬汇辑：《史记集评》，华文出版社 2005 年版，第 172 页。

传记文学典型化的独具特点。"① 司马迁写人有一套行之有效的途径与
方法，可永雪把它概括为"一条道路"和"多种手段"。一条道路就是
从实录到典型化的道路②，多种手段包括选择传主、提炼主题、类传和
合传、互见法，以及增润生发，补缺申隐、脱胎换骨、移花接木等。③
司马迁以他的生花妙笔化解了历史的真实性与文学的典型性之间的内在
矛盾，他戴着历史的"镣铐"，却跳出了传记文学最美的"舞蹈"。

《史记》中的大部分人物都堪称典型，他们虽死犹生，呼之欲出，
即使同一类人物，也是各具面目，绝不雷同，如日人斋藤正谦所说：
"子长同叙智者，子房有子房风姿，陈平有陈平风姿；同叙勇者，廉颇
有廉颇面目，樊哙有樊哙面目；同叙刺客，豫让之与专诸，聂政之与荆
轲，才出一语，乃觉口气各不同。《高祖本纪》见宽仁之气动于纸上，
《项羽本纪》觉喑噁叱咤来薄人。"④《史记》中包括战争人物在内的许
多历史人物，借史迁之笔都成了永垂不朽的"这一个"。

人们对《史记》人物典型化的研究已经非常深入细致了，可是对
《史记》人物的"原型化"的讨论，却鲜闻其声。美国汉学家浦安迪指
出，正如植根于西方人灵魂深处的"普罗米修斯精神"、"阿波罗精
神"、"缪斯精神"等无不源出于古希腊的神话与史诗，中国古典长篇
小说中的典型人物的内心世界也处处于《史记》中突现的"荆轲精
神"、"伍子胥精神"、"孟尝君精神"等遥相暗合。⑤ 浦安迪的观点给
本文提出《史记》人物的"原型化"这一命题以启示。

原型批评是西方文论中的一个重要流派，它以瑞士荣格的精神分析
学、英国弗雷泽的人类学为两大理论支柱。荣格在弗洛伊德的个体无意
识理论的基础上提出集体无意识理论。荣格说："集体无意识是人类心
理的一部分，它可以依据下述事实而同个体无意识做否定的区别：它不

---

① 可永雪：《〈史记〉文学成就论说·改版前言》，内蒙古大学出版社 2001 年版，第
2 页。

② "从实录到典型化"这一命题最早由季镇淮提出，参见季镇淮《司马迁是怎样写历史
人物传记的——从"实录"到典型化》，《语文学习》1956 年 8 月号。

③ 参见可永雪《〈史记〉文学成就论说》，内蒙古大学出版社 2001 年版，第 125—
150 页。

④ 韩兆琦编著：《史记笺证》第 9 册，江西人民出版社 2004 年版，第 6505 页。

⑤ 参见［美］浦安迪《中国叙事学》，北京大学出版社 1996 年版。

像个体无意识那样依赖个体经验而存在，因而不是一种个人的心理财富。个体无意识主要是由那些曾经被意识但又因遗忘或抑制而从意识中消失的内容所构成的，而集体无意识的内容却从不在意识中，因此从来不曾为单个人所独有，它的存在毫无例外地要经过遗传。个体无意识的绝大部分由'情结'所组成，而集体无意识主要是由'原型'所组成的。"① 荣格把集体无意识的内容称作原型，原型是"自从远古时代就已存在的普遍意象"②，它是靠遗传而传承的一种"种族的记忆"，积淀着深厚而稳固的民族心理体验。原型批评特别关注文艺作品中反复出现的各种意象、叙事结构、人物类型，期望找出隐藏在其背后的内在模式。而弗雷泽的人类学研究和其他学者的神话研究又为原型批评提供了可资利用的理论资源。神话是人类集体无意识的综合表现，蕴含着大量的原型，因此，原型批评也被称作神话原型批评。

用原型批评理论观照《史记》中的人物形象，我们会发现他们身上具备原型的许多重要特征，他们虽然不是"神话原型"，但却是已融于民族血脉中的"历史原型"。《史记》中的许多人物形象脍炙人口，深入人心，他们身上所体现的民族精神已沉潜到中华文化长河的底层，集中折射了我们民族共同的心理体验，深刻地锻造了民族性格。一些人物身上所具备的文化精神已经变成了中华民族的集体无意识，对中国文学乃至中华文明都产生了极其深远的影响，可以说《史记》的"历史原型"在很大程度上发挥着"神话原型"的效力。一方面，中国不像古希腊那样神话发达，保存下来的神话非常零碎，《诗经》《楚辞》《左传》《国语》《逸周书》《庄子》《吕氏春秋》《淮南子》《山海经》都或多或少地保存着一些神话资料，但这些神话不成体系，除了《山海经》记载神话较为集中外，其他则是零星散见，往往只是片段。更由于儒家对神话的排斥态度，神话在中华文化中的地位与作用远没有西方神话那么大，"一些学者索性认为，研究中国叙事文学可以不必注意本国的那些没有形成系统形态的古神话，因为它们对于中国文学的影响并不

---

① 叶舒宪：《神话——原型批评》，陕西师范大学出版社 1987 年版，第 104 页。
② ［瑞士］荣格：《卡尔·荣格主要著作选》，纽约 1959 年版，第 288 页。

显著"①。因此在西方文学中穿透力极强的"神话原型"在中国文学中
就显得苍白无力。另一方面，神话原型的疲软，还在于历史原型的虎视
眈眈，实际上神话原型已被历史原型所取代，神话原型的穿透力也已经
拱手让给了历史原型。这是因为在中华文明中"历史"的地位要远远
高于"神话"，在世界上几乎很难再找到像中国如此重视历史的国家。
泱泱大观的二十五史，再加上浩如烟海的野史，这些都深深地塑造着民
族的历史理性精神。李长之说："常有人说中国没有史诗，这仿佛是中
国文学史上一件大憾事似的，但我认为这件大憾事已经由一个人给弥补
起来了，这就是两千年前的司马迁。……诚然以形式论，他没有采取荷
马式的叙事诗，但以精神论，他实在发挥了史诗性的文艺之本质。"②
浦安迪也说："史书在中国文化中的地位有类似于史诗的功能，中国文
学中虽然没有荷马，却有司马迁。《史记》既能'笼万物于形内'，有
类似于史诗的包罗万象的宏观感（sense of monumentality），又醉心于经
营一篇篇个人的'列传'，而令人油然想起史诗中对一个个英雄的看法
的描绘，从而无愧于古代文化大集成的浓缩体现。我们甚至可以这样
说，中国古代虽然没有'史诗'，却有史诗的'美学理想'。这样'美
学理想'就寄寓于'史'的形式之中而后启来者。"③ 李长之与浦安迪
都认为，《史记》虽然在形式上不是史诗，但都体现着史诗的美学理
想，其实还可以进一步说，《史记》虽然不是神话，但却在一定程度上
发挥着神话的美学功用。从西周开始，夏商时期的巫术宗教文化就让位
于礼乐文化，周代崇礼重德的理性精神成了文化的主流，从此中国进入
关注历史、重视人生的理性文明阶段。史官文化在周代空前繁荣，春秋
时期各国都有史书，鲁国《春秋》是其中的代表，后来又有了《左传》
《国语》《战国策》等历史典籍，《史记》就是在这样深厚的历史文化土
壤中产生的集大成之作，它把由来已久的史官文化推向了巅峰。先秦以
来华夏民族强烈的历史意识滋养了《史记》，反过来《史记》以其空前
绝后的气魄又进一步强化了我们民族无与伦比的历史情结。对于受了儒

---

① ［美］浦安迪：《中国叙事学》，北京大学出版社 1996 年版，第 39 页。
② 李长之：《司马迁之人格与风格》，生活·读书·新知三联书店 1984 年版，第 300 页。
③ ［美］浦安迪：《中国叙事学》，北京大学出版社 1996 年版，第 30 页。

家理性精神规范的华夏民族来说，神话是荒诞不稽的，有些"不雅驯"的神话虽然有幸入了史家的法眼，但却逃脱不掉历史化的命运，司马迁就是我国"古代神话的整理与改造者""又是我国神话历史化的集大成者和最后完成者"①。

《史记》中塑造得成功的人物，不仅成了历史典型，而且成了历史原型。本文所说的历史原型，是指历史著作中那些具有巨大的历史涵盖性，体现着丰厚深沉的民族文化精神，具有极强的时空穿透力并对后世历史人物与文学形象具有规范作用的典型人物形象。下面就对《史记》中的战争人物原型进行考察。

黄帝是《史记》开篇第一人，他不但被司马迁确立为我们民族的人文初祖，而且还是我国战争文化的开山鼻祖。如黄潜所云："《史记》书轩辕与炎帝战于阪泉之野，诸侯咸尊轩辕为天子，代神农氏，是为黄帝。审如其说，则以征伐得天下自黄帝始矣。"（《日损斋笔记·辨史十六则》）② 黄帝与蚩尤曾经被后人作为战神加以供奉，战前加以祭祀，可以说，是黄帝拉开了中国战争文化的大幕。黄帝大战炎帝，擒杀蚩尤，靠的是"修德振兵"，这也奠定了我国战争文化德兵兼修、以德统兵的传统。黄帝的名字已经成为一个符号，是民族历史的象征，也是战争文化的缩影。对黄帝的认同与崇拜已经成为中华民族的集体无意识，说黄帝是《史记》战争人物第一原型恐不为过。

刘邦堪称"雄主"的历史原型。刘邦戎马倥偬，规模宏远，是杰出的军事战略家。他深谙御人之道，一生的本事全在用人，萧何、韩信、张良等杰出军事人才都在其掌控之中。他既豁达大度，又狠毒忌刻；既有英雄的风采，也有无赖的本色。刘邦是汉以前历代雄主集大成式的人物，从刘邦身上可以看到许多雄主的影子。殷契是简狄吞玄鸟之卵而生，周代后稷是姜原践巨人迹而孕，秦人祖先大业也是其母吞卵所生，而刘邦则是刘媪"梦与神遇"所生，这些或是神话，或是后人所附会，抑或是帝王们的自我神化，总之出生的不同凡响是帝王"应有"

① 陈兰村：《〈史记〉与古代神话》，《陕西师范大学学报》1988 年增刊。
② 杨燕起、陈可青、赖长扬汇辑：《史记集评》，华文出版社 2005 年版，第 269—270 页。

的先天特征。刘邦更是变本加厉，又编造出斩白蛇，头上有天子气的故事来建构天生帝王的神话。陈涉起自草莽，胸怀鸿鹄之志，揭竿而起，刘邦出身亭长，看到秦始皇的威仪时嗟叹："大丈夫当如此也！"其抱负已露端倪，而后也敢于在风起云涌的秦末乱局中拉旗竖柳。齐桓公尊王攘夷，刘邦祖哭义帝，扛着义帝旗号以伐项羽；秦穆公知错就改，刘邦也是不讳过错从谏如流；郑庄公伐弟禁母，刘邦抛子弃女，甚至还耍无赖地说出："吾翁即若翁，必欲烹而翁，则幸分我一杯羹。"① 勾践屠杀功臣，刘邦是卸磨杀驴。《史记》中刘邦的形象涵盖了前代许多君王的性格特征，刘邦的性格具有很大的包容性与典型性。同时刘邦不仅是"继往型"的历史形象，还是"开来型"的历史形象，从精神本质而言，后世不少帝王的祖先应是汉高祖，曹操就是刘邦"最肖的子孙"。曹操在少年时也如刘邦，不事生产，狡猾无赖；举事后心怀大志，工于权谋，深通驭人之术；表面豁达大度，实际上又疑心很重。曹操第一次见荀彧大悦曰："吾之子房也。"② 曹操夸赞许褚说："此吾樊哙也。"③《三国演义》第十回与第十四回也分别采录《三国志》中曹操的原话④，毛宗岗分别批道，"隐然以高祖自待""又隐然以高祖自待"。《资治通鉴》卷六十三与《三国演义》第三十回都写曹操跣出以迎许攸，毛宗岗评曰："高祖踞床洗足而见英布，是过为傲慢以挫其气；曹操披衣跣足而迎许攸，是过为殷勤以悦其心。一则善驾驭，一则善结纳，其术不同，而其能用人则同也。"⑤ 曹操到袁绍墓前而哭，不仅使我们想到刘邦在项羽墓前之哭，曹操喜怒异于常人似乎也有刘邦的影子。刘邦好色，曹操亦然。他们都堪称乱世之奸臣，治世之能主。此外明太祖朱元璋也很像刘邦，他是平民出身，靠着自强不息的奋斗当上了皇帝，当了皇帝后也学得刘邦残杀功臣的本事。《史记》中刘邦的形象是一个里程碑，既是对前代帝王形象的集成，又是后代帝王的先驱，后代不少帝王身上都有刘邦的性格基因。

---

① 司马迁：《史记》第 1 册，中华书局 1982 年版，第 328 页。
② 陈寿：《三国志》第 2 册，中华书局 1982 年版，第 308 页。
③ 同上书，第 542 页。
④ 一个是"此吾之子房也"，一个作"子真吾之樊哙也"。
⑤ 罗贯中：《三国演义》，毛宗岗批，齐鲁书社 1991 年版。

张良是军师的历史原型。张良之前的军师有姜太公、范蠡、孙膑，《史记》中的张良形象融众家之长，军师的特征在张良身上体现得最为充分。姜太公与孙膑都是帝王师，张良几乎也快成了刘邦的精神导师，每到关键时刻都为刘邦指点迷津，一锤定乾坤。张良有孙膑的料事如神，他每出奇计，皆计到功成，应验不爽。张良学得范蠡的功成身退，才免遭兔死狗烹的厄运。圯上老人授以兵书以及十三年后的"黄石之遇"，又使张良身上蒙上了神秘色彩。张良本人又精于黄老之术，练习辟谷，在《史记》军师人物系列中张良是"仙气"最重的一个，《留侯世家》也几乎可与《老子列传》一起当"列仙传"来读。而凌空高蹈，仙风道骨则是军师必须具备的基本风度。军师不仅要有奇谋，自己更要是奇人，奇计与奇人集于一身的张良就自然成了军师的历史原型。如陈桐生所云："《史记·留侯世家》奠定了熔兵家、道教智慧为一炉的军师人物模式。后代文学作品中有关军师人物形象的塑造，往往都自觉地遵循这一模式……这说明《史记·留侯世家》中的军师模式已经为民族审美心理所接受，由此塑造出具有相同特征的军师形象系列。"① 古代文学作品中的军师系列里有《三国演义》中的诸葛亮，《水浒传》中的吴用，《说唐全传》中的徐茂公，《英烈传》中的刘伯温，《粉妆楼》中的谢元。这些军师们个个都是能掐会算，本来是入世之人，却往往是道士打扮，在形象气质上有惊人的相似性。更为重要的是具备基本相同的文化心理，儒家之抱负，兵家之谋略，道家之智慧，道教之风度集于一身。

抗侵御侮而又命运多奇②的历史原型非李广莫属。一部中国史既是多民族融合的历史，又是农业民族与游牧民族争战的历史。汉族以农业为本，所处地理环境较宜人居，经济文化发达，而以游牧为生的北方少数民族，所处地理环境恶劣，游牧民族为了自身的生存与发展，向南掠夺就成了他们的一种生存策略。骑马弯弓的游牧民族虽然在经济文化上相对落后，但是在军事上经常胜过手拿锄头的汉民族。这样的争战绵延数千年，汉民族涌现出许多可歌可泣的抗击异族侵略的名将。赵国之李

① 陈桐生：《〈史记〉名篇述论稿》，汕头大学出版社1996年版，第78页。
② 奇：jī 不偶，不逢时。

牧，秦朝之蒙恬，都是李广的前辈，他们北击匈奴，使匈奴望风而走，他们却都不得善终，为奸佞所害。李广之为将有三大特点：武艺高强，作战勇敢；不贪钱财，仁爱士卒；治军简易，号令不烦。李广不仅在士卒与百姓中有崇高的威望，"及死之日，天下知与不知，皆为尽哀"①，而且也赢得敌人的尊敬，匈奴人号之曰"飞将军"，他所驻防之地，匈奴避之数岁而不敢侵。然而就是这样一位才气无双的名将，却是命运不济，终其一生不得封侯，最后义不受辱而自刎身亡。类似李广的名将，历代不乏余响。北宋有抗击契丹，碰死在李陵碑前的杨继业。南宋有岳飞，女真人感叹"撼山易，撼岳家军难"，最后竟以"莫须有"的罪名惨死在风波亭。明代有令满州八旗铁骑望而却步的袁崇焕，他最后落得个凌迟处死的下场。他们与李广虽然时代不同，性情各异，人生道路也不尽相仿，但在抗敌御侮，命运多奇方面却有着惊人的相似，从精神本质而言，他们都是李广的隔代知音，都是飞将军的真正传人。

《史记》战争人物系列中能称作历史原型的还有一些，如夏桀、商纣、秦始皇是"暴君原型"，妲己与褒姒是红颜祸水的代名词，赵高则是后世品行不端、祸国殃民的太监的祖师爷，陈涉是揭竿而起的农民起义领袖原型。廉颇是忠勇的"老将原型"，从赵充国、黄忠、黄盖、老赵云身上可以看到廉颇披挂上马尚亦可用的劲头。赵括是"纸上谈兵的原型"，马谡是其后世子孙。项羽是叱咤风云的"霸王原型"，三国时期孙策就号称"小霸王"，骁勇无双。从张飞、程咬金、孟良、牛皋、胡大海身上可以看到樊哙的影子。曹参是"出将入相的原型"。关羽的高傲似乎是韩信性格的遗传。《史记》中的历史原型琳琅满目，多姿多彩，不论后来历史人物还是文学人物，大多都能在《史记》中"认祖归宗"。

当然，并不是《史记》中的所有人物都是历史原型，真正能称作历史原型的也只是那么几十个。也并非所有的典型就能顺理成章地"升格"为原型，成为原型的条件要比成为典型的条件高得多。原型首先必须是典型，但典型并不一定是原型，只有那些已经在历史长河中沉淀为文化符号的典型，才会最终成为原型。其一，原型不是哪个人的追封，

---

① 司马迁：《史记》第9册，中华书局1982年版，第2878页。

而是历史的选择，要成为原型的典型必须要有"资历"，产生较晚的典型是不可能成为原型的。《三国演义》中的诸葛亮形象与张良相比是青出于蓝而胜于蓝，罗贯中在塑造诸葛亮形象时吸纳了前辈军师形象的特点，还把《史记》中不少人物的长处集中放在了诸葛亮一人身上，"如在善于治国的政治才干方面，诸葛亮似管仲；在长于治军的军事才能方面，诸葛亮似乐毅；在运筹帷幄之中，决胜千里之外的谋略方面，诸葛亮似张良；在能言善辩，勇折群儒方面，诸葛亮又似张仪、苏秦。"①《三国演义》中作为文学形象的诸葛亮集历代军师形象之大成，但因其成书年代远晚于《史记》，所以诸葛亮还不能成为军师形象的历史原型，充其量还只是军师形象的典型。另外，《三国演义》虽然说是"七分实事、三分虚构"，但从严格意义上讲，《三国演义》中的诸葛亮终究还是文学典型，并非历史典型。而《三国志》中作为历史典型的诸葛亮的才能主要是治国安邦，军师之任又非其所长。《三国志·诸葛亮传》说："亮才于治戎为长，奇谋为短，理民之干，优于将略。"②因为张良形象的"资历"远比《三国演义》中诸葛亮形象老，所以是张良成了军师形象的原型，而非诸葛亮。其二，原型还要具备集大成的特征。姜太公、范蠡、孙膑虽然都比张良早，但在集大成方面都要比张良逊色，张良是位既"继往"更"开来"的历史典型，他像一个醒目的里程碑矗立在军师形象的发展历程上。

《史记》之所以能产生这么多的历史原型，这不仅是由史书在中国文化中的特殊地位决定的，更由于《史记》在建构中华民族的集体记忆，塑造民族精神中发挥的独特作用所决定的。《史记》是百科全书式的巨著，是中华文明的大总结，司马迁在《史记》中对民族性格作了全面深入细致的解剖，写得极为成功的几十个历史原型，经过两千多年岁月的涤荡，已经成为精神象征与文化符号。后世与《史记》中的历史原型似曾相识的面孔的产生，都与这种集体无意识有关。这些面孔又可分为两类，一类是真有其人的历史人物，这些人物一出生下来就掉进了包括《史记》在内的历史文化的汪洋大海中，《史记》历史原型在潜

---

① 俞樟华：《简说〈史记〉对〈三国演义〉的影响》，《语文学刊》1994 年第 2 期。
② 陈寿：《三国志》第 4 册，中华书局 1982 年版，第 930 页。

移默化中哺育了一代又一代的战争人物。由于资质与历史机缘的不同，有的成了刘邦式的雄主，有的成了张良式的军师，还有的可能成了李广式的英雄……另一类是作家在作品中虚构出的文学形象，这些形象有的是作家对《史记》写人手法的自觉模仿的结果，而有的则是后世作家与司马迁的不谋而合——《史记》塑造民族性格的影响力已经"格式化"了后世作家的文化心理。

原型的美学冲击力是巨大的，"一旦原型的情境发生，我们会突然获得一种不寻常的轻松感，仿佛被一种强大的力量运载或超度。在这一瞬间，我们不再是个人，而是整个族类，全人类的声音一齐在我们心中回响"①。《史记》中包括战争人物在内的历史原型，就具有这样的强大的时空穿透力。"司马迁的历史已经能够探求到人类的心灵。所以他的历史，乃不惟超过了政治史，而且更超过了文化史，乃是一种精神史，心灵史了。"②《史记》中的一些战争人物，不但是历史典型，还是历史原型，我们从这些历史原型身上触摸到了中华民族的精魂。

---

① ［瑞士］荣格：《心理学与文学》，生活·读书·新知三联书店 1987 年版，第 121 页。
② 李长之：《司马迁之人格与风格》，生活·读书·新知三联书店 1984 年版，第 204 页。

第四章 《史记》战争文学的艺术风范

《史记》博大深邃，其总体艺术风格是仁者见仁，智者见智。① 针对《史记》"战争文学"审美特征前人虽也有所论及，但大多是蜻蜓点水，少有深入全面的发掘，本章试图对《史记》战争文学的独特艺术风范有所发明。

第一节 "以兵驭文"的文章风采

以兵驭文，是说司马迁深受兵家熏染而形成一种潜意识，其为文如同老将用兵，用兵学法则驾驭文章的写作，使《史记》相关篇目从骨子里透出浓郁的兵学色彩。"以兵驭文"是《史记》战争文学最为鲜明的艺术特征。

一 "以兵喻文"与"以兵驭文"

以兵喻文，就是用类比的方式，在文学批评中引入兵学理论，用兵法论文法，最终达到文武二道、殊途同归的文学批评境界。

以兵喻文作为一种文学批评方式古已有之。唐人林滋《文战赋》曰："士之角文，当如战敌。"② 他把写作看作打仗，把考场比作战场。

---

① 班彪、班固父子称《史记》"辨而不华，质而不俚"（班固《汉书·司马迁传赞》，又见范晔《后汉书·班彪列传》），韩愈评史迁文"雄深雅健"（刘禹锡《唐故柳州刺史柳君集》，又见《新唐书·柳宗元传》），柳宗元说"《太史公》甚峻洁"（柳宗元《报袁君陈秀才避师名书》），宋祁称"其文章疏荡，颇有奇气"（宋祁《余师录》卷一），苏洵论太史公文"淳健简直"（苏洵《苏老泉先生全集》卷九），茅坤论《史记》"浑浑噩噩"（茅坤《史记钞·读史记法》），章学诚赞司马迁文"圆而神""体圆用神"（章学诚《文史通义·书教篇下》），刘熙载称史迁文"逸"（刘熙载《艺概·文概》）。

② 董诰等：《全唐文》第4册，上海古籍出版社1990年版，第3533页。

文章一道，通于兵法，文法与兵法，虽然分属文武两道，但它们作为人类的精神现象是由共同的思维模式决定的，二者本有其相通之处。兵法对于文学批评的渗透始于南朝，刘勰《文心雕龙·定势篇》明显受到《孙子兵法》的影响。此后，唐人杜枚《答庄充书》，宋人姜夔《白石道人诗说》，明人谢榛《四溟诗话》，清人王夫之《姜斋诗话》，吴乔《围炉诗话》，章学诚《文史通义·说林》，毛宗岗对《三国演义》的批评等文论著作都有对以兵法喻文法的精辟论述。今人对以兵喻文现象也有讨论。以兵喻文主要体现在术语和观念两个层面。兵法术语可转化为文学批评术语，以兵法论文法，不但形象生动，还可以提高文学批评的理论品位，所论似乎不再是雕虫小技，而是运筹决胜之大计。从更深层来看，兵法的思想观念可以转化为文学批评的思想观念，如"势""法"以及"奇正"等兵学概念，就为文学批评提供了很有生命力的范畴。① 以兵喻文拓展了文学批评的发展空间，对推动文学批评的发展不无启示：以旁通求发展，以类比求创新，以譬喻求生动。②

　　古代以兵法论《史记》也不乏其人，并且常常与《汉书》作比较以窥各自风貌。如王畿云："子长之文博而肆，孟坚之文率而整。方之武事，子长如老将用兵，纵横荡恣，若不可羁而自中于律。孟坚则游奇布置，不爽尺寸，而布勒雍容，密而不烦，制而不迫，有儒将之风焉。要之，子长得其大，孟坚得其精，皆古文绝艺也。"（《龙溪先生全集》卷一三）③ 茅坤亦曰："予尝譬之治兵者，太史公则韩、白之兵也，批亢捣虚，无留行，无列垒，鼓钲所响，川沸谷平；乃若班掾则赵充国之困先陵，诸葛武侯之出岐山也，严什伍，饱糇粮，谨间谍，审向导，先为不可胜以待敌之可胜，故其动如山，其静如阴，攻围击刺百不失一，两家之文，并千古绝调也。"（《茅鹿门集》卷一《刻汉书评林序》)④天都外臣曰："夫《史记》上国武库，甲仗森然，安可枚举。"⑤ 读一部《史记》，我们仿佛能看到滚滚的征尘，殷红的鲜血，似乎也隐隐能够

---

① 参见吴承学《古代兵法与文学批评》，《文学遗产》1998 年第 6 期。
② 参见黄鸣奋《论以兵喻文》，《文学遗产》2006 年第 3 期。
③ 杨燕起、陈可青、赖长扬汇辑：《史记集评》，华文出版社 2005 年版，第 172 页。
④ 同上书，第 222 页。
⑤ 韩兆琦编著：《史记笺证》第 9 册，江西人民出版社 2004 年版，第 6499 页。

听到战马的嘶鸣声，惊天的战鼓声。

古人之所以用兵法评《史记》，除了一般意义上的以兵喻文外，还着实是因为司马迁与兵法有很深的渊源关系，这主要表现在四个方面：创设兵书体例，总结兵法思想；以兵法为史料，为兵家立传；以兵法理论为指导描写战争；依据兵法原则评论战争得失和将领才能。① 张文安总结的这四方面，不无识见，但还只是停留在表象，司马迁与兵法更为深层的关系还是"以兵驭文"。兵学是司马迁家学的重要方面，他博览兵书，对三千年的战争史了然于胸，兵学对司马迁的影响深入骨髓，甚至已成为潜意识。② 这种长期的耳濡目染所形成的潜意识在他写作《史记》时，不自觉地就会发生作用。

二　"子长之文豪，如老将用兵"

《史记评林》引凌约言曰："子长之文豪，如老将用兵，纵横不可羁，而自中于律。"司马迁的文章，如三秦老将，豪迈雄浑。他以兵法驾驭文章，出神入化，令人拍案惊奇。

（一）意为主将，法为号令，字句为部曲兵卒

杜牧以兵法喻文法，在《答庄充书》中提出："凡为文以意为主，以气为辅，以辞采章句为兵卫。未有主强盛而辅不飘逸者，兵卫不华赫而庄整者。"吴乔在《围炉诗话》中也说："意为主将，法为号令，字句为部曲兵卒。"显然吴乔在杜牧的基础上，对作文之道说得更为具体。所谓意，就是文章之主题，它如军中之将帅；所谓法，就是篇章结撰之法，它如军中之号令；所谓字句是指对遣字造句的经营，它如军中之兵卒。用吴乔的理论分析《史记》，更能看出太史公"以兵驭文"之神妙。

先说意为主将。将帅关乎民众生死与国家安危，是军队的核心与灵魂。意是文章的神气与精魂，"意"在文章中的地位与作用，犹如三军中之将帅。南宋杨万里说："作文如治兵，择械不如择卒，择卒不如择将。尔械锻矣，授之羸卒则如无械；尔卒精矣，授之妄校尉则如无卒。千人之军，其裨将二，其大将一；万人之军，其大将一，其裨将十。善

① 参见张文安《史记与兵书、兵法》，《史学史研究》2003 年第 3 期。
② 参看本书第一章第二节"从感性经验到历史理性的升华"相关内容，兹不赘言。

用兵者，以一令十，以十令万，是故万人一人也。"（《诚斋集》卷六六
《答徐赓书》）司马迁就是擅长"以一令万"的文章圣手，《史记》的
每一篇几乎都贯彻着他的某种"主意"，前人早就识破此中机关。陈仁
锡曰："子长作一传，必有一主宰，如《李广传》以'不遇时'三字为
主，《卫青传》以'天幸'二字为主。"（《史记评林》卷一百九）① 吴
见思曰："史公之文，每篇各有一机轴，各有一主意。"高步瀛指出：
"史公之文，每篇各有主旨，如《吴太伯世家》以'让'、'争'二字
为主，《鲁周公世家》以'相臣执政'为主，《陈丞相世家》以'阴
谋'为主，《魏其武安传》以'权势相倾'为主，《大宛传》以'通使
兴兵'为主。"（《史记举要》）② 各位评点家所说的"主宰"、"机轴"、
"主意"、"主旨"，虽然表述不一，但说到底都是"意"，即作品的主
题。司马迁作传，不是简单的实录，而是把每篇作品当作一个独立的艺
术生命，从纷杂的史料中提炼出一个主题，并以此作为统帅篇章的魂
魄，从而达到"以一驭万"豁然贯通的效果。

再说法为号令。这里的法主要是指文章的结撰之法。《史记》的章
"法"如同军中号令，调动千军万马，或进或退，忽东忽西，神鬼难
料。明代朱夏说："古之用兵，其合散进退、出奇制胜，固神速变化而
不可测也。至其部伍行阵之法，则绳绳乎其弗可以乱。为文而不法，是
犹用师而不以律也。"③ 司马迁为文既是有法可循，又是无法可因，真
正达到了名将用兵法而无法的至高境界。汤谐说：《史记》之文，一篇
自有一法，或一篇兼具数法。（《史记半解·杂述》）④ 司马迁因人运文，
篇篇自具笔仗，其章法如水之傅器，随遇成形。⑤

最后说字句为部曲兵卒。再宏伟的建筑也是由一砖一瓦搭建而成，
同样，五十二万余言的《史记》也是由一个个方块字支撑起来的。这
些字句如同军中之兵卒，虽然地位"低下"，但却是不可或缺，否则那
些将帅就成了光杆司令。司马迁不仅重视"意"和"法"，而且对字句

---

① 韩兆琦编著：《史记笺证》第 8 册，江西人民出版社 2004 年版，第 5453 页。
② 韩兆琦编著：《史记笺证》第 9 册，江西人民出版社 2004 年版，第 6502 页。
③ 贺复微编：《文章辨体汇选》卷二百三十三《答程伯大论文书》，文渊阁《四库全书》本。
④ 杨燕起、陈可青、赖长杨：《史记集评》，华文出版社 2005 年版，第 177 页。
⑤ 参看本书第三章第三节"战争视角，因人运文"相关内容，兹不赘言。

也并不轻视。本文第二章第二节谈及司马迁对虚字的妙用，在这里再就司马迁把一二字句作为"文眼"的情况作一简要分析。王治皞曰："太史公文虽变幻，却将一二字句作眼，领清题窾，客意旁入而不离其宗。"（王治皞《史记榷参·读史总论》）王氏所言之"一二字句"，表面看似貌不惊人，但却能贯通全篇，甚至成为一篇之"骨"。凌稚隆评《孙子吴起列传》曰："通篇以'兵法'二字作骨，首次武以兵法见吴王，卒斩二姬为名将；后次膑与庞涓俱学兵法，而膑以兵法为齐威王师，及死庞涓，显当时，传后世，皆兵法也；篇终结兵法二字，与首句相应。"（《史记评林》卷六五）① 凌稚隆又评《商君列传》云："太史公首言鞅好刑名之学，则鞅所以说君而君悦者刑名也，故通篇以法字作骨，曰'鞅欲变法'，曰'卒定变法之令'，曰'于是太子犯法'，曰'将法太子'，而终之曰'为法之敝一至于此'，血脉何等贯穿。"② 这些"一二字句"，虽然平凡如兵卒，但却能攻城而掠地，其作用甚至使某些将帅也望尘莫及。这些字句其实就是文眼，起到画龙点睛的作用。

（二）"常山之蛇"般的结构布局

有良将有锐卒，还不足以克敌制胜，将帅只有把零星分散的力量凝聚成一个彼此呼应的整体，才能形成强大的战斗力，才有可能胜人而不被敌胜。孙子《九地篇》讲得好："故善用兵者，譬如'率然'；'率然'者，常山之蛇也。击其首则尾至，击其尾则首至，击其中则首尾俱至。"③"常山之蛇"的阵势就是实现军队各部分彼此照应、同舟共济的重要手段。

古人也常用"常山之蛇"来论文章的结构布局。胡仔《苕溪渔隐丛话》后集卷三十九说："凡作诗词要当如常山之蛇，救首救尾，不可偏也。"陆辅之《词旨》说："制词须布置停匀，血脉贯穿，过片不可断意，如常山之蛇，救首救尾。"抒情性的诗词本是思绪、情感、文辞跳跃性很强的文体，它们尚且讲究前呼后应，对于以"讲故事"为能事的小说而言，则更要讲究常山阵法了。毛宗岗《绣像第一才子书》

---

① 韩兆琦编著：《史记笺证》第7册，江西人民出版社2004年版，第3822页。
② 同上书，第3854页。
③ 曹操等注：《十一家注孙子》，孙武撰，郭化若译，上海古籍出版社1978年版，第449页。

第九十四回批语说："读《三国》者，读至此卷，而知文之彼此相伏、前后相因，殆合十数卷而只如一篇，只如一句也……文如常山率然，击首则尾应，击尾则首应，击中则首尾皆应，岂非结构之至妙者哉？"①无论是几十万字的大书，还是数百字的文章，甚或几十字的诗词，它们都是血肉相连的有机整体，作者在谋划结构布局时，绝不能做顾头不顾腚的事，而应该首、腹、尾统筹兼顾，使文气血脉相连，气息相通，前后相应，浑然天成。

　　《史记》结构气象宏伟，贯穿古今，涵盖天人，无论是五体宏观结构，还是单篇微观结构，乃至篇与篇之间的照应，都充分体现了司马迁驾驭常山蛇阵的高超本领。

　　先说五体宏观结构上的照应。《史记》由本纪、表、书、世家、列传五种体例构成，这种体例是司马迁参酌各种典籍体例之短长，熔铸百家推陈出新的伟大创造。五种体例中，本纪是总纲，如同北斗；十表与八书为两翼，表为经，书为纬，经纬相织；世家是本纪的"辅拂股肱之臣"，恰似"二十八宿环北辰，三十辐共一毂，运行无穷"②。列传就像拱卫北斗的银河，群星灿烂，浩瀚无涯。五种体制各司其职又互相补缺，形成了一个形似"常山之蛇"的自足结构。五种体例前呼后拥，相扶相携，互相补台，共同支撑起司马迁的"常山蛇阵"。

　　次讲单篇结构的照应。《史记》由 130 个彼此联系又相对独立的篇章组成，每篇又都是有头有腹有尾的独立艺术生命。《史记》虽然各篇结构模式不同，但每篇皆如"常山之蛇"，浑然一体，前后相应。如《廉颇蔺相如列传》所叙人物有廉颇、蔺相如、赵奢、赵括、李牧诸人，如果叙写不好，很容易流于松垮散漫，而被各个击破，但司马迁却能在文字中摆起常山蛇阵。廉颇作为赵国的顶梁柱，最早被任用而最后死，所以该列传以廉颇为经，以其他四人为纬，该列传诸传主之文字，脉络相通，遥相呼应。再如《李将军列传》用"射法"贯穿全篇，以李广家族世代善射为呼应。牛运震评之曰："一篇精神在射法一事，以广所长在射也。开端'广家世世受射'，便是一传之纲领。以后叙射匈

---

① 罗贯中：《三国演义》，毛宗岗批，齐鲁书社 1991 年版，第 1160 页。

② 司马迁：《史记》第 10 册，中华书局 1982 年版，第 3319 页。

奴射雕者，射白马将，射追骑，射猎南山中，射石，射虎，射阔侠以饮，射猛兽，射裨将，皆叙广善射事实……末附李陵善射、教射，正与篇首'世世受射'句收应，此以广射法为线索贯串者也。"① 司马迁摆设常山蛇阵还有一种惯用的手法："搭天桥法"。钱钟书曰："明清批尾家所谓'搭天桥'法，马迁习为之……《孙子、吴起列传》之'孙武死后百余年有孙膑'及《屈、贾列传》之'自屈原沉汨罗后百有余年，汉有贾生'……皆事隔百十载，而捉置一处者也。"② 《管晏列传》叙完管仲事迹后，用"后百余年而有晏子焉"过渡，《滑稽列传》《刺客列传》等也是由上接下，蝉联蛇蜕，很能体现"搭天桥法"之奇妙。"搭天桥法"是《史记》中合传与类传经常用的手法，它不仅是一种"过渡"技巧，还为后世文章家提供了首尾呼应的一种行之有效的手段。

最后说一下篇与篇之间的照应。《史记》编排次序有义例可循，是"春秋笔法"的一种具体形式，其中蕴含着司马迁的良苦用心，也体现着篇与篇之间的照应关系。③ 前文已详述，兹再举两例。对《齐世家》与《鲁世家》两篇的关系，徐文珊论曰："太史公于齐、鲁两家各有所重，于齐则屡称太公以阴谋计，或阴权以佐周；于鲁则强调周公之德于前，伯禽之变革礼于后。一谋一礼，一奇一正，两相映照。立国精神，根本殊异，作风自难一致。终至一强一弱，势力相倾，扰攘不已。"④ 司马迁在写《齐世家》时脑中会想着《鲁世家》，在写《鲁世家》时又会以《齐世家》为参照，它们虽为独立的两篇，却是同声相求、同命相息。这种情况也反映在《项羽本纪》与《高祖本纪》的关系上，吴见思曰："先写项羽一纪，接手又写高祖一纪，一节事分两处写，安得不同？乃羽纪中，字字是写项羽。高纪中，字字是写高祖。两篇对看，始见其妙。"⑤ 这两篇本纪，你中有我，我中有你，水乳交融，难分难解。另外需要特别指出的是"互见法"是司马迁常山蛇阵的压阵之宝，

① 韩兆琦编著：《史记笺证》第 8 册，江西人民出版社 2004 年版，第 5455 页。
② 钱钟书：《管锥编》第 1 册，中华书局 1986 年版，第 308 页。
③ 参看本书第二章第三节之"编排次序蕴微义"部分相关内容。
④ 韩兆琦编著：《史记笺证》第 5 册，江西人民出版社 2004 年版，第 2280 页。
⑤ 吴见思、李景星：《史记论文·史记评议》，陆永品点校，上海古籍出版社 2008 年版，第 15 页。

互见法在相关篇目间穿针引线，行动自如，它把看似分散的各篇连缀为血脉相通的整体，使各篇"同呼吸，共命运，心连心"。

（三）伏笔如伏兵

卓越的军事家往往都长于设置伏兵，这些伏兵大多远离主战场，依据有利地形隐蔽蛰伏，敌人或是自投罗网，或是被诱深入，最后被一举歼灭。请看《韩信卢绾列传》写白登之伏：

> 匈奴使左右贤王将万余骑与王黄等屯广武以南，至晋阳，与汉兵战，汉大破之，追至于离石，复破之。匈奴复聚兵楼烦西北，汉令车骑击破匈奴。匈奴常败走，汉乘胜追北，闻冒顿居代谷，高皇帝居晋阳，使人视冒顿，还报曰"可击"。上遂至平城。上出白登，匈奴骑围上。[1]

匈奴单于冒顿采用的是欲擒故纵、诱敌深入的计谋，在白登预设伏兵，再诱刘邦入瓮。冒顿预设的伏兵，最终起到了出奇制胜的作用。[2] 吴见思评曰："'大破之''复破之''常败走'，一路实写汉之得胜，孰知为平城之诱哉？欲擒故纵之法，兵法如是，文法亦如是。"[3]

司马迁就是擅用伏笔的文章大家。"《史记》叙事，常闲闲'着

---

[1] 司马迁：《史记》第 8 册，中华书局 1982 年版，第 2633—2634 页。

[2] 汉武帝也曾张开天罗地网，设下三十万之众的大埋伏，但他却没有冒顿那样的好运。血气方刚雄心勃勃的汉武帝幻想凭此伏兵一举歼灭匈奴，却被强悍骁勇、老谋善断的单于识破机关。司马迁详写了这次惊世骇俗的战略大埋伏，即马邑之伏。《韩长孺列传》载：其明年，则元光元年，雁门马邑豪聂翁壹因大行王恢言上曰："匈奴初和亲，亲信边，可诱以利。"阴使聂翁壹为间，亡入匈奴，谓单于曰："吾能斩马邑令丞吏，以城降，财物可尽得。"单于爱信之，以为然，许聂翁壹。聂翁壹乃还，诈斩死罪囚，县其头马邑城，示单于使者为信。曰："马邑长吏已死，可急来。"于是单于穿塞将十余万骑，入武州塞。当是时，汉伏兵车骑材官三十余万，匿马邑旁谷中。卫尉李广为骁骑将军，太仆公孙贺为轻车将军，大行王恢为将屯将军，太中大夫李息为材官将军。御史大夫韩安国为护军将军，诸将皆属护军。约单于入马邑而汉兵纵发。王恢、李息、李广别从代主击其辎重。于是单于入汉长城武州塞。未至马邑百余里，行掠卤，徒见畜牧于野，不见一人。单于怪之，攻烽燧，得武州尉史。欲刺问尉史。尉史曰："汉兵数十万伏马邑下。"单于顾谓左右曰："几为汉所卖！"乃引兵还。出塞，曰："吾得尉史，乃天也。"命尉史为"天王"。塞下传言单于已引去。汉兵追至塞，度弗及，即罢。王恢等兵三万，闻单于不与汉合，度往击其辎重，必与单于精兵战，汉兵势必败，则以便宜罢兵，皆无功。（司马迁：《史记》第 9 册，中华书局 1982 年版，第 2861—2862 页）

[3] 韩兆琦编著：《史记笺证》第 8 册，江西人民出版社 2004 年版，第 4884 页。

子'，预作铺垫。好比围棋高手，常于人不经意处投一二'闲子'，人或莫识其意，及至局随势转，到了一定关头，只须略施点窜，此子顿时显出其妙用。"① 这些"闲子"起初看似无关大碍，殊不知乃是太史公预设下的"伏兵"，人或莫识其妙，但往往能起到一剑封喉的奇兵效果。如《赵世家》就以写梦而著称，李景星指出了梦在该篇中的奇妙作用，他说："尤其妙者，在以四梦为点缀，使前后骨节通灵。赵盾之梦，为赵氏中衰、赵武复兴伏案也；赵简子之梦，为灭中行氏、灭智伯等事伏案也；赵武灵王之梦，为废嫡立幼，以致祸乱伏案也；赵孝成王之梦，为贪地受降、丧师长平伏案也。以天造地设之事，为埋针伏线之笔，而演成神出鬼没之文，那不令人拍案叫绝！"② 李景星所云"伏案"即伏笔也，以梦为伏本已称奇，不忌犯重，连续以四梦为伏，更是奇上加奇。司马迁在《淮阴侯列传》中写井陉之战也采用了"设下伏笔、造成悬念，关合照应"的套路，除了韩信其他当事人都被蒙在鼓里，韩信只是命轻骑拔赵帜立汉旗，并传令破赵会食，正是有了这样的伏笔，等背水一战大获全胜后韩信向众将解释其中原委，才使众将及读者恍然大悟。司马迁对伏兵之法心领神会，用伏笔如用伏兵，预作铺垫，设置悬念，最后真相大白，方显出伏笔之神妙。

总体来说，"以兵驭文"的文章创作特色，在整部《史记》中都有不同程度的表现，尤其是在相关战争人物的篇目中表现得尤其突出。司马迁用兵学思维构思文章，并进而去撰写兵家的传记，内容与手段珠联璧合，相得益彰。因为这种特色，《史记》也如三秦老将，显得气势沉雄，虎虎生风。

第二节　《史记》战争文学的美学特征

司马迁是一位天马横空的历史家，他用如椽铁笔为世人展现了三千年间波澜壮阔的战争画卷，《史记》中的"战争文学"在美学上呈现出

---

① 可永雪：《〈史记〉文学成就论说》，内蒙古大学出版社 2001 年版，第 221 页。

② 李景星：《四史评议》，岳麓书社 1986 年版，第 46 页。

吞吐万象的气度。

一 英雄传奇气息的弥漫

所谓英雄，是识见、才能或作为非凡的人。三国时刘劭对英雄作过这样的界定："草之精秀者为英，兽之特群者为雄，故人之文武茂异取名于此。是故聪明秀出谓之英，胆力过人谓之雄……故英可以为相，雄可以为将。若一人之身兼有英雄，则能长世。"① 战争是英雄的舞台，也是催生英雄的产床。战争中不能没有英雄，战争文学中更是不能没有英雄。从某种意义上讲，一部《史记》就是众多英雄的传记，英雄毕竟还是《史记》的主角。沉郁雄浑的《史记》战争文学里活跃着数不清的战争英雄，这些战争英雄中有的是力拔山兮气盖世，有的是运筹帷幄决胜千里，有的是战无不胜攻无不克，有的是只身入虎穴志在斩首，有的申明大义胆识卓绝……正因为有了这些英雄，战争舞台才会呈现出龙腾虎跳的气象，战争文学才会显得雄奇而刚健。

英雄的基本特征就是具有与众不同的"传奇性"，如果某人"泯然众人矣"，那么他就不能称为英雄。《史记》战争文学里弥漫着浓郁的英雄传奇气息，这也是《史记》战争文学呈现的重要美学特征。太史公本就"好奇"，表现在好奇人、奇行、奇才、奇谋、奇文上。"司马迁爱一切奇，而尤爱人中之奇。人中之奇，就是才。司马迁最爱才。"② 司马迁最爱的就是奇才之人，即英雄。他立传的标准是"扶义俶傥，不令己失时，立功名于天下"③，他为这些人立传的目的是"传畸人于千秋"（鲁迅语）。《史记》中为英雄"传奇"的例证不胜枚举，如吴见思曰："田单，是战国一奇人；火牛，是战国一奇事，遂成太史公一篇奇文。其声色气势，如风车雨阵，拉杂而来，几令人弃书下席。"④ 李景星评《田单列传》亦云："《田单传》暗以'奇'字作骨，至赞语中始点明之。盖单之为人奇，破燕一节其事奇，太史公又好奇，遇此等奇

① 刘劭：《人物志·英雄篇》，王玫评注，红旗出版社1997年版，第113页。
② 李长之：《司马迁之人格与风格》，生活·读书·新知三联书店1984年版，第93页。
③ 司马迁：《史记》第10册，中华书局1982年版，第3319页。
④ 吴见思、李景星：《史记论文·史记评议》，陆永品点校，上海古籍出版社2008年版，第50页。

人奇事，那能不出奇摹写……合观通篇，出奇无穷，确为《史记》奇作。"①《田单列传》是司马迁以奇笔写奇人奇事而成就的一篇奇文。虽然田单还当过齐国与赵国的宰相，但因司马迁戴着好奇的过滤镜，田单的这些更为"重要"但却"平常"的事迹反倒不为史迁看重了。司马迁对田横传记的处理亦是如此，田横义不受辱而自刭，五百壮士也随之集体自刭，这些英雄的奇行壮举使司马迁按捺不住为他们树碑立传的冲动。《史记》还写了一位十二岁挂相印的少年英雄甘罗，也是史迁好奇的本性使然。甘罗十二为丞相，后世许多学者都不以为然②，然而司马迁却对之言之凿凿，这并非是他疏于对史料的辨析，而是"贪奇"所致。这样的现象在《史记》中还有不少，如袁枚曰："史迁叙事，有明知其不确，而贪其所闻新异，以助己之文章，则通篇以幻忽之语序之，使人得其意于言外，读史者不可不知也。"（《随园随笔》）因为贪奇，司马迁甚至不惜以部分地牺牲历史的真实为代价，这也正见出他是性情中的历史家。

司马迁赞赏的是英雄们的传奇行为，鄙屑的是行尸走肉般的庸碌人生。《张丞相列传》里的主人公，虽然都官至丞相，位极人臣，享尽荣华富贵，然而一个个都唯皇命是从，都是一副奴才嘴脸，他们身上既无奇情更无壮彩，司马迁对这些平庸的达官显贵是不屑一顾的。《万石张叔列传》也是与"英雄传奇"相对照的一篇文字，"这班人，对上诚惶诚恐，惟恐有误；对事战战兢兢，惟恐有失。长期拘守于这样一种心态，人的智慧、勇气，人的活力与创造性等等，自然要被窒息、被扼杀、被扭曲，人的才能和个性，自然要萎缩、退化，乃至丧失自我。在这里作者等于是发现了民族性格上的一种癌源！"③司马迁鄙视平庸，赞美超凡，歌颂坚忍不拔九折而不回头的传奇英雄。项羽巨鹿之战威震敌胆一举成名，韩信将兵多多益善，张良的奇谋良策神鬼莫测，荆轲图穷匕见勇刺秦王，飞将军李广箭不虚发百发百中，卫青、霍去病深入大

---

① 李景星：《四史评议》，岳麓书社1986年版，第76页。

② 马非百曰："甘罗以髫龄之年，竟能使于四方不辱君命，而秦廷君臣亦居然信任之而不疑，未免近于神话。"（韩兆琦编著：《史记笺证》第7册，江西人民出版社2004年版，第4127页）

③ 可永雪：《〈史记〉文学成就论说》，内蒙古大学出版社2001年版，第341—342页。

漠横扫匈奴王庭……这些耳熟能详的英雄传奇弥漫在《史记》战争文学的各个角落。

英雄传奇是《史记》战争文学重要的美学特征。战争文学与兵家有种天然的联系，"至于兵家，兵家是所谓出奇制胜的，'奇'又恰是浪漫精神之最露骨的表现"①。兵家的"奇正相生"、"出奇制胜"注定了传奇性是战争文学必然的美学属性，司马迁与兵家思想有千丝万缕的联系，也决定了《史记》战争文学的传奇特征，《史记》也因此涌动着一股汹涌澎湃的"奇气"。刘大櫆说："文贵奇。有奇在字句者，有奇在意者，有奇在笔者，有奇在丘壑者，有奇在气者，有奇在神者。奇气最难识，大约忽起忽落，其来无端，其去无迹。读古人文，于起灭转接之间，觉有不可测识处，便是奇气。"（《论文偶记》）②《史记》战争文学中英雄传奇气息的弥漫是形成整部《史记》奇气充溢的重要因素。如果没有《史记》战争文学里的英雄传奇，一部《史记》将大为逊色。

战争是英雄们的事业，在《史记》里"传奇"的"主体"又往往都是"英雄"，这样一来，"英雄"与"传奇"联姻，组建成《史记》战争文学这样一个独特的"家庭"，这个"家庭"的许多角落里都弥漫着"英雄"与"传奇"的浪漫精神。英雄传奇又是《史记》浪漫精神的重要表现形式。

二　阳刚悲壮之气的鼓荡

悲剧美是《史记》重要的美学特征，这一观点已普遍为学界所接受。其实真正深入探讨"《史记》的悲剧美"还是始于 20 世纪 80 年代，韩兆琦先生是较早涉及此课题的学者，他说："司马迁笔下的人物与他同时代的以及后代其他人笔下的人物不同，他们绝大多数都具有一种英雄色彩，而尤其突出的是他们还绝大多数都具有一种悲剧色彩，因此我们可以说《史记》是一个悲剧英雄人物的画廊。"③《史记》虽然充溢着浓厚的悲剧气氛，然而它并没有使读者消沉、颓废、绝望，恰恰相反，人们从中感受到的是与悲剧命运相抗争的坚韧不拔的意志，是自

---

① 李长之：《司马迁之人格与风格》，生活·读书·新知三联书店 1984 年版，第 6 页。
② 杨燕起、陈可青、赖长扬汇辑：《史记集评》，华文出版社 2005 年版，第 177 页。
③ 韩兆琦：《史记——一道悲剧英雄人物的画廊》，《北京电大学刊》1984 年第 2 期。

强不息的奋斗精神，体会到的是至大至刚充塞于天地间的浩然境界。

阳刚悲壮之美在《史记》相关战争篇目中表现得最为突出。战争中有金戈铁马、鼓角争鸣、旌旗猎猎的阳刚之美，战争中也有戟沉黄沙、尸横遍野、战马独嘶的悲凉豪壮。战争造就英雄，而战争英雄的命运又大多是悲剧。伍子胥尸漂江流，廉颇老死异乡，信陵君郁郁而终，屈原自沉汨罗江，荆轲暴尸秦庭，项羽自刎乌江，韩信被"兔死狗烹"，李广被逼自杀……他们一个个都是顶天立地的英雄，一个个又都是悲剧命运的承担者。然而，他们在悲剧命运面前没有低下倔强的头颅，也没有弯下不屈的脊梁，在他们身上我们看到了回击或承受悲剧命运的打击时所表现的非同寻常的气质和高贵超拔的本性，在他们身上我们看到了殉道精神、怀疑精神、反中庸精神、忍辱负重精神和超越精神。① "他（司马迁）有着深切的悲剧意识，他赞赏那些不顾命运的渺茫而依然奋斗，却又终于失败了的伟大人格。"② 司马迁在对悲剧英雄的叙写的文字中，鼓荡着一股阳刚悲壮之气，这些篇目"挟风雨雷霆之势，具神工鬼斧之奇，语其坚则千夫不易，论其锐则七札可穿……如剑镂土花，中含坚实，鼎包翠碧，外耀光华，此尽笔之刚德也"（沈宗骞：《芥舟学画编》）③。《史记》的战争篇目涌动着强烈的情感，奔腾着生命的血浆，文章呈现出豪气干云、悲凉雄壮的审美特征。

阳刚悲壮的美学风范，并非司马迁的首创，而是渊源有自。夸父逐日、精卫填海、后羿射日等神话传说当是它的源头。《左传》、《国语》、《战国策》等先秦历史著作中有关战争的描写，也初见这种美学特征的端倪。屈原更是对司马迁影响最大的前辈，"我们大可注意的是，汉的文化并不接自周、秦，而是接自楚，还有齐。原来就政治上说，打倒暴秦的是汉；但就文化上说，得到胜利的乃是楚。这一点必须详加说明，然后才能了解司马迁的先驱实在是屈原"④。屈原特立独行，忧愤深广，为坚持真理而不惜以身殉道，他以自己的行为横扫了明哲保身的儒家处

---

① 参见韩兆琦《殉道与超越——论〈史记〉中的悲剧精神》，《文史知识》1994年第1期。

② 李长之：《司马迁之人格与风格》，生活·读书·新知三联书店1984年版，第326页。

③ 转引自王朝闻《美学概论》，人民出版社1981年版，第48—49页。

④ 李长之：《司马迁之人格与风格》，生活·读书·新知三联书店1984年版，第2页。

世原则，为民族精神注入了一股深沉的刚烈之气。屈原的《国殇》更是以其铿锵激越为中国战争文学的美学风貌指明了阳刚悲壮的发展方向。其次，《史记》阳刚悲壮之美的形成，也与司马迁本人的身世经历密切相关。王治皞指出："太史公之文，以游而豪，以腐而怒。"（《史记榷参·读史总论》）① 司马迁周览四海名山大川，"北过大梁之墟，观楚汉之战场，想见项羽之喑噁，高帝之谩骂，龙跳虎跃，千兵万马，大弓长戟，俱游而齐呼，故其文雄勇猛健，使人心悸而胆栗"（马存《赠盖邦式序》）②。司马迁含冤忍辱受宫刑，"发愤著书"是他内在的强大的精神驱动力，《史记》中自有一股压抑不住的悲气与怒气。再次，这也与战争的悲剧特性息息相关。战争就是人类的悲剧，战争就意味着毁灭，战争中人的命运大多以悲剧收场。许多英雄战死沙场，完成了一个战士最为壮烈的人生谢幕，项羽就是其中最为典型的一个。项羽乌江自刎前，赐马赠头，面对失败的命运不喊苦也不求饶，他认输但绝不服气，在他看来，他只是输给了"天"，绝不会输给现实中的任何敌人。项羽的死慷慨豪迈，壮怀激烈，甚至还有些浪漫潇洒。《项羽本纪》充满阳刚之气和悲壮之情，它作为《史记》战争文学的"领衔"篇目，也足以代表《史记》战争文学的美学风貌。一句话，战争的悲剧性注定了阳刚悲壮成为战争文学的内在美学属性。

阳刚悲壮作为《史记》特别是"《史记》战争文学"的美学特征，在以中庸中和之美占主流的传统文化中显得格外抢眼。李长之说："齐人的倜傥风流，楚人的多情善感，都丛集于司马迁之身。周、鲁式的古典文化所追求于'乐而不淫，哀而不伤'者，到了司马迁手里，便都让他乐就乐了、哀就哀了！所以我们在他的书里，可以听到人类心灵真正的呼声。"③ 可永雪也指出："司马迁的美学观有两点表现得很突出：一是与汉赋以'大'为美，以'巨丽'为美不同，它是以'奇'为美，以'倜傥非常'为美的；二是与董仲舒以'中和'为美相反，它是以'愤怨'为美的。"④ 司马迁作为具有独立精神的历史家，他虽然极其服

---

① 杨燕起、陈可青、赖长扬汇辑：《史记集评》，华文出版社 2005 年版，第 176 页。
② 韩兆琦编著：《史记笺证》第 9 册，江西人民出版社 2004 年版，第 6498 页。
③ 李长之：《司马迁之人格与风格》，生活·读书·新知三联书店 1984 年版，第 18 页。
④ 可永雪：《〈史记〉文学成就论说》，内蒙古大学出版社 2001 年版，第 57 页。

膺孔子，但对儒家的某些思想却又是有所保留的。儒家提倡"温柔敦厚"的诗教，要求人们"怨而不怒"，在情感上也要"执其两端而扣其中"，这样的中和之美自然有其价值，然而其弊端也是很明显的。在这样的美学观念熏染下，文章就失去了棱角，没了锐气，没了"脾气"，成了喜怒无形的文字堆积。司马迁不受儒家诗教条条框框的束缚，该喜则喜，该怒则怒，司马迁在叙写悲剧英雄时，笔端满怀感情，"他的书是赞叹，是感慨，是苦闷，是情感的宣泄，总之，是抒情的而已！不惟抒自己的情，而且代抒一般人的情。这就是他之伟大处！不了解情感生活的人，不能读司马迁的书！"① 司马迁特别推崇一种悲壮之情与阳刚之美，可以说，司马迁为"阳刚悲壮"的美学风范在中国文化土壤中扎根做出了突出贡献。

---

① 李长之：《司马迁之人格与风格》，生活·读书·新知三联书店 1984 年版，第 92 页。

结　语

　　《史记》在中外战争文学发展史中具有崇高的地位，它像一座高高的丰碑，矗立在世界战争文学之巅。《史记》是中国古代战争文学的成熟形态，它奠定了中国古代战争文学的基本风貌，它不仅是对先秦战争文学的集大成之作，更是后来战争文学的楷模，是任何人都不能绕过的标杆。从横向来看，大致与《史记》处于同一历史阶段的西方战争文学作品有：古希腊希罗多德的《希波战争史》、修昔底德的《伯罗奔尼撒战争史》、古罗马恺撒的《高卢战记》、普鲁塔克的《比较传记集》，《史记》与它们相比，绝无丝毫逊色，甚至在许多方面《史记》取得了更为瞩目的成就，代表着那个时代战争文学的最高成就。① 《史记》是世界战争文学的经典之作，是中国战争文学的泰山北斗。

　　一　《史记》对先秦战争文学的继承与超越

　　中国战争文学源远流长。甲骨文中已有关于战争的记录，《尚书》保存了不少用于征伐的誓文，《诗经》中的征战、行役诗作共有四十余首，《楚辞》中的《国殇》更是战争文学中难得的佳作，《左传》、《国语》、《战国策》在叙事性的历史散文中为战争文学开拓出了广大的发展空间，《史记》就是从先秦战争文学肥沃的土壤里汲取营养而长成的参天大树。《史记》对先秦战争文学既有继承更有超越，主要表现在三方面：

　　（一）对战争文化精神的继承与超越。中华民族是一个早熟的民族，在民族的童年期就已经对战争有了深刻的认识。"中国人在对待战

---

　　① 参见李少雍《司马迁与普鲁塔克》，李少雍《司马迁传记文学论稿》，重庆出版社1987年版；李晓卫：《〈史记〉与〈历史〉的文学性比较》，《西北师范大学学报》1994年第6期。

争的基本态度上，主要是反对穷兵黩武，提倡以战止战。""在这种文化氛围中形成的军事战略，也不能不是守成大于进取，守土重于拓疆，防御先于进攻，同化优于分异，重谋贵于尚战。"① 先秦时期形成的这种军事战略思想自然也会反映在对战争的文学性叙写上。《诗经》大雅中的《江汉》《常武》，小雅中的《出车》《六月》《采芑》等诗歌颂周天子的正义之师，充满乐观精神，表现了强烈的自豪感；秦风中的《小戎》《无衣》也表现了同仇敌忾，共御外侮，斗志昂扬的战争情怀；《诗经》表现战争徭役的诗中，则流露出浓厚的厌战思乡之情。屈原的《国殇》颂扬了坚定的爱国主义精神，热烈歌颂了为国捐躯的将士们的英雄气概与壮烈精神。《左传》则充分体现了以民为本、以政为先、以谋为上、以和为贵的战争文化精神。司马迁对先秦战争文学作品中所体现的战争文化精神充分吸纳，并融会诸子战争思想，形成了自成一家的战争观。司马迁的战争观以儒家仁义为体，以兵家谋略为用，以道家无为为归，实现了由历史经验到历史理性的升华。

（二）对先秦战争史料的沿袭与改造。司马迁撰《史记》有"作"与"述"之分。大致说来，百年秦汉史主要是"作"，战国以前的历史主要是"述"。所谓作就是没有文献依傍而自己独立撰写，所谓述就是沿袭旧史材料并对之熔铸剪裁。司马迁在对先秦战争史料的加工改写过程中，实现了对原有素材的超越，这表现在两方面：首先，司马迁对先秦典籍作了一次大规模的系统整理，做了大量的辨伪工作，特别是对战国时的伪史进行了一番大的淘汰。其次，司马迁对先秦战争史料的"创造性"采编渗透进了自己的人生体验，已经有了文学再创作的成分。司马迁对旧有的战争史料"夺胎换骨"，使原有史料又焕发出新的生机。

（三）对战争描写艺术的继承与超越。先秦文学在战争描写上积累了宝贵的经验，在艺术上进行了多方面的探索，《史记》就是在它们的基础上取得了新的辉煌。司马迁对先秦战争描写艺术的继承与超越表现在以下三方面：

首先，战争叙事方面。其一，叙事角度。《左传》《国语》与《战

---

①　军事科学院：《中国军事通史·总序》第 1 卷，军事科学出版社 1998 年版，第 28—29 页。

国策》三部历史著作，都不约而同地采用了第三人称全知叙事。采用何种人称叙事并不仅仅是个技术层面的问题，实则是由历史著作的特质决定了的。史书要通览古今考察天人，"一个史家，无论他对历史全局的了解事实上达到什么程度，但在理论上必须假定，他对历史全局是完全了解的，惟其如此，他所选择的事实才是具有重要意义的。史家的这种理论上的假定，使他不再有采用限知叙事的权利"①。弄明白了这一点，我们就会知道，中国的正史采用第三人称全知叙事，不只是个写作技巧问题，而是一个根本性的叙事原则问题。然而，司马迁的伟大就在于，他既遵守了这个史家叙事的根本原则，又勇于突破这个习焉不察的"潜规则"。《史记》虽然也像《左传》等历史著作一样主要是第三人称全知叙事，但同时也有了第一人称限知叙事。受《左传》"君子曰"的影响而产生的"太史公曰"，表面看似第三人称，其实它起的是第一人称的作用。司马迁在"太史公曰"里直接出场，从后台走向前台，他不再仅仅满足于"寓论断于叙事之中"，而是按捺不住亲自言说的欲望直接对历史"评头论足"，司马迁的思想、个性与情怀在"太史公曰"中也表现得最为集中最为直接。这也是《史记》为什么会渗透进司马迁那么多深刻的人生体验，而能震撼人心的重要原因。这样一来，《史记》既保持了史家"全知全能"的叙述权威，又拓展了文学家言情抒怀的表现能力。其二，详略剪裁。历史上发生的事情很多，历史家对历史的记录不可能也没有必要像镜子那样原封不动地照搬，如何在有限的篇幅里容纳更多的有价值的信息，这是任何史家都需面对的一个重大问题。这就需要对历史事件进行剪裁，有详有略。以《左传》为代表的先秦典籍对战争叙事的详略处理，形成了鲜明的民族特色。它们不是孤立地静止地描写战争，而是把战争放在政治、经济、文化、外交、地理等历史大背景下去描写，对战争的背景与起因作详细交代而不吝笔墨，重点写战前的谋划，而对战争的具体过程则往往是惜墨如金。《史记》继承了这些叙战的传统，同时又有新的创造。司马迁不仅有总结战争经验成一家之言的抱负，还有形象地再现战争场景的自觉意识，如《田单

① 陈文新、王炜：《传、记辞章化：从中国叙事传统看唐人传奇的文体特征》，《武汉大学学报》（人文科学版）2005年第2期。

列传》对"火牛阵"的生动描写,《项羽本纪》"东城快战"的摹写,《李广列传》李广箭退上万匈奴骑兵的叙写,都是龙吟虎啸,使人有身临其境之感。这些都是司马迁倾注心力之作,而不像《左传》那样对战争过程只是一笔带过。其三,战场自然环境描写。以叙写社会重大问题为己任的《左传》等史书,对不关人事的自然环境是不留意的,司马迁在这方面也有所突破,如《项羽本纪》对"彭城之战"中对狂风的描绘,《卫将军骠骑列传》对"漠北决战"中对大漠风沙的渲染,都是战场自然环境描写的成功范例。虽然这样的描写屈指可数,但却有开创之功,其文学史意义不容低估。其四,史家战争叙事的特有笔法。《史记》"以言叙战"、"以文存史"的叙战手法,以及战争叙事中"春秋笔法"的大量运用也都是对先秦战争文学既继承又发展的结果。

其次,战争人物塑造方面。先秦战争文学中虽然也有不少让人印象深刻的战争人物,但与《史记》相比终究还是小巫见大巫。《左传》是编年体,《国语》《战国策》以记言为主,司马迁开创纪传体史书体例,在一定意义上就是"人的觉醒"。司马迁在写人中叙事,在叙事中写人,《史记》达到了叙事如画,写人如生的艺术境界。① 《史记》战争人物呈现出显著的类型化、系列化特征,仅在列传中,司马迁就用了54篇为战争人物立传,这些传记中的人物形成了"帝王系列":黄帝、夏桀、商汤、商纣王、周武王、齐桓公、秦穆公、晋文公、郑庄公、楚庄王、赵武灵王、燕昭王、阖庐、夫差、勾践、楚怀王、陈胜、项羽、刘邦、冒顿等;"谋臣系列":管仲、文仲、蔺相如、范雎、萧何、刘敬、晁错、中行说等;"军师系列":姜太公、范蠡、孙膑、范曾、张良、陈平等;"武将系列":伍子胥、庞涓、廉颇、赵奢、赵括、李牧、乐毅、田单、白起、王翦、韩信、黥布、彭越、曹参、周勃、周亚夫、窦婴、李广、程不识、卫青、霍去病、李广利等;"军事学家系列":司

---

① 熊礼汇老师说:"《史记》除十表、八书外,基本上是由若干人物传记集合而成的一部史书。许多传记都是以事为主,依人而述,并非以人为主。故有一事为一篇者,有数事为一篇者;若论人,则有所谓独传、合传之分。而在作者,虽以人题篇,实以事义统人,非拘拘为一人立一传,非拘拘为一人备始末,而在叙事中完成了人物描写。所以就一传言,是合叙事、写人于一身的。或谓叙事离不开写人,写人离不开叙事。"(熊礼汇:《先唐散文艺术论》上册,学苑出版社 1999 年版,第 273 页)

马穰苴、孙武、孙膑、吴起等。以上所列大都是被司马迁写得有血有肉、堪称"文学形象"的战争人物，那些虽有历史地位但司马迁却着墨不多因而形象不够突出的人物，还未计算在内。司马迁写人重在写其心，注意在战争叙写中揭橥人性。司马迁对战争人物的塑造不但是历史"实录"，而且具备了文学"典型化"的特征，其中有些塑造得特别成功的人物甚至已经达到了"原型化"的程度，成为承载战争文化精神的"历史原型"。

最后，风格方面。先秦典籍对战争的描写，各有特点，形成了各自的风格，如《尚书》的古奥厚重，《春秋》的谨严简练，《左传》的曲致婉转，《国语》的辩丽隽永，《战国策》的纵横恣肆，《诗经》战争诗的质朴雄浑，《国殇》的悲壮刚猛，这些都在无形中滋润着司马迁。司马迁不囿门户，兼容并蓄，他又纳天地之气，得江山之助，《史记》战争叙写形成了自己鲜明的风格：英雄传奇、阳刚悲壮。《史记》战争文学的风格与整部《史记》的风格有其相一致的地方，又有其作为"战争文学"而风格独具的一面。即使把《史记》战争文学作为一个整体来看，其内部各篇风格又有差别，如《项羽本纪》的悲壮雄浑就与《留侯世家》的奇诡迷离不同；即使同一篇文章，前后风格也会不同，如《曹丞相世家》前半截一味威武刚猛，后半截则是清静淡远。

二 《史记》战争文学的独特性

《史记》战争文学的独特性只有与其他作品相比较才能谈得明白，那么哪些作品可以作为《史记》战争文学的参照对象呢？其一，史传。其二，战争小说，包括古典战争小说、当代战争小说、外国战争小说。其三，战争散文。《史记》战争文学某种特征只有与某一类作品相比较才会凸显，通过比较我们发现《史记》战争文学有以下特征：

（一）有比较系统的战争观作指导。司马迁在战争领域也有"成一家之言"的雄心。司马迁博览兵书，他处在战争年代，对战争又有感性的体验，这些都有助于司马迁形成比较系统的战争观。司马迁的战争观涵盖了战争的基本方面，对战争起源、战争定义、战争性质、民族战争、战争人才、作战指导原则、战争归宿都有独到的见解，呈现出鲜明的层次性与系统性的特征。虽然任何战争文学作品都是在一定的战争观指导下进行创作的，但像司马迁这样系统的厚重的战争观并不多见。司

马迁的战争观是《史记》战争文学的统帅与灵魂，战争观支配对战争
人物的立传，战争观又影响战争叙事。

（二）《史记》在战争叙事上有一些特殊形态。其一，策士谋臣的
滔滔说辞。《史记》中的长篇说辞随处可见，人物语言所占的篇幅是惊
人的，《苏秦列传》《张仪列传》《范雎蔡泽列传》《平原君虞卿列传》
《鲁仲连邹阳列传》《张耳陈余列传》《淮阴侯列传》《黥布列传》《郦
生陆贾列传》《留侯世家》等与战争相关度较高的篇目里边，都充斥着
策士谋臣们大段的长篇说辞。这些说辞往往具有很浓的文学色彩，或讲
寓言或打比方，或虚张声势或揣情摩态。司马迁之所以这样写，一方面
是让纵横之士们自言心声自我表现；另一方面是这些说辞本身就具有丰
富的历史信息，司马迁让这些人代作喉舌，借他们之口间接叙写军事、
政治、经济、文化、地理、外交、后勤等天下形势，这样就省却太史公
自己许多"麻烦"。司马迁根据史料对这些长篇说辞进行"设身处地"
串联的过程，也显出了高超的本领。其二，采录军用文书以叙战。《史
记》继承了以《尚书》为发端的"以文存史"的史学传统，大量采用
有关军事的文章或书信代为叙战。司马迁采录的文章体裁丰富多彩，有
盟誓、檄文、书信、诏书、表章等。《乐毅列传》几乎就是为《乐毅报
燕惠王书》作注脚，洋洋洒洒上万字的《过秦论》也被充作《秦始皇
本纪》和《陈涉世家》的论赞。这充分表明司马迁作为文章家好奇文
的本性，这也是司马迁"好奇"的重要表现。同时司马迁采用文书也
有以文代叙，借他人之文章表明自家观点的用意。其三，军功简牍。
《曹相国世家》《绛侯周勃世家》《樊郦滕灌列传》《傅靳蒯成列传》对
传主战功的记录形同军功簿，从中可以看出这些篇章取材于军功档案，
当时的军功记录制度已相当谨严完备。虽然同是记录军功，司马迁又能
紧贴传主身份，各有一套笔仗，文法各异。《史记》同战争小说与战争
散文相比，上述三种战争叙事特殊形态才能成立。与《左传》等史书
相比就几乎没有"特殊"可言了，充其量是在程度与高下上有区别。

（三）《史记》能与兵法互相印证。《史记》记载了上下三千年的战
争，其中的战例不胜枚举，许多战例蕴含着丰富的兵学思想。清代的李

之春曾评《左传》曰："孙、吴所言，空言也；左氏所言，验之于事者也。"① 李之春的话同样适用于《史记》，甚至可以说，《史记》所体现的军事思想要比《左传》更为丰厚，称之为"史记兵法"也并不为过。《史记》中的用兵方略异彩纷呈，有围魏救赵、假途灭虢、背水一战、暗渡陈仓、火攻、水攻、游击战、用间以及军事外交方面的合纵连横、远交近攻，等等。这些谋略几乎都能与《孙子兵法》相关篇章一一对应，只不过两者形式不同。《孙子兵法》阐述兵理，舍事而言理，词约而义丰，具有高度的哲理色彩。《史记》则是在战例中蕴含兵理，举一而反三，具有极强的文学色彩。这种特征只有《左传》《三国演义》等极少的战争文学作品才真正具备，可以说《史记》滋育了后世无数的战争风云人物。中国历史上确实有人把《史记》与"权谲之谋"的兵书等量齐观。

（四）"春秋笔法"在《史记》战争叙事中得到广泛运用。司马迁对孔子有一种特别的崇拜，心中有种浓郁的"春秋情结"，他撰《史记》也自比孔子作《春秋》。司马迁与孔子的人生都具有悲剧性，孔子因四处碰壁退而整理"六艺"、作《春秋》，司马迁则是"发愤"著《史记》。孔子运用"春秋笔法"，通过对历史的褒贬企图为世人确立文化准则，司马迁的"寓论断于叙事之中"则是对"春秋笔法"的继承与发展，实现了从"春秋笔法"到"史迁笔法"的飞跃。"春秋笔法"在《史记》战争叙事中表现出多种形态。"春秋笔法"在战争叙事中的广泛运用，是与司马迁的修史宗旨密不可分的，这就是他对历史裁决权的坚守。《史记》中有司马迁的身世之叹、生命寄托、命运感悟和对历史的理解，我们透过历史文本能够寻绎到生命的诗性意义与普适价值。

（五）"以兵驭文"的文章风采。以兵法比喻文法，古已有之。"'以兵喻文'是我国古代文论中值得重视的一种现象。它借助于类比，从用阵、用器、用人等方面引入军事理论与战争经验，以阐述行文之法、习文之道、著文之境，体现兵法与文法的殊途同归，加深了人们对

---

① 转引自黄朴民《中国军事通史·春秋军事史》，军事科学出版社 1998 年版，第336 页。

于文艺规律的认识。"① 以兵法论《史记》，也是代不乏人，尽管前贤们从宏观上已明确指出司马迁用统兵的方法经营文章，但却没有进一步指出他到底采用了哪些具体方法，本文就是在前贤基础上回答了这一问题，并把《史记》因此而具有的这种艺术特征概括为"以兵驭文"的文章风采。《史记》每篇必有一主宰，有一主心骨，如同每军均须有一主将。司马迁调遣文字，发号施令，非常讲究字法、句法、章法。《史记》无论五体宏观结构，还是单篇结构，乃至篇与篇之间的照应，都如同"常山之蛇"。太史公用伏笔如兵家设伏兵，欲擒而故纵。

（六）《史记》可视作短篇战争小说集。把司马迁当作小说家，把《史记》看作小说的学者近代以来不乏其人。李长之说："以司马迁的史诗之笔，他可以写小说。事实上他的好多传记也等于好的小说。自来在对司马迁以古文大师视之之外，也就有一种把《史记》当作小说的看法。不过这看法并不早，大概始于明，大盛于清，又为近代人所强调。这种看法原不错，司马迁原可以称为一个伟大的小说家呢。"②《史记》是以传记为叙事单元，有的传记就是独立成篇的小说，如《司马穰苴列传》，有的一篇之中又可分为若干短篇小说，如《项羽本纪》《孙子吴起列传》《廉颇蔺相如列传》等。《史记》洋洋洒洒五十多万字，形似长篇，实为短制，我们把它"视为"短篇战争小说集并非毫无根据。

（七）《史记》成为中华民族关于战争记忆的心灵化石。司马迁开创的纪传体，不仅记录历史人物的功状作为，还要写出活生生的血肉丰满的人，不仅写出他们的个性，更要揭橥他们的灵魂。司马迁在战争的特定语境中尽情揭示人的灵魂。首先，战争是死亡的代名词，在死亡的炙烤下，生命蒸发掉"水分"而显示出本来面目。死亡就是显影液，在死亡的浸泡中本真的人性得以成像。司马迁写出了战争人物"五彩缤纷"的死亡类型，有战死沙场、为奸佞小人所害、兔死狗烹而死、自杀、自然死亡，等等。司马迁很注意挖掘濒临死亡时的特殊心态，他往

_____

① 黄鸣奋：《论以兵喻文》，《文学遗产》2006 年第 3 期。
② 李长之：《司马迁之人格与风格》，生活·读书·新知三联书店 1984 年版，第 302—303 页。

往通过人物的自我表白揭示其中透露出的人性，太史公是写死亡临界使生命定格的高手。其次，以泪水浸泡人性。太史公不仅"好奇"，而且"好哭"，司马迁自言常哭，他为历史人物而哭，也写了许多战争人物"精彩"的哭。泪水中有真情，也有假性，哭泣成为真情与假性的复杂交织物。司马迁写哭，有时是为了刻画性格曝光人性，有时则是借死人之眼泪浇自家胸中之块垒。《史记》中的写哭笔墨不知又赚得多少泪水，打动了古今无数读者！再次，以史家笔法书写烽烟中的儿女风情。以写天下兴亡为职责的正史，对仅仅停留于个人人生层面的男女私情是不感兴趣的，这也就注定史传文学中的爱情叙事成为稀有产品。但《史记》的不同在于司马迁没有完全拘泥于这样的史家家法，他把笔触指向中国人欲说还休的男女私人空间，在烽火狼烟中展现人间性情。虽然这些叙事在司马迁笔下还大都是"点到为止"，但这为"战争与爱情"成为日后战争文学的一个经典主题奠定了基础。《史记》对于战争人物灵魂的拷问，已经沉淀为中华民族关于战争记忆的"心灵化石"。

三　《史记》战争文学的影响

《史记》对中国战争文学的影响是深远而巨大的，这主要表现在以下几方面：

第一，战争文化精神。《史记》写了三千年的战争，其中蕴藏着博大深邃的战争文化精神，如民为邦本，仁君贤相良将，慎战又备战，天下一统、慎动干戈，称力更尚谋，偃兵息民等思想至今仍有生命力。《史记》中的众多战例，成了后世军事家学习兵法的重要教材，《史记》中许多良将也成为后人的楷模，《史记》哺育了一代又一代军事人才。《史记》中的战争文化精神作为中华传统文化的重要组成部分，塑造着民族精神，影响着战争的形态。战争文化精神的影响，表现得最为隐蔽，但其穿透力也最大。

第二，战争题材。《史记》是后世战争文学重要的题材来源，《史记》中许多人物及战争成为后人咏史怀古的对象，据宋嗣廉搜集的"咏史记人物诗"可知，历代涉及《史记》的诗歌约有535首，相关诗句 1300 余条，被吟咏的《史记》人物有 174 人。① 当然，这只是"挂一漏万"的统计，我们相信历代与《史记》相关的诗歌远不止这些。唐代诗人经常以《史记》所载汉代"故事"与唐代"时事"进行类比，"以汉喻唐"的模式便在唐诗中应运而生，这在边塞诗中表现得尤为突出。《史记》也成为元、明、清三代戏曲家寻宝的重要矿藏，仅元杂剧取材《史记》的战争剧目就有《楚昭王》《赵氏孤儿》《赚蒯通》《伍员吹箫》《冻苏秦》《气英布》《马陵道》《周公摄政》《萧何追韩信》《圯桥进履》《渑池会》《范蠡归湖》《汉张良辞朝归山》等。当代取材于《史记》的战争文艺作品同样不少，如取材于《史记》的京剧剧目就有：《渭水河》《文昭关》《战樊城》《浣纱记》《渑池会》《未央宫》《孙庞斗智》《霸王别姬》等。②

　　第三，叙写战争的艺术方法。其一，战争主题。《史记》为后世战争文学开辟了许多主题，如复仇战争主题，反抗暴政揭竿而起主题，战争加情爱主题，军事变革主题，抗击游牧民族侵略主题，统一战争主题，等等。其二，战争人物。《史记》战争人物已达到"历史原型"的高度，《三国演义》中曹操有刘邦的影子，诸葛亮、徐茂公、吴用、刘伯温等"军师"有张良的影子，小霸王孙策之于西楚霸王项羽，不服老的黄忠、赵云之于廉颇，纸上谈兵的马谡之于赵括，牛皋之于樊哙，小李广花荣之于飞将军李广……后来许多战争人物典型如追根溯源大都能在《史记》中找到他们的前辈。其三，故事情节。后世作品中有不少情节是对《史记》的模仿。《三国演义》郭嘉论曹操与袁绍各自为人以预见将来之胜负，几乎与韩信纵论刘邦与项羽一模一样。《三国演义》中张飞喝退百万曹兵，显然是对项羽斥楼烦使之避退数里的翻版。

---

① 参见韩兆琦、张大可、宋嗣廉：《史记题评与咏史记人物诗》，华文出版社 2005 年版，第 619 页。
　　① 参见韩兆琦、张大可、宋嗣廉：《史记题评与咏史记人物诗》，华文出版社 2005 年版，第 619 页。
　　② 参见李长之《司马迁之人格与风格》，生活·读书·新知三联书店 1984 年版，第 304—305 页。

曹操"青梅煮酒论英雄"以及刘备欲杀刘璋，分明也是"鸿门宴"①。《晋世家》中齐女大义凛然劝重耳莫要贪恋安逸，《三国演义》里孙夫人劝刘备与此如出一辙。刘邦临终时吕后问政事可托付于谁，诸葛亮病危时李福问孔明百年之后谁可继之。《杨家将》里王钦、潘仁美逼死杨继业的手段，与李广被逼而死很相似。《说岳全传》里伍尚志大摆火牛阵分明是从《田单列传》学来。其四，章法结构。《史记》名为长篇，实为短制，它是由130篇既相互联系又各自独立的篇章组成。《水浒传》《西游记》《儒林外史》《说唐全传》俱得《史记》结构之真传。金圣叹说："《水浒传》一个人出来，分明便是一篇列传，有两三卷为一篇者，亦有五六卷为一篇者。"(《读五才子书法》)《说唐全传》结构亦如《水浒传》，第一至十三回写秦琼，第十八至二十回写伍云召，第二十八至四十四回写程咬金，第四十五至五十三回写尉迟恭，第五十四至六十二回写罗成。《水浒传》《说唐全传》这两部战争小说在结构上同师《史记》，都深得太史公章法之妙。

第四，美学风格。司马迁是一位具有浓重悲剧意识的历史家，《史记》中透射出苍凉雄浑的历史气息。特别是有关战争篇目，弥漫着浓郁的英雄传奇气息，鼓荡着阳刚悲壮之气，这种美学风格牢笼千载，泽被万世。《三国演义》、《水浒传》是英雄的传奇，也是英雄的赞歌与挽歌，作者心仪的英雄都以失败告终，历史又陷于苦难的轮回，但文字里又透出一种百折不挠、愈挫愈奋的精神。它们在美学风格上与《史记》是一脉相承的。

四　《史记》战争文学指瑕

研究者对《史记》采取何种视角，不只是个技术问题，它直接决定着研究成果的品位与境界。对于《史记》这样伟大的著作，我们要

---

① "鸿门宴"在《史记》中有两个"版本"，《项羽本纪》中的是其"经典版本"，而《南越列传》中王太后设宴欲诛吕嘉，可谓"鸿门宴"之"南越版本"。《南越列传》载：王、王太后亦恐嘉等先事发，乃置酒，介汉使者权，谋诛嘉等。使者皆东乡，太后南乡，王北乡，相嘉、大臣皆西乡，侍坐饮。嘉弟为将，将卒居宫外。酒行，太后谓嘉曰："南越内属，国之利也，而相君苦不便者，何也？"以激怒使者。使者狐疑相杖，遂莫敢发。嘉见耳目非是，即起而出。太后怒，欲铍嘉以矛，王止太后。嘉遂出，分其弟兵就舍，称病，不肯见王及使者。(司马迁：《史记》第9册，中华书局1982年版，第2972—2973页)

懂得仰视，仰视是对先贤的尊重，也是后学站在伟人肩膀上前进的基础；我们也要学会俯视，俯视并不意味着我们就比司马迁伟大，而是我们所处的时代已经超越了司马迁的时代，我们能够用历史的眼光去评价它；我们还要学会平视，只有这样才能进行"平等"的古今对话。我们以这样的态度观照《史记》就会发现，它虽然非常伟大，但并非"尽善尽美"之作，洁白的玉石上还有一些微瑕，具体表现在以下几方面：

其一，对战争人物及其行状选择之失当。司马迁对哪些人物可以立传及人物的哪些事迹可以入传是有审慎考量的，他在这方面总体上做的是很好的，但有的就欠妥当。邹阳作为梁孝王的文化弄臣，其人其事本不足传，司马迁只是因为喜欢他的《狱中上梁王书》就把他与鲁仲连放在一起作传。春秋时郑国宰相子产，使郑国这样的小国在大国夹缝中左右逢源，表现了杰出的军事、政治、外交才能，司马迁却只是把他放在《循吏列传》里用很简略的文字加以叙述。管仲、鲍叔牙辅佐齐桓公九合诸侯称霸天下，然而，如梁启超所云："《管晏列传》叙个人阅涉琐事居太半。太史公自己声明所侧重的观察点道：'至其书世多有之，是以不论，论其轶事。'他既有了这几句话，我们不能责备他不合章法，但替两位大政治家作传，用这种走偏锋的观察法，无论如何，我总说是不应该。（因为）所选之点太不关痛痒，总不成为正当的好文章。"（《饮冰室专集》）[1]《孙武列传》以"三令五申"这样的轶事占据全篇，而对他参与指挥的发生在吴楚之间的舒之战、豫章之战、柏举之战等几次大战役却语焉不详。廉颇的大事，三回伐齐，两回伐魏，一回伐燕，司马迁都是一笔带过，倒是详写表现其性情的几件"小事"，这样处理多少也有些轻重倒置之感。

其二，评论战争人物之失当。司马迁具有极高的识见，这几乎是后世任何历史家都难以超越的，然而，有时由于某种局限，他对某些战争人物的评论则有失公允。司马迁过多地对汉初无为而治的缅怀以及对汉武帝的愤怒，影响了他对当时形势新变化的透彻把握。司马迁对汉武帝及其所处时代总体形势的有失偏颇的判断，影响到他对不少人物的评

---

[1]　韩兆琦编著：《史记笺证》第 7 册，江西人民出版社 2004 年版，第 3746 页。

价。卫青、霍去病贯彻汉武帝变被动应战为主动出击的战略构想，使用骑兵兵团长途奔袭，基本解除了匈奴对汉朝的军事威胁，可谓汉民族的民族英雄，二人表现出的杰出的军事才干令人叹为观止。可是司马迁却很瞧不起卫、霍，甚至"（《佞幸列传》）篇末以卫、霍结，更是毒笔。史公之意，鄙薄卫、霍极矣"①。司马迁反对汉武帝穷兵黩武地对外用兵，而卫青、霍去病则是汉武帝发动战争的马前卒；二人的炙手可热也确实部分得益于卫子夫的"裙带关系"②；司马迁最为同情并为之鸣冤的李广之死与卫青不无关系，李广之子李敢又是被霍去病射死。所有这些都是导致司马迁对卫青、霍去病绝无好感的原因。与之相反，司马迁因为对李广爱之太切，而刻意抑卫、霍而扬李广，就有失公允。如黄淳耀曰："李广非大将才也，行无部伍，人人自便，此以逐利乘便可耳，遇大敌则覆矣。太史公叙广得意处，在为上郡以百骑御匈奴数千骑，射杀其将，解鞍纵卧，此固裨将之器也。若夫堂堂之阵，正正之旗，进如风雨，退如山岳，广岂足以与乎此哉！卫将军数万骑未尝挫衄，其将略优于广远矣。且出雁门时，广所将万骑，乃为敌所得；而霍去病以八百骑斩捕过当，必谓广'数奇'，而去病'天幸'，恐非论之得平者也。淮南王谋反，止惮卫青与汲黯，而不闻及广。太史公以孤愤之故，叙广不啻出口，而传卫青若不直一钱"（《史记评论》)③。至于张骞，司马迁认为是他挑起了汉武帝扩张西域的野心，是他"逢君之恶"而带来了劳民伤财的战争，因此太史公把张骞和臭名昭著的李广利放在一个合传里进行批判。这实在是冤枉了张骞，是张骞开展远交近攻，断匈奴右臂，为汉朝对匈奴战争的胜利做出了重大贡献。另外，张骞还在中西交通史上具有非常重要的地位，他是走出国门，放眼看世界的"第一人"。司马迁受宫刑，切身体验到酷吏之害，因此他极其厌恶法家人物，

---

① 李景星：《四史评议》，岳麓书社1986年版，第117页。
② 卫、霍二将能得到汉武帝的信任与器重，显然受惠于"裙带关系"，但能建奇功则主要还是因为他们自己有军事方面的超人本领。陈仁锡《史记评林》曰："太史极不满于开边生事，恩幸滥宠，而卫霍二将却正坐此，故篇中屡有微言。然白登之围，天骄之横，向非卫、霍两将军，终汉之世边境无宁日矣。卫霍之功安可以外戚没乎？且卫霍纵能以外戚贵，宁能以外戚胜乎？"（韩兆琦编著：《史记笺证》第8册，江西人民出版社2004年版，第5595—5596页）
③ 韩兆琦编著：《史记笺证》第8册，江西人民出版社2004年版，第5454页。

如说吴起"以刻暴少恩亡其躯"①，说商鞅"其天资刻薄人也"②，说晁错"诸侯发难，不急匡救，欲报私仇，反以亡躯。语曰'变古乱常，不死则亡'，岂错等谓邪!"③七国之乱时，晁错公而忘私，成了牺牲品，史迁因为晁错是法家人物，在《酷吏列传》中竟然把晁错写成汉代酷吏之始作俑者④，司马迁持论失平莫甚于此者。

其三，战争叙事本应"互见"而未"互见"。对司马迁使用互见法之精妙，本文第二章第二节已有论述，同时也无须讳言，有的本应互见而未互见，使同事重出，文字繁复者还不在少数。刘勰早就指出过纪传体的弊端："或有同归一事，而数人分功，两记则失于复重，偏举则病于不周，此又铨配之未易也。"⑤刘知几也指出："若乃同为一事，分在数篇，断续相离，前后屡出……此其所以为短也。"⑥针对重大战争的叙写而言，前后屡出流于冗复的就为数不少。如秦晋韩原之战、秦晋崤之战既见于《秦本纪》又见于《晋世家》，齐晋鞍之战重出于《齐太公世家》与《晋世家》，晋楚城濮之战重出于《晋世家》与《楚世家》，宋楚泓之战重出于《宋微子世家》与《楚世家》，燕赵之战（前251）重出于《燕召公世家》与《赵世家》，这些不同篇目对同一战争的叙写，文字上大同小异，本应使用互见法但却未用，不仅浪费了宝贵的篇幅，文章又显得重复拖沓。⑦

其四，对先秦战争史料的改编有不及原作者。司马迁写先秦战争离不开先秦典籍中的相关史料，他对这些史料的采录采取了以下具体方法：翻译、概括改写、增删文字、整合等，原封不动照搬到《史记》的很少，如王观国所说："大率司马迁好异而恶与人同，观《史记》用

---

① 司马迁：《史记》第7册，中华书局1982年版，第2169页。
② 同上书，第2237页。
③ 司马迁：《史记》第8册，中华书局1982年版，第2748页。
④ 《酷吏列传》载："高后时，酷吏独有侯封，刻轹宗室，侵辱功臣。吕氏已败，遂夷侯封之家。孝景时，晁错以刻深颇用术辅其资，而七国之乱，发怒于错，错卒以被戮。其后有郅都、宁成之属。"（司马迁：《史记》第10册，中华书局1982年版，第3132页）
⑤ 周振甫：《文心雕龙今译》，中华书局1986年版，第150页。
⑥ 浦起龙释：《史通通释》上册，刘知几撰，上海古籍出版社1978年版，第28页。
⑦ 这种情况有别于"鸿门宴"的写作手法，《项羽本纪》、《高祖本纪》、《留侯世家》、《樊郦滕灌列传》四篇都写了"鸿门宴"，虽同是一件事，但因为场合的不同，他就有好几种写法，各有侧重，各尽其妙。

《尚书》《战国策》《国语》《世本》《左氏传》之文，多改其正文。"
(《学林》卷一)① 对司马迁改动较小的先秦史料，我们还能指明其原始
出处，更多的则是面目模糊难以确指了。总的来讲，司马迁对先秦史料
的采编是很成功的，他往往能够点铁成金，化腐朽为神奇，但有的改编
却差强人意。如《郑世家》中的"郑伯克段于鄢"采自《左传·隐公
元年》，《赵世家》中的"触龙说赵太后"采自《战国策·赵策四》，
原作已是炉火纯青之作，司马迁又不愿原样照搬，结果改后的效果反不
如前。

我指出《史记》的诸多缺陷，并不是要刻意标新立异，也不是要
"抹黑"司马迁，《史记》正因为有诸多的"不完美"，它才呈现出一种
苍劲浑茫的原始气象。"它像是滚滚洪川，鱼龙漫衍，泥沙俱下；又像
是苍山老林，尽管它有指说不尽的枯枝败叶，偃木斜柯，但是它那种古
朴浑茫的原始气象，却永远不是任何整齐茂美的园林所可追拟的。"
"它像殷墟出土的大鼎，蒙着绿锈，带着瘢痕，但是它那种苍劲、浑朴
的美，永远不是后代的任何艺术所可企及的。"②《史记》及其战争文学
的缺憾，如碧玉微瑕，终究还是瑕不掩瑜。《史记》以它虎虎生风、元
气淋漓的气象，还将继续征服尘世上无数匆匆过客！

---

① 杨燕起、陈可青、赖长扬汇辑：《史记集评》，华文出版社 2005 年版，第 169—
170 页。

② 韩兆琦编著：《史记笺证》第 9 册，江西人民出版社 2004 年版，第 6522、6542 页。

参考文献

（一）《史记》类著作

1. （西汉）司马迁：《史记》，中华书局 1982 年版。

2. （南宋）洪迈：《史记法语》，文渊阁《四库全书》本。

3. （宋末元初）刘辰翁：《班马异同评》，明嘉靖十六年李元阳校刻本。

4. （明）许相卿：《史汉方驾》，明万历刊本。

5. （明）凌稚隆：《史记评林》，天津古籍出版社影印本。

6. （明）杨慎：《史记题评》，明嘉靖十六年刻本。

7. （明）茅坤：《史记评钞》，明泰昌刻本。

8. （清）吴见思、李景星：《史记论文·史记评议》，上海古籍出版社 2008 年版。

9. （清）姚苎田：《史记菁华录》，上海古籍出版社 1988 年版。

10. （清）汤谐：《史记半解》，清康熙慎余堂刊本。

11. （清）牛运震：《史记评注》，清乾隆五十六年空山堂刊本。

12. （清）梁玉绳：《史记志疑》，中华书局 1981 年版。

13. （清）程馀庆：《历代名家评注史记集说》，三秦出版社 2011 年版。

14. 季镇淮：《司马迁》，上海人民出版社 1955 年版。

15. 郑鹤生：《司马迁年谱》，商务印书馆 1956 年版。

16. 中科院历史所：《史记研究资料和论文索引》，科学出版社 1957 年版。

17. 文史哲编委会：《司马迁与史记》，中华书局 1957 年版。

18. 王伯祥：《史记选》，人民文学出版社 1957 年版。

19. 贺次君：《史记书录》，商务印书馆 1958 年版。

20. 谢介民：《司马迁》，中华书局 1959 年版。

21. 金德建：《司马迁所见书考》，上海人民出版社 1963 年版。

22. 钟华：《史记人名索引》，中华书局 1977 年版。

23. 陈直：《史记新证》，天津人民出版社 1979 年版。

24. 白寿彝：《史记新论》，求实出版社 1981 年版。

25. 段书安：《史记三家注引书索引》，中华书局 1982 年版。

26. 历史研究编辑部：《司马迁与史记论集》，陕西人民出版社 1982 年版。

27. 施丁、陈可青：《司马迁研究新论》，河南人民出版社 1982 年版。

28. 李长之：《司马迁之人格与风格》，生活·读书·新知三联书店 1984 年版。

29. 徐朔方：《史记论稿》，江苏古籍出版社 1984 年版。

30. 张大可：《史记研究》，甘肃人民出版社 1985 年版。

31. 程金造：《史记管窥》，陕西人民出版社 1985 年版。

32. 郭双成：《史记人物传记论稿》，中州古籍出版社 1985 年版。

33. 宋嗣廉：《史记艺术美研究》，东北师范大学出版社 1985 年版。

34. 李景星：《四史评议》，岳麓书社 1986 年版。

35. 吴汝煜：《史记论稿》，江苏教育出版社 1986 年版。

36. 聂石樵：《司马迁论稿》，北京师范大学出版社 1987 年版。

37. 李少雍：《司马迁传记文学论稿》，重庆出版社 1987 年版。

38. 覃启勋：《史记与日本文化》，武汉大学出版社 1989 年版。

39. 杨燕起、俞樟华：《史记研究资料索引和论文专著提要》，兰州大学出版社 1989 年版。

40. 周一平：《司马迁史学批评及其理论》，华东师范大学出版社 1989 年版。

41. 嵇超等：《史记地名索引》，中华书局 1989 年版。

42. 张大可：《史记全本新注》，三秦出版社 1990 年版。

43. 何世华：《史记美学论》，陕西师范大学出版社 1989 年版。

44. 张新科、俞樟华：《史记研究史略》，三秦出版社 1990 年版。

45. 韩兆琦、俞樟华：《史记通论》，北京师范大学出版社 1990

年版。

46. 张天恩、冯金波：《历代咏司马迁诗选》，三秦出版社 1990 年版。

47. 张克等：《史记人物辞典》，广西人民出版社 1991 年版。

48. 仓修良：《史记辞典》，山东教育出版社 1991 年版。

49. 陈桐生：《中国史官文化与史记》，汕头大学出版社 1993 年版。

50. 李国维、张胜发：《司马迁祠碑石录》，陕西师范大学出版社 1993 年版。

51. 俞樟华：《史记新探》，民族出版社 1994 年版。

52. 赵生群：《太史公书研究》，陕西人民出版社 1994 年版。

53. 陕西省司马迁研究会：《司马迁与史记论集》（第 1 辑），陕西人民出版社 1994 年版。

54. 陕西省司马迁研究会：《司马迁与史记论集》（第 2 辑），陕西人民出版社 1995 年版。

55. 陕西省司马迁研究会：《司马迁与史记论集》（第 3 辑），陕西人民出版社 1996 年版。

56. 施丁：《司马迁行年新考》，陕西人民教育出版社 1995 年版。

57. 韦苇：《司马迁经济思想研究》，陕西人民教育出版社 1995 年版。

58. 陈桐生：《史记与古今文经学》，陕西人民教育出版社 1995 年版。

59. 程世和：《史记伟大人格的凝聚》，陕西人民教育出版社 1995 年版。

60. 徐兴海：《司马迁与史记研究论著专题索引》，陕西人民教育出版社 1995 年版。

61. 张强：《司马迁与宗教神话》，陕西人民教育出版社 1995 年版。

62. 张新科：《史记与中国文学》，陕西人民教育出版社 1995 年版。

63. 池万兴：《司马迁民族思想阐释》，陕西人民教育出版社 1995 年版。

64. 朱东润：《史记考索》，华东师范大学出版社 1996 年版。

65. 杨燕起：《史记的学术成就》，北京师范大学出版社 1996 年版。

66. 毛曦：《司马迁的历史学》，陕西人民教育出版社 1996 年版。

67. 张大可：《史记文献研究》，民族出版社 1999 年版。

68. 陈桐生：《史记与诗经》，人民文学出版社 2000 年版。

69. 韩兆琦：《史记题评》，陕西人民教育出版社 2000 年版。

70. 吕培成：《司马迁与屈原和楚辞学》，陕西人民教育出版社 2000 年版。

71. 可永雪：《〈史记〉文学成就论说》，内蒙古大学出版社 2001 年版。

72. 张新科：《史记学概论》，商务印书馆 2003 年版。

73. 韩兆琦：《史记笺证》，江西人民出版社 2004 年版。

74. 袁传璋：《太史公生平著作考论》，安徽人民出版社 2005 年版。

75. 张大可：《司马迁评传》，华文出版社 2005 年版。

76. 安平秋等：《史记通论》，华文出版社 2005 年版。

77. 韩兆琦、张大可、宋嗣廉：《史记题评与咏史记人物诗》，华文出版社 2005 年版。

78. 张大可、梁建邦：《史记论赞与世情研究》，华文出版社 2005 年版。

79. 张大可：《史记精言妙语》，华文出版社 2005 年版。

80. 杨燕起、陈可青、赖长扬：《史记集评》，华文出版社 2005 年版。

81. 王明信、可永雪：《史记人物与事件》，华文出版社 2005 年版。

82. 阎崇东：《史记史学研究》，华文出版社 2005 年版。

83. 可永雪：《史记文学研究》，华文出版社 2005 年版。

84. 王明信、俞樟华：《司马迁思想研究》，华文出版社 2005 年版。

85. 张大可、赵生群等：《史记文献与编纂学研究》，华文出版社 2005 年版。

86. 张玉春、应三玉：《史记版本与三家注研究》，华文出版社 2005 年版。

87. 张新科、俞樟华：《史记研究史及史记研究家》，华文出版社 2005 年版。

88. 俞樟华、邓瑞全：《史记论著提要与论文索引》，华文出版社

2005 年版。

89. 宋嗣廉：《司马迁兵学纵横》，陕西人民教育出版社 2006 年版。

90. 王立群：《王立群读〈史记〉之汉武帝》，长江文艺出版社 2007 年版。

91. 王叔岷：《史记斠证》，中华书局 2007 年版。

92. 赖明德：《司马迁之学术思想》，洪氏出版社 1982 年版。

93. 张新科等：《史记研究资料萃编》，三秦出版社 2011 年版。

94. 施之勉：《史记会注考证订补》，华岗出版有限公司 1976 年版。

95. 鲁实先：《史记会注考证驳议》，岳麓书社 1986 年版。

96. ［日本］泷川资言：《史记会注考证》，新世界出版社 2009 年影印日本 1934 年本。

97. ［韩国］朴宰雨：《史记汉书比较研究》，中国文学出版社 1994 年版。

（二）相关著作

1. 陈梦家：《殷墟卜辞综述》，中华书局 1988 年版。

2. 容庚：《金文编》，中华书局 1985 年版。

3. （清）孙星衍：《尚书今古文注疏》，中华书局 1986 年版。

4. （南宋）朱熹：《诗经集传》，中华书局 1962 年版。

5. 杨伯峻：《春秋左传注》，中华书局 1981 年版。

6. （春秋）孙武撰，曹操等注，郭化若译，《十一家注孙子》，上海古籍出版社 1978 年版。

7. 徐元诰：《国语集解》，王树民、沈长云点校，中华书局 2002 年版。

8. 杨伯峻：《论语译注》，中华书局 1980 年版。

9. 杨伯峻：《孟子译注》，中华书局 2005 年版。

10. 陈鼓应：《老子今注今译》，商务印书馆 2003 年版。

11. 陈鼓应：《庄子今注今译》，中华书局 1983 年版。

12. （清）孙诒让：《墨子间诂》，中华书局 1954 年版。

13. （战国）荀卿：《荀子集解》，（清）王先谦集解，中华书局 1988 年版。

14. 陈奇猷：《韩非子集释》，中华书局 1958 年版。

15.《战国策》，高诱注，上海书店 1987 年版。

16.《楚辞》，刘向编集、王逸章句，中华书局 1985 年版。

17.（秦）吕不韦等：《吕氏春秋》，高诱注，上海书店 1986 年版。

18. 袁珂：《山海经校注》，上海古籍出版社 1980 年版。

19.（西汉）贾谊：《新书》，四库备要本。

20.（西汉）刘安：《淮南鸿烈集解》，刘文典集解，中华书局 1989
年版。

21.（东汉）班固：《汉书》，中华书局 1962 年版。

22.（刘宋）范晔：《后汉书》，中华书局 1965 年版。

23.（西晋）陈寿：《三国志》，中华书局 1982 年版。

24.（清）赵翼：《廿二史札记校证》，王树民校证，中华书局 1984
年版。

25. 范文澜：《文心雕龙注》，人民文学出版社 1958 年版。

26.（梁）萧统等：《文选》，上海古籍出版社 1986 年版。

27.（清）严可均：《全上古三代秦汉三国六朝文》，中华书局 1958
年版。

28. 逯钦立：《先秦汉魏晋南北朝诗》，中华书局 1983 年版。

29.（唐）刘知几：《史通通释》，（清）浦起龙释，上海古籍出版
社 1978 年版。

30.（北宋）司马光等：《资治通鉴》，中华书局 1956 年版。

31.（南宋）郑樵：《通志》，中华书局 1987 年版。

32.（元）马端临：《文献通考》，中华书局 1986 年版。

33.（清）章学诚：《文史通义》，上海世纪出版集团 2008 年版。

34.（元末明初）罗贯中：《三国演义》，（清）毛宗岗批，齐鲁书
社 1991 年版。

35.（元末明初）施耐庵：《水浒传》，（明）金圣叹评，齐鲁书社
1991 年版。

36. 梁启超：《要籍解题及其读法》，1925 清华周刊丛书本。

37. 顾颉刚等：《古史辨》，上海书店 1992 年版。

38. 钱钟书：《管锥编》，中华书局 1986 年版。

39. 王长华：《春秋战国士人与政治》，河北教育出版社 2007 年版。

40. 熊礼汇：《先唐散文艺术论》，学苑出版社 1999 年版。

41. 熊礼汇：《明清散文流派论》，武汉大学出版社 2003 年版。

42. 熊礼汇：《中国古代散文艺术史论》，湖北人民出版社 2005 年版。

43. 郭预衡：《中国散文史》，上海古籍出版社 2000 年版。

44. 陈平原：《中国散文小说史》，上海人民出版社 2004 年版。

45. 郭绍虞：《中国历代文论选》（4 卷本），上海古籍出版社 1979 年版。

46. 王运熙、顾易生：《中国文学批评史新编》，复旦大学出版社 2001 年版。

47. 李泽厚：《美的历程》，文物出版社 1981 年版。

48. 李泽厚、刘纲纪：《中国美学史》，中国社会科学出版社 1989 年版。

49. 侯外庐等：《中国思想通史》，人民出版社 1957 年版。

50. 任继愈：《中国哲学史》，中国社会科学出版社 1979 年版。

51. 朱立元：《当代西方文艺理论》，华东师范大学出版社 1997 年版。

52. 胡经之：《西方文艺理论名著教程》，北京大学出版社 2003 年版。

53. 叶舒宪：《神话——原型批评》，陕西师范大学出版社 1987 年版。

54. 胡云翼：《唐代的战争文学》，上海商务印书馆 1927 年版。

55. 任文京：《唐代边塞诗的文化阐释》，人民出版社 2005 年版。

56. 朱向前：《军旅文学史论》，东方出版社 1998 年版。

57. 王颖、吴振录：《新时期军事文学精选·评论卷》，解放军文艺出版社 1996 年版。

58. 杜一平：《战争哲学论》，海潮出版社 1995 年版。

59. 倪乐雄：《战争与文化——对历史的另一种观察》，上海书店 2000 年版。

60. 军事科学院：《中国军事通史》，军事科学出版社 1998 年版。

61. 姜国柱：《中国军事思想通史》，中国社会科学出版社 2006

年版。

　　62. ［德］克劳塞维茨：《战争论》，解放军出版社 1964 年版。

　　63. ［瑞士］约米尼：《战争艺术》，钮先钟译，广西师范大学出版社 2004 年版。

后　记

　　我之所以选择《〈史记〉战争文学研究》作为题目，显然与自己曾经身在军旅多年不无关系。本科毕业后，我携笔从戎，先后在两所军校供职十余载，几年前才转业到地方高校工作。

　　司马迁是一位通晓兵略的历史家，如顾炎武所说："太史公胸中固有一天下大势，非后代书生之所能几也。"汉以前三千年的战争史波澜壮阔，这使司马迁有可能对战争及其规律进行历史总结；汉武帝时期连年征战，司马迁对战争有丰富的感性认识；司马迁的家学渊源不仅有史学还有兵学，他在《太史公自序》中以先世曾出现司马错、司马靳这样的名将而自豪；司马迁还博览兵书，积累了深厚的兵学知识。《史记》130篇，载有战争内容的篇目达82篇，重要的有54篇。《史记》有关战争内容的字数有10余万言，约占1/4的篇幅。司马迁对战争描写的广度与深度都是空前的，不仅是对前人的超越，更为后人浇铸了一座丰碑。《史记》在战争文学发展史中具有崇高的地位，它取得的艺术成就值得系统深入地去研究。

　　在撰写本书的过程中，我常常为太史公，也为太史公笔下的众多灵魂感动着。司马迁修史时经常"废书而泣"，面对《史记》这部"发愤"著就的充满爱恨情仇的生命大书，我也未尝不"废书而叹"。当我终日与一条条曾经鲜活的生命为伍，并体味着种种人生况味时，很难做到如某些理论所要求的感情的"零度介入"。我认为做学问就要做有"生命热度"的学问，那种"冷眼旁观"式的研究自然也有其"客观中立"之价值，但对于以"灵魂共鸣"为主要特征的文学批评来说，那种研究策略终究有些隔膜。对古代文学进行研究，研究者不是去充当审判官的角色，也不是去"抬轿子"，更不是去"打棍子"，而是要用自己的全部生命体验去和古人进行跨越"代沟"的灵魂对话。同时也是要通过"尚友古人",全面提高自己的生命境界。文学阐释说到底是对生命的阐释,它固然不是"经国之大业",但也不是"雕虫之小技",文学批评者要有哲学家的终极关怀,文学家的奇思妙想,政治家的高瞻远瞩,军事家的胆识谋略,宗教徒的虔诚执着,还要有商人的精打细算,农民的踏实淳朴,隐士的超凡脱俗……对这种为学的大境界,自己虽不能至,但心向往之。

我有幸立雪于熊门,在熊礼汇老师的耳提面命下,在武汉大学完成了硕博阶段的学习。在老师的不断"棒喝"下,我才有幸一窥传统学术的博大深邃。熊老师在其业师黄焯先生引领下对古代散文含英咀华三十余年,面对老师深厚的学术功力,我常起"望洋之叹",小子不敏,自己连老师本事之一二还未学得,真是有辱师门!熊老师听说这个小册子即将出版,又欣然命笔,写下洋洋数千言的序文。佛说世间有种种缘,这份浓浓的师生情缘当是弥足珍贵!蓦然回首,我离开老师已有数年时间,也不禁心生感慨,时间都去哪儿了?这几年间,我的工作与生活有了很大的变化,又品尝了许多人生滋味,其中的酸甜苦辣恐怕只有自己说得清楚。

我对本文进行修改时充分吸取了当年评审专家的意见,这些专家有答辩委员会傅璇琮、王兆鹏、尚永亮、陈顺智、何新文五位先生,以及通讯评审专家王立群、王元华、张新科三位先生。各位专家对拙作不吝谬奖的同时,也都提出了非常中肯的修改意见,在此谨向诸位前辈表示衷心的感谢!但本人愚钝,这个修改后的书稿,恐怕最终也难达到诸位先生对本文的期望。

本书得到河北师范大学学术著作出版基金(SK2014C23)、河北师范大学国际文化交流学院学术著作出版基金的资助。河北师大国际文化交流学院的赵金广、姜文振等领导以及社科处的领导为本书的出版,提供了强有力的支持;中国社会科学出版社宋燕鹏编辑为本书的顺利付梓付出了辛勤劳动,在此谨表示诚挚的谢意!

现在,我时常想起在江城读书的那几年美好时光,那里有恩师的谆谆教诲,有各路名家的开坛设讲,有同学间的切磋砥砺,有老建筑群的

古朴巍峨，有樱花怒放时的枝头春闹，有东湖之水的碧波万顷。何时再
夜攀珞珈山，听松涛阵阵；何时再日登黄鹤楼，看大江东去……

王俊杰

2015 年秋于东篱草堂